# Sophie Kinsella

Née à Londres en 1969, Sophie Kinsella est une véritable star. Elle est reconnue dans le monde entier pour sa série culte des aventures de Becky : *Confessions d'une accro du shopping* (2002), *Becky à Manhattan* (2003), *L'accro du shopping dit oui* (2004), *L'accro du shopping a une sœur* (2006), *L'accro du shopping attend un bébé* (2008), *Mini-accro du shopping* (2011), *L'accro du shopping à Hollywood* (2015) et *L'accro du shopping à la rescousse* (2016) ; série dont les deux premiers volets ont été adaptés au cinéma. Elle est également l'auteur de : *Les Petits Secrets d'Emma* (2005), *Samantha, bonne à rien faire* (2007), *Lexi Smart a la mémoire qui flanche* (2009), *Très chère Sadie* (2010), *Cocktail Club* (2012), *Poppy Wyatt est un sacré numéro* (2013) et *Nuit de noces à Ikonos* (2014). Tous ses romans sont publiés chez Belfond et repris chez Pocket.

En 2016 paraît *Audrey retrouvée* (PKJ), le premier livre que Sophie Kinsella a écrit pour la jeunesse.

**Retrouvez toute l'actualité de l'auteur sur :**
**www.sophiekinsella.fr**

# L’ACCRO DU SHOPPING À HOLLYWOOD

DU MÊME AUTEUR

*CHEZ POCKET*

CONFESSIONS D'UNE ACCRO DU SHOPPING
L'ACCRO DU SHOPPING À MANHATTAN
L'ACCRO DU SHOPPING DIT OUI
L'ACCRO DU SHOPPING A UNE SŒUR
L'ACCRO DU SHOPPING ATTEND UN BÉBÉ
MINI-ACCRO DU SHOPPING
L'ACCRO DU SHOPPING À HOLLYWOOD

LES PETITS SECRETS D'EMMA
SAMANTHA BONNE À RIEN FAIRE
LEXI SMART A LA MÉMOIRE QUI FLANCHE
TRÈS CHÈRE SADIE
POPPY WYATT EST UN SACRÉ NUMÉRO
NUIT DE NOCES À IKONOS

LOVE AND THE CITY
(en collaboration avec Lauren WEISBERGER)

**MADELEINE WICKHAM *ALIAS* SOPHIE KINSELLA**

UN WEEK-END ENTRE AMIS
UNE MAISON DE RÊVE
LA MADONE DES ENTERREMENTS
DRÔLE DE MARIAGE
COCKTAIL CLUB
UN DIMANCHE AU BORD DE LA PISCINE

SOPHIE KINSELLA

# L'ACCRO DU SHOPPING À HOLLYWOOD

*Traduit de l'anglais*
*par Daphné Bernard*

belfond

Titre original :
*SHOPAHOLIC TO THE STARS*
publié par Bantam Press,
une marque de Transworld Publishers, Londres



FSC
www.fsc.org
MIXTE
Papier issu de sources responsables
FSC® C003309

Pocket, une marque d'Univers Poche,
est un éditeur qui s'engage pour la préservation
de son environnement et qui utilise du papier fabriqué
à partir de bois provenant de forêts gérées
de manière responsable.


ISBN 978-2-266-26616-1

*À Patrick Plonkington-Smythe,*
*le meilleur banquier qui soit*

Chers lecteurs et lectrices,

J'espère que vous apprécierez les dernières péripéties de Becky Brandon (née Bloomwood) ! C'est l'histoire du séjour de Becky à Hollywood, où vous découvrirez si ses aventures en Technicolor connaissent un « *happy end* » digne d'un film de cinéma. Vous apprendrez aussi que le dénouement mène à de nouvelles aventures. En tournant la dernière page, soyez assurés que la suite est déjà en chemin.

Bonne lecture !

Bizzzz,

Sophie Kinsella

CUNNINGHAM'S
Rosewood Center W 3rd St.
Los Angeles CA 90048

Chère madame,

Merci pour votre lettre. Je suis heureuse que vous ayez apprécié votre récente visite dans notre magasin.

Malheureusement, je ne peux vous affirmer que la jeune femme qui achetait les produits MAC était Uma Thurman portant une perruque de longs cheveux noirs.

Par conséquent, je suis dans l'impossibilité de répondre à vos deux questions : 1) « Quelle nuance de rouge à lèvres a-t-elle choisie ? » et 2) « Est-elle aussi jolie dans la vraie vie qu'à l'écran ? » Vous me voyez également dans l'incapacité de lui remettre votre mot même si, comme vous l'affirmez, « elle a certainement besoin d'une amie et je crois que nous nous entendrions bien, elle et moi ».

Je souhaite que votre emménagement prochain à Los Angeles se passe dans les meilleures conditions. En ce qui concerne votre autre requête, je suis obligée de vous répondre par la négative : nous n'offrons pas de rabais aux nouveaux résidents « afin qu'ils se sentent les bienvenus ».

En vous remerciant de l'intérêt que vous portez à notre magasin,

Mary Eglantine
Service Clients

*Inner Sanctum Lifestyle Spa*
*6540 Holloway Dr.*
*West Hollywood, Ca 90069*

Chère madame,

Merci pour votre lettre. Je suis ravi que votre récent passage à notre spa vous ait plu.

Malheureusement, je ne peux vous affirmer que la jeune femme au premier rang de votre cours de yoga était Gwyneth Paltrow. Et je suis absolument navré que « le fait qu'elle ait toujours eu la tête en bas » vous ait empêchée de la reconnaître à coup sûr.

Par conséquent, je suis dans l'impossibilité de lui transmettre le mot où vous lui demandez si elle a un secret pour accomplir un poirier aussi parfait ou si son T-shirt est muni de poids intégrés. Je suis également désolé de ne pouvoir lui transmettre votre invitation à une collation composée de thé bio et de biscuits au chou kale.

Je suis enchanté que vous aimiez notre boutique Cadeaux et Détentc. En ce qui concerne votre requête suivante, soyez assurée que, si je rencontre votre mari dans la rue, je me garderai d'évoquer vos folles dépenses pour des sous-vêtements en coton bio.

En vous remerciant de l'intérêt que vous portez à notre établissement,

Kyle Heiling
Directeur du développement personnel
(section Disciplines indiennes)

*BEAUTY ON THE BOULEVARD*
*9500 Beverly Boulevard*
*Beverly Hills, Los Angeles CA 90210*

Chère madame,

Merci pour votre lettre,

Malheureusement je ne peux vous assurer que la personne qui se tenait devant le stand « La Mer » était Julie Andrews en lunettes noires et foulard.

Par conséquent, je suis dans l'impossibilité de lui faire part de vos commentaires (1. « Comment était, dans la vraie vie, le capitaine von Trapp du film *La Mélodie du bonheur* ? » et 2. « Désolée d'avoir chanté devant vous *Le Berger solitaire*, mais j'étais tellement contente de vous apercevoir ! »). Ni de lui transmettre votre invitation à venir chez vous pour « un après-midi de chansons en chœur suivi d'une dégustation d'*apfelstrudel* ».

En ce qui concerne votre dernière requête, je vous informe que nous n'organisons pas de fête de bienvenue au magasin et que nous n'offrons pas de cadeaux aux nouveaux arrivants – pas même des kits de blanchiment des dents pour « obtenir le même sourire éclatant que les filles de L.A. ».

Je souhaite néanmoins la plus grande réussite à votre imminente installation à L.A.

Je vous remercie de l'intérêt que vous portez à notre parfumerie.

Sally E. SanSanto
Consultante du service Clientèle

# 1

Bon. Pas de panique. Pas de *panique*.

Je vais m'en tirer. Bien sûr que je vais m'en tirer. Ce n'est pas comme si j'étais emprisonnée *pour toujours* sans espoir de m'échapper de cet espace confiné… si ?

Aussi calmement que possible j'évalue la situation. Ma cage thoracique est tellement comprimée que je peux à peine respirer, et mon bras gauche est bloqué dans mon dos. Celui qui a créé ce « tissu gainant » savait ce qu'il faisait. Ah ! Et mon bras droit est également serré dans une position bizarre. Si j'essaie d'avancer mes mains, le tissu m'en empêche. Je suis coincée. Je ne peux rien faire.

Dans le miroir, mon visage est blême. Mes yeux reflètent une expression désespérée. Mes bras sont sillonnés de bandes noires et brillantes. Elles servent à quoi, au juste, ces bandes ? De bretelles ? Et cette espèce d'enchevêtrement est censé se placer où ? Autour de la taille ?

Malédiction ! Je n'aurais *jamais* dû essayer la taille 36.

— Comment ça va ?

Derrière le rideau de la cabine, Mindy, la vendeuse, s'adresse à moi. Je sursaute d'effroi. Mindy est grande et longiligne avec des cuisses musclées que l'espace réglementaire d'une paume sépare. Le genre de fille qui escalade une montagne au pas de course tous les jours et qui n'a jamais entendu parler des barres KitKat.

C'est la troisième fois qu'elle me demande comment ça va et la troisième fois que je claironne : « Superbien, merci ! » Mais la vérité est que je suis au comble de la détresse. Ça fait dix minutes que je me bats avec cette combinaison gainante et structurante. Je ne peux quand même pas faire attendre Mindy toute la journée.

— Incroyable, cette matière, s'enthousiasme-t-elle. Elle comprime trois fois plus que le spandex normal. Vous avez au moins perdu une taille, hein ?

Peut-être, mais j'ai perdu aussi la moitié de ma capacité respiratoire.

— Pas de problème avec les bretelles ? Vous voulez que je vienne dans la cabine pour vous aider à les ajuster ?

*Venir dans la cabine ?* Pas question que je laisse voir ma cellulite à une nana de Los Angeles, grande, bronzée et sportive. Je claironne :

— Non, non, je gère, merci.

— Vous n'avez pas besoin d'aide pour l'enlever ? Certaines clientes trouvent que ce n'est pas évident la première fois.

J'ai tout à coup une abominable vision : je suis agrippée au comptoir tandis que Mindy, derrière moi, s'efforce de retirer ce top avec short intégré. L'acharnement nous fait haleter, transpirer, et Mindy se dit : « Je savais bien que toutes les Anglaises étaient de grosses vaches. »

Non, pas question. Même pas en rêve. Il ne me reste qu'une solution. L'acheter. Quel que soit son prix.

D'un puissant mouvement de torsion j'arrive à

remonter les bretelles sur mes épaules. C'est mieux. Je ressemble à un poulet bridé de Lycra noir mais, au moins, je peux bouger les bras. Dès que je serai dans ma chambre d'hôtel, je découperai ce maudit truc avec mes ciseaux à ongles et jetterai ce qu'il en reste dans une poubelle de rue pour éviter que Luke tombe dessus et m'assène une de ses remarques style « Qu'est-ce que c'est, exactement ? » ou « Tu veux dire que tu l'as acheté tout en sachant que ça ne t'allait pas ? » ou autre vanne énervante.

C'est à cause de lui que je me trouve dans un magasin de vêtements de sport à Los Angeles. Pour son boulot. Comme nous allons très bientôt emménager à L.A., nous sommes venus y chercher une maison. L'immobilier : telle est la raison de notre présence ici. Maisons. Jardins. Contrats de location. Voilà notre objectif principal. J'ai juste fait un saut très, *très* rapide sur Rodeo Drive entre deux visites.

Bon, en fait, j'ai annulé un rendez-vous avec le type de l'agence pour aller sur Rodeo Drive. Mais il le fallait. J'avais un motif imparable : acheter en urgence un équipement pour courir, car je participe demain à une course. Une vraie course à pied ! Moi !

Je récupère mes vêtements, attrape mon sac et quitte la cabine avec une certaine raideur pour tomber immédiatement sur Mindy.

— Waouh !

Sa voix est enthousiaste mais son expression nettement sidérée.

— Vous êtes…

Elle toussote.

— … sensationnelle. Ce n'est pas trop… serré ?

— Non, c'est top, je réponds avec un semblant de sourire désinvolte. Je la prends.

Elle a du mal à cacher son étonnement.

— Super ! Si vous voulez bien l'enlever, je vais la scanner…

— En fait, je vais la garder sur moi. C'est aussi bien.

J'essaie de paraître relax.

— Pouvez-vous mettre mes vêtements dans un sac ?

— Absolument.

Elle ajoute après une assez longue pause :

— Vous êtes sûre que vous ne voulez pas essayer le 38 ?

— Non. Le 36 est parfait. *Totalement* confortable.

— Bien, dit-elle après un silence. Très bien. Ça fera 83 dollars.

Elle scanne le code-barres de l'étiquette qui pend à mon cou pendant que je cherche ma carte bancaire.

— Alors, vous faites du sport ?

— À vrai dire, je participe à la course des Dix-Miles demain après-midi.

— Sans blague !

Sous son regard impressionné je tâche d'afficher une nonchalance modeste. La Dix-Miles n'est pas n'importe quelle course. C'est LA course. Elle a lieu chaque année à L.A. Plein de célébrités de premier plan y participent, et la chaîne de télé E ! couvre l'événement. Et j'en suis !

— Comment vous avez réussi à vous inscrire ? soupire Mindy. Tous les ans j'essaie d'avoir un dossard.

— Eh bien – et là je marque une pause, histoire de faire mon petit effet –, je fais partie de l'équipe de Sage Seymour.

— Waouh !

Elle est bouche bée. Je jubile. C'est vrai. Moi, Becky Brandon (née Bloomwood), je vais courir dans l'équipe d'une mégastar de cinéma. Nous allons faire du stretching ensemble ! Nous allons porter les mêmes casquettes ! Nous allons paraître dans *US Weekly* !

Mindy interrompt le cours de mes pensées.

— Vous êtes anglaise, n'est-ce pas ?

— Oui, mais je m'installe bientôt à L.A. Je suis ici pour chercher une maison avec mon mari.

Et, sans pouvoir m'en empêcher, j'ajoute fièrement :

— Il a une boîte de relations publiques et travaille pour Sage Seymour.

Mindy est de plus en plus épatée.

— Alors, vous et Sage Seymour, vous êtes genre *amies* ?

Je triture mon sac pour gagner du temps. En vérité, malgré tous mes espoirs, Sage Seymour et moi ne sommes pas exactement amies. Pour être honnête, je ne l'ai pas encore rencontrée. Ce qui est injuste. Luke bosse avec elle depuis des siècles. Je suis déjà venue une fois à Los Angeles pour un entretien d'embauche. Et j'y suis à nouveau pour trouver une maison et une école maternelle pour notre fille, Minnie… mais je n'ai pas même encore *entrevu* Sage.

Quand Luke m'a annoncé qu'il allait s'occuper de Sage Seymour et que nous allions déménager à Hollywood, j'ai cru qu'elle et moi, on se verrait tous les jours. J'ai cru qu'on bullerait toutes les deux autour de sa piscine rose avec des lunettes de soleil assorties et qu'on irait se faire faire des pédicures-manucures ensemble. Mais même Luke semble avoir peu de contacts avec elle : il collectionne les rendez-vous avec des managers, des agents, des producteurs toute la journée. Il dit qu'il se familiarise avec l'industrie du cinéma et que ça demande une immersion totale. Normal : avant, il conseillait seulement des compagnies financières et de grands groupes. Cela dit, pourquoi est-il si résolument anti-people ? L'autre jour, quand je lui ai avoué ma légère déception, il a éclaté :

— Bon Dieu, Becky, nous ne changeons pas de vie uniquement pour rencontrer des *célébrités*.

Il prononce *célébrités* avec le même enthousiasme que s'il disait « perce-oreille ». Il ne comprend rien, mon mari !

Ce qu'il y a de bien entre lui et moi c'est que nous sommes d'accord sur presque toutes les grandes choses de la vie. D'où la réussite de notre couple. Nous avons toutefois quelques infimes points de divergence. Par exemple :

— Les catalogues (Non, ce n'est pas du « foutoir », c'est *utile*. On ne sait jamais si on ne va pas avoir besoin d'un tableau noir personnalisé pour la cuisine avec un petit seau tout mignon pour la craie. En plus, j'adore les feuilleter dans mon lit le soir.).

— Les chaussures (Garder toutes mes chaussures dans leurs boîtes d'origine n'est pas ridicule. C'est faire preuve d'un esprit d'*épargne*. Un jour, elles redeviendront à la mode, et Minnie pourra les porter. Entre-temps, il n'a qu'à regarder où il pose ses pieds.).

— Elinor, sa mère (Une longue, très longue histoire.).

— Les célébrités.

Je veux dire : nous sommes à Los Angeles. La cité des célébrités. C'est même le phénomène naturel local. Tout le monde sait qu'on vient ici pour voir les célébrités comme on va au Sri Lanka pour voir les éléphants.

Pourtant Luke ne réagit pas quand nous apercevons Tom Hanks dans le hall de l'hôtel Beverly Wilshire. Il ne cille pas alors que Halle Berry est assise à trois tables de nous au restaurant The Ivy (enfin, je crois que c'était Halle Berry). Il ne bouge même pas une oreille en voyant Reese Witherspoon de l'autre côté de la rue (je suis sûre que c'était elle. Elle avait exactement les mêmes cheveux).

Et il parle de Sage Seymour comme s'il s'agissait d'une cliente ordinaire. Comme si c'était Foreland Investments. Il prétend que ce qu'elle apprécie en lui c'est qu'il ne fait *pas* partie du cirque habituel.

— Mais toi, tout ce battage d'Hollywood te surexcite, se moque-t-il.

Ce qui est complètement faux. Je ne suis *pas* surexcitée. Juste excitée ce qu'il faut.

En privé, je dois dire que je suis déçue par Sage. D'accord, nous ne nous connaissons pas vraiment, mais nous nous sommes parlé au téléphone quand j'ai organisé une fête surprise pour Luke. (Évidemment, elle a un nouveau numéro de téléphone, que Luke refuse de me donner.) J'aurais cru qu'elle me contacterait, qu'elle m'inviterait chez elle, par exemple pour dîner et passer la nuit.

Mais peu importe. Demain c'est le grand jour. Sans vouloir me vanter, c'est grâce à ma présence d'esprit que je participe à la Dix-Miles. Je regardais l'écran de l'ordinateur de Luke par-dessus son épaule quand un mail s'est affiché, envoyé par Aran, le manager de Sage. Le titre ? *Premier arrivé, premier servi.* Et le texte :

Cher amis,
En raison d'un abandon dû à une blessure il y a une place de dernière minute disponible dans la Dix-Miles. Qui veut participer et soutenir l'équipe de Sage ?

Avant même de m'en rendre compte, mes mains couraient sur le clavier, appuyaient sur la touche Répondre et tapaient : *Oui, s'il vous plaît ! J'adorerais courir avec Sage. J'espère que ça marchera. Becky Brandon.*

D'accord, j'aurais peut-être dû consulter Luke avant d'appuyer sur Envoyer. Mais il était spécifié « *Premier arrivé, premier servi* ». Je devais agir vite.

Luke m'a dévisagée et m'a lancé :

— Tu es dingue ou quoi ?

Ensuite, j'ai eu droit à un sermon sur le fait que c'était une course sérieuse pour athlètes chevronnés.

— Et qui va être ton sponsor ? a-t-il ajouté. En plus, tu n'as même pas de chaussures adaptées.

Franchement, il pourrait m'encourager un peu plus !

Mais, au sujet des chaussures, il a raison.

— Et vous êtes dans le cinéma vous aussi ? demande Mindy en me tendant le reçu.

— Non, je suis *personal shopper*.

— Oh ! Dans quel magasin ?

— Chez… en fait… chez Dalawear.

— Oh !

Mindy est interloquée.

— Vous parlez du magasin pour… ?

— Pour femmes d'un certain âge, oui ! C'est un magasin formidable, je répète sans mollir. C'est génial, je suis follement impatiente de commencer.

Je suis superpositive à propos de ce job. Même si ce n'est pas exactement mon rêve. Dalawear propose des « vêtements faciles à porter pour les femmes qui préfèrent le confort au style ». (C'est ce que dit l'affiche, mais je dois persuader la direction de changer le slogan en « pour les femmes qui privilégient autant le confort que le style ». Pendant l'entretien, une des filles du magasin n'a pas arrêté de parler de pantalons à taille élastique et de tissus lavables sans jamais évoquer les orientations de la mode. Sans jamais même prononcer le mot « mode ».)

Il faut dire qu'à Los Angeles il n'y a pas beaucoup de postes de *personal shoppers* disponibles au débotté pour une Anglaise récemment transplantée. Surtout pour une Anglaise qui risque de ne rester dans le pays que trois mois. Le seul poste à pourvoir était chez Dalawear, à cause d'un congé de maternité. Et pendant l'entretien j'ai été géniale. J'ai fait tellement de compliments sur leurs robes chemise fleuries « faciles à porter » que j'ai failli en acheter une pour moi.

Je change de sujet.

— J'aimerais aussi acheter des chaussures de running. Je ne peux pas vraiment courir avec celles-là, j'ajoute en riant tout en montrant mes Marc Jacobs à talons-bobines.

(Pour info : il m'est arrivé une fois d'escalader toute une montagne avec des escarpins comme ceux-là. Mais hier, quand j'ai mentionné ce fait à Luke pour lui montrer mes compétences d'athlète, il a haussé les épaules en disant qu'il avait complètement effacé cette histoire de sa mémoire.)

— Bien sûr, fait Mindy. Pour ça il faut aller dans notre boutique technique, Pump. C'est de l'autre côté de la rue. Ils ont tous les équipements, chaussures, moniteurs de fréquence cardiaque. On vous a fait une évaluation biomécanique en Angleterre ?

Je la regarde, ahurie.

— Une bio quoi ?

— Demandez aux vendeurs d'en face, ils vous renseigneront.

Elle me tend un sac de shopping contenant mes vêtements et lâche :

— Vous devez être en superforme. La fille qui entraîne Sage Seymour a été mon coach. Une pure et dure. Et j'ai entendu parler du travail de l'équipe. Vous n'êtes pas allée vous préparer en Arizona ?

Cette conversation m'agace un tantinet. Pure et dure ? Travail de préparation ? De toute façon je dois garder ma confiance en moi. Je suis assez en forme pour participer à une course, même à Los Angeles.

— Je n'ai pas suivi de stage préparatoire *à proprement parler*. Mais bien entendu j'ai mon propre programme… euh… cardio… truc.

Ça va aller. C'est seulement une course. Pas si difficile, non ?

De retour sur Rodeo Drive, enveloppée d'une tiède brise de printemps, je suis sur un petit nuage. Je vais adorer vivre à L.A., je le sais. Tout ce que racontent les gens est vrai. Le soleil brille, les gens ont les dents archi-blanches, les maisons ont l'air d'appartenir à un décor de cinéma. Les différentes locations que j'ai visitées ont *toutes* une piscine. Ici, c'est aussi banal que d'avoir un frigo.

Cette rue n'est que glamour et volupté. Elle est bordée de boutiques de luxe, de palmiers impeccables, de voitures haut de gamme. La voiture est un concept différent ici. Dans leurs décapotables de couleur, toit baissé, les gens semblent décontractés et chaleureux : lorsqu'ils s'arrêtent au feu rouge, on a l'impression qu'on pourrait s'approcher d'eux et entamer une conversation. Tout le contraire de la Grande-Bretagne où chacun est confiné dans son propre véhicule en maudissant la pluie.

Le soleil étincelle sur les vitrines des boutiques, sur les lunettes de soleil et sur les montres de prix des passants. Devant chez Dolce & Gabbana, une fille empile une montagne de sacs dans une voiture : elle ressemble tout à fait à Julia Roberts, en plus blonde et plus petite. Mis à part ces détails, c'est Julia Roberts. Sur Rodeo Drive !

Au moment où je m'approche pour examiner les sacs, mon téléphone vibre. Sur l'écran s'inscrit le nom de Gayle, ma nouvelle patronne chez Dalawear. Nous avons rendez-vous demain matin.

— Bonjour, Gayle, je fais d'un ton à la fois joyeux et professionnel. Vous avez eu mon message ? On se voit toujours demain ?

— Bonjour, Rebecca ! Oui, tout a l'air de se mettre en place. Il y a juste un petit problème… Danny Kovitz ne nous a toujours pas envoyé sa lettre de recommandation.

— Ah bon ! Je vais lui téléphoner.

*Punaise !* Danny est à la fois un de mes meilleurs amis et un créateur de mode connu. Il m'a promis de me donner des références. Mais c'était il y a des siècles et rien n'est arrivé. Quand je lui ai envoyé un SMS hier, il m'a juré qu'il enverrait son mail dans l'heure qui suivait. Incroyable qu'il n'ait rien fait.

— Rebecca…

Gayle marque une pause subtile.

— Rebecca, vous connaissez M. Kovitz, n'est-ce pas ? Vous l'avez rencontré ?

Elle ne me *croit* pas ?

— Bien sûr, je le connais. Écoutez, je m'en occupe. Il va me donner sa recommandation. Désolée pour le retard. À demain.

Dès que je raccroche, j'appelle instantanément Danny en essayant de rester calme. Pas la peine de s'énerver avec Danny, sinon il se défile en pleurnichant.

— Oh ! Becky !

Danny répond comme si nous étions au milieu d'une conversation.

— Tu n'imagines pas ce qu'il me faut pour ce trek. Comme si je savais où trouver des lasagnes lyophilisées ! Ah, j'ai acheté la plus *divine* bouilloire miniature pour le thé. Il *faut* ab-so-lu-ment que tu t'en procures une.

La raison pour laquelle Danny est encore plus distrait que d'habitude ? Il est plongé dans les préparatifs d'une expédition de bienfaisance sur la banquise du Groenland, organisée par des célébrités. Tout le monde lui a dit qu'il était fou mais il est catégorique. Il clame qu'il veut faire une bonne action alors que nous savons tous qu'il a un faible pour Damon, le chanteur de Boyz About qui fait aussi partie de l'aventure.

Au fait, est-ce possible de fricoter au Groenland ? Je n'en ai pas la moindre idée. Est-ce qu'on peut même s'embrasser ? Les lèvres ne restent-elles pas collées dans l'air glacé ? Je me demande comment font les Esquimaux.

— Danny, je coupe d'une voix sévère tout en chassant de mon esprit l'image de deux Esquimaux aimantés le jour de leurs noces et battant des bras pour se libérer. Danny, où en est ma lettre de recommandation ?

— Je suis dessus, ma chérie, répond Danny du

tac au tac. À ton avis, combien de sous-vêtements en Thermolactyl je dois emporter ?

— Tu me racontes des salades ! Tu devais l'envoyer hier. Je vois les gens de Dalawear demain. Ils croient même que je ne te connais pas !

— Mais évidemment que tu me connais ! réplique-t-il comme si j'étais une débile.

— Ils n'en savent rien. Écoute, c'est le seul job que j'ai pu dégotter ici et j'ai besoin de cette lettre. Si tu ne peux pas, dis-le-moi et je demanderai à quelqu'un d'autre.

— Quelqu'un *d'autre* ? Et pourquoi tu demanderais à quelqu'un d'autre ?

Il n'y a que Danny pour prendre ce ton mortellement offensé quand il est dans son tort.

— Parce que j'aurais des chances de l'avoir, je rétorque en me forçant à rester patiente. Danny, tout ce que tu as à faire, c'est écrire un petit mail. Je te le dicte si tu veux : « Chère Gayle, je peux recommander Rebecca Brandon comme personal shopper dans votre établissement. Signé : Danny Kovitz. »

Silence au bout de la ligne. Peut-être prend-il des notes ?

— Tu as tout écrit ?

Un « Non » indigné me parvient.

— Comme recommandation c'est vraiment minable, ajoute-t-il. Tu crois que je n'ai rien d'autre à dire à ton sujet ?

— Euh…

— Je ne donne ma caution qu'à des gens qui le méritent. Et sans bâcler le travail, ma chérie. Le parrainage est une *forme d'art*.

— Mais…

— Tu veux une référence ? J'arrive et je te la donne.

— Je ne comprends pas.

— Pas question d'envoyer trois lignes merdiques par mail. Je viens à L.A.

J'éclate de rire.

— Tu ne vas pas faire le voyage à Los Angeles juste pour m'apporter ton soutien ? Au fait, tu es où ? À New York ?

Depuis que Danny a réussi, il est impossible de le localiser. Cette année il a ouvert trois show-rooms, dont un au Beverly Center de L.A. On pourrait croire qu'il s'en contenterait, mais non. Il est tout le temps en train d'aller à la découverte d'autres villes ou de partir en voyage d'inspiration (c'est-à-dire en vacances).

— Je suis à San Francisco. De toute façon, j'allais faire un saut à L.A. J'ai besoin de produits solaires, et c'est toujours là que je les achète. Envoie-moi les coordonnées du rendez-vous par SMS. Je t'y retrouverai.

— Mais…

— C'est top, ma chérie. Tu vas m'aider à trouver un nom pour mon husky. Chacun de nous doit adopter un chien de traîneau. Je pense même à sponsoriser une meute entière. Ça va être une véritable expérience de changement de vie…

Une fois que Danny commence à parler d'expérience de changement de vie, c'est difficile de l'interrompre. Je décide de lui accorder vingt minutes sur le sujet du Groenland. Peut-être vingt-cinq. Ensuite je *dois* aller acheter mes chaussures de running.

# 2

Bon, je suis la propriétaire officielle des chaussures de running les plus cool du monde. Argentées, agrémentées de bandes orange, avec parties en nid d'abeille et coussinets de gel comme il se doit. J'ai envie de les porter toute la journée.

Ce magasin de sport est incroyable ! Ici on n'achète pas simplement une paire de baskets. On ne les essaie pas en faisant quelques pas avant de dire « Je les prends » et d'ajouter au panier six paires de chaussettes parce qu'elles sont en solde. Oh, non ! Ici tout est hypertechnique. On teste les chaussures en courant sur un tapis, les conseillers font une vidéo, étudient votre allure et trouvent la solution qui convient le mieux à vos performances d'athlète.

Pourquoi ne font-ils pas la même chose chez Jimmy Choo ? Il devrait y avoir un petit podium où les clientes défileraient en musique sous des lumières stroboscopiques et seraient filmées. Ensuite les experts se prononceraient : « Nous pensons que ces stilettos noir et blanc correspondent parfaitement à votre stupéfiante démarche de top model. » Après quoi, on ramènerait la vidéo à la maison pour la montrer aux copines. *Trop* géniale, cette idée ! Je vais la suggérer à la direction la prochaine fois que je mets les pieds dans la boutique.

— Alors voici le moniteur cardiaque dont je vous ai parlé…

Le vendeur, qui s'appelle Kai, me montre un petit bracelet en métal et caoutchouc.

— Comme je vous le disais, il s'agit de notre modèle le plus discret. Il vient de sortir. Qu'en pensez-vous ? Votre avis compte beaucoup pour nous.

— Super !

Je m'extasie avec un grand sourire. Et je le fixe à mon poignet.

Kai m'a demandé si je voulais participer à l'étude sur ce nouveau produit. Pourquoi pas ? Le seul moment délicat a été celui où il m'a demandé quel moniteur cardiaque j'utilisais. Plutôt que d'avouer « aucun », j'ai répondu « The Curve » avant de me rappeler que c'était le nom du BlackBerry de Luke.

— Désirez-vous davantage d'eau de noix de coco avant de commencer ?

Davantage d'eau de noix de coco ? C'est tellement L.A. Tout dans ce magasin est tellement L.A. Kai lui-même est dynamique et bronzé avec une barbe de trois jours impeccable et un regard turquoise intense qui, à mon avis, doit beaucoup à des lentilles. Il ressemble tant à Jared Leto que je me demande s'il n'est pas allé voir son chirurgien esthétique avec une photo arrachée au magazine *US Weekly* en disant : « Cette tête-là, s'il vous plaît ! »

Dans la conversation, il a déjà glissé que 1) Il fait des photos pour *Sports Illustrated* ; 2) Il travaille sur un scénario dans lequel un conseiller en sport devient une vedette de cinéma ; 3) Il a remporté le concours des plus beaux pectoraux de l'Ohio trois années de suite et a d'ailleurs souscrit une assurance spéciale pour lesdits pectoraux. Dans les trente secondes, il m'a demandé si j'étais dans le cinéma. Quand j'ai précisé que non mais que, en revanche, mon mari y travaillait, il m'a donné sa carte en disant : « J'aimerais le rencontrer pour parler d'un projet qui pourrait l'intéresser. » À l'idée de Kai et Luke assis à une table en train de discuter de ses pectoraux, je recrache presque mon eau de noix de coco.

— Si vous voulez bien monter là-dessus, propose-t-il en me désignant le tapis de course. Je vais enregistrer votre rythme cardiaque, après quoi je vais l'accélérer grâce à une cadence d'aérobic et l'abaisser avec des périodes de repos. Vous n'avez qu'à suivre l'allure du tapis et tout ira bien.

— Super !

En grimpant sur le tapis je remarque un grand portant de vêtements de gym que font rouler deux vendeurs. Waouh ! Les fringues sont top – dans différentes nuances de violet et gris avec des logos géométriques et des coupes géniales.

— Qu'est-ce que c'est ? je m'enquiers alors que le tapis commence doucement sa course.

Kai n'a pas l'air passionné.

— Oh ! Ça vient de notre étage de soldes.

Un étage de soldes ? Personne ne m'en a parlé. Pourquoi je ne suis au courant de rien ?

— Bizarre ! fait-il, après un coup d'œil à l'écran de l'ordinateur. Votre rythme cardiaque vient de grimper alors que nous n'avons pas encore démarré la séquence d'activité intense. On va bien voir.

Le tapis commence à bouger plus vite et j'accélère

pour suivre. Mais mon attention est concentrée sur le portant. Un vendeur accroche des étiquettes sur chaque vêtement. En voyant un écriteau *90 % de rabais* je tends le cou pour voir à quel vêtement ça correspond. Un T-shirt ? Une minirobe ? Ou…

Oh, mais que vois-je ? Une sublimité de cardigan. Long, en cachemire gris (si je ne me trompe pas) et garni d'un zip géant rose fluo sur le devant et dans le dos. Complètement *génial.*

— Maintenant, nous allons nous reposer pendant un petit moment. Jusque-là ça va très bien.

Le tapis ralentit mais je le remarque à peine. L'angoisse me tenaille. Deux filles en extase sont arrêtées devant le portant. J'entends leurs exclamations de ravissement tandis qu'elles se montrent les modèles qu'elles entassent dans leurs paniers. Elles ramassent tout ! Je n'en crois pas mes yeux. Les soldes du siècle ont lieu devant mon nez et, moi, je suis coincée sur ce stupide tapis de course. Du moment que les filles ne voient pas le cardigan. Je leur ordonne silencieusement : *Ne regardez pas le cardigan…*

— C'est curieux, décrète Kai en examinant l'écran de l'ordinateur. Faisons une pause.

— À vrai dire, il faut que j'y aille, je dis à bout de souffle en attrapant mon sac et mon panier de shopping. Merci. Si j'ai besoin d'un moniteur cardiaque, je prendrai celui-là sans hésiter, mais je dois filer.

— Rebecca, on ne vous a jamais dit que vous faisiez de l'arythmie ? Que vous aviez des problèmes de cœur ?

Je m'arrête net.

— Pourquoi ? Vous avez décelé quelque chose ?

Il plaisante ou quoi ? Non, il a l'air sérieux. Il ne

plaisante pas. Je suis paniquée. Qu'est-ce que j'ai ? Ça y est, je vais être dans la page « Santé » du *Daily Mail*. *« Mon problème de cœur rarissime a été détecté au cours d'un simple test dans un magasin de sport. Le shopping a sauvé ma vie, déclare Rebecca Brandon... »*

— La manière dont votre cœur réagit à l'effort n'est pas normale. Le rythme s'accélère mais à des moments inattendus. Par exemple, en ce moment il est très rapide alors que vous êtes au repos.

— Oh ? C'est mauvais signe ?

— Pas nécessairement. Ça dépend de plusieurs facteurs. L'état général de votre cœur, votre forme…

Pendant qu'il parle, mes yeux se tournent vers le portant. Horreur ! Une des filles est en train de prendre mon cardigan. *Non ! Noooon ! Pose-le !*

— Ça recommence, s'agite-t-il en me montrant l'écran. Vous voyez ? Votre cœur s'emballe.

Mon regard va de Kai à l'écran puis se pose sur le cardigan avec le zip rose fluo. Mais c'est bien sûr ! Tout de même, est-ce vraiment pour *cette raison* que mon rythme cardiaque grimpe aux sommets ?

C'est trop gênant ! Quel abruti, ce cœur ! Je me sens piquer un fard et tourne la tête pour que Kai ne s'en aperçoive pas.

— Écoutez, je dis nerveusement, je ne sais pas ce qui s'est passé. Probablement un truc mystérieux. Les mystères du cœur. Ah ! Ah ! Ah !

— Oh, c'est bon !

L'expression de Kai se modifie comme s'il comprenait soudain de quoi il s'agissait.

— OK, dit-il. Je pige maintenant. C'est déjà arrivé deux fois.

— Qu'est-ce qui est arrivé ?

— Hum ! C'est un peu embarrassant…

Il me flashe un sourire dents blanches.

— Vous éprouvez une attirance physique pour moi. Ne vous inquiétez pas, c'est normal. C'est pour ça que j'ai dû abandonner mon job de coach personnel. Les clientes étaient – comment dire ? – s'amourachaient de moi.

Il se regarde avec complaisance dans le miroir et reprend :

— Vous en pincez pour moi, c'est ça ?

— Pas vraiment, je réponds avec sincérité.

— Rebecca, je sais que c'est difficile à admettre mais, croyez-moi, vous n'êtes pas la première femme qui…

— Il y a erreur ! J'étais tentée par un cardigan !

— Un cardigan ? s'étonne Kai en tiraillant sur son T-shirt. Mais je n'en porte pas.

— Je sais, mais il est là-bas, en solde. C'est ça, qui me captivait, pas vous. Je vais vous le montrer.

J'en profite pour me précipiter et attraper le cardigan que, Dieu merci, la fille a raccroché. Il est superdoux au toucher, et le zip est incroyable. En plus, il est à moins 70 % ! Rien que de l'avoir en main doit faire bondir mon cœur. Je m'enthousiasme :

— Vous ne le trouvez pas épatant ? Fabuleux ?

Soudain je me rends compte que je manque de tact. Alors je rectifie.

— Vous êtes aussi très beau, Kai. S'il n'y avait pas ce cardigan, je vous trouverais à mon goût.

Silence. Très franchement, il semble abasourdi. Même ses verres de contact turquoise scintillent moins.

— Vous me trouveriez à votre goût, s'il n'y avait pas ce cardigan, répète-t-il.

— Mais oui ! je m'exclame pour le rassurer. Vous m'auriez probablement fait tourner la tête comme à vos autres clientes. À condition de ne pas vous trouver en concurrence avec des fringues à tomber, j'ajoute pour être honnête. Par exemple, avec un tailleur Chanel soldé à 99 %. À mon avis, aucun mec ne peut rivaliser avec une occasion pareille.

Je me permets un petit rire, mais le visage de Kai est devenu de marbre.

— Je n'ai jamais été en compétition avec des vêtements, dit-il presque pour lui-même. *Des vêtements !*

Je remarque que l'atmosphère n'est pas aussi relax et fun que tout à l'heure. Il est temps d'aller payer.

— Merci pour le test, je lance gaiement en enlevant le bracelet. Et bonne chance à vos pectoraux !

Franchement, ce Kai a la grosse tête. D'accord, son regard turquoise est étonnant et son corps, splendide, mais il n'a pas de zip rose fluo. Il existe plein de types avec des yeux bleus extraordinaires mais un seul cardigan avec un zip aussi génial. Et s'il croit qu'il n'a jamais eu à souffrir de la concurrence avec des vêtements, c'est que sa copine lui a raconté des bobards. Il arrive parfois à une femme – à toutes les femmes de la planète – de fantasmer sur une paire de chaussures au milieu d'une partie de jambes en l'air. C'est un fait archiconnu.

Bref. Pas la peine de penser à cet idiot de Kai. Voyons le côté positif : j'ai acheté les chaussures de running les plus fabuleuses du monde. Bon, elles ont coûté 400 dollars, ce qui est une somme, mais je dois raisonner en termes d'investissement pour ma carrière. Pour ma *vie*.

— Je vous les mets dans une boîte ? demande un vendeur.

J'accepte machinalement. Je m'imagine au départ de la course avec Sage qui regarde mes pieds et déclare : « Cool, ces chaussures ! »

Je le remercie avec un sourire amical.

Et Sage poursuit : « Luke ne m'avait pas dit que vous étiez une telle athlète, Becky. »

Et moi : « J'adore courir. » (Ce qui n'est pas tout à fait vrai à ce moment précis mais qui le sera. Une fois que je vais démarrer, les endorphines vont faire leur boulot et je vais devenir une mordue de la course à pied.)

Sage continue : « On devrait s'entraîner ensemble. Tous les matins, d'accord ? »

Moi, nonchalamment : « Certainement. »

Elle : « Je m'entraîne déjà avec des copines, mais elles vous plairont. Vous connaissez Kate Hudson, Drew Barrymore, Cameron Diaz et… ? »

— Vous réglez en espèces ou avec une carte bancaire, madame ?

Je reviens à la réalité et fouille dans mon sac.

— Ah oui ! Avec une carte.

— Avez-vous choisi votre bouteille d'eau ? ajoute le vendeur.

— Pardon ?

— Chaque achat donne droit à une bouteille d'eau, explique-t-il en me montrant une affiche.

Parfait. Cette dépense de 400 dollars ressemble de plus en plus à une bonne affaire.

— Je vais regarder, merci, je réponds ravie.

Je me dirige vers un assortiment de bouteilles. Peut-être que si ma bouteille est sympa, Sage la remarquera. Tous les modèles sont présentés sur des étagères – chromés, noir mat, en silicone de toutes les couleurs. Je les passe en revue et m'arrête sur une étiquette « *motifs exclusifs en édition limitée* ». Je cligne des yeux pour mieux voir, mais les bouteilles à motifs sont sur la cinquième étagère. Quand même ! Pourquoi mettre les bouteilles en édition limitée sur la cinquième étagère ?

Je repère un escabeau, le pousse près des rayonnages et grimpe sur la dernière marche. Voilà qui est mieux. Les bouteilles sont formidables. J'ai du mal à me décider, finalement j'en choisis trois : une bouteille avec des rayures rouges, une avec des spirales couleur ambre et la dernière ornée de fleurs noires et blanches. Je paierai les deux bouteilles supplémentaires et je les rapporterai à Minnie et à Suze comme souvenirs.

Je les pose avec précaution sur la dernière marche de l'escabeau et jette un coup d'œil circulaire. La vue d'en haut est top : je surplombe les allées, je remarque que la femme de la caisse a besoin de faire ses racines, je vois…

Quoi ?

Minute !

Je me fige, incrédule, et regarde avec plus d'attention.

Dans un coin éloigné, il y a une fille que je n'avais pas remarquée. Incroyablement mince, avec un slim délavé, un sweat gris dont la capuche lui couvre la tête et des lunettes teintées qui lui cachent le visage. Pas étonnant qu'elle soit habillée en passe-muraille : c'est une voleuse.

Sidérée, je l'observe en train de fourrer une paire de chaussettes dans son sac géant (un Balenciaga de la dernière collection), puis une autre et une troisième. Ensuite, elle regarde autour d'elle, se fait toute petite et se dirige rapidement vers la sortie.

Comme c'est la première fois que je suis témoin d'un vol à l'étalage, je reste un moment sans bouger.

Ensuite la rage me saisit. Elle a piqué ces chaussettes ! Elle les a chapardées. C'est indigne ! C'est *interdit* !

Imaginez que tout le monde se mette à voler ! Bien sûr qu'on aimerait bien prendre des articles sans les payer mais on ne le fait pas, un point, c'est tout. On paie. Même si on ne peut pas se le permettre, on *paie*.

En la voyant filer, je suis dans tous mes états. Furibarde. C'est *inadmissible*. Je ne peux pas laisser faire ça. Je dois agir. Comment ? Je ne sais pas mais il le faut.

Abandonnant mes bouteilles, je saute de l'escabeau et me précipite vers la porte. La voleuse est devant moi. J'accélère mon pas et me faufile entre les piétons. Tandis que je me rapproche d'elle, mon cœur bat avec appréhension. Et si elle me menaçait ? Et si elle avait un revolver ? *Bien sûr* qu'elle en a un. Tout le monde est armé à L.A.

Tant pis ! Elle va peut-être me tirer dessus mais impossible de me dégonfler. Je tends le bras et tape sur son épaule osseuse.

— Excusez-moi !

La fille se retourne et, la peur au ventre, je m'attends à la voir brandir son flingue. Mais rien ne se passe. Les verres de ses lunettes sont si grands que je distingue à peine son visage. Tout ce que j'aperçois, c'est un petit menton pâle et un cou maigrichon de fille mal nourrie. Une onde de culpabilité me parcourt. C'est peut-être une pauvre sans-abri. Ce larcin est peut-être sa seule source de subsistance. Peut-être qu'elle va vendre les chaussettes afin d'acheter de quoi nourrir son bébé accro au crack.

D'un côté, je me dis : *Allez, Becky, laisse tomber et fiche le camp*. Mais d'un autre côté je me dis :

*Pas question.* Car, bébé accro au crack ou pas, cet acte est malhonnête. Simplement *malhonnête*.

— Je vous ai vue, d'accord ? Vous avez volé ces chaussettes !

D'abord, la fille est tétanisée. Puis elle essaie de se défiler mais instinctivement j'agrippe son bras.

— Vous n'avez pas le droit de voler, je m'écrie tout en m'efforçant de la retenir. Je suis sûre que vous vous dites : « Aucune importance ! Il n'y a pas mort d'homme. » C'est ça, hein ? Mais quand les gens piquent, ça retombe sur les vendeurs. Parfois ils doivent rembourser de leur poche. Vous ne trouvez pas ça injuste ?

La fille se débat pour échapper à mon emprise mais je la retiens de mes deux mains. En tant que mère d'une fillette de deux ans, je suis devenue experte en blocage.

— En plus, ça fait monter les prix, je poursuis hors d'haleine. Tout le monde en pâtit. Vous pensez sans doute que le chapardage est votre seule option, mais non. Vous pouvez changer de vie. Il existe des endroits où l'on peut vous aider.

Et voulant exprimer ma compassion, j'ajoute :

— Vous êtes dans les mains d'un maquereau ? Ils sont épouvantables, je sais. Mais vous pouvez demander asile dans un foyer. J'ai vu un documentaire sur le sujet : ces maisons sont épatantes.

Je suis sur le point de développer quand les lunettes de la fille glissent sur le côté. J'entrevois alors une partie de son visage.

Soudain je crois défaillir. Le souffle me manque. C'est…

Non. Impossible.

C'est. *C'est.*

C'est Lois Kellerton.

Toutes ces histoires d'accros au crack et de foyers pour femmes maltraitées s'évaporent. La situation est surréaliste. Invraisemblable. J'hallucine. Moi, Becky Brandon née Bloomwood, je serre le bras de l'actrice la plus célèbre d'Hollywood, Lois Kellerton. Quand je distingue son inimitable menton, mes jambes commencent à trembler. *Lois Kellerton !* J'ai vu tous ses films, je l'ai admirée à la télévision au cours de toutes les cérémonies des oscars et j'ai…

Mais quoi ?

*Qu'est-ce qui se passe* exactement ?

Lois Kellerton pique trois paires de chaussettes ? Et si c'était pour une émission genre *La Caméra invisible.*

Pendant ce qui semble un très long moment, nous restons immobiles à nous dévisager. Je me souviens de sa brillante interprétation dans le rôle éponyme de *Tess d'Urberville*, d'après le roman de Thomas Hardy. Mon Dieu, comme elle m'a fait sangloter ! Et dans ce film de science-fiction où, à la fin, elle reste volontairement sur Mars pour sauver ses enfants à moitié extraterrestres. J'ai versé des *seaux* de larmes. Suze aussi.

Je me racle la gorge en essayant de reprendre contenance.

— Je… Je sais qui vous…

— Je vous en prie.

Elle me coupe de sa voix rauque reconnaissable entre toutes et retire ses lunettes teintées. Quelle vision ! Ses yeux sont bordés de rouge et sa peau est toute fripée.

— Je vous en prie, s'excuse-t-elle encore une

fois. Je suis désolée. Désolée. Vous travaillez dans le magasin ?

— Non, je suis une cliente. J'étais montée sur un escabeau.

— On m'a vue ?

— Non. Je ne crois pas.

D'une main tremblante elle retire de son sac les trois paires de chaussettes et me les tend.

— Je ne sais pas ce qui m'a pris. Ça fait deux nuits que je ne ferme pas l'œil. Je crois que j'ai perdu la tête. C'est la première fois que je fais ça. Et la dernière. S'il vous plaît, murmure-t-elle, en ayant l'air de disparaître sous sa capuche. Prenez les chaussettes. Rapportez-les.

— *Moi ?*

— Je vous en prie.

Elle paraît tellement désespérée que je récupère gauchement les articles.

— Tenez.

Elle extirpe de son sac un billet de cinquante dollars.

— Donnez ça aux employés, s'il vous plaît.

— Vous semblez très… stressée, je lance. Ça va ?

Lois Kellerton lève la tête et nous nous regardons. Je me souviens tout à coup d'un léopard dans un zoo espagnol. Lui aussi avait ce regard misérable.

— Vous allez alerter la police ? Vous allez en parler à des gens ?

Elle s'exprime si doucement que j'ai du mal à l'entendre.

Quelle embrouille ! Et maintenant, je fais quoi ?

Histoire de gagner du temps, je fourre les chaussettes dans mon sac. Il faut que j'alerte la police. Oui, il le faut. Qu'elle soit une star de cinéma ne fait aucune différence. Elle a volé, c'est un délit. Je dois la faire arrêter sur-le-champ pour qu'elle passe en justice.

Mais… je ne peux pas. Non, *je ne peux pas*. Elle a l'air tellement fragile. Comme une mite ou une fleur en papier. Et puis, après tout, elle rend les chaussettes, elle donne de l'argent. J'ai l'impression qu'elle n'était pas elle-même quand elle a agi…

Elle a baissé la tête. Son visage est dissimulé par sa capuche. C'est comme si elle attendait son exécution.

— Je ne le dirai à personne, je dis finalement. Je vous le promets. Je vais remettre les chaussettes en place et garder cette histoire pour moi.

Quand je lâche son bras, je sens sa main fluette serrer la mienne. Elle a remis ses lunettes en place et ressemble maintenant à n'importe quelle fille en sweat à capuche.

— Merci, murmure-t-elle dans un souffle. Merci. Comment vous appelez-vous ?

— Becky, je rétorque. Becky Bloomwood. Enfin, Brandon. Bloomwood, c'était avant mon mariage, mais maintenant c'est… Oh, assez de bla-bla. Je m'appelle Becky.

— Merci, Becky.

Et avant que je puisse ouvrir la bouche, elle tourne les talons et file.

# 3

Le lendemain matin, je n'en crois toujours pas mes yeux ni mes oreilles. Est-ce que j'ai vraiment rencontré Lois Kellerton ? Est-ce que tout ça s'est réellement passé ?

Quand je suis retournée chez Pump avec les chaussettes, personne ne s'était aperçu de leur disparition. Pendant un horrible instant, j'ai cru qu'on allait m'accuser de les avoir piquées. Mais heureusement un vendeur a eu l'idée de visionner la vidéo de surveillance et nous avons tous constaté qu'une fille très mince en sweat gris à capuche fourrait des chaussettes dans son sac avant de quitter le magasin. Je frissonnais en regardant les images. Et une toute petite voix intérieure me poussait à m'exclamer : *Vous ne voyez donc pas qui c'est ? Vous ne* voyez *pas ?*

Mais, évidemment, je n'ai pas bronché. J'en avais fait la promesse. Et puis, de toute façon, personne ne m'aurait crue : sur la vidéo son visage est caché.

Ensuite, nous avons regardé la séquence où je l'ai suivie vers la sortie. Tout ce que je peux dire, c'est que je n'achèterai plus jamais de « combinaison gainante ». En voyant mes fesses étirer le tissu brillant, j'ai eu envie de mourir sur place.

Bon, oublions ! L'aspect sympathique, c'est que le personnel du magasin a été impressionné par ma réaction – même si l'idée d'équiper les chaussettes d'antivols électroniques a semblé les intéresser davantage que mon exploit. Ma version de l'affaire ? Que la « fille mystérieuse » avait laissé tomber les chaussettes pendant que je la poursuivais dans la rue mais que j'avais été incapable de la rattraper. En ce qui concerne le billet de cinquante dollars, je ne savais pas quoi faire. Alors j'ai prétendu l'avoir trouvé à terre et le leur ai donné. J'ai laissé mon nom aux policiers au cas où ils auraient besoin d'une déclaration, puis je me suis dépêchée de regagner notre hôtel, où je me suis enfin extirpée de cet atroce machin moulant en le découpant. (Et je suis allée acheter un short et un débardeur chez Gap.)

Lois Kellerton. *Lois Kellerton !* Les gens s'évanouiraient s'ils savaient. (En tout cas, Suze !) Mais je n'ai rien dit. Quand j'ai retrouvé Luke pour dîner hier soir, il voulait tout savoir sur les maisons à louer que j'avais visitées, et je ne voulais pas lui avouer que j'avais passé un bon bout de temps sur Rodeo Drive… En plus, j'avais promis. J'avais promis de garder le secret et je m'y suis tenue. Aujourd'hui, l'événement ressemble à un étrange petit rêve.

Je cligne des yeux et secoue la tête pour l'en faire sortir. Ce matin j'ai d'autres préoccupations. Je suis sur Beverly Boulevard, devant la façade de Dalawear et regarde la vitrine où des mannequins habillés en robes et pantalons « confortables » prennent le thé sur une pelouse artificielle.

Je n'ai rendez-vous avec Danny que dans vingt minutes, mais je voulais arriver plus tôt de façon à revoir le magasin et la disposition de ses rayons. J'entre : une délicieuse odeur de rose parfume les lieux, et la stéréo diffuse une chanson de Frank Sinatra. Un endroit extrêmement plaisant, Dalawear, même si les vestes ont toutes l'air d'avoir la même forme avec juste des boutons différents.

Je traverse les rayons ensembles, chaussures et lingerie avant d'arriver à la section robes du soir. La plupart sont longues, avec la taille très marquée et dans des tissus de couleurs flashy comme du bleu pervenche ou du rose framboise. Il y a beaucoup d'ornements et de nœuds sur les épaules ou la ceinture, des broderies, des bustiers lacés et des gaines intégrées. Rien qu'à regarder ces modèles je me sens épuisée, surtout après mon expérience de tissu remodelant. Il y a comme ça des fringues qui ne méritent même pas l'effort d'être essayées !

Au moment où je vais envoyer un SMS à Danny, une jeune fille d'environ quinze ans sort d'une cabine dans un bruissement d'étoffe et va se planter devant un grand miroir. Ce n'est pas la plus stylée des ados : cheveux au carré en désordre d'une drôle de couleur noir-rouge, ongles rongés, sourcils en mal d'épilation. Mais le pire de tout est ce qu'elle porte sur son dos : une robe bustier vert jade qui noie complètement sa silhouette, accompagnée d'une étole en soie absolument repoussante. Elle se contemple avec hésitation et remonte le corsage, ce qui n'arrange rien. C'est insupportable ! Et d'abord, qu'est-ce qu'elle fait ici ? Ce magasin n'est pas pour son âge. Je m'approche en vitesse.

— Heu… Salut ! Tu es… ravissante. C'est une robe très… classique.

— C'est pour ma soirée de fin d'année, marmonne la fille.

— Ah ! fantastique !

Après un moment j'ajoute :

— Il y a de jolies robes chez Urban Outfitters, tu sais. Bien sûr, Dalawear est un bon choix mais pour quelqu'un de ton âge…

— Je suis obligée de venir ici, explique-t-elle d'un ton malheureux. Ma mère a des bons d'achat. Je ne peux acheter une robe que si elle ne lui coûte rien.

— Je comprends.

— La vendeuse m'a assuré que le vert allait bien avec mes cheveux, poursuit-elle, découragée. Elle est allée chercher des chaussures assorties.

— Le vert est… ravissant.

Je croise mes doigts derrière mon dos avant d'ajouter :

— Oui, très frappant.

— OK, pas besoin de mentir. Je sais que je suis moche.

Ses épaules s'affaissent.

— Non, je réplique. C'est un peu trop grand pour toi… Peut-être un peu trop chargé.

Si je pouvais découper toutes ces épaisseurs de mousseline avec une paire de ciseaux ! Quand on a quinze ans, on ne veut pas ressembler à une guirlande de Noël. On veut quelque chose de simple et joli comme…

J'ai une illumination !

— Attends-moi là, je dis avant de me ruer vers le rayon lingerie.

En vingt secondes, je sélectionne plusieurs nuisettes en soie et en dentelle, quelques-unes gainantes et « une super combi en satin avec bustier intégré », tout cela en noir.

Le visage de la fille s'éclaire quand je reviens avec mon butin.

— Où vous les avez trouvées ?

— Dans un autre rayon, je réponds sans préciser. Tiens, essaie-les. Elles sont toutes en taille 36. Au fait, je m'appelle Becky.

— Moi, c'est Anita.

En souriant, elle révèle les bagues en métal d'un appareil dentaire.

Pendant qu'elle disparaît derrière le rideau de la cabine, je pars à la recherche d'accessoires et déniche une ceinture noire à paillettes et une pochette toute simple rose foncé.

— Qu'est-ce que vous en pensez ?

Anita émerge timidement de la cabine complètement transformée. Elle a mis une nuisette à bretelles qui la fait paraître trois tailles plus mince et met en valeur ses longues jambes. La dentelle noire souligne l'aspect laiteux de sa peau. Du coup, je vois ce qu'on peut faire avec sa tignasse courte.

— Somptueuse ! Laisse-moi juste arranger tes cheveux…

Un panier plein de bouteilles d'eau minérale se trouve sur le comptoir. J'en ouvre une, humecte mes mains et les passe dans ses mèches pour les lisser et créer un aspect wavy, puis je serre sa taille avec la ceinture pailletée et lui tend la pochette rose.

— Et voilà. Tu es superbe. Maintenant, tiens-toi droite. Regarde-toi ! Tu es topissime, non ?

— J'ai trouvé des chaussures de la bonne pointure, annonce une voix perçante dans mon dos.

La femme dans la soixantaine qui s'approche d'Anita, je l'ai rencontrée à mon premier entretien d'embauche. Elle s'appelle… Rhoda ? Non, Rhona. C'est écrit sur son badge.

En découvrant la tenue de l'adolescente, elle laisse échapper un rire outré.

— Ça alors ! Où est passée la robe longue ?

Anita me jette un coup d'œil et je viens à la rescousse.

— Bonjour, Rhona ! Je suis Becky. Nous nous sommes rencontrées, il y a quelque temps. Je vais commencer à travailler ici très bientôt. J'étais en train d'aider notre jeune amie à créer son look. Vous ne trouvez pas que cette nuisette est formidable une fois portée en robe ?

— Eh bien !

Si son sourire reste figé au millimètre près, ses yeux lancent des éclairs d'indignation.

— Quelle imagination, ma petite Anita ! J'aimerais bien vous voir dans la robe longue verte.

— Non, réplique l'adolescente avec détermination. Je vais porter celle-là. Elle me plaît.

Tandis qu'elle disparaît dans la cabine, je m'avance vers Rhona.

— C'est bon, je dis à voix basse. Pas la peine de lui faire essayer la robe verte. Elle ne lui va pas. Trop volumineuse, trop mémère. Alors j'ai pensé aux nuisettes et… bingo !

— La question n'est pas là. Vous connaissez le montant de la commission sur la robe verte ? Et la commission sur une nuisette ?

— Tant pis pour la commission ! L'important, c'est qu'elle soit ravissante.

— Je suis sûre qu'elle serait encore plus ravissante dans la robe verte. Une *nuisette* pour un bal ! s'exclame-t-elle en pinçant les lèvres.

Je me mords les lèvres. Impossible de dire ce que je pense vraiment.

— Écoutez, puisque nous sommes amenées à travailler ensemble, autant convenir que nous ne serons pas toujours d'accord.

Je lui tends la main en signe de paix. Mais avant que Rhona la saisisse, j'entends une exclamation et sens deux bras autour de mon cou.

— Becky !

— Danny !

Je pivote. Danny me dévisage de ses yeux bleu pâle cernés d'un trait d'eye-liner épais.

— Waouh ! je m'exclame, tu fais très… heu… très nouveau romantique.

Son style de vie est le moins *healthy* de la planète. Pourtant, il ne prend pas un gramme ni une année. Aujourd'hui ses cheveux teints en noir sont coiffés en une banane souple qui tient avec du gel ; il porte un seul pendant d'oreille, et son jean est rentré dans des bottes de ramasseur de bigorneaux.

— Je suis prêt, annonce-t-il. Je connais ma référence sur le bout des doigts. Je l'ai apprise dans l'avion. À qui je la récite ? À vous ?

Il s'incline devant Rhona et commence :

— Je suis Danny Kovitz. Oui, *le* fameux Danny Kovitz, merci ! Je suis venu aujourd'hui pour vous recommander Rebecca Brandon : c'est une *personal shopper* hors pair.

Je suis rouge d'embarras.

— Arrête ! Ce n'est pas le bon endroit. Allons trouver Gayle, ma nouvelle patronne.

— Ah bon ? fait Danny imperturbable.

Pendant ce temps, Anita est ressortie de la cabine d'essayage et se dirige vers Rhona.

— OK. Je vais prendre le truc en dentelle noire. Et aussi la pochette et la ceinture.

— Eh bien, ma petite, si vous êtes sûre de votre choix, maugrée Rhona, avec son expression constipée. Et que pensez-vous de cette fabuleuse étole rose ? Elle ferait ressortir merveilleusement bien la dentelle noire.

Elle tend le bras vers un grand morceau de tulle orné d'énormes sequins blancs qu'elle étale sur le comptoir.

Anita me regarde et je fais discrètement non de la tête.

— Non, merci, assène-t-elle.

Rhona m'observe avec suspicion, mais je lui adresse un sourire innocent.

— Il faut qu'on aille voir Gayle. À tout à l'heure, Rhona ! Et, Anita, amuse-toi bien à ta soirée !

En m'éloignant avec Danny, je ne peux pas m'empêcher de passer mon bras sous le sien.

— Merci d'être venu. C'est génial de faire ça.

— Tu as raison, ma chérie, admet-il.

— Tu vas me manquer quand tu seras au Groenland. Tu n'aurais pas pu choisir un coin plus près ?

— Quoi ? Pour me balader en montagne ? Pour un misérable petit trek d'un jour ?

— Pourquoi pas ? On t'aurait quand même sponsorisé…

— Becky, tu ne comprends pas, déclare Danny

sérieusement. C'est quelque chose que je dois faire. Je veux connaître mes limites. Il y a un mec formidable, Diederick, qui m'aide à me préparer. Il est du voyage aussi. Il dit que c'est une expérience mystique. *Mystique.*

— Mystique ! Oh, d'accord !

— Qui *achète* ces trucs ? demande Danny qui visiblement vient de remarquer les portants de vêtements.

— Plein de femmes. Des clientes à la mode, stylées, chic.

— Chic ?

Il fait une grimace d'horreur comique.

— Tu as dit « chic » ?

— Chut ! Voici ma boss.

Nous sommes arrivés à l'entrée du bureau des conseillères de mode. Gayle est là, jetant à droite et à gauche des regards anxieux. Elle pense peut-être que je ne vais pas venir. C'est vraiment une femme charmante, dans la quarantaine : très jolie, à part ses cheveux, trop longs d'après moi. J'ai hâte de travailler avec elle.

Je fais un signe pour attirer son attention.

— Bonjour, Gayle !

— Ah, Rebecca, vous voilà ! J'allais vous appeler. C'est extrêmement bizarre. Je suis désolée, vraiment désolée…

Elle va me dire que Danny n'a pas encore envoyé sa lettre de recommandation.

— Non, tout va bien, je riposte. Il est là. Danny, je te présente Gayle, ma nouvelle patronne. Tu peux commencer, j'ajoute en lui donnant un coup de coude.

— Je ne comprends pas, dit Gayle l'air perplexe.

— C'est Danny Kovitz ! Il est venu spécialement pour me recommander à vous. Allez, à toi, Danny.

— Je suis Danny Kovitz – oui, *le* fameux Danny

Kovitz, merci. Je suis venu aujourd'hui pour vous recommander Rebecca Brandon : c'est une conseillère hors pair. Elle transforme un désastre en grand style. Une dégaine nulle en look superbe. Une… euh…

Il sort un bout de papier de la poche de son jean et le consulte.

— Oui ! Elle fait d'un calvaire un bonheur total. Et pas seulement un bonheur en matière de mode. Je parle d'un bonheur complet, là.

Il fait un pas vers une Gayle passablement abasourdie et continue son panégyrique.

— Vous *devez* engager Rebecca Brandon dans votre magasin. Sachez que la dernière personne qui a essayé de la renvoyer s'est retrouvée face à une clientèle extrêmement mécontente. Pas vrai, Becky ?

Je hausse les épaules, un peu émue. Je ne me doutais pas que Danny serait aussi élogieux à mon égard.

Il passe à un second bout de papier.

— Vous avez peut-être entendu de curieuses rumeurs sur Rebecca. Oui, un jour, elle a délibérément piégé une cliente dans une robe. Mais elle avait une bonne raison de le faire. Oui – et il frappe la feuille de façon théâtrale –, elle est connue pour avoir fait passer des vêtements pour des produits de santé. Mais c'était pour aider ses chères clientes. Oui, elle a organisé deux mariages le même jour sans le dire à personne. Pas même à son fiancé…

— Danny, tais-toi, je marmonne tandis qu'il jette un œil sur sa feuille.

Mais pourquoi raconte-t-il tous ces trucs ?

— Je ne sais pas pourquoi elle a fait ça, conclut Danny. D'ailleurs, oublions ! Concentrons-nous sur le fait que Rebecca brille comme une étoile dans un bureau de conseil de mode. Tous les magasins devraient être enchantés de l'engager. Merci.

Il salue et lève les yeux vers Gayle.

— Et maintenant je serais heureux de répondre à toutes vos questions, sauf celles portant sur ma vie personnelle, mes soins de beauté et le procès en cours contre mon ancien directeur. Pour ces sujets, j'ai un formulaire de questions réponses.

Il farfouille dans son autre poche et sort trois feuilles de papier vert citron, intitulées *La vie de Danny Kovitz*, qu'il tend à Gayle.

Elle les contemple dans un silence stupéfait. Puis elle s'adrcssc à moi :

— Rebecca…

Elle ne trouve pas ses mots.

— Je n'ai pas fait *exprès* d'organiser deux mariages le même jour, je rétorque. Ces choses arrivent toutes seules.

— Non, non. Ce n'est pas ça. Oh, quel dommage ! Vraiment dommage.

— Qu'est-ce qui est dommage ? je demande avec un pressentiment soudain.

— Rebecca…

Enfin, elle me regarde en face.

— Rebecca, il n'y a pas de job pour vous.

— Comment ?

— J'ai reçu tout à l'heure un appel du directeur du groupe. Il vient de faire un point sur la situation du magasin : nous devons alléger notre personnel. Par conséquent, nous ne pouvons pas nous permettre d'embaucher en remplacement du congé maternité. Dans l'immédiat, Rhona s'en occupera. J'aurais beaucoup aimé vous engager, croyez-moi. Mais dans ce climat, ajoute-t-elle en se tournant vers Danny… les choses sont difficiles.

— Je comprends bien, je dis d'une voix que l'émotion fait trembler.

— Je suis navrée. Je suis sûre que vous auriez été d'une grande efficacité dans notre département.

Elle paraît si triste que j'ai un élan de compassion. Quel sale boulot de virer les gens !

— C'est la vie ! je réponds en m'efforçant de me montrer enjouée. Merci quand même ! Peut-être que je reviendrai travailler avec vous quand les choses iront mieux.

— Pourquoi pas ? Merci d'être aussi compréhensive. Hélas, j'ai d'autres mauvaises nouvelles à dispenser. Je vous dis au revoir.

Elle me serre la main. Après son départ, Danny et moi échangeons un regard ébahi.

— Quelle poisse ! s'écrie-t-il.

— Ouais. Mais ta recommandation était trop sympa. Je peux t'inviter à déjeuner pour te remercier ?

Pendant les deux heures qui restaient à Danny avant de partir pour l'aéroport, on s'est éclatés. D'abord un déjeuner bien arrosé. Ensuite une séance de shopping pour ses crèmes solaires. Je rigolais tellement que j'avais mal au ventre. Mais en regardant son taxi s'éloigner sur Beverly Boulevard, je me sens déprimée et déçue. Je n'ai pas de boulot. Alors que je comptais dessus. Pas seulement pour l'emploi que ça représentait, ou pour l'argent que j'allais gagner. Pour avoir quelque chose à faire. Et pour rencontrer des gens.

Bon ! Eh bien, voilà. C'est comme ça. Mais je vais rebondir. Je vais trouver autre chose. Il y a des tonnes de magasins de mode à L.A. et *certainement* d'autres opportunités. Je n'ai qu'à continuer à chercher, à garder mes yeux et mes oreilles ouverts.

— Hé, madame, faites attention !

— Ooooh !

J'étais tellement occupée à penser à garder mes yeux et mes oreilles ouverts que je n'ai pas remarqué une grande asperge plantée au beau milieu du trottoir. Un homme coiffé d'un casque donne des ordres à des gens tout autour de lui. Une sorte de rumeur a envahi la rue. En m'approchant, je vois des lumières et des projecteurs sur pied… Waouh ! C'est une équipe de tournage ! Ils filment quelque chose !

La voix de la raison me dit de retourner à l'hôtel afin de me préparer pour la Dix-Miles, mais impossible de m'éloigner. Je suis déjà venue à L.A., mais c'est la première fois que je vois une équipe de tournage. Alors, pleine d'excitation, je m'avance vers les lumières. Des barrières de métal barrent l'accès au trottoir. Un gars en blouson denim demande poliment aux gens de reculer de l'autre côté de la rue. J'obéis à contrecœur tout en gardant les yeux sur ce qui se passe. Deux hommes en jean sont assis dans des fauteuils de metteur en scène, un typer corpulent se tient derrière une caméra, et plusieurs filles avec des casques s'agitent avec des airs importants. Ce que je les envie, tous ! Ce que ça doit être *cool* de participer au tournage d'un film. Le seul sur lequel j'ai travaillé était pour la télé : je donnais des conseils aux gens pour bien placer leur retraite. (Avant, j'étais journaliste financière et je parlais de comptes bancaires toute la journée. Aujourd'hui, je fais parfois des cauchemars : je rêve que je suis de retour dans mon ancien boulot, que je passe à la télé sans même comprendre les taux d'intérêt.)

Il y a une fille toute seule plantée dans la rue. Sûrement une actrice, vu son petit gabarit et son maquillage. Je ne la reconnais pas mais ça ne veut rien dire. Et si je la prenais en photo et l'envoyais avec un texto « *C ki ?* » à ma meilleure amie, Suze ? Soudain, une femme plus âgée en jean et gilet noir sans manches s'approche d'elle. Sur ses longues tresses noires elle a posé une casquette à visière bordeaux et elle porte de sublimes boots à talons.

Dans la foule, tout le monde a les yeux tournés vers l'actrice mais, moi, je suis fascinée par la femme aux tresses. Je sais qui c'est. J'ai lu des interviews d'elle. C'est une styliste, Nenita Dietz.

Elle a apporté une housse en plastique transparent contenant un manteau vintage à rayures qu'elle retire avec précaution. Elle aide l'actrice à l'enfiler, après quoi elle l'inspecte, l'ajuste et ajoute un collier. Tout en l'observant, mes pensées galopent dans une nouvelle direction. Je m'imagine dans ce job. Travaillant sur des films. Choisissant les tenues des acteurs. Créant le look des stars en représentation… À bas les grands magasins ! Je dois viser plus haut. C'est le boulot que je dois faire. Le boulot idéal pour moi. J'aime les fringues, j'aime le cinéma, j'emménage à Los Angeles… Pourquoi n'y ai-je pas pensé plus tôt ?

Maintenant, Nenita Dietz fait essayer plusieurs paires de lunettes de soleil à l'actrice. Complètement captivée, je n'en rate pas une miette. Cette Nenita est étonnante. C'est elle qui a lancé la mode des boots avec des robes du soir. Et elle vient de lancer une collection de lingerie.

Mais comment je pourrais m'introduire dans cette profession ? Comment devient-on une styliste top niveau à Hollywood ? Ou une styliste moyenne ? Ou même une petite, d'ailleurs ? Où débuter ? Je ne connais personne ici, je n'ai pas de job et aucune expérience dans le cinéma.

De l'autre côté, des membres de l'équipe s'égosillent. « Silence, on tourne ! » « Ça tourne ! » « Silence, s'il vous plaît ! » Fascinée, je contemple l'actrice croiser les bras et regarder en l'air.

— Coupez !

Coupez ? C'est *tout* ?

Toute l'équipe s'agite de nouveau dans tous les sens. J'essaie de localiser Nenita Dietz. En vain. Les badauds me poussent et finalement je m'éloigne en fantasmant à fond. Une salle de cinéma dans l'obscurité. Mon nom apparaît sur l'écran en lettres blanches.

RESPONSABLE DE LA GARDE-ROBE
D'ANN HATHAWAY :
REBECCA BRANDON

CRÉATRICE DES COSTUMES
DE BRAD PITT :
REBECCA BRANDON

CONSEILLÈRE DE MODE POUR
SAGE SEYMOUR :
REBECCA BRANDON

Dans ma tête tout se met en place. Sage Seymour est la clé. Sage Seymour est la réponse. C'est de cette façon que je vais devenir styliste de cinéma.

**FRESH BEAN COFFEE SHOP**
**1764 Beverly Blvd**
**Los Angeles, CA 90210**

Notes et idées

Tendances que je pourrais lancer :

— Robe écossaise avec accessoires fluo en PVC.

— Manteau en fausse fourrure cintré à la taille par trois ceintures différentes. (Oui ! Un look signature !)

— Cheveux roses et veste vintage à fines rayures.

— Broches en strass sur bottes en caoutchouc.

— Jean coupé transformé en jambières pour les bras.

— Porter deux sacs de créateurs en même temps. (Oui ! À commencer tout de suite !)

— Jupe longue en tulle enfilée sur un jean.

— Chaussures dépareillées pour un look décalé et loufoque. (Trop dément peut-être ?)

— Vraies orchidées glissées dans la ceinture au lieu d'être piquées sur le revers.

— N.B. : Acheter des orchidées.

# 4

À 15 heures, je me trouve au milieu d'une foule de coureurs, en train d'élaborer des plans pour ma nouvelle carrière. Tout ce qu'il me faut, c'est rencontrer Sage Seymour, parler de mode avec elle et lui proposer mes services pour sa prochaine apparition en public… Ensuite, je me glisserai dans la brèche. L'important, c'est le réseau. Or, comme contact, rien de mieux que Sage Seymour. Rien de mieux, aussi, que cette course pour faire sa connaissance. Je suis dans son équipe. J'ai toutes les raisons d'entamer la conversation et, pendant que nous piquerons un sprint ensemble, je peux facilement orienter notre bavardage vers les tenues parfaites pour les oscars. Je ne l'ai pas encore aperçue, mais dès que je la repérerai je serai prête à agir.

Une cloche sonne. Les coureurs se regroupent. Aïe ! Les cocktails que j'ai éclusés avec Danny commencent à se rappeler à mon bon souvenir. Le dernier Malibu Sunrise était sans doute de trop… Mais tant pis. Les endorphines vont bientôt se mettre en route.

C'est un sacré spectacle, cette course des Dix-Miles ! Elle part du Dodger Stadium pour continuer tout le long de Sunset Boulevard puis sur Hollywood Boulevard. D'après la brochure de bienvenue, l'itinéraire longe un certain nombre de hauts lieux d'Hollywood. Quelle chance ! Je vais pouvoir les admirer en courant. Je suis déjà passée au contrôle. C'est incroyable, le nombre de participants. Tout autour de moi, ce ne sont que des coureurs en train de faire des étirements, de courir sur place, de vérifier leurs chaussures. De la musique sort des haut-parleurs, le soleil brille vaguement à travers les nuages et une odeur d'écran solaire imprègne l'atmosphère. Et moi, j'y suis ! Je me trouve au milieu du groupe Un, à trois mètres d'une grande arche en métal qui marque le départ, avec le numéro 184 fixé sur mon maillot et une « puce » dans ma chaussure. Surtout, je porte la fabuleuse casquette de base-ball qui m'attendait à l'hôtel : turquoise avec l'inscription *ÉQUIPE SAGE* en lettres blanches. J'ai l'impression de participer aux jeux Olympiques !

Je scanne l'assistance à la recherche d'une autre casquette turquoise *ÉQUIPE SAGE*, mais il y a trop de coureurs agglutinés autour de moi pour que je discerne quelque chose de ce genre. Sage doit forcément être quelque part. Il faut juste que la trouve avant le départ.

Tout en faisant des exercices d'assouplissement, je croise le regard d'une grande fille noire à la silhouette déliée qui se dégourdit les jambes à côté de moi. À la vue de ma casquette, ses yeux s'agrandissent.

— Vous êtes dans l'équipe de Sage Seymour ?

— Oui, je fais avec un air décontracté. Absolument. Je suis avec Sage. Nous allons courir ensemble, papoter et… tout ça.

— Waouh ! Vous devez être superbonne. Vous pensez faire quel temps aujourd'hui ?

— Heu… Je pense environ… Heu.

En fait, je n'en ai aucune idée. Dix miles ? En combien de temps je peux parcourir cette distance ? Je ne connais même pas mon temps sur un mile. Finalement je lance :

— La meilleure performance possible.

— D'accord, fait la fille en étirant ses bras en l'air. Et quelle est votre stratégie ?

*Rencontrer Sage Seymour, parler de mode et me débrouiller pour être invitée chez elle* : c'est ce que j'ai en tête. Au lieu de ça, je réponds en haussant les épaules :

— Juste courir. Arriver au bout. Faire de mon mieux. Vous voyez, quoi !

Elle me jette un regard ébahi et se met à rire.

— Vous êtes une marrante, vous !

Les coureurs sont maintenant au coude à coude. Au moins un millier de participants. À perte de vue. Malgré le décalage horaire, rien que le fait de tester mes nouvelles chaussures d'athlète en sautant sur place me rend euphorique. Me voilà ! Participant à la course la plus glamour de L.A. La preuve qu'on peut arriver à faire des choses avec un peu de volonté. Je vais prendre une photo et l'envoyer à Suze. À ce moment précis, mon téléphone sonne. C'est ma mère. Elle m'appelle toujours avant de se coucher pour me dire que Minnie s'est bien endormie.

— Salut, je dis ravie. Devine ce que je suis en train de faire ?

— Tu es à une cérémonie de remise de prix ! s'exclame maman.

Chaque fois qu'elle me téléphone, maman me demande si je suis sur un red carpet. Et, à vrai dire, non seulement je n'y ai jamais posé les pieds mais je n'en ai pas encore vu un centimètre, de ces fameux tapis rouges. Pire : Luke a reçu une invitation à une première lors de notre dernier séjour, mais il n'y est pas allé et ne m'a prévenue qu'une fois que c'était trop tard. Une soirée de première !

Je ne peux pas compter sur lui pour me faire assister à un truc sympa. Sa vision de L.A. est à l'opposé de la mienne. Tout ce qui l'intéresse, c'est assister à des réunions et téléphoner sur son BlackBerry – c'est-à-dire passer des coups de fil professionnels. Il dit adorer la frénésie de travail de Los Angeles. La frénésie ? Franchement ! Qui s'installe en Californie pour la frénésie de travail ?

— Non, je participe à une course pour une œuvre de charité. Avec Sage.

Maman hoquette de joie.

— Avec Sage Seymour ? Oh, Becky !

— Bon, pour le moment je ne l'ai pas encore vue. Mais je vais me rattraper quand on courra côte à côte. Je porte la casquette de son équipe, j'ajoute fièrement.

— Oh, ma puce !

— Oui. Je vais prendre une photo de la casquette. Montre-la à Minnie. Au fait, elle va bien ? Pas de problème pour s'endormir ?

— Elle va très, très bien, répond maman joyeusement. Toute contente dans son lit. Alors qui d'autre as-tu vu, comme célébrités ?

J'ai envie de dire « Lois Kellerton ».

Mais non. *N'y pense même pas, Becky !* J'adore ma

mère mais quand on lui confie un secret tout Oxshott est au courant dans la seconde.

— Plein de gens connus participent à la course. Je crois avoir aperçu un type qui joue dans *Desperate Housewives*.

J'entends un coup de klaxon. Le départ de la course ?

— Maman, je te quitte. On se parle plus tard. Bisou !

C'*était* le départ de la course. Je suis dans un brouillard de pieds et de bras qui remuent : les coureurs prennent position et, déjà hors d'haleine, j'essaie de rester avec eux.

C'est fou ce qu'ils vont vite !

Ça va. Moi aussi, je suis rapide. Je suis tout à fait à leur hauteur. Mes poumons brûlent mais pas de problème : les endorphines vont se déclencher tout de suite. Le plus important est de repérer Sage.

Maintenant que la masse humaine s'étire, je peux mieux voir mes concurrents. Je scanne désespérément leurs têtes à la recherche d'une casquette turquoise. Elle est forcément quelque part… Je ne peux pas l'avoir manquée !

Là-bas ! Je sens une décharge d'adrénaline. OK, il est temps de me remuer. Je vais piquer un petit sprint, arriver à sa hauteur et lui dire avec un geste vers ma casquette : « Je crois que nous sommes dans la même équipe. » Et ce sera le départ d'une vraie amitié.

Je ne me suis jamais considérée comme une athlète, mais là, quand je commence à foncer, je me sens animée d'une force insoupçonnable. Je dépasse la grande Noire à la silhouette déliée. J'ai des ailes, j'exulte ! Mais la casquette turquoise caracole toujours devant moi. J'enrage de ne pouvoir l'atteindre. Alors je mets le turbo. Finalement je parviens à son niveau. Je suis congestionnée, mon cœur bat à cent à l'heure, mais j'arrive tout de même à montrer ma casquette et cracher dans un halètement : « Je crois que nous sommes dans la même équipe. »

La casquette turquoise pivote vers moi… Ce n'est pas Sage Seymour. C'est une fille avec un nez pointu et des cheveux bruns qui me jette un regard vide avant d'accentuer son allure. Elle ne porte même pas la casquette *ÉQUIPE SAGE* : la sienne est juste une casquette turquoise lambda.

Je suis tellement déconcertée que je stoppe net pour me retrouver pratiquement jetée à terre par une horde de coureurs.

— Qu'est-ce qu'elle fiche, celle-là ?

— Du vent !

— Allez *dégage*, 184 !

Je me range en vitesse sur le côté pour reprendre mon souffle. Bon, ce n'était pas Sage. Peu importe ! Elle est quelque part. Je dois continuer à garder un œil sur les têtes turquoise… Turquoise ? Ouais ! Par là !

Nouvelle décharge d'adrénaline. Je plonge dans la course à la poursuite d'une autre casquette turquoise. Mais en m'approchant, je m'aperçois que ce n'est pas Sage, ni une fille, mais un petit mec tout maigre, genre italien.

Mince, c'est pas vrai ! Hors d'haleine, je me dirige vers le stand de ravitaillement et avale une gorgée d'eau, l'œil toujours rivé sur la foule des coureurs. Pas question d'abandonner. D'accord, je l'ai manquée de peu deux fois. Mais je vais réussir. Oui, je vais la trouver ! Minute ! Ce n'est pas un flash turquoise qui vient de passer ? *Certainement* elle…

Une heure après, j'ai l'impression d'évoluer dans un univers parallèle. Ce qu'on appelle la « zone », non ? Pour moi, c'est plutôt l'enfer. Mes bronches pistonnent l'air comme des folles, mon visage dégouline de sueur, mes pieds sont couverts d'ampoules, j'ai envie de défaillir et pourtant j'avance toujours. C'est comme si un pouvoir magique me maintenait dans la course. Je continue à voir des casquettes turquoise, et à les pourchasser. J'ai rattrapé quatre filles blondes. Aucune n'était Sage. Mais où est-elle ? Où *est*-elle ?

Et ces foutues endorphines ? Je cours depuis des siècles et pas une seule ne s'est manifestée. Rien que des balivernes, tout ça ! Quant aux lieux cultes d'Hollywood, parlons-en ! Je n'en n'ai pas vu l'ombre d'un. D'ailleurs est-ce qu'ils sont vraiment sur notre parcours ?

J'ai vraiment *besoin* de boire. Je vais au stand de ravitaillement le plus proche, tout décoré de ballons. Je me saisis d'un gobelet en papier et balance l'eau sur ma tête. Puis j'en prends un second dont j'avale le contenu. Pas très loin, une foule de pom-pom girls habillées en rouge font leur numéro habituel. Je les regarde avec envie. D'où tirent-elles toute cette énergie ? Peut-être qu'elles ont des chaussures à ressorts. Peut-être que, si j'avais des pompons brillants à agiter, je filerais comme le vent.

— Becky ! Hou ! Hou ! Ça va ?

Je me relève toujours essoufflée et, à moitié étourdie, je regarde autour de moi. Luke est derrière la barrière. Il tient un drapeau *Dix-Miles* et me dévisage avec un air soucieux.

— Tu vas bien ? répète-t-il.

— Oui, je croasse. Tout baigne.

— J'avais envie de te soutenir.

Tandis que je titube vers lui, je remarque son étonnement.

— Tu sais que ton temps est incroyable ? Je ne réalisais pas que tu avais à ce point la forme.

— Ah, d'accord ! je fais en essuyant la transpiration de mon visage.

À vrai dire, je n'ai même pas pensé à ma vitesse. Pour moi, cette course n'a été qu'un brouillard de casquettes turquoise.

— Tu as eu mon SMS ?

— Hein ?

— À propos de Sage. Elle s'est retirée.

Je le regarde, hébétée. Le sang bat toujours à mes oreilles. Luke a dit quoi au juste ?

— Elle s'excuse mille fois.

— Tu veux dire que… elle ne participe pas à la course ? Pas du tout ?

J'ai cavalé derrière toutes ces casquettes turquoise pour *des clous* ?

— Un de ses amis a décidé d'embarquer un groupe de copains au Mexique. À l'heure où nous parlons elle doit être dans un avion avec toute son équipe.

Je m'efforce de comprendre.

— L'*équipe* entière s'est retirée ? Mais, et l'entraînement alors ? Et le stage intensif en Arizona ?

— Elles y sont peut-être allées. Tu sais, poursuit mon mari d'un ton sec, elles se déplacent en bande. Si Sage décrète : « Allons au Mexique », tout son monde file au Mexique. Désolée, Becky. Tu dois être déçue. Je sais que tu as fait la course uniquement pour rencontrer Sage.

Sa compassion m'exaspère. Qu'est-ce qu'il croit ? Bien sûr qu'il dit vrai. Mais il ne devrait pas le penser. Les maris doivent toujours être en admiration devant leurs femmes. Question de principe.

— Je ne cours pas uniquement pour rencontrer Sage, je réplique en me redressant avec un air offensé. Je participe, parce que j'aime courir et que je veux apporter ma contribution à cette œuvre de charité. Le fait que Sage soit présente ou absente ne m'a même pas traversé l'esprit.

— Ah bon ! fait Luke, incertain. Alors bravo ! C'est presque fini.

Je manque partir en vrille. Malédiction, ce n'est pas terminé ! Mais je ne peux plus courir. Impossible !

— Encore quatre miles, me renseigne Luke le nez sur la carte de l'itinéraire. Tu vas le faire en un rien de temps !

Quatre miles ? Quatre miles entiers ?

Je contemple, jambes tremblotantes, le parcours devant moi. Mes pieds me font mal. Les coureurs martèlent toujours le pavé. L'idée de retourner dans la mêlée me terrifie. Un mec coiffé d'une casquette turquoise passe devant moi. Je lui jette un regard mauvais. Je ne veux plus jamais voir de casquettes turquoise !

— Il faut que je me dégourdisse les jambes avant de repartir. Mes muscles refroidissent, je dis pour gagner du temps.

Je lève un pied pour détendre mes quadriceps, compte lentement jusqu'à trente et passe à l'autre côté.

Ensuite, je me plie en deux et laisse ma tête pendre à la hauteur de mes genoux pendant deux minutes. Hum ! Ça fait du bien. Peut-être que je vais rester dans cette position pendant un moment.

— Becky ? Chérie, tout va bien ?

La voix de Luke me pénètre.

— Je t'informe que je fais du stretching.

Je lève la tête, détends mes triceps et me lance dans quelques postures de yoga que Suze a exécutées devant moi.

— Il faut que m'hydrate, j'ajoute. C'est capital.

Je vais prendre un verre d'eau que je bois tranquillement, puis j'en remplis un autre que je tends à un coureur en pleine action. Puisque je suis là autant me rendre utile. Alors je prépare plusieurs verres à côté desquels j'empile des barres énergétiques. Des emballages vides traînent un peu partout : je les ramasse et les flanque dans une poubelle. Puis j'attache deux ballons sur le point de s'envoler et redresse la banderole. Autant faire en sorte que le stand soit présentable.

Je remarque soudain que le type du stand me dévisage comme si j'étais folle.

— Vous ne devriez pas courir au lieu de faire le ménage ? me réprimande-t-il.

Le culot ! Alors que je lui donne un *coup de main* ! Il pourrait être plus reconnaissant quand même !

— Je fais une pause stretching pour éviter les crampes, j'explique, en notant que Luke m'observe d'un air narquois.

— Eh bien, vos muscles doivent être bien détendus à l'heure qu'il est ! Vous n'y retournez pas ?

Franchement ! Toute cette pression pour *courir* tout le temps !

— J’ai juste besoin de…

J’entrelace mes doigts et les allonge en poussant.

— Hum ! C’est très tendu à cet endroit, je commente.

— Madame, vous allez tout manquer, m’avertit le mec du stand en désignant le parcours. C’est le dernier groupe.

Il a raison. Les coureurs se raréfient. Restent seulement quelques traînards. Les spectateurs s’éparpillent aussi. L’ambiance de la course est en train de se dissoudre. Je ne peux pas me défiler plus longtemps.

— Bon, très bien, j’annonce d’une voix qui se veut énergique, je vais juste courir ces quatre miles en vitesse. Ça ne va pas prendre des heures.

Je respire un bon coup et lance :

— Alors j’y vais !

— À moins que…, intervient Luke.

— À moins que quoi ?…

— Je me demandais si tu accepterais de ralentir ta cadence, Becky. On pourrait marcher ensemble. Tu en penses quoi ?

— Marcher ?

Il passe sa main au-dessus de la barrière et attrape la mienne. Nous sommes pratiquement les seules personnes dans le secteur. Derrière nous, des types commencent à démonter le matériel de protection et à ramasser les détritus avec des tiges spéciales.

— On n’a pas souvent l’occasion de marcher à L.A., ajoute Luke. Et nous avons les rues pour nous seuls.

Je souffle de soulagement.

— Pourquoi pas ? je fais après un instant. Je veux

bien marcher. Mais, tu sais, je *préférerais* de loin courir.

— Évidemment, répète Luke avec une petite grimace amusée que je choisis d'ignorer. On y va ?

Nous commençons à avancer sur la chaussée, main dans la main au milieu des gobelets en carton et des emballages de barres énergétiques.

— Viens par là, dit Luke. Tu sais où on se trouve ?

— Hollywood ? Los Angeles ? C'est une question piège ?

Il ne répond rien et se contente d'incliner la tête vers le trottoir.

— Oh, j'y suis ! Super !

Nous marchons sur les étoiles ! Le *Hollywood Walk of Fame* ! Je l'ai vu des millions de fois à la télé mais jamais en vrai. C'est comme si Luke l'avait spécialement mis là pour moi, tout enrubanné de rose.

— Edward Arnold ! je m'exclame, avec une note respectueuse dans la voix. Waouh ! Euh…

— Qui c'est ? Quelqu'un de célèbre. Forcément.

— Oui, forcément, je ricane. Et qui est Red Foley ?

— Bette Davis, dit Luke en désignant une autre étoile. Le nom te dit ?

— Oooh, Bette Davis. Je veux voir !

Pendant un moment je ne fais rien d'autre que darder mon regard sur le trottoir à la recherche de noms connus. Jusqu'à présent, c'est ce que nous avons fait de plus typiquement Hollywood et tant pis si nous avons l'air de péquenots en voyage.

— Désolée pour ton boulot. Vraiment pas de chance, fait Luke en serrant ma main.

Je hausse les épaules.

— Merci. Mais tu sais, en y repensant, je crois

qu'en fait c'est mieux comme ça. Tiens, Bob Hope, je dis en lui montrant une étoile.

— Je suis d'accord, réplique-t-il. Je ne voulais pas en parler avant, mais veux-tu vraiment t'engager dans un job alors que nous ne sommes ici que pour quelques mois ? C'est un endroit merveilleux à explorer. Si j'étais toi, je profiterais avec Minnie de la vie en plein air, tellement saine. J'irais me balader dans les collines, je m'amuserais sur la plage...

Du Luke tout craché. D'abord la frénésie professionnelle et maintenant *la vie en plein air, tellement saine*. Il croit quoi ? Je ne suis pas ici pour la vie en plein air. J'y suis pour « la vie de célébrité avec grosses lunettes noires et tapis rouge ».

— Non, tu ne comprends pas. J'ai une bien meilleure idée. Je vais devenir une styliste d'Hollywood.

Je suis sidérée par la réaction de Luke. D'accord, je ne m'attendais pas à ce qu'il crie « Fonce, ma fille ! » mais je n'avais pas prévu *ça* non plus. Ses sourcils levés sont froncés. Les coins de sa bouche, baissés. Depuis le temps que nous sommes mariés, je connais par cœur la moindre de ses expressions. Celle-là est la numéro 3. Celle qui veut dire : « Comment annoncer à Becky que je déteste cette idée ? » Il a eu exactement la même quand je lui ai suggéré qu'on pourrait peindre notre chambre en violet (au fait, je suis toujours persuadée que ç'aurait été sexy).

— Quoi ?

— C'est une bonne idée, se risque-t-il.

— Arrête ! Tu en penses quoi, réellement ?

— Becky, tu sais que j'ai un contrat à durée déterminée avec Sage. Si les prestations de Brandon Communications la satisfont, j'envisage d'ouvrir une branche médias ici. Dans ce cas, je ferai des allers-retours. Mais je ne nous vois pas habiter ici de manière permanente.

— Alors ?

— Alors, que feras-tu si tu t'investis dans une carrière ici ?

— Je ne sais pas, je rétorque. On verra.

Typique ! Il faut toujours qu'il laisse les considérations pratiques bloquer l'inspiration créatrice.

— Ce sera un boulot d'enfer, il m'explique. Tu vas être obligée de taper aux portes et tu risques d'être très déçue.

Quel affront !

— Tu crois que je n'en suis pas capable ?

— Chérie, je crois que tu es capable de faire pratiquement tout, une fois que tu t'es mis une chose en tête. Néanmoins, à mon avis, pénétrer dans le monde des stylistes d'Hollywood en trois mois sera, disons, un challenge. Mais si tu veux vraiment…

— Je ne veux pas, je vais !

Luke soupire.

— Parfait ! Bien sûr, je t'aiderai, je demanderai à mes contacts, je verrai ce que je peux arranger…

— Pas besoin de ton aide !

— Ne sois pas bête, Becky !

— Je ne suis pas bête, je riposte, blessée. Je ne veux pas dépendre de mon mari. Je suis une femme indépendante, je te rappelle.

— Mais…

— Tu crois quoi ? Que je ne peux pas me débrouiller à Hollywood par moi-même ? Tiens, regarde, Katharine Hepburn !

Nous avançons un moment en silence, sans même

nous donner la peine de lire tout haut les noms que nous voyons sur le sol. Petit à petit je me calme. En fait, les coups de pouce de Luke me seraient drôlement utiles. Très avantageux, même. Mais trop tard, je ne peux pas retirer ce que j'ai dit ! Et maintenant il ne me reste qu'à trouver un moyen de m'en sortir toute seule, de lui montrer que je peux le faire.

Je commence à cogiter ferme. Sage est à l'évidence mon meilleur atout. Je dois absolument la rencontrer. En attendant, je peux lui inventer quelques looks. Peut-être même lui acheter un ou deux accessoires, tout comme une styliste personnelle le ferait. Oui ! Brillant ! Et si ça ne marche pas avec Sage… Eh bien j'ai d'autres pistes !

— Tu sais, Luke, j'ai mes propres contacts. Tu te souviens que j'ai bossé chez Barneys, j'ai des relations. D'ailleurs, j'en ai probablement plus que toi.

C'est la vérité. Chez Barneys, j'ai fait la connaissance de plein de gens d'Hollywood. Au moins trois producteurs, un consultant en musique et un directeur de casting. Je vais me mettre en relation avec eux. Il y aura bien quelqu'un qui m'introduira dans le milieu et ensuite…

Allez, fonce, ma fille !

De : Laird, Nick
À : Brandon, Rebecca
Objet : Re : Coucou, Melanie, comment ça va ?

---

Chère madame,
Je réponds au mail que vous avez adressé à Melanie Young. Je suis persuadé que Melanie se souvient que vous avez été sa conseillère chez Barneys et se réjouit que vous vous souveniez de « son allure fabuleuse dans une jupe-crayon Moschino ».
Malheureusement, Melanie a récemment abandonné le métier de productrice pour aller s'installer dans une communauté de l'Arkansas et, d'après son discours d'adieu, elle (je cite) « ne veut plus jamais entendre parler de cinéma ». Par conséquent, je doute qu'elle puisse vous aider à vous lancer dans la carrière de styliste de célébrités et vous présenter à Sarah Jessica Parker.
Bonne chance pour vos projets professionnels à Hollywood.

Nick Laird
Directeur du développement
ABJ Pictures

De : Quinn, Sandi
À : Brandon, Rebecca

Chère Madame,
En tant que conseiller de Rosaline DuFoy, je réponds au courrier que vous lui avez adressé.
Ma cliente se souvient effectivement de ses rendez-vous avec vous chez Barneys et se rappelle fort bien « l'extraordinaire tailleur-pantalon amincissant » que vous lui aviez conseillé d'acheter pour le mariage de sa sœur.
Malheureusement, au cours de la réception, profitant du discours qu'il prononçait à la santé des mariés, son mari a annoncé qu'il était gay. Depuis ce jour, ma cliente croit – à tort ou à raison – que c'est la tenue androgyne qu'elle portait ce jour-là qui est responsable de ce changement d'orientation sexuelle. Je précise qu'elle met actuellement la dernière main à une autobiographie intitulée « Si seulement j'avais mis une putain de robe ! » Étant donné l'acuité de ces souvenirs encore douloureux, vous comprendrez qu'elle ne souhaite pas vous rencontrer.

En vous souhaitant néanmoins de réussir à Hollywood, je vous prie d'agréer l'expression de mes sentiments les meilleurs.

Sandi Quinn
Directeur du centre Quinn de thérapie conjugale

# 5

Comment ces gens d'Hollywood peuvent-ils être aussi dingues ? Oui, comment ?

Une fois rentrée en Angleterre, j'ai farfouillé dans tous mes anciens contacts et envoyé un paquet de mails. Mais pas la moindre réaction : pas un déjeuner, pas un rendez-vous, pas un coup de téléphone. Visiblement, toutes mes clientes qui travaillaient dans le cinéma ont soit changé de job, soit sombré dans une dépression nerveuse. La seule qui reste, c'est Genna Douglas, dont j'étais la conseillère personnelle chez Barneys et qui possédait une gigantesque collection de robes dos nu. Comme elle ne répondait pas, je l'ai googlée. Et devinez quoi ? Elle a quitté son boulot chez Universal il y a un an pour monter un institut de beauté. Le traitement à base de décharges électriques et de miel qu'elle a inventé lui a déjà valu d'être poursuivie en justice deux fois par des patients mécontents. Ce qui ne l'empêche pas de « chercher activement des investisseurs ». Hmm ! Je crois que je vais abandonner cette piste.

Quelle déception ! Moi qui croyais que je *nagerais* dans les contacts. Que je croulerais sous les déjeuners chez Spago et les rendez-vous avec les producteurs.

Que je lancerais l'air de rien à Luke : « Oh ! tu vas chez Paramount cet aprèm ? Je t'y verrai alors ! »

Qu'importe ! À mon actif, j'ai toujours Sage. Un contact top niveau et glamourissime. Et je ne me suis pas tourné les pouces à ne rien faire. J'ai commencé à lui inventer des looks. J'ai l'impression d'être sur la même longueur d'onde qu'elle, d'être connectée à sa personnalité. À son *univers*.

— Regarde !

Je déploie sur le lit un manteau en brocart bleu pâle à l'attention de Suze.

— Tu ne trouves pas que c'est divin ?

Suze est ma plus vieille amie. On se prélasse toutes les deux dans sa maison du Hampshire avec des magazines de gossip, exactement comme autrefois quand nous partagions un appartement à Fulham. La seule différence ? À l'époque, on paressait sur un vieux couvre-lit indien couvert de trous de cigarette et tout imprégné de l'odeur des bâtonnets d'encens. Alors qu'aujourd'hui c'est sur un énorme lit à baldaquin que nous flemmardons, avec rideaux en soie, tapisserie et boiseries sur lesquelles il paraît que Charles Ier a gravé un jour son nom. C'est peut-être Charles II, en fait. En tout cas, un des rois Charles. Suze est chic en diable. Elle vit dans une demeure historique. Depuis la mort du grand-père de son mari, elle est devenue lady Cleath-Stuart, ce qui fait très vieux, je trouve. Quand on dit « lady Cleath-Stuart », je pense automatiquement à une vieille asperge de quatre-vingt-dix ans agitant une cravache devant le nez des gens en aboyant « Quoi ? Quoi ? » Évidemment, je n'avouerai jamais ça à Suze. De toute façon, elle est tout le contraire : grande et tout en jambes, avec de longs cheveux blonds qu'elle est en train de mâchonner sans s'en rendre compte.

— Quelle beauté ! s'exclame-t-elle en effleurant le tissu. Vraiment ravissant.

— C'est un manteau léger que Sage pourra enfiler sur un jean ou autre. Idéal pour le climat de L.A. Et avec, elle pourra mettre des ballerines, ou les boots que je t'ai déjà montrées…

— J'adore le col, dit ma copine en caressant le velours gris chiné.

J'exulte.

— Oui ! Je l'ai déniché dans une petite boutique. Une nouvelle marque. C'est danois. Maintenant, jette un coup d'œil à ça.

Je produis une jupe trapèze en denim bordée d'un ruban. Mais Suze, le front soucieux, examine toujours le manteau.

— Alors tu as acheté ce manteau pour Sage ? Et toutes les autres fringues aussi ?

— Parfaitement. C'est ça, être styliste ! J'ai trouvé la jupe dans une boutique vintage de Santa Monica. La propriétaire customise tous les vêtements elle-même. Tu as vu les boutons ?

Mais les boutons, ce n'est pas le truc de Suze. Elle attrape un T-shirt qui sera parfait quand Sage ira prendre un café avec Jennifer Garner ou une autre de ses potes.

— Mais, Bex, tout ce shopping a dû te coûter une blinde, non ?

— Ce shopping ? je répète, incrédule. Suze, ce n'est pas du *shopping* ! C'est un investissement professionnel. Et, généralement, je bénéficie d'un rabais. Parfois j'obtiens même les vêtements gratuitement.

J'ai juste à annoncer que j'achète des choses pour Sage Seymour, et voilà !

Entre nous, c'est fou la manière dont réagissent les responsables de boutique quand je mentionne le nom de Sage Seymour. Ils me lancent pratiquement les vêtements au visage pour que je les emporte.

— Mais tu n'achètes pas pour elle, fait platement remarquer Suze.

Je la dévisage, perplexe. Elle n'a donc pas suivi ce que je lui disais ?

— Bien sûr que j'achète pour elle ! Tout ça n'est même pas dans ma taille.

— Mais elle ne t'a rien demandé ! Elle ne sait même pas qui tu es.

Là, je suis vexée ! Elle n'a pas besoin de me le rappeler. Ce n'est quand même pas ma faute si mon nullissime de mari refuse que je rencontre ses clientes célèbres.

— Elle *saura* qui je suis dès que Luke nous aura présentées, j'explique patiemment. Ensuite nous bavarderons, j'aurai toutes ces tenues prêtes pour elle et je deviendrai sa styliste personnelle. Suze, je suis en train de me construire une nouvelle carrière.

Et comme Suze est sur le point d'émettre une objection, j'enchaîne vite :

— De toute façon, ces vêtements vont me faire double usage. Parce que tu vas les mettre et je vais prendre des photos de toi. Je me crée un book.

— Oooh ! pige Suze. Tu veux que je sois ton mannequin ?

— Exactement.

— Cool !

La voilà qui examine les vêtements avec un intérêt accru. Elle reprend le manteau.

— Commençons avec ça, propose-t-elle.

Elle l'enfile et j'ajuste le col. Suze est si belle, elle a tellement d'allure que tout lui va. Le fait de créer une formidable banque d'images m'enchante.

Je m'inspire de ce que j'ai lu sur Internet au sujet de Nenita Dietz. Quand elle a débarqué à Hollywood, il y a vingt ans, elle ne connaissait personne. Mais elle s'est débrouillée pour aller sur le tournage de *Love's Breezing* et s'introduire dans le bureau du chef costumier. Là, elle a décrété qu'elle ne partirait pas avant qu'il regarde son book. Pour finir, il a été si impressionné qu'il l'a engagée sur-le-champ. Ensuite, quand la star Mary-Jane Cheney l'a prise comme styliste personnelle, ça a fait boule de neige.

Je peux arriver à la même chose. Il me faut juste un book qui tienne la route avant d'aller sur un plateau.

Avec le manteau en brocart, Suze a mis un béret et des lunettes de soleil. Elle prend la pose face au miroir.

— Tu es somptueuse ! je m'exclame. Demain je te coiffe, je te maquille et on fera une séance photo canon.

Suze retourne vers le lit et commence à fouiller dans un sac plein de jupes. Elle en choisit une qu'elle plaque contre ses jambes.

— Elles sont chouettes ! Oh ! mais ce sont des créations de Danny, ajoute-t-elle après avoir lu l'étiquette.

— J'ai appelé son bureau, et ils m'ont envoyé toute une cargaison. C'est la nouvelle collection. Figure-toi que l'assistante de Sarah Jessica Parker a demandé à les voir en avant-première. Danny me l'a dit.

— Oh S.J.P. ! Elle est à L.A. ? Tu l'as déjà rencontrée ?

— Non.

Soupir de Suze.

— Tu n'as rencontré *personne* de célèbre ?

Depuis que je suis rentrée, c'est toujours le même refrain. Maman, papa, leurs voisins Janice et Martin, *tout le monde* pose la question. Moi, j'en ai assez de répondre : « Non, je n'ai rencontré personne de célèbre. » Pourtant, j'ai rencontré une célébrité, n'est-ce pas ? Bien sûr, j'ai promis de tenir ma langue, mais Suze est ma meilleure amie. Révéler un secret à sa meilleure amie ne compte pas.

Je baisse la voix.

— Suze, si je te confie un secret, tu jures que tu ne le répéteras à personne ? Même pas à Tarkie. Je ne plaisante pas.

Suze ouvre des yeux comme des soucoupes.

— Juré, craché. C'est quoi ?

— J'ai fait la connaissance de Lois Kellerton.

— *Lois Kellerton* ? Tu ne me l'as jamais dit, Bex.

— Je te le dis maintenant. Mais je ne l'ai pas seulement rencontrée…

Comme confidente, il n'y a pas mieux que Suze. Tandis que je lui raconte le vol de chaussettes et ma poursuite dans la rue, elle pousse des « Oh » et des « Ah », met sa main devant sa bouche et s'écrie « Sans blague ! » plusieurs fois.

— … Et j'ai promis de ne rien dire à personne, je dis en conclusion.

— Je serai muette comme une tombe, proclame Suze. De toute façon, à qui je pourrais le dire ? Aux enfants ? Aux moutons ? À Tarkie ?

Nous pouffons. Tarkie, son mari, ne doit même pas savoir qui est Lois Kellerton.

— Mais c'est tellement bizarre, dit Suze les sourcils froncés. Je ne comprends pas pourquoi une star de cinéma pique des chaussettes.

— Je ne t'ai pas encore tout dit, j'explique, avant de mettre la main dans ma poche. Regarde ce qui est arrivé à l'hôtel.

Je ne peux toujours pas y croire. C'était notre dernier jour à Los Angeles. J'avais une petite conversation privée avec le réceptionniste concernant la facture du minibar. (Je n'avais pas une folle envie que Luke sache combien de tablettes de Toblerone j'avais consommées !) Il m'a dit : « Madame Brandon, ce paquet est pour vous. »

Un joli petit paquet blanc. À l'intérieur se trouvait une petite boîte en argent avec deux mots gravés : « *Merci, Becky* ». Pas de carte. J'ai su instantanément de qui ce cadeau venait. Elle avait dû retrouver ma trace. Ou plutôt quelqu'un de son entourage.

Je tends la boîte à Suze qui, en la retournant, s'écrie :

— Ravissant !

— Oui !

— D'une certaine manière, elle achète ton silence.

*Elle m'achète ?*

— Mais pas du tout, je proteste.

— Non, excuse-moi. Ce n'est pas ce que je voulais dire.

— Elle me remercie, je précise. Tiens, c'est écrit *Merci*.

— Oui, tu as raison. Un remerciement.

Elle hoche la tête plusieurs fois mais, à présent, le verbe « acheter » me trotte dans la tête.

— Bon, dis-moi, elle est comment ? demande Suze. Elle ressemble à quoi ? Qu'est-ce qu'elle t'a dit ?

— Une vraie brindille. L'air hyperstressée. Je lui ai à peine parlé.

— Elle n'est pas très en forme, tu sais, fait Suze. Apparemment, son dernier film ne rencontre que des problèmes. Budget colossal mais buzz pas terrible. C'est la première fois qu'elle est productrice. Il paraît qu'elle s'est montrée trop ambitieuse.

— C'est vrai ?

— Oui ! Des gens qui ont assisté au tournage racontent qu'avec son comportement de star autoritaire, elle s'est fait des ennemis dans l'équipe. Pas étonnant qu'elle soit stressée.

Je suis sidérée. Ma copine aurait-elle mémorisé tous les magazines de gossip de la planète ?

— Suze, comment tu sais tout ça ? Tu as encore regardé *Camberly* à la télé ?

*Camberly* est diffusée sur une chaîne câblée. Actuellement, c'est l'émission la plus populaire aux États-Unis. On dit que Camberly est la nouvelle Oprah. Ses interviews sont largement commentées par la presse ; en Angleterre, elles passent sur E4. Immobilisée à la suite d'une entorse à la cheville, Suze est devenue complètement accro à l'émission, spécialement de la partie potins.

— Il faut bien que je fasse quelque chose pendant que ma meilleure amie est à L.A., se plaint Suze. Puisque je ne peux pas y aller, qu'au moins je puisse apprendre ce qui s'y passe. Oh, Bex, ça m'épate que tu ailles à Hollywood et que tu voies sans arrêt des stars alors que, moi, je suis coincée ici. Je t'envie tellement !

— Tu *m'envies* ? Comment est-ce possible ? Alors que tu vis dans cet endroit fantastique !

Tarquin, son mari, est encore plus noble que Suze.

À la mort de son grand-père, ils ont hérité de cette gigantesque maison, Letherby Hall, qu'ils font visiter. C'est un énorme château, avec parc immense et saut-de-loup. (Pour être honnête, j'ignore ce qu'est un saut-de-loup. Peut-être un de ces trucs tarabiscotés sur le toit ?)

— D'accord, mais il n'y a pas de soleil, objecte Suze. Et pas de stars de cinéma, non plus. Ici, on n'a que des réunions sans fin portant sur la réparation des moulures XVIII^e^. Je veux aller à Hollywood. J'ai toujours voulu être actrice, tu sais. J'ai eu le rôle de Juliette à l'école de théâtre. Et j'ai joué le personnage de Blanche Dubois dans *Un tramway nommé désir.*

Je me montre toujours très diplomate quand Suze évoque son école de théâtre. Ce n'est quand même pas l'Académie royale d'art dramatique. Non, c'est le genre d'établissement qui coûte une fortune. Les élèves passent le deuxième trimestre en Suisse, dans le chalet de l'école, à skier et, en réalité, aucune n'envisage sérieusement la profession de comédienne, car elles vont hériter de l'argent familial ou autre. Cela dit, je la plains. Elle s'embête un peu à traîner ses bottes dans cette énorme baraque.

— Eh bien, viens ! Mais oui, allez, Suze, viens à L.A. Prends des vacances. On va tellement rigoler.

— Oh…

Des millions d'expressions se succèdent sur son visage. Je devine exactement à quoi elle pense. (En fait, c'est bien pour ça qu'elle ferait une excellente actrice.)

— Tarkie peut venir aussi, j'ajoute en devançant ses objections. Et les enfants.

Elle semble hésitante.

— Peut-être. Mais cette année nous sommes censés nous concentrer sur l'expansion de l'entreprise. Tu sais qu'on commence les réceptions de mariage ? Tarkie veut aussi créer un labyrinthe dans le parc et rénover le salon de thé.

— Tu peux quand même prendre des vacances.

— Je n'en suis pas sûre. Tu sais la pression qu'on lui met.

J'acquiesce. Pauvre Tarkie ! Hériter d'une demeure ancestrale, c'est un sacré fardeau. Surtout quand toute votre famille vous surveille de près pour voir si vous vous en occupez correctement. Jusqu'à maintenant, chaque lord Cleath-Stuart a ajouté quelque chose à Letherby Hall : une aile, une chapelle, un jardin de topiaires.

C'est d'ailleurs pour cette raison que nous nous trouvons là. Aujourd'hui a lieu l'inauguration de son premier ajout de taille : un jet d'eau baptisé « Geyser ». Il sera le plus haut du comté et doit attirer une masse de visiteurs. Il paraît que, à l'âge de dix ans, Tarquin en a fait un croquis dans son livre de latin. Depuis cette époque, il a gardé ce projet en tête. Aujourd'hui, il l'a réalisé !

Des centaines de personnes sont venues voir sa mise en marche. La télévision locale l'a interviewé. La rumeur dit qu'il s'agit là de LA réalisation de Letherby Hall. D'après Suze, Tarkie est aussi nerveux que pendant la compétition nationale de dressage de chevaux à laquelle il avait participé quand tous les deux étaient enfants. Il avait raté son appuyé (qui est difficile) et son père, qui ne vivait que pour l'équitation, l'avait pratiquement renié. Espérons donc que les choses se passeront mieux cette fois-ci.

— Je vais essayer de convaincre Tarkie, promet Suze en se levant. Allez, Bex ! Il est temps d'y aller.

Le seul désavantage de vivre dans une maison de

cette taille, c'est qu'on met environ six heures pour se rendre de la chambre à coucher au jardin. Nous traversons la Grande Galerie (pleine de portraits d'ancêtres) et la galerie Est (pleine de vieilles armures) et coupons à travers l'impressionnant Grand Salon. Nous y faisons une pause et respirons cette odeur de bois et de moisi très particulière. Suze a beau brûler des masses de bougies parfumées Dyptique, la pièce sent toujours le renfermé.

— C'était incroyable, hein ? dit-elle, lisant dans mes pensées.

— Spectaculaire.

Nous parlons de la fête d'anniversaire que j'ai organisée pour Luke à cet endroit précis. J'ai l'impression que c'était hier. Comme si on s'était donné le mot, nous levons les yeux vers le petit balcon intérieur du premier étage, là où Elinor, la mère de Luke, s'était cachée pour observer les réjouissances. Luke n'a jamais su qu'elle se trouvait dans la « cachette du curé », ni qu'elle avait complètement subventionné l'événement. Elle m'avait fait jurer de ne rien dire, ce qui m'avait donné envie de crier de frustration. Si seulement il *savait* qu'elle a financé sa fête. Si seulement il *savait* tout ce qu'elle avait fait pour lui.

Qualifier d'« amour-haine » la relation qu'entretient Luke avec sa mère serait un euphémisme. C'est une relation « passion-exécration ». Une relation « adoration-mépris ». En ce moment, nous sommes dans la phase « mépris ». Rien de ce que je peux dire ne le fera changer d'opinion. Alors que, moi, je me suis rapprochée d'elle, même si elle est la femme la plus snob du monde.

— Tu l'as vue récemment ?

— Pas depuis, non.

En regardant tout autour de la pièce, Suze semble perturbée.

— Qu'est-ce qui se passerait si tu le lui disais ? demande-t-elle soudain.

Suze déteste autant que moi cette cachotterie, car Luke, complètement à côté de la plaque, croit que ce sont elle et Tarkie qui ont entièrement payé la fiesta.

— Impossible. Elinor ne veut pas qu'il s'imagine qu'elle achète son affection.

— Donner une fête pour quelqu'un n'est pas acheter son affection. Elle se trompe. Il serait au contraire très touché. C'est trop bête, quel gâchis ! Pense à tout le temps que vous pourriez passer ensemble, avec Minnie aussi…

— Elle manque à Minnie, j'admets. Elle n'arrête pas de demander : « Où elle est, Madaame ? »

Mais si Luke apprenait qu'elles se voyaient, il flipperait.

— Ah, les *familles* ! s'exclame Suze. Elles sont impossibles ! Le pauvre vieux Tarkie est dans tous ses états au sujet du Geyser, uniquement parce que son père est présent. Je lui ai dit : « Si ton père ne peut rien dire de positif, il n'avait qu'à rester en Écosse. »

Son air féroce me donne envie de rire.

— Dépêchons-nous, dit-elle en regardant sa montre. Le compte à rebours a dû commencer.

Le « jardin » de Suze est en fait un énorme et superbe parc. Il y a d'immenses pelouses, des hectares de buis taillés en topiaire, une célèbre roseraie et des quantités de plantes dont j'ai oublié les noms. (Un de ces jours, il faudra absolument que je suive la visite guidée.)

En descendant d'une vaste terrasse couverte de gravier, nous découvrons que des quantités de gens se sont déjà installés sur la pelouse ou sur les chaises longues à l'ombre des grands arbres. Des haut-parleurs diffusent de la musique. Des serveuses circulent avec des plateaux de verres remplis de vin. Une grande horloge électronique indique l'heure : 16 h 43, peut-on lire sur l'écran digital. Il y a un lac rectangulaire en face de la maison : c'est là que le Geyser va jaillir. J'ai seulement vu le projet en croquis : ça a l'air superbe. L'eau monte à une hauteur vertigineuse pour retomber gracieusement en arc. Puis le Geyser se balance d'avant en arrière et, à la fin, projette des myriades de petites gouttes dans l'air. Ça va vraiment être superbe. Le soir, tout sera illuminé et coloré.

En avançant, nous tombons sur un espace réservé aux visiteurs de marque, où ma mère et mon père ont déjà pris place avec Janice et Martin.

— Juste à temps, Becky ! me lance maman.

— Becky, enfin ! Comment était L.A. ? demande Janice en m'embrassant.

— Très bien, merci.

— Vraiment, mon chou ?

Elle claque sa langue avec un air de doute, comme si je faisais bonne figure pour masquer une tragédie personnelle.

— Mais les gens ? reprend-elle. Tous ces visages en plastique et ces bouches de baleine ?

— Tu veux parler des bouches de mérou ?

— Sans parler de la drogue, prêche Martin.

— Exactement !

— Fais attention, Becky, ne te laisse pas contaminer par leur façon de penser.

— La ville la plus malheureuse du monde, soupire Janice. C'était dans le journal.

Ils me dévisagent tristement, comme si j'allais être embarquée dans une colonie pénitentiaire sur Mars.

— C'est une ville merveilleuse, je rétorque. Nous avons hâte d'y retourner.

— Peut-être que tu verras Jess, espère Janice comme si c'était une consolation. Le Chili, c'est loin de Los Angeles ?

— Euh…

J'essaie de donner l'impression que je sais.

— Pas très. C'est dans la même portion du monde.

Ma demi-sœur, Jess, est mariée à Tom, le fils de Janice et Martin. Ils sont au Chili, où ils espèrent adopter un petit garçon. La pauvre Janice prend son mal en patience, mais il paraît qu'il leur faudra attendre un an avant de pouvoir revenir avec l'enfant.

— Ne les écoute pas, ma puce, intervient papa gentiment. L.A. est formidable. Je me souviens des Cadillac étincelantes. Du surf sur le sable. Des sundaes au chocolat. Ne les rate pas, Becky.

— Les sundaes au chocolat ? D'accord !

Avant son mariage, papa a passé un été à parcourir la Californie en voiture. Sa vision des choses date de 1972. Pas la peine de l'informer que, de nos jours, les sundaes au chocolat ont été remplacés par les yaourts glacés aux fruits.

— En fait, Becky, dit papa, j'ai deux services à te demander.

Tandis qu'il me prend par le bras pour m'éloigner des autres, je l'observe avec curiosité.

Récemment, il a un peu vieilli, mon cher papa. Ses traits sont plus aigus, son cou est parsemé de petites touffes de duvet blanc. Pourtant, il est encore capable de franchir une barrière d'un bond. Je le sais, parce que, ce matin, dans un champ de la propriété de Suze, il l'a fait pour impressionner Minnie pendant que maman s'égosillait : « Arrête, Graham ! Tu vas te blesser ! Tu vas te casser le métatarse ! » (Depuis peu, maman se passionne pour une nouvelle émission télévisée médicale, *Opérations en direct*. Résultat : elle se prend pour une spécialiste de la santé et sort des mots comme « plaquettes » et « lipoprotéines » alors qu'on est en train de parler du menu du dîner.)

— Alors, papa ?

— D'abord ceci.

Il tire de sa poche de poitrine un petit sac en papier, d'où il sort un carnet d'autographes, dont la couverture est ornée d'une photo de Cadillac avec *California* écrit en cursives blanches.

— Tu t'en souviens ?

— Bien sûr.

Le carnet d'autographes de papa fait partie du folklore familial. Chaque Noël, il le sort et nous l'écoutons sans piper nous lire la liste des signatures. Ce sont surtout les autographes d'obscurs présentateurs d'émissions de télé dont personne n'a entendu parler. Mais papa croit qu'ils sont célèbres. C'est le principal.

— Là, c'est Ronald « Rocky » Webster, soupire-t-il en tournant les pages avec émotion. Une vedette, à l'époque. Et Maria Pojes. Tu aurais dû l'entendre chanter.

— D'accord.

J'acquiesce poliment. J'ai beau avoir entendu ces noms des millions de fois, ils ne m'évoquent toujours rien.

— C'est mon copain Corey qui avait repéré Maria Pojes au bar d'un hôtel lors de notre première nuit à

L.A. Il m'a poussé vers elle, lui a offert un verre… Elle n'a pas accepté, bien sûr, précise-t-il en riant. Mais elle s'est montrée très gentille. Elle a signé nos carnets.

— Waouh ! Fantastique !

— Et donc…

À ma grande surprise, papa glisse le carnet ouvert dans ma main.

— À toi de jouer, Becky. De rajeunir les cadres.

— Quoi ? Mais, papa, je ne peux pas !

— La moitié des pages sont vides. Tu pars pour Hollywood. Termine la collection.

Cette mission me rend nerveuse.

— Imagine que je le perde !

— Non, tu ne le perdras pas. Mais tu vas faire des rencontres. Oh, Becky, ma puce, je t'envie d'aller là-bas. J'ai vécu des aventures uniques en Californie.

— Comme le rodéo ?

Cette histoire, je la connais par cœur.

— Celle-là et… d'autres. Rapporte-moi la signature de John Travolta, ça me ferait plaisir, ajoute-t-il l'œil brillant.

— Et l'autre service ? je demande en rangeant le carnet dans mon sac avec précaution.

— Pas grand-chose. Voir mon vieux pote Brent, dit-il en extirpant un morceau de papier de sa poche. Il a toujours vécu à Los Angeles. Voici son ancienne adresse. Tâche de le retrouver. Et donne-lui le bonjour de ma part.

— Très bien.

*Brent Lewis*, je lis sur le papier.

Il y a une adresse à Sherman Oaks et un numéro de téléphone.

— Pourquoi tu ne l'appelles pas ? je suggère. Tu peux aussi lui envoyer un SMS. Ou le joindre sur Skype.

À la seule mention de Skype, mon père a un mouvement de recul. Nous avons une fois essayé de contacter Jess au Chili de cette manière. Disons que notre tentative n'a pas été couronnée de succès. Comme l'image était bloquée, nous avons laissé tomber. Et juste à ce moment-là, le son est revenu : Jess et Tom s'engueulaient ferme au sujet de Janice en prenant leur petit déjeuner. Un peu gênant, comme séquence.

— Non, tu y vas et tu lui transmets mes salutations. Si ça l'intéresse, on peut se recontacter. Mais, comme je te disais, ça fait un bail. Il n'en aura peut-être pas envie.

Je ne comprends vraiment pas les gens de cette génération. Ils sont tellement *timorés*. Moi, si je voulais joindre une copine perdue de vue depuis aussi longtemps, je lui balancerais un texto : « *Salut ! Des siècles qu'on ne s'est pas donné de news ! Comment ça va ?* » Ou je la rechercherais sur Facebook. Mais ce n'est pas le truc des parents.

— Bon, très bien ! Au fait, et tes autres amis ? je m'enquiers en fourrant le papier dans mon sac.

— Corey et Raymond ? Ils vivent trop loin. Corey, à Las Vegas. Et je crois que Raymond est quelque part en Arizona. Je suis resté en contact avec eux… Plus ou moins, en fait. Mais Brent a disparu de la circulation.

— À l'époque, Facebook n'existait pas. Dommage !

— Absolument.

— Oh, c'est très gentil, merci ! C'est un cadeau que mon mari vient de m'offrir.

La voix de maman domine le vacarme ambiant. Je me retourne : une dame inconnue admire les perles à son cou et leur propriétaire se rengorge de joie.

— Oui, elles sont ravissantes, n'est-ce pas ?

Je souris à papa, qui m'adresse un clin d'œil. C'est un collier ancien, datant de 1895, avec un fermoir en rubis cerclé de diamants. (Je connais ces détails, car je suis allée l'acheter avec elle.) Cette année, la SP de papa a été plus grosse que d'habitude, et on a un peu pété les plombs niveau dépenses.

« SP », c'est le diminutif familial de « Super Prime ». Papa a travaillé dans les assurances pendant des années. Il a pris sa retraite, mais il fait des missions de consulting pour lesquelles il est incroyablement bien payé. Plusieurs fois par an il part bosser en costume. Et, à la fin de l'année, il reçoit une énorme prime qu'il utilise pour nous gâter. Cette année, la SP devait être particulièrement élevée, car maman a eu ses perles, moi un collier d'Alexis Bittar et Minnie une nouvelle maison de poupée. Même Luke a reçu une superbe paire de boutons de manchette.

D'après Luke, pour recevoir d'aussi grosses sommes, papa doit avoir une spécialité, un créneau bien à lui sacrément recherché. Mais il est tellement modeste qu'on ne s'en douterait pas.

— Mon brillant mari, roucoule maman en l'embrassant tendrement.

— Tu es magnifique, ma chérie, me complimente papa.

Lui aussi est superbe dans la nouvelle veste en tweed qu'il s'est offerte grâce à la SP.

— Et si nous allions admirer ce fameux Geyser ? propose-t-il.

À quelques mètres de nous, Tarquin est interviewé pour la télé. Pauvre Tarkie ! Il ne sera jamais une star des médias. Sa chemise à carreaux lui fait un cou encore plus maigre que d'habitude. Et il n'arrête pas de tordre ses mains en parlant.

— Euh… Euh… Nous voulions améliorer la propriété…

— Quelle stupidité ! lance une grosse voix derrière moi.

Malédiction ! C'est le père de Tarkie, alias le comte de Machin-Chose, qui s'approche, raide comme un passe-lacet. (Je n'arrive pas à me rappeler le nom du patelin qui va avec son titre. Écossais, je crois.) Il est grand et efflanqué avec des cheveux gris. Il porte un pull irlandais écru, tout comme son fils. Je ne lui ai jamais adressé la parole, mais il semble effrayant. Contemplant le lac, il pointe un doigt tanné vers l'étendue d'eau et tonitrue :

— J'ai dit à mon fils : « Cette vue est restée intacte pendant trois cents ans. Pourquoi diable voudrais-tu la gâcher ? »

— L'hiver, il y aura des feux d'artifice sur le lac, je réplique pour défendre Tarkie. Ça sera superbe.

Le comte me lance un regard peu amène. Et, se tournant vers le plateau d'amuse-bouches qu'une serveuse lui tend, il aboie :

— Qu'est-ce que c'est ?

— Des sushis, monsieur.

— Des *sushis* ? C'est-à-dire ?

Il la fusille du regard.

— Du riz et du saumon cru, monsieur. C'est japonais.

— Quelle stupidité !

À mon grand soulagement, il s'éloigne. Je vais me servir quand une petite voix familière et perçante arrive à mes oreilles.

— S'il te plaît ! S'il te plaaaaît !

C'est Minnie.

Pendant un long moment, l'expression favorite de ma fille a été « À moaaa ! » Puis, après un entraînement intensif, nous avons obtenu qu'elle dise « S'il te plaît. » Ce qui, à première vue, ressemble à un progrès.

Je me tourne et retourne dans tous les sens avant de la repérer. Perchée en équilibre sur un banc de pierre, elle essaie d'arracher à Wilfrid, le fils de Suze, un camion en plastique rouge.

— S'il te plaaaaît ! hurle-t-elle furieuse. S'il te plaaaaît.

Je la vois avec horreur frapper Wilfrid avec le camion en glapissant « S'il te plaît ! S'il te plaît ! » à chaque coup.

L'ennui, c'est que Minnie n'a pas vraiment percuté l'*esprit* du « s'il te plaît ».

— Minnie ! je crie, indignée, avant de me ruer vers elle à travers la pelouse. Rends ce camion à Wilfie !

Avec Luke, qui arrive à la rescousse, nous échangeons un regard désabusé.

— Camion, s'il te plaît, s'époumone Minnie, en l'agrippant.

Quelques personnes se mettent à rire, et Minnie affiche une mine radieuse. Quelle comédienne ! Mais elle est aussi tellement mignonne qu'on ne peut pas lui en vouloir longtemps.

— Bonjour, Becky !

Je reconnais Ellie, la nounou de Suze, une femme absolument géniale. (Elle s'est occupée de Tarkie quand il était petit et n'a jamais quitté la famille. Désormais elle rôde dans la maison et oblige les gens à se couvrir avant de sortir.)

— J'emmène les enfants sur les marches de l'autre

côté du lac. Ils verront beaucoup mieux de là. Minnie peut venir avec nous ?

— Oh, merci beaucoup ! Minnie, si tu veux aller sur les marches avec les autres, il faut que tu donnes le camion à Wilfie.

— Marches ?

Minnie semble intriguée par ce nouveau mot.

— Oui, marches. *Des marches très amusantes*. Va avec Ellie, ma poupette !

J'attrape le camion et le rends à Wilfie. Voyant Tarquin passer devant nous, je le hèle :

— Dis-moi, c'est tout à fait spectaculaire.

— Oui, répond-il d'un ton sinistre. Enfin, j'espère. Il y a un problème de pression d'eau. Tout le secteur est touché. Ça tombe mal.

— Oh, quelle barbe !

— Tournez-le à fond, commande Tarkie dans son talkie-walkie. Peu importe ! On ne veut pas d'une petite giclée ridicule, on veut un jaillissement spectaculaire.

Et, à notre intention, il ajoute avec une grimace :

— Je ne savais pas que les jets d'eau étaient de telles sources de complication.

— Ça va être super, le rassure Luke. C'est une idée sensationnelle.

— Espérons !

Tarkie s'éponge le front, puis vérifie l'horloge digitale qui affiche 16 h 58.

— Sapristi. Je dois y aller.

Il y a de plus en plus de monde. Deux équipes de la télévision locale interrogent les gens. Luke attrape deux verres de vin sur un plateau et m'en tend un. Nous trinquons. En entrant à nouveau dans l'espace VIP, j'entends Suze tenir une conversation animée avec Angus, le directeur financier de Tarquin.

— Tarkie a sûrement des affaires à régler aux États-Unis. Il a besoin de faire un saut là-bas. Vous n'êtes pas de mon avis ?

— Un déplacement outre-Atlantique n'est vraiment pas nécessaire, lady Cleath-Stuart, lui assure Angus, tout surpris. Les investissements américains sont sous contrôle.

— Nous n'avons rien en Californie ? insiste Suze. Des plantations d'orangers ou autres ? Je trouve qu'on devrait y faire un tour. Je pourrais y aller, si vous voulez.

Elle me fait un clin d'œil. Reçu 5 sur 5, Suze !

À présent, le comte et la comtesse de Truc-Muche fendent la foule vers le bord du lac en se frayant un chemin à l'aide de leurs cannes-sièges.

— S'il voulait absolument construire quelque chose, pourquoi pas un pavillon, un kiosque, une folie ? maugrée le comte. Il l'aurait caché dans un coin. Mais un geyser ? Quelle stupidité !

Je le fixe avec détestation. Comment ose-t-il être si acerbe ?

— Je ne suis pas d'accord, je réponds du tac au tac. Ce geyser va faire date dans le pays et dans l'histoire.

— Ah oui ! Vraiment !

Il me scrute avec morgue. Et moi, je relève le menton. Les vieux aristos dans son genre ne me font pas peur.

— Soixante. Cinquante-neuf.

Un type commence le compte à rebours dans le micro. Ça y est ! Enfin ! Le Geyser de Tarkie va surgir.

Je serre la main de Suze qui me regarde avec un air rayonnant.

— Vingt-trois. Vingt-deux.

La foule scande le décompte.

— Ou est passé Tarkie ? je demande. Il devrait être là pour profiter de l'ambiance.

— Cinq… Quatre… Trois… Deux… Un… Mesdames et messieurs… Le Geyser !

Une rumeur joyeuse accompagne le premier jaillissement du Geyser qui monte à…

Bon ! D'accord ! Il s'élève à presque deux mètres. Ce n'est pas tellement haut pour un jet d'eau baptisé le Geyser. Mais il va peut-être grimper plus haut.

Sûr et certain qu'il va s'élever lentement pour atteindre quatre mètres et que la foule va se remettre à applaudir. Mais Suze est défaite.

— Quelque chose ne va pas. Il devrait être cinq fois plus haut.

L'eau retombe ; puis, comme prise d'une immense énergie, elle gicle à cinq mètres. Descend puis remonte.

— C'est tout ? ricane le comte. Je pourrais faire aussi bien avec un tuyau d'arrosage. Qu'est-ce que je vous avais dit, Marjorie ?

La foule se manifeste aussi bien avec des rires qu'avec des encouragements. Chaque fois que le Geyser se propulse dans les airs, les gens l'acclament ; chaque fois qu'il baisse, ils expriment leur déception.

Tout à coup la mémoire me revient.

— C'est la pression de l'eau. Tarkie disait qu'il y avait un problème.

Suze est au bord des larmes.

— Il va être anéanti. J'ai du mal à le croire. Regarde, c'est pathétique.

— Non, je proteste. C'est génial. C'est… subtil.

Mais, en vérité, c'est pathétique.

Soudain un *bang !* puissant retentit. L'eau surgit avec force et grimpe à une hauteur proche des quarante mètres.

— Et voilà, je crie, ça marche ! C'est super ! Fantastique ! C'est…

Je m'arrête dans un gargouillis.

Un truc cafouille. Quoi ? Je ne sais pas. Mais il y a un problème.

Comme propulsée par un canon, une masse d'eau arrive sur nous à toute vitesse. Hypnotisés, nous regardons sans bouger – et elle s'abat derrière nous. Des spectateurs crient. Un instant après, une autre bombe à eau surgit dans l'air. Nous nous protégeons la tête avec nos mains. Deux secondes plus tard, un déluge s'abat. Deux autres personnes sont sérieusement douchées.

— Minnie, je glapis en agitant les bras, va-t'en !

Heureusement, Ellie a déjà éloigné les enfants.

— Les femmes et les enfants d'abord, tonne le comte. On abandonne le navire !

C'est la cohue. Les spectateurs courent dans tous les sens pour éviter d'être arrosés. Je me débrouille pour quitter le bord glissant. Et qui vois-je soudain ? Tarkie, complètement trempé, qui beugle dans son talkie-walkie :

— Coupez l'arrivée d'eau ! *Arrêtez !* Arrêtez tout !

Pauvre Tarkie ! Il est effondré. Prêt à pleurer. Je me dirige vers lui pour le réconforter quand Suze arrive, les yeux brillants de compassion. Elle l'enlace et dit :

— Ce n'est pas grave, chéri. Toutes les grandes inventions ont des débuts difficiles.

Trop affecté pour parler, il ne répond pas.

— Ce n'est pas la fin du monde, poursuit Suze. C'est seulement un jet d'eau. Ton idée reste géniale.

— « Géniale » ? Plutôt catastrophique, oui !

Enjambant les flaques, le comte arrive vers nous. Et lance :

— Une perte de temps et d'argent. Tarquin, combien coûte ce fiasco ? Je croyais que ce geyser était censé divertir les troupes, pas les noyer.

Tout en pérorant, il cogne le sol avec sa canne. C'est *lui* que je meurs d'envie de cogner. Après un petit rire sarcastique qui tombe à plat, il continue son sermon.

— Et maintenant que tu as mené cet endroit à la faillite et que tu as fait de nous la risée du public, je te conseille de prendre quelques cours pour apprendre *convenablement* la gestion d'une demeure historique. Bonne suggestion, non ?

Je frémis d'indignation en voyant Tarquin, tout rouge d'humiliation, se frotter nerveusement les mains. Ce discours me donne des haut-le-cœur. Quel *ignoble* bonhomme, son père ! Je m'apprête à le lui dire tout net quand un sonore « Allons, allons ! » se fait entendre.

Surprise ! C'est papa, avançant au milieu des convives en essuyant son front dégoulinant d'eau.

— Fichez-lui la paix ! Tous les grands projets connaissent des ratés au démarrage. La première entreprise de Bill Gates s'est complètement cassé la figure. Et regardez où il en est maintenant !

Papa tapote gentiment le bras de Tarkie.

— Tu as eu un contretemps technique. Ce n'est pas dramatique. Je suis certain que quand certains détails auront été améliorés, ce sera formidable. Bravo à Tarquin et à l'équipe du Geyser !

Sur ce, mon père commence à applaudir résolument.

Après quelques secondes, la foule se joint à lui. On entend même quelques encouragements.

Tarquin contemple mon père avec ce qui ressemble à de l'adoration. Le comte ne pipe plus mot. Il est furieux. Tout le monde l'ignore, ce qui n'a rien de surprenant. Spontanément, j'enlace papa pour le féliciter et manque de renverser mon vin.

— Papa, tu es une star ! je déclare. Et toi, Tarkie, écoute : ce Geyser va être fantastique. C'est juste des ennuis de rodage.

— Absolument, renchérit Suze, des ennuis de rodage.

— Vous êtes très gentilles, soupire Tarquin.

Mais son expression est toujours tragique. Suze et moi échangeons un regard inquiet. Pauvre vieux, il a bossé si dur ! Pendant des mois, il n'a vécu que pour son précieux Geyser. Et, quoi qu'ait dit papa, c'est une terrible humiliation. Les deux équipes de télé ont dû tout filmer, l'inauguration va être tournée en ridicule. Je vois ça d'ici : « Et maintenant, une importante nouvelle… »

— Chéri, nous avons besoin de nous changer les idées, déclare Suze. Et de nous reposer.

— Comment ça ?

— Il nous faut des vacances. Un moment loin de Letherby Hall, du Geyser, des contraintes familiales… (Coup d'œil rebelle au comte.) Angus pense qu'il serait judicieux d'aller à L.A. voir un peu où en sont tes investissements. Il recommande un départ pour la Californie le plus tôt possible. Je crois que nous devrions *absolument* y aller.

**SOYEZGENEREUX.COM**
Donnez… Partagez… Améliorez

Vous êtes sur la page de dons de
DANNY KOVITZ

*Message personnel de Danny Kovitz*

Chers amis,

Je vous écris, inspiré par cette année qui s'annonce particulière pour moi : une année de bonne action, de challenge personnel, de changement.

Cette année, je vais me soumettre à une série de défis destinés à tester mes limites et à recueillir des fonds pour différentes causes qui le méritent (voir « Œuvres de charité de Danny »).

Je vais entreprendre l'exploit d'accomplir toutes ces prouesses dans l'espace d'une année. Je sais ! C'est un grand projet ! Mais pour moi il est terriblement important d'y arriver. Merci de suivre les liens et de participer financièrement avec générosité, mes chers et merveilleux amis !

Expédition banquise au Groenland
Triathlon (Lac Tahoe)
Triathlon (Floride)
Marathon des sables (Sahara)
À l'attaque du yak (course de vélo dans l'Himalaya)

Jusqu'à maintenant, mon entraînement se passe bien. Mon coach, Diederik, est TRÈS satisfait de mes progrès. (Au cas où vous seriez intéressés, vous pouvez consulter son site Diederiknyctrainer.com. Les photos de lui en train de faire des pompes sont à MOURIR…)

Je vous tiendrai au courant de la progression de mon itinéraire. Prochaine étape : le Groenland !!!
Amitiés à tous et toutes.
Bizzz,
Danny

# 6

Deux semaines ont passé. Je vis à Hollywood. Oui, moi, Becky Brandon née Bloomwood, vis à Hollywood. *Je vis à Hollywood !* Je n'arrête pas de me le répéter à haute voix pour vérifier que c'est vrai. J'ai l'impression de dire : « Je vis dans un conte de fées. »

La maison que nous louons dans les collines est pratiquement entièrement en verre. Elle comporte tellement de salles de bains que je ne sais même pas ce qu'on est censé en faire. Il y a un dressing immense *et* une cuisine extérieure. Et une piscine ! Et un gars chargé de son entretien. (Il est compris dans le loyer mais, hélas, il a cinquante-trois ans et de la bedaine.)

Le plus extraordinaire, c'est la vue. Tous les soirs, nous nous asseyons sur la terrasse et admirons les lumières scintillantes d'Hollywood. C'est comme un rêve. Sacré endroit, L.A. ! Je ne peux pas tout à fait le définir. C'est très différent des villes d'Europe où, une fois qu'on est dans le centre, on se dit : « Ah, ça y est, *je suis* à Milan / à Amsterdam / à Rome ! » À Los Angeles, on conduit interminablement sur d'immenses routes et on se dit en regardant par la fenêtre de la voiture : « Quand est-ce qu'on arrive ? »

Et puis les voisins ne sont pas très chaleureux. En fait, on ne voit personne. Les gens ne bavardent pas par-dessus les barrières de leurs jardins. Ils entrent et sortent de leurs propriétés en actionnant les portes électroniquement et le temps de leur crier : « Salut ! Je m'appelle Becky ! Si on buvait une tasse de… ? » ils ont fichu le camp.

Nous avons fait la connaissance d'un seul voisin : un chirurgien esthétique qui s'appelle Eli. Très amical. Nous avons gentiment bavardé des prix des locations et de sa spécialité du microlifting. Mais, pendant tout ce temps, il me jetait des regards critiques. À coup sûr, il évaluait l'étendue des rectifications qu'il me ferait si j'étais sur sa table d'opération. À part lui, je n'ai croisé personne dans la rue.

Peu importe ! Je vais rencontrer des gens. Évidemment.

Je me juche sur des compensées en raphia, attache mes cheveux avant de m'observer dans le grand miroir de l'entrée au-dessus d'un immense buffet sculpté. En face, deux fauteuils énormes sont disposés sur le carrelage mexicain. Dans cette maison tout est gigantesque : le canapé hypermoelleux en forme de L du salon dans lequel dix personnes peuvent s'asseoir ; le lit à baldaquin de la chambre principale, dans lequel Luke et moi disparaissons presque ; la vaste cuisine avec ses trois fours et son plafond de brique voûté. Même les portes sont massives, cloutées, méditerranéennes, bâties en bois de récupération et munies de verrous qui fonctionnent. Bien que les clés ajoutent une note pittoresque, je les ai toutes retirées (Minnie et les clés ne font *vraiment* pas bon ménage). J'avoue que c'est une maison géniale.

Aujourd'hui, cependant, ma priorité n'est pas la maison. Ce sont mes fringues. Je me concentre avec intensité sur ce que je porte, à la recherche d'un fashion faux pas. Des siècles que le choix d'un look ne m'a rendue aussi nerveuse. Bon, récapitulons. Top : Alice + Olivia ; jean : J Brand ; sac à pompons : Danny Kovitz ; barrettes cool : dénichées au marché vintage. Devant le miroir, je prends plusieurs poses, je fais des allées et venues. Je crois que je suis pas mal. Question : suis-je assez bien pour L.A. ? J'essaie des lunettes Oakley, les remplace par des Tom Ford oversized. Hum ! Pas sûr. J'hésite. Ces lunettes, c'est l'accessoire ultime ? Ou c'est too much ?

Mon estomac fait des nœuds. La raison ? Aujourd'hui est un grand jour : j'amène Minnie à la maternelle. L'établissement s'appelle « La Maternelle des Petites Pousses ». Nous avons beaucoup de chance d'avoir obtenu une place. Apparemment, les enfants de plusieurs people la fréquentent. Inutile de dire que je suis volontaire pour faire partie de l'association des parents d'élèves. Imaginez que j'aie des réunions avec des gens qui comptent. Imaginez que j'aie à organiser la fête de l'école avec Courtney Cox ou une autre actrice. Possible, hein ? Ensuite elle pourrait me présenter à toute la distribution de *Friends*… On pourrait faire une sortie en mer ou un truc original…

— Becky ?

La voix de Luke s'immisce dans mes songes et le voilà qui déboule dans l'entrée.

— Becky, je regardais sous le lit et…

Je l'interromps promptement.

— Oh, salut ! À ton avis, quelles lunettes de soleil ?

Luke reste impassible tandis que je mets d'abord

les Oakley, puis les Tom Ford et ensuite les Topshop imitation écaille qui sont fabuleuses et que j'ai payées seulement 15 dollars (donc j'en ai acheté trois paires).

— Quelle importance ! fait-il. Tu conduis juste Minnie à l'école.

La stupéfaction me fait cligner des yeux. Comment, je « conduis juste Minnie à l'école » ? Il ne lit donc pas *US Weekly* ? Tout le monde sait que c'est le moment crucial par excellence. L'occasion qu'attendent les paparazzis pour photographier les people dans leur rôle de parents normaux. La circonstance où ils s'habillent casual. Même à Londres, les mères s'inspectent des pieds à la tête et paradent avec leurs nouveaux sacs de créateur à bout de bras. Alors imaginez le stress que je ressens à L.A., où tous les gens affichent des sourires blancs comme neige et des abdos d'acier et où la moitié sont des stars ?

J'opte finalement pour les Oakley. Quand Minnie arrive en courant, je l'attrape par la main et nous observe toutes les deux dans la glace. Elle porte une adorable robe bain de soleil jaune et des lunettes de soleil à monture blanche. Un bourdon en plastique très chou retient sa queue-de-cheval. Pas de doute : avec ce look très L.A., nous allons passer haut la main.

— Tu es prête, poupette ? Tu vas adorer ta maternelle. Tu vas jouer à plein de jeux et peut-être même que tu vas préparer de délicieux cupcakes avec des daims dessus…

— Becky ? En regardant sous le lit, j'ai trouvé ça.

Luke brandit une housse de vêtement.

— C'est à toi ? Qu'est-ce que ça fait sous le lit ?

— Oh !

Pour me donner une contenance, j'ajuste la queue-de-cheval de Minnie. Merde et merde ! Qu'est-ce qui lui prend de regarder sous le lit ? C'est un type influent et il a le temps de fouiner sous le sommier ?

— C'est pour Sage, je réponds au bout d'un moment.

— Pour Sage ? s'étonne Luke. Tu as acheté à Sage un long manteau en fausse fourrure ?

Pas long, mi-cuisse ! Franchement, il n'a même pas regardé convenablement.

— C'est son style. Ça va avec la couleur de ses cheveux. Un look différent.

Mon mari a l'air abasourdi.

— Mais pourquoi tu lui achètes des vêtements ? Tu ne la connais même pas.

À moi de corriger.

— Je ne la connais pas *encore*. Mais tu vas nous présenter, n'est-ce pas ?

— Oui, un jour.

— C'est simplissime ! Comme je veux devenir styliste et que Sage serait ma cliente idéale, j'ai mis au point des tenues pour elle. C'est tout.

Je perçois certaines modifications sur le visage de Luke.

— Minute ! Il y a d'autres sacs sous le lit. Ne me dis pas que…

Je me maudis en silence. Quelle erreur de planquer mes achats sous le lit !

— Tout ce shopping est destiné à Sage ?

Sa tête ! Ça me donne envie de mordre. D'abord ma meilleure amie, ensuite mon mari. Ils ne savent donc pas comment on lance une carrière ? Ils ne comprennent pas qu'une future styliste a besoin de vêtements ? Si j'étais une joueuse de tennis, ils ne s'attendraient quand même pas à ce que je smashe sans raquette, si ?

— Ce n'est pas du « shopping ». Ce sont des dépenses professionnelles essentielles. C'est comme quand, toi, tu achètes des trombones. Ou des photocopieuses. De toute façon, ces vêtements m'ont servi pour mon book. J'ai pris d'excellentes photos de Suze. Donc, en fait, j'ai économisé de l'argent.

Ma tirade ne paraît pas le convaincre.

— Combien as-tu dépensé ? demande-t-il.

— Il ne faut pas parler d'argent devant notre fille, je le sermonne en prenant la main de Minnie.

— Becky…

Luke m'adresse un regard lourd de sens. Sa bouche se tord d'un côté, et ses sourcils froncés forment un V. Une autre de ses expressions que je connais bien. Celle qui signifie : « Comment annoncer ça à Becky sans qu'elle pète un câble ? »

(Ce qui est parfaitement injuste car je ne pète *jamais* de câble.)

— Quoi ? Qu'est-ce qu'il y a ?

Luke ne répond pas tout de suite. Il s'avance vers l'un des fauteuils énormes et tripote un plaid mexicain à rayures. On pourrait *presque* croire qu'il met le fauteuil entre lui et moi.

— Becky, ne le prends pas mal !

Bon, c'est une façon absurde de commencer une conversation. Je prends déjà mal qu'il pense que je pourrais le prendre mal. Et d'abord, qu'est-ce que je prendrais mal ? Pourquoi ?

— Bien sûr que non, j'affirme.

— On m'a dit des choses formidables d'un endroit appelé… La Paix d'or. Tu en as entendu parler ?

Si j'en ai entendu parler ? N'importe quel lecteur du magazine *People* a entendu parler de La Paix d'or. Un endroit où les gens portent des bracelets, font du yoga et où les célébrités se rendent pour arrêter de picoler en prétendant qu'elles font juste une cure de repos.

— Évidemment. C'est un centre de désintoxication.

— Pas seulement de désintoxication, précise Luke. Ils ont de nombreux programmes pour toutes sortes de… désordres. Le type qui m'en a parlé a une petite amie qui est une collectionneuse invétérée. Cette manie lui gâchait la vie. Elle est allée à La Paix d'or et ses problèmes ont disparu. Je me demandais si ce genre d'institut ne serait pas d'une aide quelconque. Pour toi.

Il me faut un moment pour réaliser ce qu'il vient de sortir.

— Moi ? Mais je ne suis pas une maniaque de l'accumulation ! Je ne suis pas une alcoolique !

— Non, mais tu… À un moment, tu as eu la folie des achats, tu es d'accord ?

Je respire fort. C'est un coup bas qu'il m'assène. Une attaque complètement déloyale. Effectivement, j'ai rencontré quelques petits problèmes à une époque. Deux minuscules anomalies d'ordre financier. Si j'avais été une société cotée en Bourse, on aurait parlé d'« incidents » qu'on aurait fait figurer à la fin du rapport annuel avant de les oublier. Il n'aurait pas été question de les évoquer à la moindre occasion. Ni de suggérer une cure de désintoxication.

— Tu me classes parmi les accros ? Merci beaucoup, Luke !

— Non ! Mais…

— Incroyable que tu te permettes de proférer ces accusations devant notre fille ! Tu me prends pour une mère indigne ou quoi ?

Et, d'un geste théâtral, je serre Minnie contre moi.

— Non ! répond Luke en se grattant la tête. C'était juste une idée comme ça. Nanny Sue avait suggéré la même chose, tu te souviens ?

Je le regarde d'un œil torve. Je ne veux pas me souvenir de Nanny Sue. Et c'est la dernière fois que j'engage une soi-disant « spécialiste ». Sa mission était de rectifier la conduite de Minnie. Le résultat ? C'est sur *moi* qu'elle a planché. C'est sur *mon* comportement qu'elle a fait des commentaires. Comme si ça avait un rapport !

Tout à coup, un argument massue me traverse l'esprit.

— De toute façon, La Paix d'or est aux États-Unis. Et moi, je suis anglaise. Donc…

— Donc quoi ?

— Donc ça ne peut pas marcher. Si j'ai des problèmes – ce dont je doute, bien entendu –, ce sont des problèmes *anglais*. Complètement différents.

— Mais…

— Veux Grana, gémit Minnie. Veux cupcakes avec Grana ! S'il te plaît. S'il te plaaaît !

Nous stoppons net. Assise par terre en tailleur, Minnie nous regarde, la bouche tremblante.

— Veux cupcakes avec *Grana*, insiste-t-elle, les cils mouillés de larmes.

Grana : c'est le nom que Minnie donne à ma mère. Ma pauvre poupette ! Elle a le mal du pays !

Je la prends dans mes bras.

— Mon petit chou ! Ma princesse, ma puce ! Nous voulons aussi voir Grana et nous la verrons très bientôt. Mais en ce moment nous habitons dans des endroits différents, alors nous allons nous faire de nouveaux amis. Des tas de nouveaux petits amis, je répète presque pour me convaincre moi-même.

— Comment ça lui est venu ? murmure Luke au-dessus de nos têtes.

— Je ne sais pas. Peut-être parce que j'ai dit qu'elle allait faire des cupcakes avec des daims à l'école, et comme elle en fait souvent avec maman…

Luke s'assied par terre et prend Minnie sur ses genoux.

— Minnie, ma poupinette, on va tout de suite voir Grana et lui dire bonjour, tu veux ?

Il saisit mon portable sur le buffet ouvragé et passe mes photos en revue.

— Voyons… Voici, Grana et Grandpa, annonce-t-il en montrant à Minnie une photo des parents déguisés pour la soirée flamenco de leur club de bridge. Et voici Wilfie… Et tante Suze…

À la vue du visage radieux de Suze sur l'écran de mon téléphone, j'ai moi aussi un petit coup de nostalgie. En fait, bien que j'assure le contraire à Luke, je me sens un peu seule ici. Tout le monde semble si loin. Et puis, il n'y a pas de voisins avec qui bavarder. En plus, je n'ai pas de boulot…

— Dis bonjour à Grana !

Luke câline Minnie. Au bout d'un instant, elle cesse de pleurer et envoie un petit coucou au téléphone.

— Et tu sais, poupinette ? Maintenant, tu trouves que ce n'est pas drôle ici. Mais je te promets qu'on va rencontrer plein de gens à Los Angeles. Bientôt, il y aura les photos de tous nos *nouveaux* amis dans ce téléphone. C'est toujours difficile au début, mais nous allons nous organiser. J'en suis sûr.

À qui s'adresse-t-il ? À moi ou à Minnie ?

Je lui adresse un sourire reconnaissant.

— Il faut qu'on y aille. Minnie va découvrir des tas de jouets. Et moi, j'ai des copines à me faire.

Luke embrasse notre fille et se lève pour m'enlacer.

— Allez, mes chéries ! Vous êtes les meilleures !

La maternelle de Minnie est dans une rue qui donne sur Franklin Avenue. Bien que j'y sois déjà allée une fois, quand j'y arrive, je suis un peu hagarde. C'est fou ce que conduire à L.A. est stressant ! Je ne suis pas du tout habituée à notre voiture de location. Toutes les commandes ont l'air de se trouver du mauvais côté. Je n'arrête pas de klaxonner sans le vouloir. Quant au volant à gauche, disons que c'est absurde. Pas naturel, quoi ! En plus, les rues sont trop longues et trop nombreuses. Londres est bien plus accueillant. Là-bas, on sait *se repérer*.

Finalement, je parviens à garer la voiture, une Chrysler beaucoup trop grande, elle aussi. Dommage qu'on n'ait pas loué une Mini ! Le cœur encore battant, je reprends mon souffle et me tourne vers Minnie harnachée dans son siège.

— On y est ! C'est ta maternelle, Minnie. Tu es contente, poupette ?

— Conducteurs américains abrutis ! réplique-t-elle calmement.

Stupéfaction ! Où a-t-elle été chercher ça ? Pas en m'entendant, quand même ?

— Minnie, on ne dit pas ça, d'accord ? Ce n'est pas joli. Maman ne voulait pas dire ça. Maman voulait dire… Belles voitures américaines.

Mais Minnie m'ignore.

— Abrutis, répète-t-elle. Conducteurs américains abrutis ! Conducteurs américains abrutis…

Et elle entonne ce couplet sur l'air de « Frère Jacques ».

— Con-duc-teur-res, a-mé-ri-cains, abrutis-euh ? abrutis-euh ?…

Je ne peux quand même pas me pointer le premier jour avec ma fille chantant « Conducteurs américains abrutis ».

Malédiction ! Minnie chante de plus en plus fort.

— Con-duc-teur-res, a-mé-ri-cains, abrutis-euh ? abrutis-euh ?

Et si je prétendais que c'est une comptine anglaise ancestrale ?

Non !

D'un autre côté, je ne vais pas rester assise dans la voiture toute la journée. Le long de la rue, des mères avec leurs enfants descendent de leurs énormes 4×4. Aujourd'hui, nous sommes censés arriver de bonne heure.

Inspiration !

— Minnie, je vais te donner un biscuit, mais tu dois être très, très, très sage. Tranquille comme une petite souris ! Pas de chanson !

Minnie s'arrête de chanter et me dévisage suspicieusement.

— Biscuit ?

Résultat de la manœuvre ? 100 % de réussite. Ouf !

(Bien sûr, je *sais* que c'est mal de soudoyer ses enfants. Mais, en contrepartie, je lui donnerai plus de haricots verts ce soir. Ça annulera tout.)

Je sors en vitesse de la voiture et détache Minnie. Je prélève un biscuit de ma cachette d'urgence, le lui donne et nous entamons notre marche sur le trottoir. Rectification : sur la chaussée, comme on dit aux États-Unis. Il faut que je m'habitue aussi à la différence de vocabulaire.

En approchant de l'école, je cherche des yeux la meute des paparazzis. Rien à l'horizon. Ils doivent être cachés dans les buissons. L'air de rien, je scanne les visages des quelques mères qui passent les portes de l'école.

Hum ! D'après moi, aucune n'est célèbre. Et pourtant toutes sont musclées, bronzées, avec des cheveux brillants. La plupart portent leurs vêtements de gym. Je me dis que je mettrai la même chose demain. Je veux *tellement* m'intégrer. Je souhaite tellement que Minnie s'intègre et que nous nous fassions toutes les deux plein d'amies.

— Bonjour, Rebecca !

Erica nous accueille gentiment. Enfin un visage familier ! Je souris de soulagement. Elle a dans les cinquante ans : avec ses cheveux roux raides et ses vêtements de couleurs vives, elle ressemble à un personnage de film pour enfants. Elle dirige le programme des tout-petits et m'a déjà envoyé une tonne de mails : sur « la transition et la séparation », sur la joie d'apprendre et « la découverte de soi-même », ce qui, à mon avis, signifie « art du déguisement » – mais je n'ose pas poser la question.

— Bienvenue aux Petites Pousses, Minnie, claironne Erica en nous escortant à l'intérieur.

Le centre d'apprentissage des tout-petits est une grande pièce remplie de jouets comme toutes les salles de maternelle anglaises, sauf qu'ici on appelle les jouets des « outils de développement ».

— Vous avez pu vous garer facilement ? poursuit-elle, en suspendant la bouteille d'eau de Minnie à son crochet personnel. Certaines mamans ont eu des problèmes ce matin pour trouver une place.

— Non, tout va bien, merci.

— Où est le frein ? lance soudain Minnie avec un

sourire radieux à Erica. Où est cette connerie de frein dans cette voiture qui craint ?

Je deviens cramoisie.

— Minnie, arrête ! Comment as-tu pu… Oh, je ne sais vraiment pas où elle…

Mais sans crier gare, Minnie commence sa version personnelle de « Frère Jacques » :

— Con-duc-teu-res ! A-mé-ri-cains ! Abrutis-euh ? Abrutis-euh ?

— Minnie, je gronde. Stop ! On ne chante pas !

Je voudrais disparaître sous terre. Erica dissimule un sourire. Deux assistantes regardent ailleurs en réprimant un fou rire. Génial, vraiment, comme premier contact !

— Il est évident que Minnie est une enfant très *réceptive*, constate Erica poliment.

Ouais ! Bien trop réceptive à mon goût. Jamais plus je ne parlerai en sa présence. Jamais.

— Vous avez raison, je dis, en retrouvant mon calme. Oh ! regarde le joli tas de sable ! Vas-y Minnie ! Va faire des pâtés !

— Comme je vous l'ai expliqué, nous appliquons ici un programme transitionnel de séparation, me dit Erica tout en surveillant Minnie qui patouille joyeusement dans le sable. C'est le début du grand parcours d'indépendance de Minnie en tant qu'être autonome. Ces premiers pas loin de vous doivent se faire à son propre rythme.

— Tout à fait.

Le discours d'Erica a quelque chose d'hypnotique. On dirait qu'elle décrit une épopée autour du globe, et non le premier jour de maternelle d'une petite fille.

— Aussi, Rebecca, je vous demanderai de rester à côté de Minnie ce matin. De la suivre. De la rassurer. D'identifier les découvertes fascinantes qu'elle va faire. De voir le monde à son niveau. Au début, Minnie va être méfiante. Présentez-lui en douceur le concept de la vie loin de sa maman. Regardez-la s'épanouir peu à peu. Ses progrès vont vous surprendre.

J'acquiesce avec enthousiasme.

Une autre mère est assise à côté d'un petit blondinet à boucles. Sur sa silhouette ultramince sont superposés plusieurs T-shirts (à ma connaissance, chacun coûte dans les cent dollars, un concept que ma mère se refuse à comprendre). Elle observe avec attention son fils se livrer à un barbouillage de peinture sur une feuille.

— Les couleurs sont intéressantes, Isaac, constate-t-elle avec le plus grand sérieux. J'aime l'univers que tu as créé.

Et quand il se badigeonne la figure de peinture, elle ne s'énerve pas.

— Tu t'exprimes sur ton propre corps. Tu as fait ce choix, Isaac. Nous avons le droit de faire des *choix*.

Punaise ! On prend tout au premier degré dans cet endroit. Mais si je veux m'intégrer, il faut que je fasse pareil.

— Si vous avez besoin de moi, je ne suis pas loin, m'assure Erica. Profitez bien de cette première matinée de découverte simultanée.

Tandis qu'elle se dirige vers un autre enfant, j'éteins mon portable. Je me sens positivement influencée par Erica. Oui, je vais me concentrer complètement sur Minnie et sur sa matinée.

Bon. Voici les faits. C'est gentil de la part d'Erica de dire : « Restez avec Minnie. » Je suis d'accord. Je veux être comme une maman dauphin et son petit, virevoltant en duo avec grâce et découvrant le monde ensemble.

Mais les mamans dauphins ne butent pas dans des pièces de Lego éparpillées par terre, elles n'ont pas à contourner des cabanes de jeu sur leur chemin et n'ont pas à éviter des bambins qui courent dans tous les sens. Au bout de trois secondes, Minnie s'embête sur le tas de sable. Elle se précipite dans la cour pour grimper sur un tricycle. À peine suis-je sortie pour la suivre, trébuchant au passage dans des piles de cubes, qu'elle change d'avis, revient à l'intérieur et attrape une poupée. Puis elle court dehors pour lancer la poupée sur le toboggan. Elle entre et sort à peu près dix fois de suite. Rien qu'en zigzaguant derrière elle, je suis hors d'haleine.

Surtout que, pendant tout ce temps, je n'arrête pas de lui dispenser un flot de paroles encourageantes et rassurantes. Mais Minnie s'en fiche complètement. Son anxiété de ce matin semble avoir disparu. Quand j'essaie de la serrer dans mes bras, elle se dégage en s'exclamant : « Pas de bisous, maman ! *Jouets !* »

— Ce que tu découvres Minnie, c'est la… euh… le principe de gravité, je dis, alors qu'elle jette un nounours par terre. Formidable, poupette !

Minnie, qui a plongé ses mains dans un bac d'eau, asperge ce qui l'entoure avec enthousiasme.

— Tu veux t'exprimer avec de l'eau, Minnie ? Errr ! je m'écrie quand elle m'envoie de l'eau au visage. Tu as choisi de mouiller maman aussi. Super ! C'est un… choix intéressant.

Minnie n'écoute pas. Elle se rue vers une adorable cabane miniature qui ressemble à un petit cottage en pain d'épice. Je la suis prestement en me prenant les pieds dans un tapis de caoutchouc orné d'un alphabet multicolore.

— Maintenant tu es dans la maison, je déclare en

me triturant les méninges pour sortir une remarque intelligente. Tu découvres… euh… tu découvres les fenêtres. Je peux entrer moi aussi ?

— Non, répond Minnie en me claquant la porte au nez. Pas maman ! La maison à *Minnie*.

Elle ferme résolument les volets. Et moi, je me retrouve accroupie sur les talons, absolument éreintée. Qu'est-ce que pourrais bien lui faire identifier ? En fait, rien. Tout ce que je veux, c'est un café.

Je saisis machinalement un jouet comportant des pastilles de bois enfilées sur des fils colorés et commence à jouer avec. C'est assez amusant. Il faut placer les différentes pastilles dans les quatre coins, ce qui est plus difficile que ça en a l'air…

— Rebecca ?

Me sentant prise en faute, je sursaute et laisse tomber le jouet.

— Oh, re-bonjour, Erica !

— Comment ça se passe avec Minnie ? Apprend-elle à s'éloigner graduellement de vous ?

— Elle joue dans la cabane, je dis en ouvrant les volets.

Mais la cabane est vide. Non !

— Enfin, elle *était* dans la maison… Oh ! elle est là-bas !

Bras dessus, bras dessous avec une autre petite, Minnie tourne autour de la pièce en braillant « Ah, mon père est éboueur », ce classique de la chanson anglaise que papa lui a apprise. Je m'efforce de marcher derrière elles, ce qui n'est pas aisé avec tous ces camions et ces gros blocs en mousse éparpillés partout.

— Bravo, poupette ! Tu t'exprimes par la chanson. Euh… Tu veux dire à maman ce que tu ressens ?

— *Non !*

Avant que je puisse l'attraper, Minnie s'élance dans la cour, grimpe au sommet du toboggan où elle s'installe triomphalement.

Erica est bouche bée.

— Minnie est une petite fille… pleine d'assurance, finit-elle par dire. Très indépendante.

— Euh… oui.

Nous l'observons transformer une corde à sauter en lasso avant de la passer autour de son cou. Les autres gamins du toboggan s'empressent de la copier et beuglent à l'unisson « Ah, mon père est éboueur » alors qu'ils ne savent probablement pas ce qu'est un éboueur. Pour eux, c'est sans doute un « ramasseur d'ordures » ou un « préposé aux poubelles ».

— Minnie semble faire sa transition avec une remarquable confiance en elle, fait remarquer Erica. Rebecca, vous pourriez peut-être aller vous asseoir dans le salon des parents. C'est un endroit destiné à ceux dont les enfants sont arrivés à l'ultime stade du programme de transition. Cette dernière étape fournit proximité et autonomie, et aide les petits à acquérir le sens d'eux-mêmes tout en se sentant en sécurité.

Cette fois, son speech me passe par-dessus la tête. La seule chose qui m'intéresse c'est « vous pourriez peut-être aller vous asseoir dans le salon des parents », qui me convient forcément mieux que courir derrière ma fille, me casser la figure sur des camions et me sentir archiniaise.

— Excellente suggestion, je réponds.

— Cet endroit est également un forum où les adultes peuvent échanger leurs opinions sur les problèmes parentaux. Je suis certaine que vous brûlez d'envie de poser des questions sur les programmes de socialisation.

Voilà qui me redonne du tonus.

— À vrai dire, je me demandais si les mères se rencontraient pour prendre des cafés, si elles organisaient des réceptions… enfin, ce genre de choses.

— Je voulais dire « socialisation des enfants », rectifie Erica en me jetant un drôle de regard.

— Mais oui ! Les enfants ! Bien sûr !

Arrivée à la porte en bois clair marquée *Salon des parents*, je me sens soudain toute revigorée. Enfin ! L'occasion de me faire des amies ! Il faut que je participe de tout mon cœur à la vie de la maternelle, que je me porte volontaire pour toutes les tâches : c'est de cette façon que j'établirai des liens avec des gens sympas.

Nous y voilà !

La pièce est meublée de sièges en mousse de couleurs vives, sur lesquels sont assises des mamans en tenue de gym. Elles bavardent avec animation mais s'arrêtent quand j'entre en me lançant un sourire amical. Je leur rends leur sourire tout en constatant que l'une d'elles a le sac brodé que j'ai remarqué chez Fred Segal.

— Je vous présente Rebecca, annonce Erica. Rebecca est une nouvelle venue, et sa fille Minnie suit le programme pour les tous-petits.

— Bonjour à toutes ! je fais avec un geste circulaire de la main. Je suis ravie de vous rencontrer.

— Je suis Erin.

— Moi, c'est Sydney.

— Je m'appelle Carola. Bienvenue à Los Angeles.

Carola, brune et bouclée, porte des tas de bijoux artisanaux en argent. Quand Erica quitte la pièce, elle s'informe :

— Depuis combien de temps vivez-vous ici ?

— Pas depuis longtemps. Nous sommes ici temporairement pour le travail de mon mari.

— Et vous avez réussi à inscrire votre fille aux Petites Pousses ?

— Je sais ! Nous avons beaucoup de chance !

Carola me regarde un moment, puis elle dit en secouant la tête :

— Non, vous ne comprenez pas ! Personne n'entre comme ça aux Petites Pousses. Personne.

Les autres opinent du bonnet avec énergie.

— Personne, répète Erin.

— C'est juste que ça n'arrive jamais, insiste Sydney.

J'ai envie de leur répliquer que si aucun enfant n'est admis aux Petites Pousses, comment se fait-il que les leurs y soient ? Mais je m'abstiens. Elles semblent hypersérieuses. Ce sujet n'est pas à prendre à la légère, c'est clair.

— Minnie n'est pas entrée « comme ça », j'explique. Elle a dû passer un test. Et je crois que mon mari a fait un don à l'école, j'ajoute un peu gênée.

Carola me regarde comme si j'étais complètement bouchée.

— Nos enfants ont tous passé des *tests*, dit-elle. Et nous avons tous fait des *dons*. Vous avez fait quoi d'*autre* ?

— Nous avons écrit cinq lettres, soupire Erin avec délectation. *Cinq !*

— Nous avons promis de financer un jardin sur le toit de l'école, renchérit Sydney. Mon mari et moi avons déjà engagé l'architecte.

— Alexa a suivi un entraînement sérieux de karaté,

spécifie Carola. De cette façon, elle a obtenu une bourse allouée aux athlètes en herbe.

J'en reste bouche bée. Elles sont *dingues* ou quoi ? Bon, d'accord, c'est une bonne maternelle privée, avec tous les programmes de développement qu'il faut. Mais, au bout du compte, on a quoi ? Un endroit où les gamins se lancent des boulettes de pâte à modeler.

— En fait, nous nous sommes juste présentés au bureau des inscriptions, j'explique en m'excusant. Désolée.

La porte s'ouvre. Apparaît une fille aux cheveux châtains et aux yeux sombres chaleureux. La tunique qu'elle porte sur un jean révèle un tout début de grossesse.

— Salut, s'écrie-t-elle. Je suis Faith. Et vous, Rebecca, c'est ça ? Erica vient de me dire qu'il y avait une nouvelle venue parmi nous.

Elle a un adorable accent chantant qui, d'après moi, vient du Sud des États-Unis. De Charleston ? Du Texas ? À moins que ça ne soit du Wyoming. Le Wyoming, c'est dans le Sud ?

C'est peut-être le Wisconsin, alors.

Non, non. Le Wisconsin c'est l'État connu pour ses fromages. Alors que le Wyoming est…

Bon. Où se trouve le Wyoming ? Pas la moindre idée. Je vais faire le puzzle de Minnie qui représente l'Amérique, et je le saurai.

— Salut, Faith ! je dis en lui serrant la main. Je suis ravie de vous rencontrer.

— Est-ce que le gang des moms s'occupe bien de vous ?

*Le gang des moms*. J'adore cette manière sudiste de parler. Tiens, c'est une expression que je vais adopter.

— Les moms sont top, je réponds en prenant un léger accent.

— Nous voudrions savoir comment elle s'y est prise pour faire admettre sa fille, dit Carola. Elle s'est juste pointée, elle a fait un chèque et ça a suffi. Incroyable, non ?

— Ce n'est pas Queenie qui a soutenu sa candidature, vu qu'elle est britannique ? Il me semble qu'Erica en a parlé l'autre jour.

Carola souffle comme un ballon qui se dégonfle.

— Mais *oui* ! Je comprends maintenant. Effectivement, vous avez de la chance. Un coup de pouce pareil n'est pas donné à tout le monde. Vous lui devez une fière chandelle, à Queenie !

— Excusez-moi mais qui est Queenie ? je demande pour essayer de comprendre.

— La présidente de l'association des parents d'élèves, m'informe Sydney. Sa fille est dans le programme des tout-petits. Vous allez l'adorer. Elle est hypercool.

— Oui, très sympa, confirme Faith. Elle est anglaise comme vous. On l'a baptisée Queenie parce qu'elle parle comme la reine d'Angleterre.

— Elle donne des fêtes fantastiques, ajoute Carola.

— Et elle organise des séances de yoga pour les mamans tous les mercredis matin. Excellent pour la forme.

— Fantastique. Je vais y aller !

Pour la première fois depuis notre arrivée, mon humeur est au beau fixe. Finalement, j'ai trouvé des copines. Des filles accueillantes et marrantes. Et cette Queenie a l'air formidable. On va peut-être s'entendre à merveille, elle et moi. On pourra comparer nos anecdotes sur la vie à Los Angeles et partager des pots de

Marmite qui est, comme chacun le sait, notre péché mignon national.

— Depuis combien de temps Queenie vit-elle à L.A. ? je demande.

— À peu près deux ans, je dirais.

— Elle a vécu une histoire d'amour éclair, m'informe Faith. Elle a rencontré son mari un mardi, et le vendredi elle avait la bague au doigt.

— Sans blague !

— Mais si ! Une belle histoire ! s'amuse Faith. Il faudra lui demander de vous la raconter. Justement, la voilà ! ajoute-t-elle en regardant par la fenêtre vers le parking de l'école.

Tandis qu'elle agite la main, je m'assieds pleine d'espoir.

— Queenie ! s'exclame Carola en ouvrant la porte, viens qu'on te présente Rebecca.

— Merci *mille fois* pour votre aide…, je commence au moment où ladite Queenie fait son entrée.

Soudain les mots se bloquent dans ma gorge. Je sens mon corps se ratatiner. Non ! Non !

Je laisse échapper un gémissement. Carola me regarde bizarrement et dit :

— Rebecca, je vous présente Queenie. Je veux dire, Alicia.

C'est Alicia la Garce-aux-longues-jambes.

Ici. À L.A. Dans la maternelle de Minnie.

Le choc me paralyse. Si je n'étais pas assise, je tomberais à la renverse.

— Bonjour, Rebecca, susurre-t-elle.

Cette voix que je n'ai pas entendue depuis des années me fait frissonner.

Elle est toujours aussi grande et blonde, mais son

style a changé. Elle porte un pantalon de yoga, un top gris et des Keds. Je n'ai jamais vu Alicia autrement que juchée sur de hauts talons. Ses cheveux sont noués en queue-de-cheval, ce qui est également surprenant. Elle a un jonc argent et or au poignet. N'est-ce pas le bracelet des habitués de La Paix d'or ?

— Vous vous connaissez déjà ? veut savoir Sydney.

J'ai envie d'éclater d'un rire hystérique. Si on se connaît ? Eh bien, voyons voir. Durant ces dernières années, Alicia a essayé de saboter ma carrière, ma réputation, la boîte de mon mari, et mon mariage. Elle s'est montrée infecte et m'a torpillée sans relâche. L'avoir en face de moi me stresse tellement que les battements de mon cœur se déchaînent.

— Oui, nous nous connaissons, j'arrive tout de même à articuler.

— Alors c'est pour cette raison que tu as recommandé Rebecca ! J'étais en train de me demander comment elle avait obtenu si vite une place dans le programme.

Décidément, Carola est obsédée par cette histoire.

— J'ai parlé à Erica, dit Alicia.

Sa voix n'est plus la même. Plus basse, plus pondérée. En fait, tout son comportement est archilisse. On dirait qu'on lui a injecté du Botox dans l'âme. C'est étrange !

— Toi, tu es un vrai chou à la crème ! s'exclame Faith en lui passant un bras sur l'épaule. Rebecca a beaucoup de chance d'avoir une telle copine !

— On racontait justement ton histoire à Rebecca. Mais, en fait, ce n'était pas la peine ! dit Carola.

— J'ai beaucoup changé depuis la dernière fois qu'on s'est vues, Rebecca, dit Alicia en souriant. Quand était-ce au fait ?

Je suis atterrée. *Quand était-ce ?* Elle a le culot

de me demander ça ? Ce n'est pas gravé dans son cerveau comme ça l'est dans le mien ?

— À mon mariage, je m'efforce de répondre. *Quand on t'a mise dehors alors que tu hurlais en te débattant après avoir essayé de gâcher la cérémonie.*

J'attends un signe de sa part. Qu'elle m'indique qu'elle comprend, qu'elle regrette, qu'elle se souvient de *quelque chose*. Mais son regard reste vide d'expression.

— Oui, fait-elle d'un air pensif. C'est vrai qu'il y a eu de petits problèmes entre nous. Mais nous devons nous efforcer de les oublier.

Quand elle pose doucement sa main sur mon épaule, j'ai un mouvement de recul.

Elle ajoute :

— Nous pourrions en parler devant une tasse de thé à la menthe. Juste toutes les deux, qu'en penses-tu ?

Quoi ? Elle a le toupet de résumer la série de ses immondes agissements en « petits problèmes » ?

— Je ne sais pas… Tu ne peux pas tout balayer…

Ma voix se casse, ma gorge s'assèche, mon cœur s'emballe, ma tête se vide. Je n'arrive pas à sortir une phrase cohérente.

Si, voilà ce que je voudrais dire : « Tu plaisantes, j'espère. C'est impossible d'oublier ça. »

Mais je ne peux pas. Je ne suis pas sur mon territoire. Je suis dans le salon des parents d'une maternelle de L.A., entourée d'étrangères pour lesquelles Alicia est un chou à la crème qui vient de me rendre un immense service.

Soudain, la réalité s'impose à moi. Une prise de conscience horriblement effrayante. Toutes ces filles sont des amies d'Alicia. Pas les miennes, non. Celles d'Alicia. C'est sa bande.

Alicia a toujours eu le chic de me rapetisser. Et même maintenant, alors que je sais que j'ai raison et elle tort, j'ai l'impression de diminuer à vue d'œil. Elle fait partie de l'équipe gagnante. Si je veux m'intégrer, il va falloir que je copine avec elle. Inconcevable. Inimaginable. J'ai du mal à la regarder. C'est dire si participer à sa classe de yoga pour les mamans est totalement hors de question.

Comment toutes ces filles se sont-elles laissé embrigader ? Comment peuvent-elles la trouver « sympa » et « hypercool » ? Quelle déception ! J'étais si contente ! Si heureuse d'avoir trouvé un moyen de m'adapter. Et voilà qu'Alicia la Garce-aux-longues-jambes se dresse sur mon chemin. Elle me barre l'accès de la socialisation.

La porte s'ouvre, et Erica pénètre dans le salon, son châle multicolore voltigeant derrière elle à la manière d'une voile.

— Rebecca, il faut que je vous dise que Minnie se comporte à merveille. Elle s'acclimate remarquablement vite et semble s'être déjà fait des copines. En fait, elle a l'étoffe d'un leader, votre fille. Dans peu de temps, elle sera le chef d'une petite bande, conclut-elle avec un sourire.

— Formidable, dis-je en souriant à mon tour. Merci infiniment pour ces bonnes nouvelles.

Et c'est vrai. Je suis soulagée que Minnie se sente déjà chez elle ici, qu'elle soit heureuse et qu'elle se fasse des amis. En fait, ce n'est pas une surprise : Minnie est très sûre d'elle et séduit tout le monde. Rien d'étonnant qu'elle soit retombée sur ses pieds en si peu de temps.

Mais, en contemplant Alicia et ses disciples, je ne peux pas m'empêcher de me demander : et moi, alors ?

# 7

Plusieurs jours ont passé. Je ne me remets pas de la présence d'Alicia Billington à Los Angeles. (En fait, elle n'est plus Alicia Billington : elle s'appelle maintenant Alicia Merrelle.) Et ç'a été de mal en pis quand j'ai googlé hier. D'abord, elle est horriblement riche. Ensuite, tout le monde la connaît. Tout ça parce qu'elle est mariée au fondateur de La Paix d'or, William Merrelle, soixante-treize ans, un bouc gris et les yeux fixes et étirés des gens qui ont subi trop d'opérations de chirurgie esthétique. Ils se sont rencontrés sur une plage à Hawaï. Une *plage* ! Drôle d'endroit pour rencontrer un mari ! Leur fille unique, qui a un mois de moins que Minnie, s'appelle Ora. Mais, selon une interview, « ils espèrent agrandir leur famille ».

En consultant Google, j'ai trouvé toutes sortes d'articles sur cette « maîtresse de maison au style inimitable, à la vivacité typiquement anglaise et au charme incomparable ». Inutile de dire que je les ai fait suivre à Suze qui m'a renvoyé un commentaire d'un seul mot : *QUOI ????* Je me suis tout de suite sentie mieux. Suze n'aime pas Alicia. Luke, non plus.

(Ce qui n'a rien d'étonnant vu qu'elle a essayé de lui piquer ses clients et de démolir sa boîte. Oh, oui ! En éreintant en même temps ma réputation dans les journaux. Luke et moi avons même momentanément rompu à cause d'elle. C'était *horrible*.) Quand je lui ai raconté ma rencontre aux Petites Pousses, il a grommelé : « J'aurais dû savoir qu'elle rebondirait sur ses Manolos ! »

Il y a un problème : tous les gens pensent qu'elle est adorable. Je ne l'ai pas revue à la maternelle, heureusement ! Mais il a fallu que je subisse les déclarations d'au moins six mamans enthousiastes. « C'est formidable que Queenie et vous soyez de vieilles amies (amies !) » « Ce qu'elle est divine, notre Queenie ! » « Elle organise une spa party : vous viendrez ? »

Assister à la spa party d'Alicia la Garce-aux-longues-jambes est au-dessus de mes forces. Vraiment.

Peu importe. Je m'en fiche. Je me ferai des amies d'une autre façon. Il y a des tas d'autres façons. Et, entre-temps, je vais me concentrer sur ma nouvelle carrière.

J'ai une stratégie toute prête que je vais mettre en œuvre aujourd'hui. L'histoire de Nenita Dietz déboulant dans le bureau du chef costumier et se faisant engager m'a donné une idée. Je vais suivre la visite guidée VIP des studios Sedgewood, où Nenita travaille, et je vais me débrouiller pour la rencontrer. Sans lui avoir rien dévoilé de mon plan, Luke m'a obtenu un billet d'entrée gratuit grâce à une de ses relations. Je ne lui en parlerai que lorsque j'aurai réussi. À ce *moment-là*, il verra.

J'ai réuni une partie de mon travail préparatoire dans un grand portfolio en cuir à zip : mes cahiers de tendances, des photos de modèles et même deux ou trois croquis. J'y ai joint une critique d'un film récemment réalisé aux studios Sedgewood afin de montrer que je suis une fan de cinéma. (Exemple : « Dans le film de science-fiction, *Forces obscures*, ils auraient pu trouver des costumes plus adaptés. Les uniformes des habitants de la stratosphère étaient nuls. Franchement, vous croyez qu'en 2154 les gens iront dans l'espace en jean skinny coiffés de petits casques Prada ? »)

J'ai également fait des recherches approfondies sur Nenita Dietz, car je veux m'assurer qu'on s'entendra comme larrons en foire dès le premier contact. Donc, j'ai mis une robe Rock Owens, une de ses marques préférées, je me suis aspergée de N° 5 de Chanel, qui est son parfum favori, et je me suis documentée sur la Martinique, l'île où elle passe ses vacances. Je n'ai plus qu'à la rencontrer. Ensuite je suis sûre que ça collera entre nous.

En attendant le début de la visite guidée, je suis excitée comme un pou. Aujourd'hui ma vie peut prendre un tournant décisif. Je me trouve devant les célèbres grilles, énormes et ornementées, surmontées de *Studios Sedgewood* écrit en grandes lettres d'acier. Il paraît que, si on embrasse les grilles, on voit ses vœux se réaliser. Plein de touristes s'exécutent et se filment en train de les enlacer. Franchement, c'est exagéré ! Comme si une *grille* pouvait aider ! Comme si une *grille* pouvait vraiment avoir des pouvoirs magiques. Comme si une *grille* pouvait…

Bon, allez ! Après tout, pourquoi pas ? Juste au cas où. Je fais un baiser en murmurant : « Grilles gentilles, faites, s'il vous plaît, que j'aie un boulot », au moment où une porte latérale s'ouvre.

— La visite VIP, par ici !

Une fille avec des écouteurs nous fait avancer et scanne nos laissez-passer. Je suis la troupe et me retrouve très vite de l'autre côté des grilles. Ça y est ! Je suis dans l'enceinte des studios Sedgewood !

Je jette un regard rapide autour de moi en essayant de m'orienter. En face de nous commence une très longue rue bordée de jolis bâtiments Art déco. Au-delà, une grande pelouse et, plus loin, encore d'autres bâtiments. Comme je n'ai pas pu me procurer le plan des studios en ligne, il faut que je me débrouille toute seule.

Un blond en veste sombre avec des écouteurs vissés aux oreilles me fait signe.

— Par ici, madame ! Il me reste encore une place.

Une véritable flottille de voiturettes de golf s'est matérialisée : les visiteurs prennent place. Le blond me désigne la banquette arrière d'une voiturette pour six personnes.

Je ne veux pas aller dans une voiturette. Je veux trouver le département des costumes. Mais je n'ai pas le choix.

— Très bien. Merci !

Je grimpe sans entrain et boucle ma ceinture à côté d'une vieille dame en short rose qui filme tout ce qu'elle voit. Elle se contorsionne pour que je sois dans le cadre et je fais un petit salut. Le blond s'installe à l'avant et nous distribue des écouteurs.

— Bonjour !

Sa voix me perce quasiment les tympans.

— Je m'appelle Shaun et je suis votre guide.

Au cours de la visite fascinante que nous allons faire aujourd'hui, vous allez découvrir les studios Sedgewood d'hier, d'aujourd'hui, de demain. Vous verrez les endroits où vos émissions et films préférés ont été réalisés. Pendant notre tour, gardez les yeux ouverts : vous risquez d'apercevoir une de nos vedettes au travail. Hier, alors que nous démarrions la visite, qui avons-nous croisé ? Matt Damon en personne !

— Matt Damon !

— Je l'adore !

— Ses films sont top !

Tout le monde se dévisse le cou fébrilement comme si l'acteur allait apparaître une nouvelle fois. Un type photographie même le vide avec ardeur.

On se croirait dans un safari. En fait, je suis surprise que personne n'organise des safaris people. Qui ferait partie des cinq célébrités les plus populaires ? Brad Pitt, évidemment et Angelina. Et *imaginez* que vous surpreniez leur famille au grand complet ! Ça serait comme approcher une lionne en train de nourrir ses petits dans la réserve kenyane du Masai Mara.

— Nous allons maintenant faire un voyage dans le temps, à l'époque glorieuse des studios Sedgewood, annonce Shaun. Je vais partager avec vous quelques moments magiques de l'histoire du cinéma. Relaxez-vous et profitez de la visite !

La voiturette s'ébranle. Docilement, nous contemplons les bâtiments blancs, les pelouses et les arbres. Au bout d'un moment, premier arrêt. Shaun nous montre la fontaine devant laquelle Johnno demande à Mari de l'épouser en 1963 dans *Nous étions si jeunes*.

Je n'ai jamais vu *Nous étions si jeunes*. En fait,

j'ignore tout de ce film, donc cette fontaine ne me parle pas vraiment. Mais c'est quand même une jolie fontaine.

— En route vers notre prochaine étape, nous informe Shaun tandis que nous grimpons à nouveau dans la voiturette.

Il démarre : nous longeons des kilomètres de bâtiments blancs, de pelouses et d'arbres. Un brusque tournant nous fait espérer une surprise… mais c'est encore une succession de bâtiments blancs, de pelouses et d'arbres.

Je savais à peu près qu'un studio ressemblait à ça. Mais je ne peux pas m'empêcher d'être un peu… bof. Où sont les caméras ? Où sont les types qui crient « Action » ? Et, surtout, où est le département des costumes ? J'aimerais bien avoir un plan et j'aimerais *beaucoup* que Shaun arrête sa voiturette. Comme s'il lisait dans mes pensées, il freine et tourne vers ses passagers un visage resplendissant de joie professionnelle.

— Vous êtes-vous déjà demandé où se trouvait le fameux grillage où Anna perd sa bague dans *Les Contes du renard* ? C'est ici même, aux studios Sedgewood. Approchez-vous et jetez un coup d'œil.

Nous obéissons et jetons un coup d'œil. Effectivement, sur une barrière toute proche, il y a le cliché encadré d'une fille couverte de fourrure de renard laissant échapper sa bague à travers un grillage. À mes yeux, ce n'est qu'un vieux soupirail en noir et blanc. Mais tout le monde le mitraille en se bousculant pour avoir le meilleur angle. Au fond, je devrais peut-être le photographier. Après deux *clic ! clac !*, je m'éloigne du groupe toujours en pleine ébullition. Je vais jusqu'au coin de la rue et essaie de repérer un écriteau où serait indiqué « Costumes » ou « Vestiaire ». Mais je ne vois que des bâtiments blancs, des pelouses et des arbres. Et pas l'ombre d'une seule vedette de cinéma. D'ailleurs, je me demande s'il leur arrive de venir ici.

— Madame ?

Comme surgi de nulle part, Shaun vient d'apparaître à côté de moi : avec sa veste sombre et ses écouteurs, il ressemble à un garde du corps.

— Madame, il faut que vous restiez avec le groupe !

— D'accord, d'accord !

Je le suis à contrecœur et m'installe sur la banquette arrière. Tout ça est inutile. Ce n'est pas coincée dans cette voiturette que je vais rencontrer Nenita Dietz.

— À votre droite, vous voyez les bâtiments qui abritent les plus grandes maisons de production cinématographique du monde, tonitrue Shaun dans son micro. Toutes produisent des films qui sont tournés dans les studios Sedgewood. Notre prochaine étape sera la boutique de souvenirs…

Tandis que nous avançons, je m'efforce de déchiffrer chaque écriteau. Quand nous stoppons à une intersection, j'arrive à lire les enseignes des bâtiments. *Productions du galop… AJB Films… Fric et Chic Design.* C'est elle ! La boîte de Nenita Dietz ! Devant moi ! Le moment de tirer ma révérence !

Très agitée, je défais ma ceinture et descends de la voiturette au moment exact où Shaun redémarre. L'impulsion m'envoie valdinguer sur l'herbe. Les passagers poussent des cris.

— Est-ce que ces voiturettes sont vraiment sans danger ? s'exclame une femme.

— Elle est blessée ?

— Ça va. Ne vous inquiétez pas ! je dis en me remettant sur mes pieds.

J'arrange mes vêtements et ramasse mon portfolio. C'est bon. Je suis prête à attaquer ma nouvelle carrière.

— Pas de problèmes, madame ?

Encore Shaun. Je fais mon aimable.

— Oh, Shaun, en fait j'aimerais rentrer. Ne vous dérangez pas, je vais trouver la sortie, merci. La visite a été sensationnelle. Spécialement le grillage. Bonne journée !

Là-dessus, je m'éloigne. Mais, à mon grand agacement, Shaun, le pot de colle, m'emboîte le pas.

— Désolé, madame, mais je ne peux pas vous laisser déambuler sans surveillance dans l'enceinte des studios Sedgewood. Si vous désirez quitter le tour, l'un de nos employés se chargera de vous accompagner jusqu'aux grilles.

— Ce n'est pas nécessaire. Je connais le chemin.

— Mais c'*est* nécessaire, madame !

— Honnêtement, je…

— C'est un lieu de travail ici. Les visiteurs sans badges d'accréditation doivent être impérativement accompagnés, madame.

Son ton est implacable. On prend les choses tellement au sérieux ici. C'est quoi, cet endroit ? La NASA ?

Prise d'une soudaine inspiration, je demande :

— J'aimerais me rendre aux toilettes. Puis-je entrer dans ce bâtiment juste une seconde ?

— Il y a des toilettes dans la boutique de souvenirs

qui est notre prochain arrêt, répond Shaun. Pouvez-vous, s'il vous plaît, retourner à la voiturette ?

Son expression est incroyablement sérieuse. Hyperconsciencieux, le gars ! Si je m'enfuis, il va me plaquer au sol façon rugby. La frustration me donne envie de hurler. Les bureaux de Nenita Dietz sont sous mon nez. Là, tout à côté.

— Très bien, je dis.

Je le suis jusqu'à la voiturette. Les passagers me regardent sans comprendre. Je peux presque lire ce qu'ils pensent dans des bulles accrochées au-dessus de leurs têtes : « Pour quelle raison voulez-vous vous éloigner de la voiturette ? »

Nous nous ébranlons une fois encore, passons devant d'autres bâtiments, franchissons d'autres carrefours. Shaun nous parle d'un fameux metteur en scène des années 1930 qui avait l'habitude de prendre des bains de soleil tout nu mais je n'écoute pas. C'est un échec cuisant. Il faut peut-être que je revienne demain et que j'essaie une approche différente. Fausser compagnie au groupe dès le début, avant même de monter dans une voiturette. Oui !

Le seul petit point positif est la boutique. Je peux au moins acheter des souvenirs pour tout le monde. En me promenant au milieu des serviettes à thé et des stylos miniatures ornés de minuscules claps de cinéma, je soupire avec accablement. La vieille dame qui était assise sur ma banquette s'approche de moi et prend un presse-papiers en forme de mégaphone. Elle regarde Shaun qui observe attentivement notre groupe puis elle me murmure :

— Il suspecte quelque chose. Ne me regardez pas ! Mais écoutez-moi.

— D'accord, je réponds étonnée, en faisant semblant d'être fascinée par un mug orné du logo des studios Sedgewood.

— Pourquoi êtes-vous descendue de la voiturette ?

— Je veux entrer dans le monde du cinéma, je chuchote. Je veux rencontrer Nenita Dietz. Ses bureaux étaient à portée de main.

— Je me doutais que c'était quelque chose comme ça. C'est le genre d'action que j'aurais moi-même tentée.

— C'est vrai ?

— Oh, autrefois je rêvais de faire du théâtre. Mais que voulez-vous ? J'étais une gamine du Missouri. Je ne pouvais même pas éternuer sans la permission de mes parents.

Son regard se fait plus vif.

— J'ai fichu le camp à seize ans. Et je suis parvenue à L.A. avant de me faire rattraper. Je n'ai jamais recommencé, mais j'aurais dû.

— Désolée… Je veux dire, désolée que vous n'ayez pas réussi.

— Moi aussi.

Puis, reprenant ses esprits, elle me déclare :

— Mais vous, vous pouvez. Je vais faire diversion.

— Hein ?

— Diversion, s'agace-t-elle. Vous ne savez pas ce que ça veut dire ? Je vais les distraire pendant que vous filerez. Je me charge de Shaun. Faites ce que vous avez à faire.

— Vous êtes formidable, je marmonne en serrant sa main osseuse.

— Dirigez-vous vers la porte, ordonne-t-elle en hochant la tête. Allez-y ! Au fait, je m'appelle Edna.

— Moi, c'est Rebecca. Merci !

Le cœur battant à tout rompre, je m'approche de la porte et traîne devant un rayon de tabliers et casquettes de base-ball *Nous étions si jeunes*. Il y a tout à coup un bruit effrayant : Edna vient de s'effondrer en entraînant dans sa chute un étalage entier de vaisselle. Des cris et des exclamations se font entendre. Le personnel de vente et Shaun se précipitent vers elle.

*Merci, Edna*, je dis en silence alors que je me glisse hors de la boutique. J'accélère la cadence, courant aussi vite que possible dans mes sandales compensées H&M. (Imprimé noir et blanc, vraiment cool, elles coûtent seulement vingt-six dollars. Invraisemblable, non ?) Au bout de quelques mètres, je ralentis pour ne pas attirer l'attention et je tourne dans une autre rue. Je croise plein de gens qui marchent, pédalent ou conduisent des voiturettes de golf mais personne ne me demande ce que je fais là. Pour le moment.

Mais, le problème, c'est que je ne sais pas où je suis. Tous ces foutus bâtiments blancs se ressemblent. Je n'ose pas demander où se trouvent les bureaux de Nenita Dietz. À vrai dire je m'attends presque à ce que Shaun me rattrape dans sa voiturette et me passe les menottes.

Je tourne une nouvelle fois et m'arrête sous une marquise rouge. Et maintenant ? Le site est gigantesque. Je suis totalement perdue. Une voiturette pleine de touristes passe. Je recule dans l'ombre, avec l'impression d'être une fugitive traquée par la police secrète. À l'heure qu'il est, tous les conducteurs de voiturette ont sûrement mon signalement. Je suis probablement sur la liste des malfaiteurs les plus recherchés.

Soudain un truc brinquebalant à roulettes passe devant moi. Un truc brillant, coloré, merveilleux, qui me donne envie de pousser des cris de joie. Oh, bonheur ! Oh, allégresse ! C'est un don des divinités de la mode ! C'est un portant de vêtements. Une fille est en train de pousser un portant de vêtements dans des housses de plastique. Elle le pilote avec aisance sur le trottoir tout en parlant dans son téléphone. Je l'entends dire :

— J'arrive. OK, ne stresse pas. J'y serai.

Qui est-elle, je l'ignore complètement. En revanche, qui dit vêtements, dit département des costumes. Je la suis aussi discrètement que possible, me dissimulant derrière des piliers et cachant mon visage derrière ma main. *À mon avis*, je me comporte très discrètement, même si deux ou trois personnes que je croise me lancent de drôles de regards.

La fille tourne à deux reprises, traverse une rue. Je reste sur ses talons en gambergeant. Peut-être qu'elle bosse pour Nenita Dietz. De toute façon, si ce n'est pas le cas, je pourrai quand même rencontrer des gens utiles.

Finalement, elle pousse une porte à double battant et s'engouffre dans un hall. J'attends un moment avant de lui emboîter le pas, en faisant très attention. Et me voici bientôt dans un large couloir bordé de portes. Devant moi, la fille salue un type à écouteurs. Au moment où il tourne la tête vers moi, je m'engage dans un petit passage perpendiculaire. Quelques pas plus loin, je jette un coup d'œil à travers une porte vitrée. Ô ravissement ! Ô volupté ! C'est le Saint-Graal du costume, pas moins ! Une pièce avec des tables et des machines à coudre au milieu, sans parler des portants de vêtements le long des murs. Il *faut* que je me livre à une petite inspection. Coup de chance, il n'y a personne. Donc je pousse la porte et m'avance subrepticement. D'un côté, des robes anciennes que j'examine, effleurant leurs adorables petits plissés, leurs ruchés et leurs boutons recouverts d'étoffe. Je m'imagine travaillant pour un film en costumes d'époque. Choisissant toutes ces merveilles. Et aussi les chapeaux. Au moment où je prends une capeline bordée d'un large ruban, la porte s'ouvre, et une fille en jean avec des écouteurs collés aux oreilles pénètre dans la pièce.

— Qui êtes-vous ? demande-t-elle.

Prise en flagrant délit. Merde !

En remettant la capeline à sa place, je me creuse les méninges. Pas question qu'on m'expulse. Non, *pas question*. Il va falloir que j'improvise.

— Oh, salut ! je lance le plus naturellement du monde. Je suis nouvelle. Je viens de commencer.

— Oh, fait-elle perplexe. Vous êtes seule ?

— Heu oui… Pour le moment. Vous savez où est Nenita Dietz ? J'ai un message pour elle.

Ah ! Pas mal, hein ? Ensuite je vais dire : « Rappelez-moi où se trouve son bureau. » Et je serai dans la place.

La fille prend un air soucieux.

— Ils ne sont pas tous en extérieur ?

En extérieur ? Je défaille. Il ne m'était pas encore venu à l'idée qu'elle puisse être en extérieur.

— Oh, peut-être que l'équipe est rentrée hier. Pour ce que j'en sais ! commente la fille.

Visiblement Nenita est le dernier de ses soucis.

— Où sont-ils tous passés ? s'impatiente-t-elle en considérant la pièce vide.

Elle doit parler des gens qui travaillent habituellement dans cette pièce.

— Pas la moindre idée, j'affirme en haussant les épaules. Je n'ai vu personne.

Pas mal, ma façon de conduire la conversation. Ce qui tend à prouver que, l'important, c'est d'avoir confiance en soi.

— Ils ne se rendent pas compte qu'on fait un *film* ?

Là, je la joue compréhensive.

— Vous avez raison. Ils devraient s'en rendre compte, quand même.

— Ils s'en moquent complètement !

— C'est terrible, je confirme.

— Je n'ai vraiment pas le temps de courir après les gens, soupire-t-elle. Bon, ajoute-elle, en produisant une blouse à jabot en coton blanc, il faut que vous arrangiez ça.

— Quoi ?

Je suis tellement sidérée que les yeux de la fille se plissent.

— Vous *êtes* couturière ou pas ?

*Couturière ?* Je me fige.

— Euh… Bien sûr, je réponds après ce qui me paraît être une éternité. Bien sûr que je suis couturière. C'est évident.

Je dois absolument décamper. Et vite. Mais avant que je bouge même un orteil, la fille me tend la blouse.

— OK. Ça, c'est pour la très vieille Mme Bridges. J'ai besoin d'un ourlet en bas, de deux centimètres. Faites des points invisibles. Je pense que Deirdre vous l'a dit. Elle vous a montré les agrafes ?

Je m'efforce de prendre un ton professionnel :

— Absolument. Des points invisibles. En fait, j'allais juste me chercher un café. Je m'y mettrai plus tard. Ravie de vous avoir rencontrée, je conclus en posant la blouse près d'une machine.

— Plus tard ? Non, mais je rêve ! éructe la fille. Vous vous y mettez *immédiatement* ! Je vous rappelle qu'on est en plein tournage !

Elle me terrorise tellement que je recule d'un pas.

— Excusez-moi, je grommelle.

— Alors, vous attendez quoi ?

La fille me désigne les machines d'un mouvement de tête et croise les bras. Impossible de m'en sortir. Impossible.

— Très bien, je dis en m'asseyant devant une machine. Donc…

J'ai déjà vu ma mère utiliser une machine à coudre. On met le tissu sous l'aiguille et on appuie sur la pédale. Je peux le faire. Les joues brûlantes, j'insère avec précaution la blouse dans la machine.

— Vous ne l'épinglez pas d'abord ? critique la fille.

— Heu… J'épingle après. C'est ma façon de procéder.

En m'attendant au pire, j'appuie sur la pédale et, heureusement, la machine se met à vrombir comme si j'étais une spécialiste. Je prends une aiguille, l'insère dans le tissu et continue à piquer. Je pense avoir l'air assez crédible, tant que la fille ne s'approche pas trop de moi.

— Vous voulez revenir la prendre dans une minute ? je propose. À moins que je ne vous l'apporte ?

À mon grand soulagement, un craquement se fait entendre dans ses écouteurs. Elle secoue la tête avec impatience en essayant de saisir ce qu'on lui dit puis quitte la pièce. J'arrête de coudre sur-le-champ. Ouf ! C'est le moment de disparaître. Mais à peine me suis-je levée que la porte s'ouvre et que la fille revient.

— Ils veulent aussi de tout petits plissés sur le devant. Vous avez terminé l'ourlet ?

— Heu… Presque !

— Finissez-le et ajoutez les plis. Allez, s'énerve-t-elle en tapant dans ses mains. Dépêchez-vous ! Ils attendent.

— D'accord ! je dis en redémarrant la machine à coudre. Des plis devant ! Comme si c'était fait.

— Et il faut poser des attaches sur les épaules à deux endroits. Vous voyez ?

— Des attaches aux épaules ? Pas de problème !

Je finis une première couture, tourne la blouse et j'en commence une autre. Elle m'observe. Pourquoi m'observe-t-elle ? Pourquoi ne va-t-elle pas voir ailleurs si j'y suis ?

— Bon, je vais juste… placer ces plis.

Je n'ai pas la moindre idée de ce que fabrique. Je fais glisser la blouse en avant et en arrière et pique en zigzag. Je n'ose pas m'arrêter, je n'ose pas lever la tête. Je veux seulement que la fille s'en aille. *Allez-vous-en, s'il vous plaît ! Tirez-vous !*

— Ça y est ? Ils attendent.

J'ai l'impression d'être dans un cauchemar de couture qui ne finirait jamais. La blouse est un méli-mélo de coutures ondulées. Un magma de tissu entièrement surpiqué. Je couds de plus en plus vite, en avant, en arrière, n'importe où, n'importe comment, en priant qu'un miracle se produise.

— Hé ? Excusez-moi ?

La voix de la fille couvre le ronron vigoureux de la machine.

— Vous m'entendez ? Hé ! crie-t-elle en tapant du poing sur la table. *Vous m'entendez ou quoi ?*

— Oh, désolée, avec le bruit de la machine je ne vous avais pas entendue.

— Donnez-moi la blouse !

Je la regarde sans ciller. Le sang bat à mes oreilles. Dans moins d'une seconde, elle va s'emparer de mon ouvrage, et tout sera terminé. Elle m'empêchera de partir. Je serai arrêtée par un agent de la police secrète des studios en veste sombre. Mon projet capotera avant même d'avoir commencé.

— À vrai dire, je crois que je vais changer de métier, j'annonce en désespoir de cause.

— Quoi ?

— Oui, je ne veux plus être couturière. Je veux travailler avec des animaux.

— *Avec des animaux ?*

La pauvre fille est complètement médusée. J'en profite pour me lever et me faufiler vers la porte.

— Oui, je vais aller à Bornéo m'occuper des gorilles. C'est mon rêve depuis toujours. Mais merci quand même. Et remerciez aussi Deirdre de ma part. J'ai trouvé cette expérience supercool.

La fille me regarde bouche bée tandis que je déguerpis. Elle crie quelque chose mais je ne me retourne pas. Il faut vraiment que je me sauve.

## THE MISSOURI ECHO

**Une retraitée de St. Louis « découverte » dans une boutique de souvenirs d'Hollywood**

*De notre correspondant à Los Angeles*

---

*À la fin de la visite guidée des studios Sedgewood, Edna Gatterby, 70 ans, résidant à St. Louis, espérait bien acheter un ou deux souvenirs. En fait, ce qu'elle rapporte est un contrat dans un film important :* À chaque jour son combat, *une production sentimentale sur fond de Seconde Guerre mondiale, dont le tournage débutera le mois prochain.*

*C'est en rencontrant le metteur en scène Ron Thickson dans cette boutique de souvenirs que la vieille dame du Missouri s'est vu proposer un bout d'essai.*

*« J'étais en train de choisir un cadeau quand une dame d'un certain âge s'est écroulée, déclare Thickson. En me penchant sur elle pour l'aider à se relever, j'ai été frappé par son visage. Il correspondait parfaitement à celui de Vera, la grand-mère du héros. »*

*Ayant réussi son bout d'essai le même jour, Edna a donc obtenu un petit rôle dans ce long métrage.*

*« Je suis folle de joie, commente la toute nouvelle actrice. Toute ma vie, j'ai rêvé de jouer la comédie. »*

*Et elle ajoute : « J'adresse un grand merci à Rebecca », sans toutefois expliquer qui est cette mystérieuse Rebecca à laquelle elle fait allusion.*

---

# 8

Quel désastre ! Jamais je ne rencontrerai Nenita Dietz ! Jamais je ne rencontrerai personne ! Quand je suis sortie du bâtiment, j'étais tellement paniquée que j'ai galopé jusqu'à la sortie des studios en me retournant sans arrêt pour voir si les types en veste sombre n'étaient pas derrière moi. Je n'ai même pas acheté de souvenirs. Bref, catastrophe sur toute la ligne. Quand Luke a voulu que je lui raconte ma visite, j'ai dû prétendre que tout s'était impeccablement bien passé.

Ce matin, en préparant Minnie pour les Petites Pousses, je me sens toujours très abattue. Mon moral est carrément dans mes chaussettes depuis que j'ai reçu un mail d'Alicia demandant à tous les parents de rester après avoir déposé leurs enfants. Elle veut nous parler d'une collecte de fonds.

Ce qui veut dire que, après avoir réussi à l'éviter pendant quelques jours, je vais me retrouver face à elle. Pourvu que j'arrive à garder mon calme ! Hum !

— À ton avis, qu'est-ce que je dois faire ? je demande à Minnie tout en tressant ses petites boucles.

— Bois du thé, réplique Minnie sérieusement en me tendant un verre à cocktail en plastique.

Nous sommes sur la terrasse, qui est l'endroit où, la plupart du temps, elle aime que je l'habille. (Avec ce soleil radieux, elle a bien raison !) Ses poupées et ses nounours sont de la fête : tous sont assis avec un gobelet devant eux.

Luke, serviette à la main, sur le point de partir pour le bureau, semble étonné par ce spectacle.

— Une réunion des Alcooliques anonymes pour peluches ? s'enquiert-il.

Je rigole.

— Non. Ce sont nos verres pour la piscine. Minnie les a dénichés dans le placard extérieur. Comme ils sont incassables, je la laisse jouer avec.

— Papa boit du thé ? demande Minnie en lui donnant un verre.

— D'accord, poupinette. Mais très vite, alors.

Il s'accroupit. Et, dans l'instant, commence à examiner l'un des nounours. Malédiction ! Je sais ce qu'il a vu. Pourquoi je ne l'ai pas caché ?

— Becky, est-ce que, par hasard, cet ours porterait mes boutons de manchette Asprey, ceux que tu m'as offerts ?

J'affiche une expression de parfaite innocence.

— Laisse-moi voir… Ah, oui ! tu as raison.

— Et ma montre Cartier ?

— Oui.

— Et cette poupée porte la cravate de mon école ?

— Tu crois ? je m'étonne, en essayant de ne pas pouffer. Minnie avait envie d'habiller ses poupées et ses ours. Tu devrais être flatté qu'elle choisisse tes affaires.

— Vraiment ? fait Luke en récupérant sa montre

sans s'occuper des protestations de Minnie. Je constate que tu n'as prêté aucun de *tes* inestimables bijoux.

— Mais tes boutons de manchette ne sont pas inestimables !

— Ils le sont à mes yeux parce qu'ils viennent de toi.

Luke m'adresse une petite grimace. Je suis touchée car, tout en comprenant qu'il me taquine, je sais aussi qu'il est sincère.

— Bois du thé, papa ! ordonne Minnie.

Docilement Luke porte son verre à ses lèvres. Je me demande ce que penseraient les membres de son conseil d'administration à Londres s'ils le voyaient…

— Luke…

Je me mords les lèvres.

— Oui ?

J'espérais ne pas l'embêter avec mes problèmes mais, tant pis, je ne peux plus me taire.

— Au sujet d'Alicia ? Je fais quoi ?

— Alicia ! s'écrie-t-il, en levant les yeux au ciel. Miséricorde !

— Tu l'as dit ! Mais je vais la voir ce matin aux Petites Pousses. Tu sais, tout le monde la trouve merveilleuse, alors que j'ai envie de crier : « Si vous saviez quelle garce c'est ! »

— Je m'abstiendrais si j'étais toi, plaisante Luke. En tout cas, en public.

— Pour toi, c'est facile. Tu es hypercool face aux gens que tu n'aimes pas. Tu gardes ton sang-froid. Moi, je m'énerve.

— Pense « dignité » ! C'est mon seul conseil.

— Dignité, je répète.

Évidemment, Minnie y va de son grain de sel.

— « Ding-dig » ! articule-t-elle.

Nous nous regardons en riant tandis que, enchantée par sa trouvaille, elle répète : « Ding-dig ! Ding-dig ! »

— C'est ça, poupinette ! Ding-dig. Bon, je file.

Il retire ses boutons de manchette du nounours et s'apprête à partir. Quant à moi, tout en faisant mine de déguster mon thé, je me dis que j'aimerais qu'il y ait un vrai cocktail dans mon verre, que Luke puisse prendre sa journée et qu'Alicia vive à Tombouctou.

— Ne te tracasse pas, ma chérie, dit Luke comme s'il devinait mes pensées. Ça ira. N'oublie pas : tête haute, regard de pierre.

Je pars d'un grand rire, car c'est *exactement* ce qu'il fait quand il est furieux contre quelqu'un mais qu'il garde le contrôle de lui-même.

Je l'enlace et je l'embrasse.

— Merci, mon amour ! Tu es l'homme le plus « ding-dig » du monde.

Luke claque les talons et s'incline à la manière d'un prince autrichien. J'ai vraiment le plus divin mari de la planète. En toute objectivité.

En arrivant aux Petites Pousses, j'ai pris ma résolution. Je vais me comporter comme Luke me l'a conseillé. Je vais rester sereine et refuser de me laisser intimider par Alicia. Minnie caracole vers ses copines et je m'approche tranquillement du salon des parents, où, apparemment, Alicia va faire son speech. En entendant le bruit d'un aspirateur j'en déduis que la pièce n'est pas encore prête. Je m'adosse au mur pour attendre. Quelques instants plus tard, Alicia fait son apparition, impeccablement vêtue d'une tenue de yoga, avec ce qui semble être un sac Hermès tout neuf au bras.

Bon. Opération « Ding-dig ». Allons-y. Tête haute. Regard de pierre.

— Salut, je lance en prenant un ton à la fois détaché, calme, concerné, tout en gardant mon humeur au beau fixe. Le tout en deux syllabes.

— Becky !

Après un petit signe de la tête, elle s'installe contre le mur, juste en face de moi. Nous sommes comme deux pièces d'un échiquier bizarre.

Mais non, ce n'est pas un jeu d'échecs ! Ce n'est pas un tournoi. Je m'exhorte à ne pas *penser* à Alicia. D'ailleurs je vais consulter mon portable. Oui, c'est ça ! Alors que j'examine les messages que j'ai déjà lus ce matin, je m'aperçois qu'elle fait la même chose. Mais, en plus, elle rit, elle secoue la tête, s'exclame : « Hilarant ! Trop drôle ! », histoire de montrer que sa vie est fun.

Je me somme de ne pas la regarder, de l'effacer de mon esprit sauf que… les histoires du passé défilent dans ma tête comme un film. Toutes ces fois où elle m'a démolie, toutes ses manigances, toute sa méchanceté…

La colère me gagne, mes poings se serrent, ma mâchoire se durcit. Au bout d'un moment, Alicia doit sentir quelque chose, car elle range son téléphone et m'observe comme si j'étais une curiosité digne du plus grand intérêt.

— Rebecca, susurre-t-elle de cette nouvelle voix New Age qui me donne envie de la gifler. Je te sens hostile à mon égard.

Avec l'accent américain qu'elle a adopté, elle prononce « hostele ». Encore une simagrée horripilante.

— Hostile ? Bien sûr que je le suis.

Sans un mot, elle soupire. Son message est clair : *Comme c'est triste que tu te mettes dans cet état. Je ne comprends vraiment pas pourquoi.*

— Alicia, je commence calmement. Tu te souviens de la façon dont tu t'es conduite vis-à-vis de moi pendant toutes ces années ? Ou tu as tout occulté ?

— Il faut que je te raconte un peu mon parcours, répond-elle. Quand j'ai rencontré Willliam, je n'étais pas heureuse. Je croyais avoir des carences dans toutes sortes de domaines. Il m'a aidée à me réinventer.

« Me réinventer » ! C'est quoi, ce jargon ? Elle devrait plutôt dire « à être obnubilée par moi-même » !

— L'ancienne Alicia traversait un cycle extrêmement toxique, poursuit-elle, mélancolique. L'ancienne Alicia était comme une enfant.

Elle s'exprime comme si l'ancienne Alicia était une autre personne qu'elle.

— Mais c'était toi, je lui rappelle.

— À cette époque nos rapports étaient sans doute…

Elle fait une pause pour choisir le mot qui convient.

— … inadéquats. Mais j'ai remis les pendules à l'heure, donc nous pouvons avancer.

— Tu as remis les pendules à l'heure ? Quelles pendules ?

— À ton avis, qui a demandé aux Petites Pousses d'accepter ta fille ? demande-t-elle l'air suprêmement contente d'elle.

Soudain, je comprends tout.

— Tu as recommandé Minnie… pour réparer tes torts ?

Alicia incline simplement la tête avec un léger sourire comme si mère Teresa me donnait sa bénédiction.

— Tu es la bienvenue, murmure-t-elle.

« Bienvenue » ? Là, ça ne va pas du tout. Je suis envahie de picotements de fureur. J'ai envie de me précipiter dans la salle de jeux, d'attraper ma fille par la main et de quitter les Petites Pousses en trombe pour toujours. Sauf que, pour Minnie, ce serait injuste.

— Donc tu penses que nous sommes quittes ? je demande pour m'assurer que j'ai bien saisi. Pour toi, tout est arrangé ?

Elle hausse les épaules avec désinvolture.

— Si c'est ainsi que tu vois les choses, eh bien, d'accord. En ce qui me concerne, le monde n'est pas aussi binaire.

Elle me fait son petit sourire hautain, le même que lorsqu'elle était dans les relations publiques financières et moi dans le journalisme et que son tailleur coûtait plus cher que le mien, ce que nous savions toutes les deux.

— Binaire, tu parles !

Je bouillonne d'une telle rage que j'ai du mal à articuler. Et encore plus à rester « ding-dig ».

— Alicia, réponds juste à cette question : es-tu désolée pour tout ce que tu m'as fait subir ? Es-tu *désolée* ?

Les mots restent suspendus dans l'air comme un challenge. Je la dévisage, le cœur battant d'espoir, les joues brûlantes. Je me sens comme une petite fille de dix ans dans une cour de récréation. Après tous les ennuis qu'elle nous a causés, à Luke et à moi, si elle veut vraiment se faire pardonner, il faut qu'elle commence par avouer qu'elle est désolée. Et qu'elle le *pense* vraiment. Je retiens ma respiration. Ses excuses, je les attends depuis longtemps. Les excuses d'Alicia la Garce-aux-longues-jambes.

Mais pas un mot. En croisant ses prunelles bleues, je comprends qu'elle ne le dira pas. Bien sûr ! Réparer ses torts ? Fadaises ! Elle n'est absolument pas désolée.

— Rebecca, fait-elle pensivement, je crois que tu es obsédée.

— Et moi, je crois que tu es une infecte garce !

L'insulte a jailli de ma bouche avant que je puisse la retenir. Une sorte de hoquet collectif fuse dans mon dos. Je me retourne pour me trouver pratiquement nez à nez avec un groupe de mères interloquées. Certaines ont plaqué une main devant leur bouche.

Panique à bord ! Elles m'ont entendue. Et elles adorent Alicia. Inutile de leur faire un dessin, elles ne comprendraient pas.

— Rebecca, je suis sûre que ces mots t'ont échappé, roucoule Alicia. Tu traverses une passe difficile, ce qui est compréhensible. Mais sache que nous sommes là pour t'aider…

Elle prend ma main, et je suis dans un tel état de stupeur que je la laisse faire.

— Queenie, mon chou, ce que tu es compréhensive ! s'exclame Carola en me foudroyant du regard.

— Tout va bien, Queenie ? renchérit Sydney en pénétrant dans le salon des parents.

Quand elles entrent à leur tour, toutes les mères ont un mot gentil pour Alicia. Elles évitent de me regarder, comme si j'étais une pestiférée.

— J'y vais, je marmonne.

Et je retire ma main de l'étreinte froide d'Alicia.

— Rebecca, tu n'assistes pas à la réunion ? demande-t-elle tout miel et tout sucre.

— Pas cette fois. Merci quand même.

En parcourant le couloir, je garde la tête haute, mais mon visage est écarlate et les sanglots sont dangereusement proches. J'ai perdu, et Alicia a encore gagné. Comment se fait-il qu'elle gagne encore ? C'est trop injuste !

De retour à la maison, je suis au trente-sixième dessous. C'est l'échec complet sur tous les fronts. J'ai raté l'occasion de rencontrer Nenita Dietz. J'ai loupé l'occasion de me faire des amies. Et j'ai gagné aux Petites Pousses la réputation d'une folle de la pire espèce.

J'entre dans la cuisine avec l'intention de me servir un verre de vin quand mon téléphone sonne. Tiens, c'est Luke ! D'habitude il n'appelle pas à cette heure de la journée.

— Becky ? Ça va ?

Sa voix est si chaleureuse, si familière que je manque de fondre en larmes.

— Je viens de voir Alicia, je dis en m'affalant sur une chaise. J'ai essayé d'être « ding-dig ».

— Ça a marché ?

— Je l'ai traitée d'infecte garce. Juste le contraire de ce que tu m'avais conseillé.

Luke part d'un rire si franc et rassurant que mon moral remonte d'un coup.

— Aucune importance ! Ignore cette fille. Tu es tellement mieux qu'elle, Becky !

— Oui, mais elle est à l'école tous les jours et les autres trouvent qu'elle est divine…

Je m'interromps. Luke ne *percute* vraiment pas l'importance de l'école sur la vie mondaine. Chaque fois qu'il va chercher Minnie, il se rend directement à la porte et l'emmène sans même remarquer qu'il y a une armada de mères autour de lui. Sans remarquer les tenues qu'elles portent, les potins qu'elles échangent, les regards en biais qu'elles se lancent.

— Tu es à la maison ?

— Oui, j'arrive à l'instant. Tu as oublié quelque chose ? Tu veux que je te l'apporte ?

— Non.

Après une pause, il ajoute :

— Bon ! Becky, je veux que tu te détendes.

— OK !

— S'il te plaît, reste calme !

Il en fait trop, parfois.

— Mais je *suis* calme ! Pourquoi tu me répètes ça ?

— Parce qu'il y a un changement. Je reviens à la maison pour une réunion. Avec… Avec Sage.

C'est comme si la foudre s'abattait sur moi. Je me redresse en pleine forme. Ma tristesse s'est évaporée. Soudain Alicia n'a plus aucune importance. Sage Seymour ? Ici ? J'ai le temps de me laver les cheveux ? Je vais m'habiller comment ?

Luke parle toujours dans le téléphone :

— On ne te verra sans doute pas, parce qu'on ira directement dans la bibliothèque. Mais je voulais te prévenir.

— D'accord. Tu veux que je prépare un petit quelque chose à grignoter ? Des cupcakes peut-être ? À la farine de quinoa. Je sais qu'elle aime le quinoa.

— Chérie, surtout ne prépare rien de spécial ! En fait, je me disais que tu pourrais peut-être sortir.

Sortir ? *Sortir ?* Il est fou ?

— Non, je reste à la maison, je déclare avec fermeté.

— Très bien. Écoute, j'arrive dans une demi-heure environ.

Trente minutes ! Je coupe la communication et jette un œil critique sur la déco. Pas assez cool. Il faut que je dispose les meubles autrement. Et puis il faut que je choisisse la bonne tenue, rectifie mon maquillage… Mais commençons par le commencement. J'envoie un SMS à Suze et à maman, en m'emmêlant les doigts tellement je suis excitée.

Devinez quoi ? Sage vient à la maison !!!

Une demi-heure plus tard je me suis débrouillée pour être prête. Je me suis lavé les cheveux, les ai séchés n'importe comment et j'ai mis des rouleaux pour les twister, que je retirerai en vitesse dès que j'entendrai la voiture. J'ai changé les canapés de place et tapoté les coussins. J'ai enfilé ma nouvelle robe combinaison Anthropologie et appris par cœur le pitch de tous les nouveaux films de Sage que j'ai trouvés sur Google.

J'ai aussi préparé quelques tenues pour elle. Mais pas question de les lui montrer tout de suite. Je ne veux pas qu'elle se sente harcelée. D'ailleurs, comme je sais que Luke n'apprécierait pas que je détourne sa réunion à mon profit, je vais tenter une approche subtile. En douceur. Je laisse traîner le manteau en brocart : elle l'admire, elle l'essaie et le tour est joué.

J'entends une voiture arriver, des portières claquer. Les voilà ! Je lisse mes cheveux – et me rappelle tout à coup que j'ai le crâne hérissé de rouleaux. Vite, je les retire et les camoufle derrière une grande plante en pot. Je secoue ma crinière, m'allonge dans une position décontractée sur le canapé et attrape un numéro de *Variety*, l'accessoire indispensable qui vous transforme instantanément en personne cinématographiquement avertie.

La porte d'entrée s'ouvre. Ils arrivent. Reste calme, Becky… Sois cool…

— Allons dans la bibliothèque, fait Luke. Ah ! Sage, je te présente ma femme, Becky.

Trois silhouettes apparaissent à la porte. Quelle émotion ! C'est elle. C'est elle dans mon salon ! Plus petite que je ne le pensais, avec des bras fins et bronzés, et son habituelle chevelure de miel. Vêtements ? Slim blanc, ballerines orange, petit gilet gris et La Veste. Je n'en crois pas mes yeux ! *La Veste !* En daim couleur beurre frais : celle qu'elle avait dans *US Weekly* la semaine dernière. C'était dans la rubrique « Qui a le meilleur look ? » et c'était elle, évidemment !

J'ai déjà rencontré Aran, le manager de Sage. Un grand type blond sympa avec des yeux bleus et des sourcils en accent circonflexe. Il me fait la bise très poliment.

— Bonjour, Becky, fait Sage. Nous nous sommes parlé au téléphone, n'est-ce pas ? Pour l'anniversaire de Luke.

Elle a l'accent le plus délicieux qui soit : américain mais teinté de français, car sa mère est à moitié française et qu'elle a passé son enfance en Suisse. *People Magazine* a décrété qu'elle avait « l'accent le plus sexy du monde ». Je suis d'accord.

— Oui ! je dis d'une voix étranglée. Oui ! Bonjour !

J'essaie de trouver autre chose à dire… Un truc spirituel… Allez, Becky… mais mon esprit ne fonctionne plus. Il est bloqué sur une page blanche. La seule pensée qui me traverse la tête, c'est : *Sage Seymour est dans mon salon !*

Pour l'heure, elle joue à la femme du monde.

— Quel joli jardin ! décrète-t-elle.

— Oui, dit Luke. Il nous plaît beaucoup.

Il ouvre les portes-fenêtres et sort. Sage et Aran lui emboîtent le pas et je ferme la marche. Alors que nous contemplons le bleu attrayant de la piscine, je m'efforce de trouver quelque chose à dire. Mais j'ai l'impression que mon cerveau est en coton hydrophile.

— Vous voulez vous asseoir là ? demande Luke en désignant la table de notre salle à manger extérieure.

Elle est agrémentée d'un immense parasol, que le gars chargé de l'entretien de la piscine passe au jet tous les jours.

— Oui, acquiesce Sage qui s'assied avec une grâce infinie, imitée par Aran.

— Il y a de l'eau dans le frigo…

Luke pose des bouteilles sur la table.

— Quelqu'un veut un café ? je propose.

Finalement, je suis arrivée à sortir quatre mots à la suite.

— Non, merci, dit Aran.

— Merci, Becky, on a tout ce qu'il nous faut, lance Luke.

Il me fait un petit signe dont je connais parfaitement le sens. Il signifie : « Maintenant, tu nous laisses tranquilles. » Mais je fais semblant de ne pas l'avoir vu.

Quand ils commencent à ouvrir leurs dossiers et à

étaler leurs papiers, je me rue dans la maison, saisis le manteau en brocart, une ceinture, une paire de chaussures, et retourne promptement dans le jardin. J'arrive hors d'haleine près de Sage et lui montre le manteau.

— Je viens d'acheter ça. C'est joli, non ?

— Adorable, admet-elle avant de se replonger dans des photocopies de coupures de presse.

— Vous voulez l'essayer ? je suggère. Je suis sûre que c'est votre taille. C'est votre style aussi.

— Non, merci, ça va, fait-elle avec un sourire absent.

Ça, alors ! Le manteau est si beau que j'étais sûre qu'elle voudrait le passer. Après tout, elle n'est peut-être pas folle de manteaux.

— J'ai aussi acheté cette ceinture, je continue sans me démonter. Elle est incroyable, vous ne trouvez pas ?

La ceinture provient de la dernière collection de Danny. Elle est en daim noir orné de trois grosses boucles en résine verte. Elle donnerait du chic à n'importe quelle robe sage.

— Danny Kovitz l'a dessinée. C'est un de mes amis.

— Ah, très bien ! dit Sage sans faire mine de toucher la ceinture et moins encore de l'essayer.

Les choses ne se passent pas comme j'avais prévu. Alors, en désespoir de cause, je demande :

— Vous faites du 37 ½, n'est-ce pas ? J'ai acheté ces chaussures par erreur. Je vous les offre.

— Vraiment ? s'étonne-t-elle après un coup d'œil sur mes pieds manifestement plus grands.

— Oui ! Absolument ! Prenez-les.

Je pose résolument les chaussures sur la table. Des

sandales Sergio Rossi corail pâle, simples et ravissantes. En fait, je les voulais pour moi et j'ai trouvé pénible de les acheter dans la pointure de Sage.

— C'est gentil !

Enfin, elle manifeste un peu d'intérêt. Elle prend les sandales, les tourne dans tous les sens.

— Ma sœur va les adorer. Nous faisons la même pointure. Je lui donne toutes mes vieilleries. Merci !

Sa sœur ? Des *vieilleries* ? Je suis consternée.

Soudain elle demande :

— Comment se fait-il que vous vous soyez trompée ? C'est bizarre.

Je sens le regard sardonique que me lance Luke de l'autre côté de la table.

— C'est vrai. J'ai confondu les pointures anglaises et américaines, j'explique en rougissant. Je ne les ai pas essayées. Et impossible de les rendre.

— Quel dommage ! En tout cas, merci !

Là-dessus, elle les tend à son manager, qui les enfouit dans un cabas.

Je suis complètement découragée. Elle n'a pas admiré un seul des trucs que j'ai achetés. Elle n'a pas émis l'idée que nous fassions du shopping ensemble. Elle n'a demandé aucun conseil pour sa prochaine apparition publique ultramédiatisée. Le bilan est nul. Oui, je suis abattue mais pas question d'abandonner. Il faut peut-être juste que j'apprenne à la connaître un peu mieux.

Luke fait circuler une feuille intitulée *Agenda*. Personne ne s'occupe de moi. Je ne peux pas rester indéfiniment scotchée à cette table. Ni retourner dans la maison comme un gentil toutou. Et si je… me faisais bronzer ? Oui, bonne idée. Je vais à l'intérieur chercher *Variety* et reviens m'installer nonchalamment sur une chaise longue à trois mètres de la table. Luke fronce les sourcils mais je l'ignore. J'ai quand même le droit de prendre un bain de soleil dans mon propre jardin, non ?

J'ouvre mon magazine et parcours un article sur l'avenir des productions en 3D tout en essayant de capter des bribes de la conversation. Le problème est qu'ils parlent trop *doucement*. Maman se plaint tout le temps que les acteurs d'aujourd'hui marmonnent. Elle a raison. Je n'entends pas un seul des mots que Sage prononce. Franchement, elle devrait prendre des leçons de diction. Elle devrait apprendre à projeter sa voix.

Le ton de Luke est également très mesuré. En fait, il n'y a qu'Aran qui s'exprime normalement. Dans l'ensemble je ne perçois que des morceaux de phrases intrigants.

— … la marque… positionnement… Cannes… l'an prochain… Europe.

— Je suis d'accord, affirme Luke. Pourtant… (*marmonnement... marmonnement...*) gros budget… Oscars…

Oscars ? Tiens, tiens ! Pourquoi parlent-ils des oscars ? Oh, si seulement il y avait des sous-titres !

Sage prend la parole.

— Vous savez quoi ? Qu'ils aillent se faire voir ! Il y a… (*marmonnement... marmonnement...*) Pippi Taylor… leur choix est…

Je dresse tellement l'oreille que j'en tombe presque de ma chaise longue. La semaine dernière, dans l'*Hollywood Reporter*, on disait que Pippi Taylor avait récupéré trois rôles prévus au départ pour Sage Seymour. On disait également que Sage était sur la

« pente descendante », ce que je me garderai bien de mentionner. Je crois que c'est pour ça qu'elle a engagé Luke : pour la remettre en selle.

— … le cas de Lois Kellerton…

— … tu dois ignorer Lois Kellerton, Sage.

*Lois Kellerton.* Je me redresse et fait fonctionner mes méninges frénétiquement. Je me souviens maintenant ! Il y a eu une bagarre entre Sage et Lois Kellerton. Sur un clip de YouTube, on les voyait s'insulter en coulisse lors de la cérémonie des oscars. Mais je ne me rappelle plus pourquoi.

— Ignorer cette salope ?

L'indignation fait résonner la voix de Sage.

— Après tout ce qu'elle m'a fait ? Tu plaisantes. C'est une… (*marmonnement… marmonnement…*)

— … rien à voir…

— … au contraire !

Je n'y tiens plus. Cette fois, j'ai quelque chose à apporter à cette conversation. Je ne *peux plus* me taire.

— J'ai rencontré Lois Kellerton, je lâche. Je l'ai rencontrée à L.A. quand on cherchait une maison.

— Ah oui ? grince Sage en me regardant brièvement. Je vous plains.

— Tu ne m'en as jamais parlé, Becky, s'étonne Luke.

— C'était assez bizarre. Vous ne *devinerez* jamais ce qu'elle faisait ?

Ah ! Enfin ! Sage me prête attention !

— Qu'est-ce qu'elle faisait, cette cinglée ?

— Elle…

J'hésite. Je revois le visage pâle et tendu de Lois. J'entends sa voix suppliante. Je sens sa main sur la mienne. Je me suis engagée à garder le secret et, jusqu'à maintenant, j'ai tenu ma promesse (à l'exception de Suze, mais ça ne compte pas).

D'un autre côté, pourquoi je devrais la protéger ? Elle enfreignait la loi. Exactement ! Absolument ! J'aurais vraiment dû la traîner au poste de police le plus proche. Et puis elle a essayé de m'acheter. Mais je ne suis pas le genre de fille qu'on peut acheter. Sûrement pas. Pas Becky Brandon. En plus…

Je veux dire que…

Bon, d'accord. La vérité, c'est que je veux que Sage s'intéresse à moi.

— Elle volait des trucs dans un magasin !

Les mots ont franchi mes lèvres sans que je le veuille. Et si j'attendais une réaction, je ne suis pas déçue.

— Incroyable ! s'écrie Sage en tapant du poing sur la table. *Incroyable !*

— Elle volait ? ! s'exclame Aran.

— Venez près de moi, dit Sage. Approchez et dites-nous tout.

Je ne me le fais pas dire deux fois. En essayant de cacher ma joie, je m'assieds à côté d'elle. Malédiction ! Tragédie ! Mes cuisses sont à peu près *deux fois* plus grosses que les siennes. Tant pis ! Je n'ai qu'à regarder ailleurs.

— Alors, que s'est-il passé ? insiste Sage. Où étiez-vous ?

— Dans un magasin de sport sur Rodeo Drive. Elle a embarqué trois paires de chaussettes. Mais elle les a rendues, j'ajoute très vite. C'était juste un moment de… vous savez… Un moment d'égarement.

— Et vous l'avez pincée ?

— Je l'ai poursuivie dans la rue, mais, au début, je ne savais pas qui elle était.

Sage me tope dans la main.

— Vous êtes une héroïne ! Bravo, Becky !

Luke est sidéré.

— Alors ça !

— J'avais promis de garder cette histoire pour moi.

— Mais tu viens juste de tout nous raconter, réplique-t-il avec un drôle d'air.

Tout à coup je me sens bizarre. Mais non ! Allez ! Ce n'est pas un drame ! Ce n'est pas comme si j'avais divulgué le secret au monde entier. Je les regarde à tour de rôle.

— Ne le répétez pas, d'accord ? Ce n'étaient que trois paires de chaussettes.

— Bien sûr, vous pouvez avoir confiance en nous, affirme Sage en me tapotant la main.

— Elle a eu de la chance de se faire prendre par vous, et pas par la sécurité du magasin, commente Aran sèchement.

— Typique ! Cette garce tire toujours son épingle du jeu, analyse Sage en levant les yeux au ciel. Mais si ç'avait été *moi* qui l'avais prise sur le fait…

— Je n'ose même pas y penser, ricane Aran.

Je demande timidement :

— Que s'est-il passé entre vous ? On m'a dit qu'il y avait eu une dispute.

— Une dispute ? Non, cette folle m'a attaquée sans raison. Elle a complètement pété les plombs, si vous voulez mon avis.

— Sage, soupire Aran, c'est du réchauffé. On passe à autre chose, Luke ?

— Tout à fait. Examinons…

— Non ! Becky veut entendre la vérité, interrompt Sage.

Ignorant Luke et Aran, elle commence son récit.

— Tout a débuté à la cérémonie des SAG Awards. Elle clamait qu'elle aurait dû gagner le prix de la meilleure actrice, car elle était plus jolie que moi dans son film. Sans rire ! Je jouais une *malade du cancer* !

— Pas possible ! Mais c'est affreux !

— Et elle a eu le culot de dire : « On n'obtient pas un prix d'interprétation uniquement parce qu'on s'est rasé le crâne. » Si vous saviez les recherches que j'ai faites avant le tournage !

— De toute façon…

— Enfin, elle récolte ce qu'elle a semé ! crache Sage. Vous avez entendu parler du film qu'elle tourne en ce moment ? Un pur cauchemar ! Ils ont dépassé le budget de dix millions. Et le metteur en scène a plié bagage. Toute l'équipe la hait. Elle n'a plus la *cote*.

Son téléphone vibre. Après avoir consulté l'écran, elle s'exclame :

— Oh ! Je dois y aller. Mes amis, vous n'avez qu'à terminer sans moi.

— Tu dois *partir* ? Mais on vient juste de commencer, proteste Luke.

— Sage, ma belle, soupire une fois de plus Aran, nous avons réorganisé ton emploi du temps spécialement pour cette réunion. Luke a des suggestions dont il veut nous faire part.

— Je dois y aller, s'entête-t-elle. J'ai oublié que j'avais ma séance à La Paix d'or.

— Tu n'as qu'à l'annuler.

— Certainement pas, rétorque-t-elle, comme s'il était tombé sur la tête. Vous n'aurez qu'à me raconter plus tard.

Tandis qu'elle prend son sac, Aran et Luke échangent

des regards agacés. Mais moi, ce qui m'interpelle surtout, c'est qu'elle se rende à La Paix d'or.

— Vous fréquentez La Paix d'or assidûment ? je demande.

— Oui. C'est fantastique. Vous devriez y aller.

Et je m'entends dire :

— En fait, ça fait partie de mes projets. À un de ces jours là-bas, donc !

— Alors, comme ça, tu vas aller à La Paix d'or ? fait Luke impassible. Première nouvelle.

— Eh bien, oui, je réponds en évitant son regard railleur. Je vais m'inscrire à certains stages.

— Oui, faites-le, s'enthousiasme Sage. C'est un endroit incroyable. J'avais d'énormes problèmes d'amour-propre et on m'a vraiment aidée. Je n'étais pas du tout sûre de moi, j'avais des doutes… À vrai dire, je dois dealer avec des tas de trucs pas évidents, poursuit-elle en faisant bouger ses cheveux. Et vous ?

— Moi aussi. Je dois lutter contre… euh… une tendance à la dépense. Il faut que je travaille dessus.

Luke émet une sorte de grognement que je choisis de ne pas relever.

— Ils ont un excellent programme pour ça, m'informe Sage. À La Paix d'or, on peut vider son sac et se débarrasser de tout ce qui nous pollue. Parce que comment avancer si nous ne nous aimons pas, hein ? Et comment pouvons-nous nous aimer si nous ne sommes pas nous-mêmes ?

— Tout à fait. Je suis bien de cet avis.

— Super. On se voit bientôt à La Paix d'or, alors. Pour un café ?

— J'adorerais, je dis en restant aussi imperturbable que possible.

— Voici mon nouveau numéro de portable, dit-elle en le tapant sur mon téléphone. Envoyez-moi un SMS, comme ça j'aurai le vôtre.

Il faut que je me pince pour m'assurer que je ne rêve pas. J'ai rendez-vous avec Sage pour un café. Enfin quelque chose à raconter à maman et à Suze !

Dès que Sage est partie, je me rue dans la maison pour appeler Suze.

— Suze, devine ! Je…

— Non, devine, toi ! réplique-t-elle très excitée. On vient à L.A. J'ai convaincu Tarkie. Il va assister à une réunion avec ses banquiers. Je lui ai dit : « C'est drôlement léger d'avoir investi aux États-Unis et de ne pas suivre les dossiers de près. » Il a fini par céder. De toute façon, il a besoin de faire une pause. L'échec du Geyser continue de lui peser. Tu as vu les articles dans les journaux ?

— Deux ou trois.

— Son père lui envoie sans arrêt des coupures de presse en l'accusant d'avoir déshonoré le nom des Cleath-Stuart.

— Non ?

— Le pauvre Tarkie est convaincu d'être un raté. C'est d'autant plus bête que maintenant le Geyser *fonctionne*. C'est devenu une grande attraction touristique. Mais évidemment tout le monde ne se souvient que de l'inauguration catastrophique.

— Rappliquez à L.A. dès que vous pouvez. On fera des promenades sur la plage et vous oublierez tout ça. Tarkie va reprendre du poil de la bête.

— Je suis en train de regarder les vols. J'ai dit à

l'école que nous organisions un voyage pédagogique pour les enfants. Los Angeles, c'est instructif, non ?

— Incontestablement ! Combien de temps vous allez rester ?

— Je ne sais pas. Au moins un mois. Peut-être plus. Tarkie a besoin d'une vraie coupure. Une semaine, ce n'est pas suffisant. Et toi ? Ta nouvelle ?

— Oh, rien d'important. J'ai rencontré Sage Seymour. On s'est bien entendues et on va prendre un café à La Paix d'or.

Voilà !

La voix de Suze me fait sursauter.

— Allez, raconte ! Comment elle est ? Elle était fringuée comment ? Qu'est-ce que – Attends ! tu as dit « La Paix d'or » ?

— Oui, je fais, l'air de rien.

— Le centre de désintox ?

— Oui.

— Celui qu'a créé le mari d'Alicia la Garce-aux-longues-jambes ?

— Oui.

— Bex, tu es dingue ! Pourquoi tu y vas ?

— Euh… Pour suivre une thérapie.

— *Quoi ?*

Et elle se met à bredouiller de surprise. Je m'éclaircis la voix avant d'annoncer :

— Je veux résoudre mes problèmes de dépenses. Il faut que je travaille sur cette addiction.

Curieusement, en parlant à Suze, mon discours semble moins convaincant.

— Je n'en crois pas un mot ! Ton but, c'est d'être copine avec Sage et les autres célébrités.

— Et alors ?

— Mais elles sont toutes *dingues*. Bex, s'il te plaît, ne fais pas ça !

Je ne réponds rien. Elle a raison. Elles sont un peu dingues. Alicia l'est *complètement*. En même temps, pas de Paix d'or, pas de café avec Sage.

— Ne t'inquiète pas ! J'écouterai seulement d'une oreille.

— Bon, si tu le dis, soupire Suze. Mais ne te laisse pas embobiner. Promets-le-moi.

— Je te le jure, je dis en croisant mes doigts.

Faux : je veux me laisser embobiner. Car, en y réfléchissant, si Sage est une habituée de La Paix d'Or, il y a sûrement d'autres stars du même calibre. Et, qui sait, des opportunités de boulot. Imaginons que je fasse la connaissance d'un réalisateur connu et que nous parlions des costumes de son prochain film en dégustant une tisane ou une de leurs boissons fétiches. (Probablement de l'eau de noix de coco, de l'eau de patate douce, de l'eau de banane, même. Un truc bizarre de ce genre, quoi !)

— Bex ?

Je reviens à la réalité.

— Excuse-moi, Suze.

— Bon, alors, raconte. Elle portait quoi ? Et je veux tous les détails.

— Alors, écoute…

Je me cale confortablement dans mon siège, prête à entamer un long et délicieux bavardage entre filles. L.A. est fabuleux, excitant, et tout, et tout… mais ma meilleure amie me manque.

De : Danny Kovitz
À : Danny Kovitz
Objet : Je suis vivant !!!!!

---

très chers amis
je vous écris d'un camp d'entraînement sur l'île de kulusuk. j'y suis depuis un jour et je sais déjà que ça va être une expérience unique. je ne me suis jamais senti aussi vivant. j'ai pris des photos de la neige gelée et des gentils Inuits dans leurs adorables vêtements. je suis prêt pour le challenge, prêt à dépasser mes limites, prêt à affronter la puissante nature qui m'entoure. c'est une expérience mystique. je me sens fier et humble et fringant et excité. je vais voir des paysages que peu de gens ont vus. je vais aller au bout de moi-même. ma nouvelle collection va s'inspirer de cette aventure.
avec toute mon affection. souhaitez-moi bonne chance. je vous enverrai un nouveau mail du prochain camp. bizzzzzzz

Danny

# 9

Tout ce que je peux dire, c'est… waouh. Ou plutôt *Namaste*. Ou peut-être *Satnam* ? (J'ai appris une quantité de mots de yoga que j'essaie d'inclure dans la conversation courante. Sauf que *Satnam* me fait invariablement penser à une variété de riz.)

Pourquoi ai-je attendu aussi longtemps avant d'assister à une classe de spiritualité du corps et de l'esprit ? Pourquoi n'ai-je pas fréquenté des cours de bien-être en Angleterre ? Ou un stage intitulé « Naviguez sur votre terrain intérieur » ? Ou un séminaire sur « La guérison en douceur des traumatismes de l'enfance » ? Je fréquente La Paix d'or depuis maintenant deux semaines, et ma vie s'en trouve transformée. C'est carrément incroyable !

D'abord, l'endroit est fantastique. Le domaine, qui occupe le parcours d'un ancien club de golf sur la côte au sud de L.A., comporte des bâtiments couleur sable, des lacs où nagent des carpes koï et une piste de jogging que j'ai bien l'intention d'utiliser un de ces jours. On peut se procurer des jus de fruits frais et des snacks bio. À l'heure du déjeuner, il y a des cours de yoga gratuits sur la plage et, le soir, il est possible d'assister dans les jardins à des projections de films très inspirés, vautrés dans des poufs. Bref, on n'a qu'une envie : ne jamais partir.

Je me prélasse dans une salle : parquet de bois sombre et rideaux blancs flottants. Une douce fragrance parfume l'air. Toutes les pièces de La Paix d'or sentent la même chose – c'est leur senteur attitrée à base de ylang-ylang, de cèdre et… d'autres trucs vraiment sains. On peut d'ailleurs acheter des bougies parfumées à la boutique. *Parfait* comme cadeaux de Noël : j'en ai déjà pris huit.

Tous les stages de thérapie anti-dépenses étaient pleins quand j'ai téléphoné, mais ça n'a aucune importance. Une fille très mignonne, Izola, m'a recommandé de m'inscrire à un programme général de bien-être. Il paraît que tout le monde peut travailler sur son âme et son moi, car les muscles de l'esprit doivent être exercés comme ceux du corps. (J'ai lu ça dans la brochure.)

Le lundi, je suis dans le groupe « Estime de soi » ; le mardi, c'est « Communication compassionnelle » ; le mercredi, « Transition du moi » et le vendredi j'assiste à un cours formidable sur le thème « Le bien-être par les tapotements ». Aujourd'hui nous sommes jeudi : le jour de « La vie positive en pleine conscience ». Au début de chaque session, notre conseillère souligne la difficulté d'atteindre la pleine conscience.

— S'abstraire du monde extérieur prend du temps, explique-t-elle. Par conséquent, ne vous montrez pas impatients vis-à-vis de vous-mêmes.

Mais moi, en fait, je trouve ça vraiment facile. Je dois avoir un talent inné.

Le groupe est silencieux. Comme chaque fois, nous méditons sur quelque chose qui se trouve dans la pièce. Heureusement, les habitués de La Paix d'or ont du style : du coup, les sujets de méditation sont toujours intéressants. Par exemple, en ce moment, je me concentre sur un sac à dos divin en cuir turquoise que la brune en face de moi a glissé sous sa chaise. J'aimerais bien lui demander s'il existe en gris ardoise, mais je vais peut-être attendre qu'on ait fini.

— Brian, dit Mona, notre conseillère à la voix suave, veux-tu exprimer ton exercice de pleine conscience ? Sur quoi porte ta méditation aujourd'hui ?

Brian est un grand type musclé affublé d'un nez proéminent, ce qui est assez inhabituel à L.A. Et, bien qu'à mon avis ça ne soit pas autorisé, il vient au cours avec un gobelet Starbucks.

— Je me suis focalisé sur le grain du bois du parquet, nous annonce Brian avec le plus grand sérieux. Je fixe les turbulences du bois, ses flux et reflux. Je veux penser à mon ex-femme, mais je repousse cette idée. Oui, je ne vais pas penser à elle *ni* à son avocat…

— Brian, pas de jugement sur toi-même, corrige gentiment Mona. Laisse simplement ton esprit retourner vers le parquet. Absorbe chaque détail, chaque ligne, chaque petite tache, chaque méandre. Imprègne-toi du moment. Essaie d'atteindre le plus haut niveau de ta conscience.

Brian exhale fort.

— Je m'imprègne du moment, chevrote-t-il, les yeux rivés sur le parquet.

— Bien, rayonne Mona. Et toi, Rebecca ? Nous ne t'avons pas beaucoup entendue. Comment se passe ta méditation ?

— Parfaitement, merci.

— Sur quoi te concentres-tu ?

— Sur ce sac, je réponds en désignant l'objet de mes pensées. Il est super.

— Merci, fait la brune, ravie.

— Un sac…, s'étonne Mona. Voilà qui est original. Portes-tu ton attention sur sa texture ?… sur ses boucles ?… sa couleur ?

— Sur les bretelles.

— Les bretelles. Bien. Tu peux peut-être partager ta méditation avec nous. Fais-nous part de ce que te souffle ton for intérieur. Emmène-nous là où tes réflexions te portent.

— D'accord.

Je prends une grande respiration et commence :

— Je pense que ces bretelles ont l'air vraiment confortables, mais évidemment ça dépend de la largeur des épaules de l'utilisatrice. Donc je me demandais si je pouvais l'essayer après le cours. Et je le préférerais en gris ardoise, parce que j'ai déjà un sac turquoise qu'en fait je vais sûrement donner à mon amie Suze qui l'adore et qui, d'ailleurs, arrive tout à l'heure à L.A. Et je me demandais aussi si Barneys l'avait encore en stock parce que j'ai un bon d'achat dans ce magasin que, d'un autre côté, je pourrais utiliser au rayon enfants pour acheter une veste *absolument* chou pour ma fille, Minnie, ou alors…

— Arrête, Rebecca !

Mona lève la main et je me tais brutalement.

Quel est le problème ? Mon exposé est top. Beaucoup plus passionnant que celui de Brian, qui nous a assommés avec son histoire de grain du bois.

— Oui ?

— Rebecca… Nous devons nous rappeler ce que signifie le concept de la pleine conscience du moment présent. Cela signifie que nous concentrons notre attention sur une expérience instantanée.

— Je sais. Mon expérience instantanée est centrée sur ce sac. C'est un Alexander Wang ?

— Non, c'est un 3.1 Phillip Lim, précise la brune. Je l'ai acheté en ligne.

— Ah, sur quel site ?

— J'ai l'impression que vous ne saisissez pas, nous interrompt Mona. Rebecca, essaie de te concentrer sur un seul aspect de ce sac. Dès que tu vois que ton esprit vagabonde, ramène-le vers la substance principale de tes considérations. OK ?

— Mais mon esprit ne vagabonde pas du tout ! je proteste. Je n'ai pas cessé une seconde de penser à ce sac.

— Je peux t'envoyer le lien, propose la brune. C'est super, comme sac à dos. Tu peux y glisser ton iPad.

— Je peux l'essayer tout de suite ?

— Bien sûr !

— S'il vous plaît !

Le ton de Mona est moins aimable, mais elle le compense immédiatement avec un grand sourire.

— Posez ce sac ! Bien. Maintenant, concentrons-nous. Rebecca, je te recommande d'abandonner ta méditation sur ce sac. Attache-toi à bien respirer. Prends conscience de ton souffle qui entre et sort de ton corps. Pas de jugement. Pas de jugement sur toi-même. Observe seulement ta respiration. Tu peux le faire ?

— Oui.

— Bien. Cinq minutes de méditation pour tout le monde ! Fermez les yeux si vous voulez.

Silence dans la salle. Je me soumets à l'exercice de respiration. J'inspire, j'expire ; j'inspire, j'expire.

Ce que c'est monotone ! Ça mène à quoi, toute cette soufflerie ?

Sans être une spécialiste de la prise de conscience, j'imagine que la méditation est supposée apporter un sentiment de bien-être. Eh bien, je me sentirais *mille fois mieux* en me concentrant sur un joli sac.

J'ouvre les yeux et fixe le Phillip Lim turquoise. Qui saura que je suis passée de la respiration au sac à dos ? Personne.

Oh, je l'aime, je l'adore ! Les zips sont super. Il me faut le même. Et puis les sacs à dos améliorent la posture, c'est bien connu. En plus, Suze sera enchantée que je lui offre mon Marc Jacobs. Subrepticement, je jette un coup d'œil à ma montre. Je me demande où elle est. À l'aéroport, j'espère. Son avion a dû atterrir. Je lui ai demandé de venir directement ici pour le déjeuner. Heureusement, on ne sert pas que de l'eau de noix de coco ; on peut avoir un cappuccino décaféiné correct et de délicieux brownies à la farine de caroube. De toute façon, Suze doit me rapporter un petit stock de barres Lion.

— Et ramenez petit à petit vos pensées vers le groupe.

La voix de Mona met fin à ma méditation. Tout autour de la salle, les participants ouvrent les yeux, se dégourdissent les jambes et, pour deux d'entre eux, bâillent. Mona me sourit.

— Alors ? Tu es parvenue à rester concentrée, Rebecca ?

— Euh… oui.

Ce qui est un demi-mensonge. Je suis *restée* concentrée, mais sur autre chose que ma respiration.

Nous terminons sur une minute de recueillement et nous sortons en clignant des yeux sous la lumière éclatante. C'est le moment où chacun ouvre son portable et en scrute intensément l'écran. Ça, c'est de la pleine conscience, si vous voulez mon avis. Tiens, on devrait méditer sur nos téléphones ! Je vais suggérer l'idée la semaine prochaine…

Un bip annonce un SMS. Yesss ! Je manque de pousser des cris de joie. C'est Suze… Elle est là !

Une précision : je n'ai jamais vu de fille aussi belle que Suze. Et cela dit en toute objectivité. Elle est grande, mince et s'habille divinement. Elle représente admirablement la mode anglaise. D'ailleurs, elle a failli faire des photos pour *Vogue*. Mais elle a tendance à passer la plupart de son temps en jodhpur, en jean ou en vieux Barbour, surtout maintenant qu'elle vit tout le temps à la campagne. Donc, en me précipitant vers la porte d'entrée de La Paix d'or, je m'attends à tomber sur une Suze en jean, ballerines, avec peut-être une jolie veste en lin et ses enfants dans leurs tenues habituelles en velours côtelé qu'affectionne leur nounou.

Je ne m'attends certainement pas au spectacle qu'offre la famille Cleath-Stuart. Je cligne plusieurs fois des yeux pour m'assurer qu'il s'agit bien d'eux. On les croirait sortis des pages d'un magazine people. *Que s'est-il passé ?*

Suze est tellement spectaculaire que je la reconnais à peine. D'abord, elle porte un minuscule short en jean. Quand je dis « minuscule », je suis en dessous de la vérité. Ses longues jambes sont bronzées, et ses pieds fraîchement pédicurés sont glissés dans des tongs Havaianas. Ses longs cheveux blonds sont plus clairs que d'habitude (elle les a fait mécher ?) et elle arbore des lunettes de soleil Pucci absolument géniales. Les enfants aussi sont supercool. Blousons bombers et gel dans les cheveux pour les deux garçons, ensemble tout mignon en jean pour Clementine.

Pendant un moment l'étonnement me pétrifie. Quand Suze m'aperçoit et fait de grands signes, je me secoue et me rue sur eux.

— Suze !

— Bex !

— Tu es là !

Je l'embrasse, serre les enfants contre moi et dis :

— Suze, tes *fringues* !

— Tu crois que ça le fait ? s'inquiète-t-elle. Et le short ? Je voulais faire local. Tu me trouves bien ?

— Tu es top ! Tu as bronzé au spray à l'institut ? Oh, c'est quoi, ce dauphin sur ta cheville ? Suze, *ne me dis pas* que tu t'es fait tatouer !

— Mais non ! C'est temporaire, rigole-t-elle. Puisque tout le monde a des tatouages à Los Angeles, j'ai pensé que ça serait bien d'en avoir un. Pareil pour les bracelets brésiliens.

Effectivement, à la place de sa montre Cartier vintage, elle a enfilé au moins vingt bracelets brésiliens.

— Tu ne t'es pas trompée, je m'exclame. Tu es L.A. à fond. Et Tarkie ? Au fait, où est-il ?

— Il arrive. Il s'est arrêté en chemin devant des espèces d'arbres rares. Et, pour répondre à ta question, hélas, non, il ne fait pas très L.A. Il s'y refuse. Pourtant je lui ai acheté un T-shirt déchiré et des jeans coupés en bermudas, mais il n'en veut pas. Impossible de lui faire quitter sa veste de chasse.

— Sa veste de chasse à L.A. ?

Je réprime un fou rire. La veste de chasse de Tarquin est une institution. Coupée dans un tweed tissé dans les ateliers familiaux, elle comporte environ quatre-vingt-quinze poches et sent le chien mouillé été comme hiver.

— Oui ! Je voulais qu'il porte un blouson en cuir mais pas question. Il trouve mes bracelets stupides et mon tatouage immonde. Pourtant ils sont bien, s'insurge-t-elle soudain. Ils sont cool.

— Mais oui !

— Je pensais que c'était un bon moyen de faire un break, tu vois.

L'indignation de Suze fait place à son habituelle anxiété.

— Il doit arrêter de ressasser, de subir les méchancetés de son père, de penser à l'ALH et à tout ça.

— L'ALH ?

Suze grimace.

— Je ne t'ai pas raconté ? C'est l'association de Letherby Hall, composée de membres qui apportent leur soutien à la propriété. Ils ont lancé une pétition contre le Geyser.

— Pas possible !

— Oui ! Et imagine-toi qu'un autre groupe a fait pareil mais *en sa faveur*. Les deux factions se haïssent. Des dingues ! Bon, si on oubliait ça ? Y a-t-il des célébrités à La Paix d'or ?

Et, inspectant les alentours, tandis que nous nous dirigeons vers l'aire de détente, elle ajoute :

— Bex, je *n'arrive pas* à croire que tu fréquentes La Paix d'or !

— C'est génial, hein ? Les groupes de travail sont excellents. Leur yoga et leurs brownies aussi. Regarde cette allée. Tu vois les petites cloches sur les piliers ? C'est le chemin de la Sérénité. Tu sonnes les cloches si tu as besoin de clarté.

— De clarté ?

— Parfaitement ! De clarté dans ta vie.

— Tu obtiens de la clarté dans ta vie rien qu'en sonnant une cloche ?

Elle pouffe de rire en frappant une cloche.

— Mais oui ! Tu sais, Suze, tu dois garder ton esprit ouvert. C'est une histoire de vibrations. Le bruit de la cloche, en changeant le rythme de ton oreille interne, apporte compréhension et résolution ainsi que… euh… Mince, j'ai oublié le reste.

— De toute façon elles font un joli bruit, je conclus sans conviction.

Quand Bryce, le conseiller en chef pour l'épanouissement personnel m'a fait un exposé sur le rapport entre vibrations et clarté pendant mon stage préparatoire, j'ai tout compris. Il va falloir qu'il m'explique à nouveau.

Soudain, les carillons sonnent à toute volée. Les enfants de Suze s'en donnent à cœur joie. Ernest, mon filleul, donne des coups de pied dans une cloche qui manque de tomber de son pilier.

— Arrêtez ! Trop de clarté par ici ! Allons prendre une tasse de… Je veux dire un smoothie.

Ah ! elle allait dire une tasse de thé. J'en suis sûre. Je décide de la taquiner.

— Tu veux une tasse de thé, Suze ? Avec un bon petit scone ?

— Sans façon, riposte-t-elle. Je préférerais de beaucoup un jus de fruits frais. Avec un petit supplément d'herbe de blé.

— Tu blagues ?

— Je suis très sérieuse !

Donc elle meurt d'envie d'une tasse de thé. Mais je ne vais pas l'asticoter sur le sujet. Elle aura son thé quand nous rentrerons à la maison. J'ai acheté du thé anglais en sachets, de la marmelade d'orange Cooper's Oxford et des pickles Branston.

J'emmène ma troupe vers le café et le terrain de jeux. À proximité, des mecs jouent au volley et, un peu plus loin, un cours de tai-chi a lieu sous les arbres.

— Comment se fait-il qu'il y ait un terrain de jeux ? demande Suze tandis que ses enfants se précipitent vers les balançoires et que nous prenons place à une table. Certains adeptes sont des enfants ?

— Non, mais les résidents reçoivent des visites.

— Les résidents ?

— Ceux qui font une désintox de drogue. Ils vivent là-bas, je dis en désignant les grilles d'une enclave privée. Apparemment, il y a une star *hyper*connue qui y est en ce moment. Mais son nom n'a pas été divulgué.

— Tu crois qu'on peut aller jeter un coup d'œil ?

— Quand j'ai essayé, les types de la sécurité m'ont envoyée promener.

— Mais d'autres célébrités viennent ici, non ?

— Plein !

Sur le point de donner des détails, je remarque qu'un des membres du personnel passe tout près de nous.

— Mais tout ça est bien sûr top secret. Donc je ne peux rien te dire, je m'empresse d'ajouter.

À vrai dire, depuis que je suis dans les groupes de travail, je n'ai vu que deux célébrités. Et elles n'étaient pas vraiment importantes. L'une est un mannequin qui défile pour Victoria's Secret : elle a fait perdre du temps à notre session « Respect de soi » en nous faisant signer un contrat de confidentialité. Comme elle avait fait une faute d'orthographe, il a fallu changer son nom de « Brandie » en « Brandee » et tout recommencer. De toute façon elle n'a rien dit de spécialement palpitant. Franchement !

— Je vais prendre un café avec Sage Seymour, j'annonce.

Suze fronce les sourcils.

— Tu ne devais pas déjà prendre ce café il y a deux semaines ?

— Si, mais elle est très occupée…

Je m'interromps à la vue d'un drôle de personnage qui se dirige vers nous.

— Oh, misère ! Le pauvre Tarquin ! C'est *terrible* !

— Je sais, soupire Suze. Il aurait pu au moins enfiler un jean.

Mais ce n'est pas le problème. Je ne veux pas parler de sa veste de chasse en tweed, de ses vieilles chaussures ni de sa cravate tricotée couleur moutarde. Je parle de sa mine. Il est blême. Et tout voûté, ce qui est nouveau. Luke lui aussi a souvent l'air harassé par son boulot. Mais c'est différent. Il a monté sa propre entreprise. Il la dirige. Alors que Tarquin s'est retrouvé avec un empire sur les bras à la mort de son grand-père. On a l'impression que cette charge est trop lourde pour lui.

Je cours l'accueillir.

— Tarkie ! Bienvenue à Hollywood !

— Hum ! Oui ! Hollywood ! Merveilleux !

— Tarkie, enlève cette veste de chasse ! s'écrie Suze. Tu dois mourir de chaud. En fait, pourquoi ne pas retirer aussi ta chemise ?

— Retirer ma chemise ? En public ? s'indigne Tarquin.

Je réprime un rire. Je ne l'emmènerais peut-être pas à Venice Beach comme j'en avais l'intention.

— Expose-toi au soleil. C'est bon pour la santé. Regarde, tous les mecs sont torse nu, l'encourage Suze en lui désignant des joueurs de volley qui évoluent sur la plage en short coupé et bandana.

Quand elle veut, Suze peut se montrer très autoritaire. Résultat : dans les trente secondes qui suivent, Tarkie se débarrasse de sa veste de chasse, de sa cravate, de sa chemise, de ses chaussettes et chaussures. À ma grande surprise, il est plutôt bronzé et musclé.

— Tarkie, tu fais de la gym ?

— Il a aidé à installer les barrières de la propriété, explique Suze. Et, à son mari : Dans ce cas-là, ça ne t'embêtait pas de retirer ta chemise, hein, mon cœur ?

— J'étais sur mon territoire, marmonne Tarkie comme s'il trouvait cette explication logique. Suze chérie, je crois que je vais remettre ma chemise…

— Certainement pas ! Tiens, mets ça sur ton nez, ordonne Suze en lui tendant une paire de Ray-Ban. Tu es superbe !

Au moment où, prise de pitié, je vais proposer à Tarquin une tasse d'Earl Grey, un ballon de volley rebondit à côté de nous. Suze l'attrape. Un gars bronzé en short et T-shirt La Paix d'or arrive vers nous à petites foulées. C'est Bryce.

Il est assez étonnant, ce Bryce : des yeux bleus perçants et un regard intense qu'il darde sur vous avant de parler. Quel âge ? Je n'en sais rien. Il a des cheveux gris mais il est en superforme. Apparemment, il ne prend pas de groupes de travail mais il est partout, connaît tout le monde et sort des phrases comme « Ton cheminement commence ici » en ayant l'air d'y *croire*.

Il sourit et ses yeux se plissent.

— Rebecca, comment ça va aujourd'hui ?

— Superbien, merci. Bryce, je te présente mes amis Suze et Tarquin.

— Voici votre ballon, fait Suze.

Elle fait bouger ses cheveux. Je me rends compte qu'elle rentre aussi son ventre, bien qu'elle n'en ait pas besoin.

Bryce lui adresse un sourire rayonnant.

— Merci. Et bienvenue à tous les deux.

Et à Tarquin :

— Hypercool la veste !

— Hmm ! Ma veste d'extérieur.

— Une veste pour les *extérieurs* ? Quelle bonne idée ! Idéale par tous les temps, je me trompe ? Et plein de poches. Vous permettez ?

Bryce prend la veste et l'examine avec admiration.

— Pratiques pour les cartouches, commente Tarkie.

— Les cartouches de film ? s'intéresse Bryce. Ah ! La vieille école, hein ? Avant le numérique ! Pardon de vous demander, mais… est-ce que je connais votre œuvre ?

Tout à coup, je comprends le quiproquo. Au même moment, Suze pouffe. Bryce croit que Tarkie est un réalisateur de cinéma. Tarkie, parmi tous les garçons que je connais, est le moins apte à diriger un film !

— Mon travail ? demande Tarquin un peu interloqué. Vous voulez dire mon travail sur Letherby Hall ?

— *Letherby Hall* ? Désolé, je ne l'ai pas vu. La distribution était internationale ?

Tarquin semble complètement perdu. J'échange un regard avec Suze en essayant de retenir un fou rire.

— Pas grave ! résume Bryce en faisant rebondir deux fois le ballon. Vous venez jouer avec nous ?

— Jouer ?

— Au beach-volley. On m'attend sur la plage pour continuer.

— Oh, je ne crois pas…

— *Vas-y*, mon cœur ! intervient Suze. Ça te fera le plus grand bien après ce long vol.

Tarquin suit Bryce en traînant les pieds. Mais, au bout de quelques minutes, il est complètement dans la partie. Et je remarque que sa frappe est excellente.

— Il joue bien, Tarquin !

— Oui, il est assez bon dans ce genre de truc, commente vaguement Suze. Il jouait au Fives dans l'équipe d'Eton, tu sais ce genre de handball contre un mur. Dis, Bex, il est canon, ce Bryce !

Ce n'est pas son mari qu'elle lorgne. Ses yeux sont fixés sur Bryce. Je ne suis pas étonnée. Il n'y a pas une personne, fille ou garçon, qui n'ait pas le béguin pour lui.

Nous commandons différents jus de fruits pour nous et les enfants. Je m'apprête à demander à Suze ce qu'elle aimerait voir en premier – Rodeo Drive, le panneau *Hollywood* sur les hauteurs de la ville ou le Walk of Fame ? – quand, du coin de l'œil, j'aperçois une blonde marchant vers la plage en pantalon de yoga blanc et brassière rose.

— Elle est là, je murmure en détournant la tête promptement. Ne regarde pas !

— Qui ? Quelqu'un de connu ? demande Suze en se retournant immédiatement de tous les côtés.

— Non. Quelqu'un d'immonde à tous points de vue.

Suze comprend en un quart de seconde.

— Alicia la Garce-aux-longues-jambes !

— Chut ! Ne bouge pas ! Tête haute et regard de pierre !

— D'acc ! acquiesce-t-elle sans pourtant détourner son regard.

L'autre jour, au téléphone, je lui ai rapporté les

détails de mon horrible confrontation avec Alicia, mais comme elle s'épilait les jambes en même temps, je ne suis pas certaine d'avoir été entendue.

— Elle a perdu du poids, remarque Suze. Et ses cheveux sont vraiment super. J'aime bien son top...

— Arrête de l'admirer ! Et n'attire pas son attention !

Trop tard ! Alicia se dirige vers nous. C'est bien la première fois. D'habitude quand nous nous croisons, nous faisons mine de nous ignorer. À La Paix d'or, elle est considérée comme une tête couronnée. Dans le hall d'entrée, il y a même une grande photo d'elle et de son mari. Quand, l'autre jour, ils ont traversé le café bondé, tout le monde s'est pratiquement fendu d'une révérence. Tout le monde, sauf moi.

Alicia m'ignore mais accueille Suze avec sa nouvelle voix sirupeuse.

— Suze ! Ça fait si longtemps !

— Coucou, Alicia ! répond Suze sans trop d'enthousiasme.

— Tu es venue voir Rebecca, j'imagine. Ce sont tes enfants ?

Elle jette un coup d'œil sur Ernest, Wilfrid et Clementine qui courent autour du toboggan et ajoute :

— Ils sont splendides. J'adore leurs petites vestes.

— Oh ! c'est gentil ! s'exclame Suze désarmée.

Je me renfrogne intérieurement. Et voilà ! Des compliments sur les enfants ! La manœuvre hypocrite ! Typique de sa part !

— Vous êtes à Los Angeles pour combien de temps ?

— Je ne sais pas encore.

— Parce que, si tu veux les inscrire dans une école pendant votre séjour, je peux te donner un coup de pouce. Nos enfants fréquentent une très bonne maternelle, n'est-ce pas, Rebecca ?

Tout en me parlant, elle s'arrange pour ne pas croiser mon regard.

— Et il y a une école privée tout près pour ton aîné. J'ai l'impression qu'il est en avance.

— Disons qu'il est très brillant, rayonne Suze.

— Je peux en toucher un mot à la principale. Ça peut être une expérience amusante pour eux de suivre, même brièvement, un enseignement américain. Le semestre est presque fini, mais il y a des classes d'été remarquables.

— Super ! C'est tentant. Mais tu es sûre que… ?

Alicia lui adresse un sourire angélique.

— Aucun problème ! Écoute, Suze, je sais que notre amitié n'a pas été toujours simple…

« Amitié » ? De quelle amitié elle parle ? Elles n'ont jamais été amies.

— … mais je veux que tu saches que je suis résolue à réinventer le parcours de notre entente et que je m'excuse pour les désagréments que j'aurais pu te causer dans le passé. Avançons désormais dans un nouvel état d'esprit.

— Oui !

Suze paraît complètement sidérée. De mon côté, le choc me paralyse. Elle a dit qu'elle s'excusait ? Elle présente ses excuses à Suze ?

— Je te tiens au courant pour les écoles, dit Alicia tout sourires en effleurant l'épaule de Suze comme si elle la bénissait.

Puis, après un bref signe de tête vers moi, elle repart vers la plage.

— Eh bien ! s'exclame Suze dès qu'elle est hors

de portée de voix. Qu'est-ce qui lui est *arrivé* ? Cette voix artificielle, ce sourire et tout ce discours sur sa vie réinventée…

Elle me regarde en rigolant mais impossible de l'imiter. Je dis en suffoquant :

— Elle t'a dit qu'elle s'excusait ?

Suze semble raire.

— Oui, c'était sympa, je trouve. Et c'était généreux de proposer son aide pour les écoles des enfants.

— Mais tu ne comprends pas ? Elle a refusé de me présenter ses excuses ! Après tout ce qu'elle nous a fait, à Luke et à moi, elle n'a exprimé aucun regret. Et pourtant, je le lui ai carrément demandé.

— Elle était peut-être gênée.

— *Gênée ?* Tu plaisantes ? Rien ne gêne Alicia la Garce-aux-longues-jambes.

— Elle croit peut-être qu'elle s'est déjà excusée ?

Je suis atterrée.

— Mais tu prends sa défense ? Je ne peux pas le croire, Suze !

— Je ne la défends pas ! Je dis juste que les gens changent et…

Elle s'interrompt au moment où nos boissons arrivent. La serveuse nous offre deux petits sacs de cadeaux La Paix d'or, blanc brillant avec des poignées en corde dorée.

— Alicia m'a demandé de vous donner ça. Un présent de bienvenue !

— Merci infiniment, dit Suze en ouvrant le sien sur-le-champ. Regarde : de l'huile pour le bain… une bougie parfumée…

— Tu acceptes son cadeau ? je m'écrie scandalisée.

— Bien sûr ! C'est le rameau de la paix. Elle a

changé, Bex. Tu dois admettre que les gens peuvent changer.

— Faux. Si elle avait vraiment changé, elle se serait excusée.

— Mais elle l'a fait.

— Pas vis-à-vis de moi ! j'aboie. Pas vis-à-vis de *moi*.

Suze arrête de déballer des sachets de tisane.

— Écoute, Bex, on ne va pas se disputer. Et, pour l'amour du ciel, surtout pas au sujet d'Alicia ! Prends ce sac et profite de ce qu'il y a dedans. Allez ! Ouvre-le. Je sais que tu en as envie…

Et elle m'adresse un sourire espiègle. Même si je bouillonne de colère, je ne peux pas me chamailler plus longtemps avec elle. Et surtout pas le jour de son arrivée. Alors, au prix d'un énorme effort, je lui retourne son sourire. Tout en pensant tristement que je n'arriverai jamais à lui faire prendre conscience de la méchanceté d'Alicia. En fait personne ne s'en rend compte, sauf Luke (enfin, plus ou moins) et, moi, il faut bien que je m'y fasse. Sans enthousiasme, j'ouvre le sachet. J'ai aussi une bougie et un savon à l'huile d'olive et… Génial ! Un bikini La Paix d'or. Dans la boutique, il coûte cent dollars.

C'est chouette. Mais ça ne change pas l'opinion que j'ai sur Alicia.

— J'aimerais bien un de ces bracelets blanc et or, dit Suze en admirant le mien. Je vais peut-être m'inscrire à des stages.

Elle ouvre la brochure qui se trouvait dans le sachet et la repose un instant plus tard, effarée.

— Bex, cet endroit coûte une blinde. Combien de fois tu viens ici par semaine ?

— Euh… tous les jours.

— Tous les jours ? Mais tu dépenses combien ?

Elle feuillette la brochure en poussant des cris à chaque page.

— Tu as vu le prix du cours de yoga ? À Londres, je paie cinq fois moins.

Sa réaction a pour résultat de me mettre sur la défensive.

— Ce n'est pas une histoire d'argent, Suze ! L'important, c'est ma santé émotionnelle, mon bien-être spirituel et mon chemin personnel.

— Ah ouais ? Ils ont réussi à te calmer sur le shopping ?

J'attends une bonne seconde avant de crier :

— Affirmatif !

— Affirmatif ?

Suze laisse tomber la brochure et me fixe de ses immenses yeux azur.

— J'ai bien entendu Bex ? C'est un *oui* ?

Ah ! Ah ! Je l'attendais celle-là !

— Eh oui ! Hier, j'ai eu droit à une session spéciale en tête à tête avec David, un thérapeute. Nous avons évoqué mes problèmes et il m'a donné toutes sortes de stratégies pour résister. Je suis une nouvelle personne, Suze.

— Tu es sérieuse, ma parole.

— Bien sûr que je suis sérieuse.

— Alors quoi ? Tu entres dans une boutique et tu en sors sans avoir acheté un seul truc ?

— Ça ne marche pas comme ça, j'explique patiemment. C'est un cheminement, Suze. Nous sommes tous engagés dans un cheminement.

— D'accord, mais comment ça marche ?

— Je vais te montrer. Viens, on va à la boutique de cadeaux !

Très sûre de moi, je termine mon jus de fruits et me lève. Je brûle d'envie de mettre en pratique mes nouvelles techniques. Je ne les ai pas essayées, sauf à la maison, devant le miroir.

— Ernie, ordonne Suze. Tu es responsable de ton frère et de ta sœur. Vous ne bougez pas du terrain de jeux. Nous faisons juste un saut à la boutique, d'accord ?

Je la rassure.

— Pas de problème. De la boutique on voit le terrain. Allez, viens !

Pour être honnête, j'ai été très impressionnée par mes progrès spectaculaires. Quand David est venu me trouver un jour, à l'heure du déjeuner, pour me suggérer une session personnelle afin de discuter de mes tendances à la dépense, je n'étais pas très emballée. D'ailleurs, je lui avais dit : « Ç'a l'air fabuleux mais, en fait, je suis un peu trop occupée en ce moment. » Ensuite, quand il avait organisé un rendez-vous pour une autre session, j'avais oublié d'y aller sans réellement le faire exprès – genre acte manqué, en fait. Et puis, quand il avait débarqué en plein cours de yoga, je… eh bien… je l'avais évité.

Bon, d'accord, j'avais quitté la salle en courant et je m'étais cachée derrière un arbre. Un acte un peu puéril, je l'admets. Mais, le même jour, au café, il m'avait parlé vraiment gentiment en me précisant que si sa thérapie ne me plaisait pas je pourrais y renoncer.

Donc, finalement, cette session a eu lieu. Tout ce que je peux en dire, c'est : « *Pourquoi* je n'ai pas commencé plus tôt ? » David me répétait sans arrêt :

« Fais le premier pas » et : « Tu dois franchir ces étapes difficiles. » Je lui disais oui parce que je sentais que c'était la réponse qu'il attendait. Franchement le programme m'a semblé *facile*. Au fond, je dois être dotée d'un mental très fort.

Il m'a fait un speech sur les raisons qui poussent les gens à acheter. Il a évoqué les techniques nombreuses et variées sur lesquelles nous allions travailler ensemble. Il m'a assuré que mes autres groupes de travail allaient dans le même sens. Je faisais oui de la tête et je prenais des notes. Pour finir, j'ai accepté d'entrer dans le groupe de thérapie de l'addiction au shopping dès qu'une place se libérerait.

Mais, en vérité, je n'ai pas besoin de suivre ce stage. J'apprends vite, c'est clair. J'ai tout compris, je contrôle mes pulsions ! Vivement que j'en fasse la démonstration à Suze !

Je pousse la porte de la boutique.

— Nous y sommes !

Quelle ravissante boutique ! Tout en bois clair avec des bougies parfumées qui diffusent un parfum merveilleux et plein de choses hautement inspirantes destinées à favoriser notre cheminement, comme des cachemires à capuche pour le yoga, des carnets à reliure de cuir pour noter ses pensées du jour, ou des citations positives brodées sur canevas. Il y a aussi un rayon joaillerie avec des bijoux ornés de cristaux, des rangées de livres et de CD, et même un coin consacré au maquillage énergétique.

Au lieu de pousser des exclamations de joie, Suze me dévisage avec l'air d'attendre quelque chose.

— Et maintenant ? Tu vas regarder un peu partout et dire : « Non, je ne veux rien de tout ça » ?

— C'est un *processus*, Suze, je proteste calmement en sortant mon carnet de notes. D'abord, je dois me demander pourquoi j'achète et je dois inscrire la réponse.

Je regarde la liste des questions de David : *Je m'ennuie ?* Non. *Je me sens seule ?* Non. *Je suis anxieuse ?* Non. Pendant un moment je suis désarçonnée. Au fond, pourquoi j'achète ?

J'écris : *Pour prouver à une amie que je n'achète plus à tort et à travers*. Je lis ma phrase à Suze avant de la souligner fièrement.

— Et alors ?

— Faire du shopping est souvent une façon d'améliorer la mauvaise image qu'on a de soi, je dis avec assurance. Je dois donc embellir mon image à l'aide de différentes affirmations.

Je sors les cartes positives que m'a filées David et j'en choisis une.

— Par exemple : *Je m'approuve et je m'aime bien*. C'est génial, tu ne trouves pas ? J'en ai plein d'autres du même genre.

— Montre-moi, fait-elle en tendant la main.

— Tiens ! Celle-là ! *J'accepte les autres comme ils sont et en retour ils m'acceptent comme je suis*. Tu peux les acheter ici. Il y a aussi de très jolis T-shirts avec des déclarations constructives imprimées. Si on en essayait un ?

— Mais Bex, je croyais que tu avais laissé tomber le shopping.

Sa remarque, d'une simplicité limite naïve, me donne envie de rire :

— Je n'ai pas laissé tomber. Rien à voir avec de l'abstinence, Suze. Le but est d'*acheter sainement*.

C'est ce que j'ai particulièrement retenu de la session d'hier. L'idée n'est *pas* d'abandonner le shopping. Dès que David m'a expliqué cette nuance, j'ai tout compris.

— Ça ne serait pas plus sain de ne rien acheter du tout ? s'enquiert Suze. Tu ne crois pas qu'on devrait partir ?

Elle n'a rien pigé. Normal, contrairement à moi, elle n'est pas connectée à son moi émotionnel.

— C'est en fait une très mauvaise approche, de supprimer entièrement le shopping, j'explique. Il faut apprendre à contrôler son muscle. Je suis dans cette boutique pour m'exercer.

— Très bien. Et après ?

— Après, j'achèterai ce dont j'ai besoin, calmement et en toute conscience.

J'adore cette phrase. David la répétait sans cesse hier. « Vous devez apprendre à acheter calmement et en toute conscience. »

— Mais tu n'as besoin de rien, si ? objecte Suze.

— Si, si ! J'ai besoin d'un livre que David m'a recommandé, je dis en m'approchant de la section thérapie comportementale et cognitive à la recherche d'un livre intitulé *L'Éveil de l'âme : introduction à la TCC*.

— C'est ce que nous étudions dans mon groupe, j'annonce d'un air important. La thérapie comportementale et cognitive. Si je désire faire un achat inapproprié, je dois restructurer mes pensées. Je dois identifier mes erreurs cognitives et les remettre en question.

— Eh bien !

Pour la première fois, Suze paraît authentiquement impressionnée.

— C'est dur ?

— Non, assez facile, je dis en feuilletant le bouquin. Je vais prendre aussi sa version audio comme ça je pourrai l'écouter en faisant mon jogging. Je vais également regarder ces autres titres que David a mentionnés.

J'empile les livres suivants dans mon panier : *Notions de thérapie cognitive et comportementale ; TCC pour lutter contre l'addiction aux achats ; Le Journal d'une acheteuse compulsive ; Accro du shopping : comment se délivrer de l'obsession*… Au fur et à mesure que la pile monte, je sens mon mérite s'élever. David a raison : je peux me libérer de mes vieilles habitudes. Tiens, il y a des crayons très sympas, noirs avec des slogans comme *Grandis et Respire*. Je vais en prendre un paquet.

Suze m'observe, légèrement interloquée.

— Mais Bex en quoi c'est différent d'un shopping normal ? Où est la remise en question, le challenge, enfin le truc qui change tout ?

Elle a raison : je me suis laissée aller pendant un moment.

— J'allais y *venir*, je réplique avec humeur. Tu mets des objets dans ton panier et *ensuite* tu te lances un défi.

J'attrape le bouquin sur le dessus de ma pile et le contemple intensément. En ce qui concerne l'étape suivante, je suis un peu dans le flou mais pas question de l'admettre devant Suze.

— J'ai besoin de celui-ci, je claironne. C'est ma conviction. L'évidence de cette conviction ? David m'a conseillé de me le procurer. L'évidence contraire est… ? Elle n'existe pas ! Donc je vais l'acheter calmement et en toute conscience. Amen.

— *Amen ?*

— Ça m'a échappé. Mais je suis drôlement au

point, tu ne trouves pas ? J'ai appris à me remettre en question.

— Maintenant, enlève les crayons, conseille Suze.

— D'acc !

Je retire le paquet de crayons tout en me concentrant sur eux. C'est ma conviction. L'évidence de cette conviction ? Les crayons sont toujours utiles. L'évidence contraire ?

Ça me revient d'un coup ! J'ai déjà acheté un paquet des mêmes crayons. La première fois que j'ai mis les pieds à La Paix d'or. Qu'est-ce que j'en ai fait ?

— L'évidence contraire est que j'en ai déjà, je poursuis triomphalement. Donc, je vais les remettre là où je les ai pris.

Dans un grand geste décidé, je les pose sur l'étagère.

— Tu vois Suze ? Je me *contrôle*. Je suis une personne différente. J'espère que tu es épatée.

— Oui. Mais… tous ces livres dans le panier ?

Visiblement, elle n'a pas écouté mon raisonnement, elle n'a pas percuté.

— Bien entendu, j'ai besoin d'eux, je réponds sans m'énerver. Ils sont essentiels à mon cheminement. Je vais les acheter calmement et en toute conscience.

Et, sélectionnant un des ravissants bloc-notes du comptoir :

— Je vais aussi acheter ce bloc calmement et en toute conscience. Car je peux y tenir le journal quotidien de mes rêves. Chaque personne devrait tenir un journal quotidien de ses rêves, tu savais ça, Suze ?

Quand je l'ajoute à mon panier, elle fait une grimace de mécontentement.

— Très bien ! Suppose que tu as fait trop d'achats, tu fais quoi dans ce cas ?

— Tu utilises une méthode différente. Celle des tapotements, par exemple.

— Explique !

— C'est génial ! Tu tapotes ton visage, ton menton et le reste en récitant des mantras de manière à libérer tes méridiens et à te guérir.

— Tu es sérieuse ?

— Tout ce qu'il y a de plus sérieux.

Le cours de tapotements est mon préféré. En outre, je suis convaincue que tapoter son menton est excellent pour la tonicité des muscles faciaux. Je pose mon panier pour offrir une petite démonstration à l'intention de Suze.

— Tu tapotes ton front en psalmodiant : « Je sais que j'ai acheté trop de choses mais je m'accepte complètement et viscéralement. » Tu vois ? Facile comme bonjour.

Et pour faire bonne mesure, je tapote mon buste et le sommet de mon crâne.

— Bex…

Suze semble perplexe.

— Quoi ?

— Tu es sûre que tu ne te trompes pas ?

— Sûre et certaine.

Le problème avec Suze, c'est qu'elle n'a pas l'esprit ouvert comme moi. La force spirituelle et émotionnelle qui règne en ces lieux ne l'a pas encore atteinte.

— Dans quelque temps, tu seras toi aussi imprégnée des enseignements de La Paix d'or, je prédis en toute magnanimité. Et maintenant, si on allait essayer ces T-shirts ?

## BOUTIQUE LA PAIX D'OR

### Facture client

**Rebecca Brandon**
**N° d'adhésion : 1658**

| **Genre** | **Article** | **Quantité** | **Prix** |
|---|---|---|---|
| Livres : | *Accro du shopping : comment se délivrer de l'obsession* | 1 | 19,99 $ |
| Beauté : | Baume lèvres noix de coco | 5 | 20 $ |
| Beauté : | Baume lèvres mandarine | 5 | 20 $ |
| Maison : | Carillon à vent (grand modèle) | 3 | 89,97 $ |
| Maison : | Carillon à vent (petit modèle) | 3 | 74,97 $ |
| Audio : | *Maîtriser ses dépenses* | 1 | 24,99 $ |

| | | | |
|---|---|---|---|
| Joaillerie : | Pendentif cristal de roche | 2 | 68 $ |
| Mode : | T-shirt *Apprendre* | 1 | 39,99 $ |
| Mode : | T-shirt *Grandir* | 1 | 39,99 $ |
| Mode : | Veste sport (- 50 %) | 1 | 259,99 $ |
| Livres : | *Journal d'une acheteuse compulsive* | 1 | 15,99 $ |
| Aliment : | Miel Manuka (prix cassé) | 10 | 66 $ |
| Livres : | *TCC pour lutter contre l'addiction aux achats* | 1 | 30 $ |
| Joaillerie : | Bracelet argent *thérapeutique* | 2 | 154 $ |

**Page 1/2**

# 10

Je suis déçue que Suze ne se montre pas plus emballée par La Paix d'or. C'est une affaire de blocage mental. Elle est pétrie de préjugés, voilà ce qui se passe. Pour finir, elle ne s'est inscrite dans aucun groupe de travail et n'a même pas acheté un T-shirt. Les seuls commentaires qu'elle n'arrêtait pas de faire ? « Tout est hors de prix » et « Quel est l'intérêt ? »

L'intérêt ? À croire qu'elle ne s'est pas aperçue de ma transformation ! Heureusement, Tarkie est de mon côté. Il aime La Paix d'or et s'entend très bien avec Bryce.

— Nous partageons les mêmes opinions sur la pollution lumineuse, annonce-t-il à la cantonade. L'excès de lumières artificielles est une calamité moderne, mais les politiciens ne veulent rien entendre.

C'est l'heure du petit déjeuner, le lendemain. Nous sommes dans la cuisine. Suze lève les yeux au ciel. Je lui adresse un sourire de connivence. Tarkie est tellement obsédé par ce problème de pollution lumineuse qu'il passe son temps à éteindre les lampes de Letherby Hall tandis que Suze court derrière lui pour les rallumer.

— Tu as raison, Tarkie ! je dis en apportant un plat sur la table. Voici notre petit-déj healthy typique de L.A. Une omelette de blancs d'œufs vapeur au chou kale.

Silence. Tous les yeux sont fixés sur le contenu du plat avec une horreur non dissimulée.

Bon, d'accord, ça ne ressemble pas vraiment à une omelette. C'est informe et d'une couleur verdâtre à cause du kale. Mais c'est sain.

— Une omelette vapeur ? ose finalement Suze.

— Je l'ai faite au micro-ondes dans un sachet papillote en plastique. Garanti sans matières grasses. Qui veut commencer ?

Nouveau silence.

— Hum… Je dois dire que ça a l'air délicieux, lance Tarquin. Mais tu n'aurais pas un ou deux harengs rouges, par hasard ?

— Non pas de harengs rouges, je rétorque. On n'est pas en Écosse mais à Los Angeles. Ici tout le monde mange des omelettes vapeur.

Luke consent à lever les yeux de son courrier et s'exclame :

— C'est *quoi*, ce truc ?

Puis, voyant mon expression, il se ravise :

— Qu'est-ce que tu nous as préparé, Beckie ?

— Une omelette vapeur, je réponds, abattue, en donnant un coup de fourchette dans le plat.

Ils n'ont pas tort. Ce magma est répugnant. Quand je pense au temps que j'ai passé à séparer les blancs et les jaunes et à hacher ce chou ! J'ai pioché la recette dans le livre de cuisine *Petits déjeuners énergétiques* en pensant qu'ils seraient épatés. Du coup, je n'ose pas leur proposer le shake aux protéines de champignons qui attend dans le blender.

— Bex, où sont les jaunes d'œufs que tu n'as pas utilisés ? demande Suze.

— Dans un bol.

— Pourquoi je ne ferais pas une omelette avec ?

En deux temps, trois mouvements, Suze pose une poêle sur le feu dans laquelle elle met une tonne de beurre et nous confectionne la plus divine omelette du monde, baveuse et croustillante à la fois, agrémentée de tranches de bacon dénichées dans le frigo.

— Et voilà !

Elle la pose sur la table, et tout le monde se précipite pour se servir. Quand je la goûte, je meurs presque de plaisir.

— Ils devraient faire de vraies omelettes dans les restaurants, marmonne Suze la bouche pleine. C'est quoi, cette manie du blanc d'œuf ? Ça n'a aucune saveur.

— C'est sain !

— Connerie ! s'insurge Suze. On donne des jaunes d'œufs à nos agneaux, ils sont en parfaite santé.

Un instant plus tard, Luke nous verse du café. Suze étale de la marmelade d'orange sur un toast. La bonne humeur est revenue.

— J'ai des billets de gala pour aujourd'hui, nous signale Luke. Qui a envie d'assister à une soirée de charité au Beverly Hilton ?

— Moi !

Suze et moi avons crié en même temps.

— C'est en faveur… des victimes de la discrimination. Une nouvelle association de bienfaisance.

— J'ai lu un article à ce sujet, s'exclame Suze. Salma Hayek y sera. On peut vraiment y aller ?

— Sage nous invite tous à sa table, précise Luke.

— Tu entends ça, Tarkie ? fait Suze en brandissant son toast. Nous sommes conviés à une fête hollywoodienne.

Tarquin réagit avec la tête du type à qui on annonce qu'on va lui arracher une dent.

— Une fête ? Formidable.

— Ça va être *fun*. Et tu vas voir Salma Hayek !

— Ah ! Merveilleux !

— Tu ne sais même pas qui est Salma Hayek !

— Mais si ! C'est un acteur. Très talentueux.

— Actrice ! *Elle* est très talentueuse ! soupire Suze. Il faut que je te briefe avant le gala. Tiens, lis ce magazine pour commencer.

Elle lui passe un numéro de *US Weekly* au moment même où Minnie et Wilfrid déboulent dans la cuisine.

Pour Minnie, avoir les Cleath-Stuart à la maison est un vrai bonheur. De sa vie elle ne s'est autant amusée. Elle porte deux casquettes de base-ball empilées et agite le chausse-pied qui lui tient lieu de cravache en chevauchant Wilfrid qui fait, lui, le cheval.

— Hue ! dada ! crie-t-elle en tirant sur les rênes, à savoir six ceintures de Luke attachées ensemble. Et puis Clementine arrive à son tour, juchée sur Ernest.

— Minnie, on saute ! On saute sur les canapés ! s'égosille-t-elle.

— Ça suffit, les enfants, dit Suze. Arrêtez de courir partout et asseyez-vous. Qui veut un toast ?

Avec beaucoup de tact, elle évite de proposer l'omelette aux blancs d'œufs. Mieux vaut prétendre qu'elle n'a jamais existé.

Une fois les enfants installés, je remarque que Minnie s'est emparée de mon téléphone portable.

— S'il te plaît, téléphone, s'exclame-t-elle. S'il te plaaaaaaît.

Elle le serre contre son oreille comme si c'était son nouveau-né et que j'étais le roi Hérode.

J'ai déjà donné à Minnie trois portables en plastique mais elle n'est pas idiote, ma fille. Elle ne s'y est pas laissé prendre. Et donc je finis toujours par lui laisser le mien – même si je panique à l'idée qu'elle le laisse tomber dans son bol de lait.

— D'accord, Minnie. Mais une minute, pas plus.

— Allô, fait-elle ravie. Allô, Oraaaa ?

Ora ? Ora, la fille d'Alicia la Garce-aux-longues-jambes ?

— Ne parle pas à Ora, poupette. Appelle une autre copine. Appelle Page. Elle est mignonne.

— Parler à copine Ora ! s'entête Minnie. Maaa copine !

— Mais non, ce n'est pas ta copine ! je réplique sans pouvoir m'en empêcher.

— Qui est Ora ? demande Suze.

— La fille d'Alicia, je dis entre mes dents. Minnie l'a choisie parmi toutes les gamines de L.A.

— Franchement, Bex, tu es ridicule ! Tu joues à quoi ? Aux Montaigu et aux Capulet ?

Minnie nous observe avant de clamer en plissant son petit visage :

— Minnie aime Oraaaaa !

Pendant ce temps, Luke tape sur le clavier de son BlackBerry. D'habitude, il possède le don surnaturel de ne pas entendre les cris aigus de sa fille. Mais cette fois il lève la tête.

— Qui est Ora ?

Quand je pense que le sujet de conversation du petit

déjeuner porte sur la fille de la Garce-aux-longues-jambes !!!

— Personne, je rétorque. Poupette, viens m'aider avec mon toast.

— Toast ! Miaaaam !

Ses yeux brillent de joie. Je lui fais un petit bisou. Minnie pense qu'il n'y a rien de plus amusant au monde que de beurrer un toast. Évidemment, je dois la dissuader d'y ajouter de la marmelade *et* du Nutella *et* du beurre de cacahouètes. (« Telle mère, telle fille », ricane toujours Luke. Remarque absurde. Je ne vois absolument pas le rapport.)

Je sirote mon café tout en essayant d'empêcher ma fille de s'enduire les doigts de beurre et en observant Luke. Ses yeux sont fixés sur l'écran de son téléphone. Une veine de son cou bat. Un truc le stresse, c'est clair. Mais quoi ?

— Luke, il y a un problème ?

— Non, rien du tout.

D'accord. Rien, ça veut dire « quelque chose ».

— Luke ?

Il croise mon regard et lâche :

— Un mail de l'avocat de ma mère. Elle va se faire opérer. Il pense que je dois être au courant.

— Je vois, je dis sans me mouiller.

Luke regarde son écran avec une expression renfrognée. Quelqu'un qui ne le connaîtrait pas bien en déduirait qu'il est de mauvais poil. Mais, moi, je discerne le sentiment de désolation qui apparaît sur son visage chaque fois qu'il pense à sa mère. Et ça me serre le cœur. Luke ne peut pas avoir une relation harmonieuse avec sa mère. Il l'a excessivement adorée ; maintenant il la déteste avec autant de déraison. Quand il était enfant, Elinor l'a abandonné pour aller vivre aux États-Unis. Je pense qu'il ne le lui pardonnera jamais. Surtout depuis que Minnie est née et qu'il sait ce qu'avoir un enfant veut dire.

— Qu'est-ce qu'elle espère ? s'exclame-t-il soudain. Elle veut que je fasse quoi ?

— Peut-être rien ?

Sans répondre, il se contente de boire son café avec un air menaçant.

— Quelle genre d'opération va-t-elle subir ? C'est sérieux ?

— On oublie, d'accord ? s'agace-t-il en se levant. Bon, alors je dis à Aran qu'on sera quatre pour le gala. Au fait, c'est en tenue de soirée. À plus tard.

Il m'embrasse. Alors qu'il va s'éloigner, je lui attrape le bras :

— Luke !

Mais je reste muette. Car la seule chose que j'aimerais lui dire c'est : « Fais la paix avec ta mère, je t'en prie ! » mais je ne peux pas sortir ça de but en blanc. Donc je lance bêtement :

— Bonne journée !

— Tenue de soirée ? gémit Tarquin. Mais, je vais mettre quoi, Suze chérie ? Je n'ai pas emporté mon kilt.

Son *kilt* ? Malédiction ! L'idée de Tarquin faisant son arrivée à un gala d'Hollywood en kilt avec sacoche à la ceinture, grosses chaussettes de laine et toute la panoplie des Highlands me fait mourir de rire.

— Certainement pas un kilt ! vitupère Suze. Tu vas mettre… euh… un smoking Armani. Une chemise noire, un nœud papillon noir. C'est la tenue de soirée en vigueur ici.

— Une chemise noire ?

C'est au tour de Tarquin de fulminer.

— Suze chérie, il n'y a que les gangsters qui mettent des chemises noires !

— Bon, d'accord, une chemise blanche. Mais *pas* de col cassé. Il faut que tu aies l'air cool. Et, avant de partir, tu vas avoir droit à un interrogatoire sur les gens célèbres.

Pauvre Tarkie ! En quittant la cuisine, il ressemble plus à un condamné à la perpétuité qu'au joyeux convive d'une fête hollywoodienne.

— Le cas est désespéré, commente Suze. Il peut réciter les noms d'au moins cent espèces de moutons, mais il est incapable de citer le nom d'un seul mari de Madonna.

— Tarkie n'est pas vraiment à sa place, j'admets en essayant de ne pas me moquer. L.A. ne va pas à son genre de beauté.

— J'ai passé assez de vacances dans la lande et les bruyères ! À mon tour, maintenant, d'être dans un endroit qui me *plaît* !

Elle se verse du jus d'orange et me demande en baissant la voix :

— Il se passe quoi avec Elinor ?

— Je n'en sais rien, je réponds en chuchotant. Va savoir si elle est vraiment malade.

Nous échangeons des regards anxieux. Je sais que nous pensons la même chose, mais que nous préférons éviter le sujet.

— Il faut qu'on lui dise la vérité à propos de la fête d'anniversaire, affirme Suze. Que c'est sa mère qui l'a financée. Au cas où… quelque chose arriverait.

— Mais comment lui dire ? Il n'écoutera même pas.

— Pourquoi ne pas lui écrire ?

Oui, pourquoi pas ? Je suis plutôt bonne pour rédiger des lettres. Et je peux faire promettre à Luke de tout lire avant d'exploser. Mais, au fond, je sais pertinemment ce que je veux.

— Je vais inviter sa mère ici, je dis résolument. Avant ou après l'opération, ça dépendra.

— *Ici* ? s'étonne Suze. Tu es sûre, Bex ?

— Si j'écris une lettre, il n'en tiendra pas compte. Il faut qu'ils se voient. Je vais organiser un débriefing psychologique.

— Je croyais que c'était pour les drogués.

— Ça marche aussi pour les disputes familiales !

En fait, je viens d'inventer ça. Mais, après tout, je peux créer mon propre style de débriefing, non ? Je me vois assez bien en longue robe blanche pontifier avec suavité et apporter de l'harmonie aux âmes déchirées de Luke et Elinor.

Je pourrais acheter des cristaux thérapeutiques pour l'occasion. Et des bougies parfumées. Et des CD de musique relaxante. Je vais mettre au point plusieurs stratégies et je ne laisserai ni mon mari ni sa mère se séparer avant de se réconcilier.

Suze ne semble pas convaincue :

— Tu devrais plutôt faire appel à un spécialiste. Tu t'y connais, toi, en débriefing ?

— Bien plus que tu ne le crois ! J'ai beaucoup appris à La Paix d'or. Sur la résolution des conflits, entre autres. « Comprendre c'est pardonner. » Bouddha l'a dit, je précise modestement.

— Puisque tu es si bonne en matière de disputes, tâche de résoudre celle-ci !

Effectivement, Wilfie et Clemmie se battent avec fureur pour un petit animal en plastique.

— Euh… Les enfants ! Ça vous dirait un bonbon ?

Instantanément, les deux enfants arrêtent de se battre.

J'ai le triomphe facile.

— Tu vois ? Aussitôt dit, aussitôt fait !

— Tu vas arranger les problèmes entre Luke et Elinor avec des bonbons ? se moque Suze.

— Bien sûr que non. Je vais utiliser plusieurs approches.

— Je trouve ça risqué. Oui, *très* risqué.

— « On ne peut pas s'abstenir de manger sous prétexte qu'on risque de s'étouffer », je récite. Proverbe chinois.

— Bex, cesse de parler comme un T-shirt, lâche Suze. La Paix d'or, c'est nullissime. Je hais cet endroit ! Bon, revenons à un truc *normal*. Tu te fringues comment pour la soirée ? Et pas de réponse idiote genre : « Les vêtements sont une métaphore de l'âme. »

— Je n'allais pas répondre ça !

Pourtant, je trouve cette maxime excellente. Tiens, un de ces jours, je vais la sortir dans mon groupe. « Les vêtements sont une métaphore de l'âme. »

Je pourrais aussi la faire imprimer et encadrer pour l'offrir à Suze à Noël.

— C'est quoi, ce sourire ? demande Suze pleine de soupçons.

— Rien qu'un sourire, je réponds en me forçant à rester sérieuse. Et *toi* ? Tu mets quoi ce soir ?

# 11

Ça lui va bien, à Suze, de me faire la leçon sur le shopping !

Elle a acheté non seulement une nouvelle robe pour la soirée de bienfaisance mais aussi de nouvelles chaussures, un nouveau collier et de nouveaux cheveux. Parfaitement, de nouveaux *cheveux* ! Elle ne m'a même pas prévenue. Elle est entrée chez le coiffeur et en est ressortie avec des extensions divinement brillantes et naturelles. Du coup, sa chevelure descend jusqu'à la taille en une cascade de blondeur sublime. Avec ça et ses jambes bronzées, elle a vraiment l'air d'une star de cinéma.

— Tu es somptueuse, Suze !

Je la complimente tandis que nous sommes toutes deux plantées devant le miroir de ma chambre.

Elle porte un fourreau argenté. Son collier représente une sirène. C'est la première fois que je vois un collier pareil. J'adorerais avoir le même.

— Toi aussi, tu es superbe, rétorque Suze.

— Tu crois ?

Je tire sur ma robe Zac Posen, en me réjouissant parce qu'elle me fait la taille toute fine. Je l'ai accessoirisée avec mon collier Alexis Bittar. Ma coiffure, tout en tresses et wavy, est fabuleusement sophistiquée. Sur Internet, j'ai trouvé un guide de la bonne posture sur tapis rouge. Je l'ai imprimé en deux exemplaires. Et je l'ai étudié. Le truc ? Croiser les jambes, dégager les coudes, baisser le menton. Je m'exerce, et Suze m'imite.

— On dirait que j'ai un double menton, se plaint-elle. Tu es sûre que c'est comme ça ?

— Peut-être que nous baissons trop nos mentons.

Je lève la tête et ressemble immédiatement à un soldat. Pendant ce temps, Suze prend une pose à la Victoria Beckham, avec la même expression.

— Parfait ! Mais tu dois sourire !

— Impossible de me tenir comme ça *et* de sourire en même temps. À mon avis, il faut être désarticulée pour y arriver. Ah, Tarkie ! Viens et fais-nous profiter de tes talents de photographe !

Tarkie ne se remet pas des extensions de Suze. Et maintenant que nous sommes sur le point de sortir, il ressemble à un condamné. Suze l'a obligé à enfiler un smoking Prada agrémenté d'un nœud papillon fin et de chaussures élégantes. Robuste, grand, avec ses cheveux artistiquement froissés, il est au meilleur de lui-même. Mais, bon, c'est vrai que, selon les critères californiens, il détonne un peu.

— Tu devrais porter du Prada tout le temps, je m'exclame.

Cette suggestion le fait blêmir.

— Écoute-moi, dit Suze. Quand on te prendra en photo, tourne ton visage de trois quarts. Et prends un air morose.

— Suze chérie, je ne veux pas te contrarier, mais ça m'étonnerait qu'on me prenne en photo.

— Mais si ! Ils photographient tout le monde. Hein, Bex ?

— Bien sûr. Comme nous sommes invités, nous serons mitraillés.

Je suis sur des charbons ardents. Être photographiée sur un tapis rouge à Hollywood, c'est mon rêve de toujours. Mon téléphone vibre. Je le retire de ma pochette.

— La voiture est là. Allons-y !

— Et Luke ? demande Tarquin en manque évident de soutien masculin.

— On le retrouve sur place, je dis en me vaporisant un dernier nuage de parfum.

Je souris à Suze et lui demande :

— Prête pour un gros plan, lady Cleath-Stuart ?

— Ne m'appelle pas comme ça ! Ça fait vieille peau !

Je pousse la porte de la chambre des enfants, où notre baby-sitter anime une grande partie de Twister. Minnie est trop petite pour comprendre les règles mais elle s'y entend pour gigoter autour du tapis et empêcher les autres de jouer.

— Bonne nuit, ma poupette, à tout à l'heure !

— Maman, tu ressembles à un poisson ! s'écrie Wilfrid.

— Merci, mon chéri, dit Suze en le serrant contre elle. C'est *exactement* ce à quoi je voulais ressembler.

Tarquin, qui nous a suivies, tripote le train en bois de Wilfrid.

— Et si je restais pour surveiller les enfants ? suggère-t-il plein d'espoir.

— Pas question ! crions-nous toutes les deux à l'unisson.

— Tu vas adorer, assure Suze en le poussant hors de la pièce.

— Tu vas peut-être voir Angelina Jolie, j'ajoute.
— Ou Renee Zellweger.
— Ou Nick Park, j'insinue astucieusement. Tu sais ? Le créateur de *Wallace & Gromit*.
— Ah ! s'emballe Tarkie tout d'un coup ravigoté. Voilà au moins un bon film !

Le Beverly Hilton est l'endroit où sont remis les Golden Globes. Le top du top ! Installée dans la voiture qui se fraie un passage dans la circulation de ce début de soirée, j'ai du mal à garder mon calme.
— Suze, tu crois que ça sera le même tapis rouge que pour les Golden Globes ?
— Peut-être.
Cette idée l'excite autant que moi. Elle arrange ses extensions, et je vérifie mon rouge à lèvres pour la millième fois.
Je vais profiter de cette occasion. Il va y avoir plein de personnalités et, si je fais preuve de présence d'esprit, je peux me constituer un super réseau. J'ai des cartes professionnelles *Rebecca Brandon, styliste* dans mon sac et je compte aiguiller chaque conversation vers le sujet de la mode. Il me suffit d'être engagée par une personne d'influence. Ensuite, le bouche à oreille jouera en ma faveur, ma réputation grandira et… les possibilités sont illimitées.
Certes, le nerf de la guerre, c'est de dénicher la personne d'influence.
Au moment où la voiture se range contre le trottoir de l'hôtel, je laisse échapper un petit cri. Ce n'est pas la foule des Golden Globes, mais il y a des barrières de protection, une armada de photographes et un tapis rouge. Un véritable *red carpet* ! Il y a aussi

de grands panneaux où s'affiche *EQUAL*, le nom de l'œuvre de charité. (Que veulent dire ces initiales ? Aucune idée. Et je suis sûre que personne ne le sait.) Devant les panneaux se tient une blonde très élégante dans une robe nude qui, avec son compagnon barbu en smoking, pose pour les photographes.

Je donne un coup de coude à Suze.

— Qui est-ce ? Glenn Close ?

— Non, elle est dans… Oh… tu sais, dans ce spectacle. Oh ! comment s'appelle-t-elle déjà ?

— Regarde !

Je lui montre un jeune type avec un smoking et des cheveux hérissés qui vient de sortir de sa limousine. Massés autour de lui, les photographes le mitraillent tout en l'appelant, mais lui reste cool, comme si de rien n'était.

— Prêtes à descendre, mesdames ? demande le chauffeur.

— Oui.

J'expire un grand coup pour me calmer.

Pendant tout l'après-midi nous avons répété, Suze et moi, en nous prenant respectivement en photo. Nous sommes devenues incollables sur l'art et la manière de s'extraire élégamment d'une voiture. Ce n'est sûrement pas nous qui allons montrer notre culotte, trébucher sur nos talons ou même faire un signe à l'objectif, ce que Suze a tendance à faire.

— Prête ? demande-t-elle avec un sourire crispé.

— Prête !

Le chauffeur a ouvert la portière de mon côté. Je tapote mes cheveux une dernière fois et m'extirpe de la voiture avec grâce, prête à affronter les flashes, le tohu-bohu, les clameurs…

Mais ?…

Où sont passés les photographes ? Ils étaient là il y a une minute. Légèrement déconfite, je tourne la tête : ils sont derrière nous, agglutinés autour d'une autre limousine. Une rousse est en train d'en sortir, toutes dents dehors. Qui est cette fille ? Une illustre inconnue, si vous voulez mon avis.

Suze émerge à son tour. Elle regarde alentour, sidérée.

— Où sont les photographes ?

— Là-bas. Avec cette nana.

— Oh ! Et nous alors ?

— Nous ne sommes pas célèbres, je suppose.

— Tant pis. Il nous reste toujours le tapis rouge. Allez !

Elle saisit le bras de son mari et l'entraîne en criant :

— Opération Hollywood, en avant !

À proximité de l'hôtel, nous tombons sur une foule dense en tenue de soirée, que nous parvenons à traverser. Nous y sommes ! L'anticipation me fait pour ainsi dire crépiter.

Je souris à l'agent de sécurité et lui tends nos bristols, qu'il scanne d'un air absent.

— Bonjour ! Nous sommes invités.

— Par ici, madame, dit-il en m'indiquant une sorte d'entrée de côté où s'engagent des gens en grande tenue.

— Non, nous allons au gala de bienfaisance, je rectifie.

— C'est ici, l'entrée du gala. Passez ! dit-il en détachant le cordon de velours qui barre le passage. Bonne soirée !

Il n'a pas percuté. Un peu lent d'esprit, peut-être ?

— C'est *par là* que nous voulons aller, je proteste,

en lui montrant les photographes massés de l'autre côté.

— Sur le tapis rouge, précise Suze. Vous voyez ? L'invitation dit « Entrée tapis rouge ».

— C'est le tapis rouge, madame, s'entête l'agent.

Et de nous indiquer une nouvelle fois l'entrée de côté. Suze et moi échangeons des regards consternés.

Bon, à proprement parler, c'est effectivement un tapis. D'un rouge éteint. Mais je refuse de croire que c'est le nôtre.

— Il est plus bordeaux que rouge, fait remarquer Suze.

— Et il n'y a pas un seul photographe. Nous voulons emprunter le tapis rouge qui est là-bas, j'insiste auprès du garde.

— Madame, cette entrée est réservée aux invités de la liste Privilège, réplique le type.

— La liste… Privilège ? Pourquoi nous ne sommes pas sur cette liste ?

— On entre pour boire un verre ? fait Tarquin, que cet échange ennuie prodigieusement.

— Mais tout l'intérêt de la soirée, c'est d'emprunter le tapis rouge. Ah ! voilà Sage Seymour qui parle à un journaliste télé ! Je la connais, je dis à l'agent. Elle veut me saluer.

Le type est drôlement buté.

— Vous aurez l'occasion de vous saluer à l'intérieur. Et je vous demande d'avancer, madame. Vous bloquez les gens qui sont derrière vous.

Comme nous n'avons pas le choix, nous franchissons l'entrée sans entrain et empruntons le tapis-rouge-de-classe-éco-pour-invités-sans-privilèges. Trop triste ! Je croyais qu'on aurait les honneurs du vrai *red carpet* avec Sage et les autres people. Pas qu'on avancerait comme du bétail endimanché sur un tapis *bordeaux* chichement éclairé et parsemé de taches.

Prise d'une inspiration subite, je murmure à Suze :

— On retourne à la case départ. Pour essayer de fouler le vrai tapis rouge. Tu es d'acc ?

— *Et comment !* Tarkie, mon chou, j'ai un petit problème de soutien-gorge à régler. Je te retrouve à l'intérieur, d'accord ?

Elle lui tend son invitation, puis, nous rebroussons chemin. En croisant cette nuée de gens sur leur trente et un, bijoutés, parfumés, on a l'impression d'être des poissons remontant un courant hyperglamour.

— Excusez-moi… Oublié quelque chose… Pardon…

Finalement nous atteignons la sortie. L'occasion de reprendre notre souffle. L'agent de sécurité, toujours à son poste, dirige la foule sur le tapis bordeaux. Il ne nous a pas encore repérées, car nous sommes dissimulées derrière un écran.

— Et maintenant, Bex ?

— On va faire diversion. Attends !

Une seconde après, je commence à gémir à plein volume :

— C'est l'horreur ! Ma boucle d'oreille Harry Winston ! J'ai perdu ma boucle d'oreille Harry Winston !

Toutes les femmes autour de nous se figent d'épouvante, livides. On ne plaisante pas au sujet d'Harry Winston à L.A.

— C'est terrible !

— Elle a dit Harry Winston ?

— Combien de carats ?

— S'il vous plaît, j'implore, au bord des sanglots, aidez-moi à la retrouver !

Au moins dix femmes se baissent et commencent à chercher.

— Elle ressemble à quoi ?

— Frank, viens donner un coup de main. Elle a perdu sa boucle d'oreille !

— Un jour, j'ai perdu ma bague Harry Winston. Il a fallu vider la piscine.

C'est le chaos intégral sur le tapis bordeaux. Il y a des femmes à quatre pattes, des gens qui essaient de se frayer un chemin, des mecs qui poussent leurs femmes en avant, et l'agent de sécurité qui n'arrête pas de crier : « Avancez, s'il vous plaît, avancez ! »

Au bout d'un moment, il laisse tomber le cordon et fait quelques pas vers nous pour évaluer la situation.

— Mesdames et messieurs, il faut avancer !

— Aïe ! Vous m'écrasez la main, s'exclame une femme.

— Attention ! Ne marchez pas sur la boucle ! s'énerve une autre.

— Quelqu'un l'a trouvée ?

Le vigile semble à bout :

— Quelle boucle d'oreille ? Qu'est-ce que c'est que ce bazar ?

J'en profite pour chuchoter à l'oreille de Suze.

— Allez, c'est le moment ! *Fonce !*

Sans y réfléchir à deux fois, nous piquons un sprint, dépassons le tapis bordeaux, franchissons le cordon sans surveillance et atterrissons sur le tapis rouge… Ô joie ! Ô allégresse ! Nous y sommes ! Sur le vrai, le seul, l'authentique tapis rouge ! Suze est dans le même état que moi.

— On y est ! *Ça*, c'est ce que j'appelle du rouge !

Reprenant mes esprits, je jette un coup d'œil autour

de moi, tout en prenant une attitude de star et en souriant. Le tapis est rouge, c'est incontestable. J'ajoute qu'il est également grand et vide, probablement parce que les photographes sont partis ailleurs. Avec Suze nous inaugurons notre nouvelle démarche *made in Hollywood*, coudes dégagés, tout comme il faut. Mais pas un photographe à l'horizon. Certains mitraillent encore le gars aux cheveux hérissés, et les autres jacassent au téléphone.

Bon, d'accord, nous ne sommes pas célèbres, mais quand même. Je suis surtout navrée pour Suze, qui est vraiment sublime.

— Suze, si tu prenais la pose où tu regardes par-dessus ton épaule ?

Ensuite, je file vers un photographe brun en veste denim extralarge, adossé à une barrière et je lui dis :

— Faites une photo de ma copine ! Elle est ravissante !

— C'est qui ?

— Si vous ne la reconnaissez pas, vous allez perdre votre job ! C'est la dernière *it-girl* des réalisateurs.

Le photographe n'a pas l'air impressionné pour deux sous.

— C'est qui ? répète-t-il.

— Suze Cleath-Stuart. Une Anglaise. Vraiment hot.

— Qui ?

Il feuillette son aide-mémoire où sont enregistrés les noms et visages des stars.

— Nan, j'vois pas !

Là-dessus, il prend son portable et commence à taper un SMS. Pas démontée pour autant, j'insiste.

— Oh, allez ! Soyez cool ! Prenez sa photo. Ça ne va pas vous tuer !

Il me regarde comme s'il me voyait pour la première fois.

— Comment vous avez fait pour vous retrouver sur le tapis rouge ?

— On s'est faufilées. Nous sommes de passage à L.A. Si j'étais photographe à Hollywood, je ferais des photos des gens normaux autant que des people.

Un minuscule sourire hésitant se dessine sur ses lèvres.

— Vraiment ?

— Absolument !

Il soupire en levant les yeux au ciel.

— Bon, allons-y !

Il braque son appareil sur Suze. Yeees !

— Moi aussi !

Je cours sur le tapis rouge pour me mettre à côté d'elle. OK ! Récapitulons ! Dégager les coudes. Croiser les jambes. Cette soirée est à marquer d'une pierre blanche. Suze et moi sommes à Hollywood, photographiées sur le tapis rouge. J'adresse mon plus beau sourire à l'objectif tout en m'efforçant de paraître naturelle en attendant que le flash se déclenche…

— Meryl ! Meryl ! MERYL !

En un clin d'œil, l'objectif disparaît. Comme une horde galopante, tous les photographes, y compris notre gars en denim, se ruent à l'autre bout du tapis rouge. Je parie qu'il n'a pas eu le temps de nous photographier. Et il se trouve maintenant au milieu de la meute des paparazzis qui hurlent :

— MERYL ! MERYL ! De ce côté !

Les flashes éclatent en cadence. Le vacarme est incroyable. Tout ça parce que Meryl Streep vient de se pointer.

Elle le mérite, bien sûr. Personne ne peut rivaliser

avec elle. Fascinées, nous l'observons évoluer gracieusement, entourée d'une cour servile.

— Meryl, s'écrie Suze avec audace, j'adore ce que vous faites !

— Moi aussi ! je renchéris.

La star se tourne vers nous et sourit d'un air un peu déconcerté.

Oui ! On a réseauté avec Meryl Streep sur le tapis rouge. *Vivement* que je raconte ça à maman !

En entrant dans l'endroit où a lieu le gala, je plane encore. Tant pis si personne n'a photographié nos tenues. Le spectacle qu'offre la salle est *exactement* ce que j'imaginais. Plein de gens divinement habillés, Meryl Streep, un orchestre de jazz et de délicieux cocktails au goût de citron vert.

La décoration est entièrement dans les rose et gris pâle. Sur une scène, des danseurs ont commencé leur chorégraphie. Il y a une piste de danse et quantité de tables rondes avec, à chaque place, un petit cadeau souvenir. À force de me dévisser le cou pour identifier les gens connus, la tête me tourne. Je devine que Suze est aussi enchantée que moi.

Nous rejoignons Luke au bar. Il s'y trouve avec Aran et un couple qu'il nous présente : Ken et Davina Kerrow. Il m'a parlé d'eux la semaine dernière. Tous deux sont producteurs et préparent un film sur la guerre de Crimée. Luke et Aran ont entamé de grandes manœuvres pour que Sage obtienne le rôle de Florence Nightingale. Apparemment, elle a besoin d'un « changement de cap », d'une « redéfinition de son image ». Interpréter Florence Nightingale l'aiderait beaucoup dans cette voie.

Personnellement, je ne crois pas du tout qu'elle soit

faite pour le rôle. Mais je ne vais pas le dire à Luke. Surtout qu'il est en grande conversation avec ce Ken, un type barbu à la mine intense, au visage expressif.

— Sage s'intéresse beaucoup à ce personnage. Je dirais même qu'elle s'est prise de passion pour Florence Nightingale.

Davina, qui est aussi intense que son mari, est vêtue d'un smoking noir. Elle ne cesse de vérifier son BlackBerry en lâchant des « hum-hum… » chaque fois que Luke est au milieu d'une phrase.

— Sage pense que c'est une histoire qui doit absolument être racontée, poursuit Luke. C'est un rôle qui lui parle… Ah ! la voici ! Nous parlions justement de toi, Sage.

Elle s'approche de nous dans une robe aérienne rouge qui s'accorde parfaitement avec ses cheveux de miel. Je trépigne littéralement à l'idée de la présenter à Suze et Tarkie.

— J'espère bien que tu parles de moi, dit Sage à Luke. C'est pour ça que je te paie, non ?

Elle part d'un rire sonore, et Luke se permet un petit sourire poli.

— Je parlais de Florence, dit-il. Je disais que le rôle t'enthousiasmait.

— Oh, complètement ! Tu as vu mon nouveau tatouage ? demande-t-elle en montrant son poignet tout en s'amusant à remuer ses doigts.

Luke tressaille.

— Sage, ma belle, je croyais que les tatouages, c'était terminé, soupire Aran.

— J'en avais envie. C'est une hirondelle. Un signe de paix.

— Tu confonds avec la colombe, rectifie Aran.

Je le vois échanger un regard avec Luke. J'entre dans la conversation :

— Bonsoir, Sage ! Vous êtes ravissante.

— C'est trop gentil, répond-elle avec un sourire éblouissant. Bienvenue au gala de charité. Vous voulez une photo ? Aran, je crois que ces personnes aimeraient une photo, pourrais-tu ?…

Je suis sonnée. Elle me prend pour une groupie !

— C'est moi, Becky, je dis en piquant un fard. La femme de Luke. Nous nous sommes rencontrées à la maison.

— Oh, *Becky*, bien sûr ! rigole-t-elle en m'attrapant le bras. Désolée !

— Sage, puis-je vous présenter mes amis Suze et Tarquin Cleath-Stuart ? Suze et Tarquin, c'est Sage Sey…

Je m'arrête à mi-course, car l'objet des présentations nous a tourné le dos pour aller saluer avec chaleur un nouveau venu en smoking bleu nuit. Il y a un moment de silence gêné. Je n'arrive pas à croire qu'elle soit si grossière.

— Pardon, je marmonne.

— Bex, ce n'est pas ta faute, dit Suze. Elle s'est montrée un peu… euh…

Elle n'en dit pas plus. Je vois bien qu'elle veut faire preuve de tact.

— Oui.

Sage est complètement perchée. Elle est *stone* ou quoi ? La voilà qui s'est mise à parler très fort de Ben Galligan, son fiancé il y a trois ans. Il l'a trompée pendant le tournage de *L'Heure de terreur 5* et l'a laissée tomber le jour de la première. Sa nouvelle copine est enceinte. Sage ne s'est jamais remise de cette histoire.

D'après Luke, pratiquement tout ce que *People* a publié sur le sujet était vrai. Mais, quand je lui ai demandé de faire la part du vrai du faux, il m'a répondu que je devrais arrêter de lire ce genre de magazine et me rappeler que les célébrités sont des êtres humains comme les autres. Carrément frustrant !

Tout d'un coup, Sage s'agite et regarde partout dans la salle.

— Est-ce que ce rat est là ? Parce que je vais lui arracher les yeux, ma parole !

— Sage, ma belle, on en a discuté, murmure Aran. Ce soir tu défends l'égalité et la justice dans le monde, d'accord ? Tu joueras les amantes déchues en temps voulu.

Elle ne semble pas écouter. Ses yeux lancent des éclairs.

— Imagine que je lui jette une bouteille de vin à la figure. Tu te rends compte de la publicité ? Ça se propagerait comme un virus.

— Mais pas un bon virus, Sage. Nous avons une stratégie, tu te souviens ?

— Je peux vous dire qui d'autre est dans la course. Mais vous devinez probablement…

Ça, c'est Davina Kerrow qui s'adresse à Luke.

— C'est Lois, râle Sage qui a entendu. Elle est en lice pour Florence, je le sais. Vous la voyez en infirmière ? En *infirmière* ? La fille qui a dit : « Ce n'est pas parce qu'on a rasé son crâne qu'on reçoit un prix d'interprétation » ?

— Ah non, tu ne vas pas remettre ça ! gémit Aran en fermant les yeux.

— Si ! Elle serait très bonne en infirmière psychotique. Ou en infirmière kleptomane. Vous n'êtes pas de cet avis, Becky ?

Elle m'inquiète, à clamer des mots comme « kleptomane » dans un endroit bondé. N'importe qui pourrait l'entendre.

Je m'approche d'elle et lui chuchote :

— Ce que je vous ai confié sur Lois, c'est secret.

— Ouais, ouais. Je m'amuse, c'est tout. D'accord ?

Elle me lance un de ses sourires sauvages.

Ce qu'elle est fatigante ! Elle est aussi insaisissable qu'une anguille. Je me demande comment Luke arrive à bosser avec elle.

Je m'approche de mes Anglais pour voir où ils en sont. Tarquin bavarde avec Ken Kerrow. Tiens ! Ça promet d'être intéressant. Ken est très animé.

— Le titre du film est *Florence in love*. Comme *Shakespeare in love* mais en plus authentique. Nous faisons d'elle une Américaine alors qu'elle était anglaise. Autrement, nous conservons l'*essentiel* de sa personnalité. Ses contradictions. Son parcours. Son éveil à la sexualité. Nous la voyons habillée en garçon sur les champs de bataille. Nous l'imaginons dans un triangle amoureux. Un mélange du *Temps de l'innocence*, de *Il faut sauver le soldat Ryan* et de *Yentl*.

— J'ai bien peur de n'avoir vu aucun de ces films, mais je suis certain qu'ils sont excellents.

Ken Kerrow, horrifié :

— Vous n'avez pas vu *Yentl* ?

Tarkie, l'air coincé :

— Heu… excusez-moi… Vous avez dit *Lentille* ?

Ken Kerrow, hors de lui :

— Non, *Yentl* ! Avec Barbra Streisand !

Pauvre Tarkie ! Il est complètement perdu.

— Je regarde beaucoup de documentaires sur les

animaux sauvages, dit-il pour essayer de sauver la mise. De David Attenborough. Un type sensationnel.

Ken secoue la tête avec pitié. Avant même qu'il ouvre la bouche, Suze arrive à la rescousse.

— Viens admirer les danseurs, mon chéri. Désolé de vous enlever mon mari, Ken ! Tu viens avec nous, Bex ?

En me dirigeant vers la scène, mon œil est attiré par un panneau qui indique : *Vente aux enchères silencieuse.*

— Je vous rattrape dans une seconde, je dis aux autres. Je vais jeter un rapide coup d'œil à ce qui est sur cette table.

Il y a un sublime collier sur le point d'être mis aux enchères. Une beauté en cristal rose avec un cœur en argent martelé. À mourir ! Je me demande combien…

Malédiction ! L'étiquette indique : *Prix de réserve : 10 000 dollars*. Je recule en vitesse de peur qu'on croie que je fais une offre. Dix mille dollars ? Sérieusement ? D'accord, c'est un superbe collier mais… 10 000 dollars pour du cristal rose ? Je n'ose même pas m'approcher des deux montres exposées au bout de la table. Ou du bon pour un séjour dans une villa de Malibu. Je vais plutôt aller regarder les danseurs. Sur le point de rejoindre Suze, j'aperçois un vieux bonhomme tout vacillant qui avance en se tenant à la table des lots pour ne pas tomber.

Personne ne le remarque, ce que je trouve insensé. Pourquoi assister à un gala de charité pour sauver le monde si on est incapable d'aider un pauvre vieux qui se trouve juste sous vos yeux ?

Je me précipite.

— Tout va bien, monsieur ?

— Oui, oui, m'assure-t-il.

Il est très bronzé avec une denture parfaite et, sur son crâne, ce qui d'après moi ressemble à une moumoute blanche. En revanche, ses mains sont fripées et ses yeux un peu chassieux. Franchement, quelqu'un devrait veiller sur lui.

J'entame un brin de conversation polie.

— Quelle soirée formidable !

— Oh, oui ! Pour une belle cause. La discrimination est une plaie. Je suis moi-même gay et je peux vous dire que le monde est encore pétri de préjugés.

— Vous avez raison.

— Vous-même, en tant que femme ou pour d'autres raisons, il vous est certainement arrivé de devoir faire face à des manifestations de discrimination. Je pense que sur cette terre tout le monde est amené à rencontrer une forme ou une autre de ségrégation.

Il est tellement convaincu que je n'ose pas le contredire.

— Absolument. La discrimination a croisé mon chemin à maintes reprises. *Très souvent*. Tout le temps.

Ses yeux chassieux sont dardés sur moi.

— Donnez-moi quelques exemples de comportement choquant.

Rien ne me vient à l'esprit. Allez, vite, un truc sur la discrimination !

— Eh bien, à l'évidence, parce que je suis une femme… euh… (Je me creuse les méninges.) Un jour, il m'est arrivé d'enlever mes boucles d'oreilles pour travailler dans un café : c'était de la discrimination envers les bijoux… Elle existe aussi vis-à-vis des hobbys et des… animaux.

Je dis n'importe quoi et termine mon lamentable exposé en m'écriant :

— C'est une calamité. Nous devons combattre la discrimination.

Le vieux monsieur me prend la main.

— Et nous le ferons ! Ensemble.

— Au fait, je m'appelle Rebecca Brandon.

— Moi, je suis Dix, répond-il en exhibant ses dents plus blanches que blanches. Dix Donahue.

Minute ! Dix Donahue. Le nom me dit quelque chose. C'est ça ! Sur l'affiche de l'événement, je lis MAÎTRE DE CÉRÉMONIE : DIX DONAHUE en lettres capitales grises.

Lui, le *maître de cérémonie* ? Il a l'air d'avoir cent ans.

— Dix !

Un type rondouillard qui arbore une moustache minutieusement taillée lui serre la main avec vigueur.

— Victor Jamison, de l'association EQUAL. Je suis un de vos fans. Prêt pour votre discours d'ouverture ?

— Je cherche l'inspiration à tout moment.

Il me flashe un sourire éclatant que je lui renvoie. Il doit être connu. Luke sait sûrement ce qu'il fait.

Les deux hommes s'en vont et je finis mon verre. Il faut que je retrouve Luke et Suze mais, comme la plupart des invités ont reflué vers la scène, c'est difficile d'apercevoir qui que ce soit. Les danseurs ont terminé leur numéro, l'orchestre s'est arrêté. L'atmosphère est à l'attente. Soudain les musiciens attaquent un air que les gens semblent reconnaître, vu les signes et les sourires qu'ils s'échangent. Dix Donahue grimpe d'un bond sur l'estrade comme un jeune homme – il est évident qu'il a un coach personnel. Malgré son âge vénérable, il resplendit sous les projecteurs.

Alors qu'il se lance dans les traditionnelles blagues de début de speech, je cherche Luke des yeux. Une fois que je l'ai repéré, je me fraie un chemin vers lui. À ce moment-là, les lumières de la salle s'éteignent. Un projecteur balaie la foule. Et Dix adopte un ton grave.

— Mais revenons aux choses sérieuses. Mes amis, nous sommes réunis ce soir pour une cause formidable. La discrimination est un mal qui, sous les aspects les plus variés, surgit partout, souvent dans les circonstances les plus imprévisibles. Dans un moment nous entendrons le témoignage de Pia Stafford qui a connu un cas de discrimination professionnelle à la suite d'un accident de voiture qui l'a privée de sa mobilité.

Le projecteur éclaire une femme en noir qui lève la main et hoche sobrement la tête.

— Mais une jeune femme vient de me confier la forme de discrimination tout à fait inhabituelle qu'elle a subie…

Dix Donahue met sa main en visière et scrute la foule.

— Rebecca où êtes-vous ? Ah ! vous voilà !

Il parle de *moi* ? C'est horrible. Une seconde plus tard le projecteur est braqué sur mon visage.

— Rebecca s'est trouvée face à une discrimination concernant (Il secoue la tête d'un air sombre.) son animal de compagnie.

Mes yeux jaillissent pratiquement de ma tête. Il m'a prise au sérieux ? Incroyable ! J'ai dit ce qui me passait par la tête. Ils n'auraient jamais dû engager un maître de cérémonie de cent ans. Il est sénile, ce type.

— Rebecca, racontez-nous votre histoire, demande Dix Donahue d'une voix enjôleuse. Dites-nous quel était votre animal.

Je le regarde, pétrifiée. Et je m'entends dire :

— Un hamster.

— Oui, mes amis, un hamster, reprend Dix Donahue en commençant à frapper dans ses mains.

Quelques maigres applaudissements se font entendre. Les gens murmurent avec des têtes étonnées. Je les comprends !

— Et cette discrimination s'est manifestée de quelle manière ?

— Euh… Les gens ne voulaient pas l'accepter, je lâche avec hésitation. Mon entourage me battait froid. Mes amis me tournaient le dos. Ma carrière en a souffert. Ma santé, aussi. Je crois que c'est au gouvernement et à la société de changer d'attitude. Parce que tous les êtres humains sont égaux.

Maintenant que j'ai pris de l'assurance, je continue sur ma lancée.

— Oui, quelle que soit notre religion, notre couleur de peau et que nous soyons propriétaires ou non d'un hamster, nous sommes tous égaux.

Et, tandis que je fais un grand geste pour appuyer mes propos, je croise le regard médusé de Luke.

— Voilà, je conclus.

— Magnifique !

Dix Donahue se met à applaudir et, cette fois, il n'est pas le seul. Une dame me tapote même le dos.

— Une dernière question, Rebecca, reprend Dix Donahue. Comment s'appelait votre hamster ?

— Euh…

Alors là, c'est le trou complet. Impossible de sortir un nom.

— Notre hamster s'appelait Ermintrude, fait Luke d'une voix sonore. Elle faisait partie de la famille.

Oh ! Ah ! Ah ! Très drôle !

— Oui, Ermintrude le Hamster, je répète en m'efforçant de sourire.

Au bout d'un moment, Dix Donahue en finit avec son discours. Luke s'approche de moi en me faisant un clin d'œil.

— Je vais t'offrir un hamster pour Noël, chérie. Nous allons nous battre ensemble contre la discrimination. Je serai aussi courageux que toi.

Je m'esclaffe :

— Chut ! Viens, c'est le moment d'aller dîner.

C'est la dernière fois que je papote avec un vieux bonhomme pour être aimable. En rejoignant notre table, je crois mourir de honte. Tous ces gens qui m'arrêtent pour me féliciter, pour me demander des nouvelles du hamster, pour me dire que leurs gamins ont un lapin et qu'ils ne toléreraient aucune discrimination, car c'est *choquant* à notre époque.

Finalement nous parvenons à nous asseoir. Le bon côté, c'est la nourriture absolument délicieuse. Je suis tellement absorbée par mon filet de bœuf que je ne fais presque pas attention à ce qui se dit. Ça n'a d'ailleurs aucune importance, vu que les Kerrow accaparent toute la conversation avec le film qu'ils projettent de faire sur Florence Nightingale. Leur duo se livre à une sorte d'échanges implacables : leurs phrases se chevauchent, et personne ne peut placer un mot. Tiens, voilà une autre chose que j'ai apprise à Hollywood : si vous imaginiez qu'une discussion à propos d'un film serait amusante, la réponse est non, c'est d'un ennui mortel. Suze doit s'embêter autant que moi. Elle a le regard vitreux et ne cesse de me lancer des « Assooommants » en silence.

— … Le challenge, ce sont les lieux de tournage…
— … extraordinaire metteur en scène…
— … problème avec le troisième rôle…
— … il *comprend* vraiment son arché…
— … le budget prévisionnel. Nous attendons les derniers capitaux que doit investir un Anglais au nom complètement dingue. John John Saint John. Quel nom ringard !

Kerrow pique un mange-tout et le mâche à grands coups de dents.

Suze s'intéresse subitement à ce qui se dit.

— Vous voulez dire John Saint John John ? Comment le connaissez-vous ? Il parle de Pucky, me dit-elle. Tu connais Pucky !

Si je le connais ! Tous les copains d'enfance de Suze s'appellent Pucky, Bonky ou Minky. Leurs diminutifs ressemblent à des noms de gentils labradors !

— Heu… peut-être.

— *Mais si !*

Et à Luke :

— Je suis sûre que tu le connais.

— Il s'occupe des investissements de Tarquin, dit Luke.

— Oui, un truc comme ça, fait Suze.

Puis, s'adressant à Tarkie qui revient des toilettes, elle s'exclame avec un sourire :

— Tarkie chéri, ils connaissent Pucky.

— Sapristi ! Quelle extraordinaire coïncidence !

Ken Kerrow a l'air perplexe.

— Pucky, vous dites ?

— On l'appelle comme ça depuis le jardin d'enfants, explique Tarkie. Un type épatant. Il travaille avec moi depuis une dizaine d'années.

— Il *travaille* avec vous ? s'étonne Ken Kerrow. Vous êtes dans le cinéma ?

Cette supposition semble effarer Tarkie.

— Pas le moins du monde. Je suis agriculteur. Tout à l'heure, vous parliez d'un arch… quelque chose ? Vous parliez d'arche de Noé ?

Les lèvres de Luke esquissent un sourire. Il a l'air de s'amuser.

— Dis-moi, Tarquin, je sais que tu as mis des billes dans différents médias. Est-ce que Pucky t'a proposé de financer des films ?

— *Hum !* En fait, oui. C'est peut-être ce qui nous lie.

— Tu ne m'as jamais dit que tu finançais des films, s'étonne Suze.

— Ken, je vous présente votre investisseur, dit Luke à Ken Kerrow. Lord Cleath-Stuart.

— Non, Tarquin, s'il te plaît ! rougit Tarkie.

Ken a l'air du type qui vient de s'étouffer avec une bouchée de steak. Quant à Sage, elle daigne s'arracher à son téléphone pour s'écrier :

— Un vrai *lord* ?

Ken gesticule à l'intention de sa femme.

— Lord Cleath-Stuart. C'est lui, l'investisseur anglais. J'y suis maintenant ! Vous avez financé *Le Jeu du violoniste*, n'est-ce pas ?

— Hum… oui. C'est vrai, concède Tarkie, l'air d'avoir été pris dans un piège.

— Lors du premier week-end dans les salles, il a rapporté trente millions. Vous avez tiré le gros lot.

— C'est grâce à Pucky. Moi, vous savez, je ne reconnaîtrais pas un film d'un autre.

— Excusez-moi un instant. Je vais aller chercher

mon coproducteur. Je voudrais que vous le rencontriez.

Ken Kerrow pique un sprint vers une table voisine et chuchote avec frénésie dans l'oreille d'un autre gars en smoking.

— Tarkie, s'énerve soudain Suze en donnant un coup de poing sur la table. Depuis quand tu investis dans le cinéma ? Tu aurais quand même pu m'en informer.

— Mais Suze chérie, tu m'as toujours dit que mes histoires financières te rasaient.

— Que ça me *rasait* ?

— Mon cher lord Cleath-Stuart, puis-je avoir l'honneur de vous présenter mon coproducteur Alvie Hill ? fait Ken Kerrow de retour à notre table.

— Mon cher milord, quel plaisir de vous avoir à Los Angeles, déclare un bonhomme adipeux en secouant énergiquement la main de Tarkie avec son énorme battoir. Surtout, dites-moi ce que nous pouvons faire pour rendre votre séjour agréable.

Et, pendant cinq minutes, il noie Tarkie sous les compliments, multiplie les éloges à l'égard de Suze, suggère des noms de restaurants et se propose de leur organiser une balade dans les canyons.

— Hum, merci mille fois, c'est très aimable à vous, dit Tarkie avec un sourire gêné.

Après le départ du dénommé Alvie, il s'excuse de l'embarras causé et nous suggère de revenir à la dégustation du dîner.

Mais c'est peine perdue. Dans l'heure qui suit, on dirait que toutes les personnes présentes accourent à notre table pour se faire connaître de Tarkie. Quelques-unes ont des projets de film à lui soumettre, certaines l'invitent à des projections, d'autres essaient d'organiser des rendez-vous, et un type invite la famille entière à rejoindre son ranch du Texas en jet privé. En moins de temps qu'il n'en faut pour le dire, Tarkie est devenu une des personnalités qui comptent à L.A. Je n'en reviens pas.

Et je ne suis pas la seule. Luke a bien ri – en particulier quand un patron de studio a voulu connaître l'opinion de Tarkie sur la série des films *American Pie* et que celui-ci a répondu : « Hum, je ne sais pas. Est-ce pareil que Starbucks ? »

Le malheureux est pour ainsi dire en état de choc. Je suis désolée pour lui : il est venu pour se laver l'esprit, pas pour être assiégé par des gens qui en veulent à son argent.

Je comprends pourquoi il passe autant de temps à parcourir les landes de son domaine. Au moins les cerfs ne le poursuivent pas pour lui vanter le fabuleux concept qu'ils aimeraient lui exposer en détail pendant un déjeuner.

Un gars en costume gris brillant lui demande s'il aimerait venir sur un plateau.

— Nous tournons un film d'aventures. Ça se passe en haute mer. Amenez vos enfants, ils vont adorer…

— Vous êtes fort aimable, articule Tarkie presque à la manière d'un robot. Mais je suis en vacances…

— Moi, je viens, l'interrompt Suze.

— Formidable !

Le type en gris a l'air ravi.

— Nous serons très contents de vous accueillir, de vous faire visiter le studio et de vous permettre d'assister au tournage de certaines scènes…

— Je peux être figurante ? ose demander Suze.

Sidéré, le type la dévisage.

— Vous voulez…

— Être figurante dans un film. Et ma copine aussi. N'est-ce pas, Bex ?

— Mais oui !

J'ai *toujours* rêvé de faire de la figuration ! Le type en gris est incapable de cacher sa stupéfaction.

— Chère milady, faire de la figuration n'a rien d'agréable. Les journées sont longues et fatigantes. Les scènes n'arrêtent pas d'être coupées et recommencées. Vous ne préférez pas regarder la scène, rencontrer les acteurs et déjeuner dans un endroit amusant ?

— Non, je veux être figurante, s'obstine Suze. Et ma copine Bex aussi.

— Mais…

— Nous ne voulons pas regarder un tournage, nous voulons en *faire partie.*

— Oui, nous voulons en *faire partie*, je répète avec emphase.

— Eh bien, pas de problème. Nous allons organiser ça pour vous.

Folle de joie, Suze me serre dans ses bras.

— Bex, nous allons être figurantes !

— Nous allons jouer dans un film !

— Nous pourrons aller au cinéma et nous regarder. Tout le monde nous verra. Au fait, le film parle de quoi ?

En train de noter son numéro de portable sur une carte, le type en gris lève le nez.

— De pirates !

Je regarde Suze avec jubilation.

— Ô joie ! Ô allégresse ! Suze ! Nous allons être dans un film sur les pirates.

Ligue Anti-Discrimination L.A.
c/o 6389 Kester Avenue
Van Nuys CA 91411

Chère madame,

Votre nom m'a été donné par Andy Wyke qui a assisté au gala de charité EQUAL, où il a entendu votre émouvant témoignage.

Je suis le président de la Ligue Anti-Discrimination L.A., un groupe de pression dont le but est de combattre la discrimination sous toutes ses formes. Nous considérons que la liste actuelle des discriminations est trop restrictive. Pour notre part, nous en avons identifié pas moins de 56, et la liste s'accroît chaque jour.

Cependant, vous êtes la première victime de dénigrement « anti-animaux de compagnie » et nous aimerions recueillir votre expérience.

Nombreux sont nos membres qui se sont placés à la tête de campagnes de promotion, et nous espérons que vous serez susceptible de les imiter. Ainsi vous pourriez :

— Raconter pour notre site l'épreuve que vous avez endurée.

— Créer un programme d'études pour les lycéens qui souffrent de la même situation.

— Faire du lobbying auprès de votre député en faveur d'une « loi Ermintrude ».

Je profite de cette occasion pour vous transmettre l'expression de ma solidarité et de ma sympathie. Sans connaître les détails exacts de votre aventure, j'imagine combien il vous a été pénible d'en faire part publiquement.

J'espère avoir bientôt de vos nouvelles et le plaisir de vous accueillir parmi nous.

Bien à vous,

Gerard R. Oss
Président de la Ligue Anti-Discrimination L.A.
Survivant et combattant contre le taille-isme,
le nom-isme, l'odeur-isme et les pratiques-sexuelles-isme.
Auteur de *Je suis différent, tu es différent, il/elle est différent.*

ALH
ASSOCIATION DE LETHERBY HALL
THE PARSONAGE
LETHERBY COOMBE
HAMPSHIRE

Chère madame Ermintrude Endwich,

Je vous remercie de votre récent courrier.

Il est toujours intéressant d'entendre le point de vue d'un « membre impartial du public », comme vous vous décrivez. Il me faut cependant contester certains points. L'association de Letherby Hall n'est pas composée « d'une bande de nazis qui n'a rien de mieux à faire que de se plaindre des fontaines ». Nous ne nous réunissons « pas tous les soirs dans une lugubre petite grotte » et nous ne conspirons pas « comme les sorcières de *Macbeth* ». Quant à notre sens de la mode, il est, je crois, hors de propos.

Je réfute également votre affirmation que le Geyser « est une des Merveilles du monde ». Il ne l'est pas. Et nous ne serons pas « tous abattus quand le brillant Tarquin Cleath-Stuart recevra une médaille des mains de la reine ». De quelle médaille s'agirait-il, je vous le demande.

Puis-je avoir votre adresse en Grande-Bretagne ? Je ne trouve aucune trace de vous sur les listes électorales.

*Maureen Greywell*
Présidente ALH

## 12

J'ai fait des recherches. Je prends la chose très au sérieux. Je vais être la meilleure figurante du monde.

Non, pas figurante. Le vrai terme est « actrice de complément ». Je me suis tellement documentée sur Internet que je me sens archiprête. J'ai appris, par exemple, qu'on devait apporter des cartes à jouer ou un bouquin pour ne pas s'ennuyer. Qu'on ne devait pas porter de vert, dans le cas où ils placeraient un fond pour incruster leurs effets spéciaux. Et qu'il fallait se munir d'une bonne variété de vêtements. Mais ce conseil est inutile, puisque, apparemment, nos costumes vont être prêtés. Privilège inhabituel : une limousine nous conduit au studio. Forcément, ils sont très sympas avec nous, vu que Suze est la femme de Tarkie.

À vrai dire, j'espère qu'ils seront assez sympas pour nous donner quelques répliques à dire. Pourquoi pas ? D'accord, pas un long dialogue. Juste une petite phrase. Je pourrais dire « Affirmatif, captain » après un discours du capitaine des pirates. Suze pourrait crier « Terre » ou « Ohé, du canot ! » ou « Pirates en vue ». Ou n'importe quelle exclamation nautique, en fait. Je me suis exercée devant le miroir à prendre une voix menaçante de pirate. Et j'ai lu un article sur l'interprétation. Il paraît que l'erreur la plus répandue, même pour les acteurs confirmés, est d'en faire trop. Comme la caméra attrape et magnifie les expressions les plus infinitésimales, il vaut mieux faire sobre.

À mon avis, Suze ne tient pas compte de ces infos, car elle a passé tout le petit déjeuner à faire des exercices sonores, à secouer ses mains pour se détendre, à répéter en boucle « Les chaussettes de l'archiduchesse sont-elles sèches, archisèches ? » Mais je me tais car, si je me permets une remarque sur le métier d'actrice, elle me rétorque : « Bex, je te rappelle que j'ai fréquenté un cours d'art dramatique. »

Le tournage a lieu dans un studio de Burbank. C'est d'ailleurs là que nous nous rendons. Luke va déposer Minnie ainsi que les enfants de Suze à l'école. (Dès que la principale des Petites Pousses a su qui était Tarkie, elle s'est mise en quatre pour leur trouver des disponibilités, et la principale de l'école privée a également inscrit Ernest sans broncher.) Assises dans la limousine, nous regardons les panneaux publicitaires défiler en riant comme des dingues. C'est *de loin* le moment le plus excitant de ma vie.

La scène va porter sur quoi ? Je l'ignore. Le seul renseignement que j'ai trouvé en ligne évoque un drame en haute mer. À tout hasard, je me suis livrée à quelques mouvements de sabre d'abordage (en utilisant un couteau de cuisine).

— Suze, si je dois me battre contre quelqu'un, j'espère que ce sera contre toi.

— Moi aussi. Mais tu crois que les femmes se battent ? Peut-être qu'elles regardent en se moquant.

— Ouais, mais on sera des femmes pirates, j'objecte. Regarde Elizabeth Swann dans *Pirates des Caraïbes*.

— Moi, je veux bien en découdre avec Jack Sparrow.

— Il n'est pas dans le film ! je lui répète pour la centième fois.

Suze est dingue de Johnny Depp. Elle espère que nous allons figurer dans le prochain *Pirates des Caraïbes*. Mais rien à voir. Notre film s'appelle *Le Drapeau noir*. Les acteurs sont inconnus, à part April Tremont qui joue le rôle de Gwennie.

— Je sais qu'il n'y est pas. Mais quand même, soupire-t-elle, s'il y était, ce serait génial.

— Il y aura sûrement un pirate encore plus sexy dans ce film, je lui fais remarquer.

Mon téléphone sonne. C'est mon père, ce qui me surprend. Généralement, c'est maman qui appelle, puis qui me passe papa et elle récupère instantanément le téléphone parce qu'elle a oublié de me parler des housses de canapé flambant neuves de Janice ou des jardinières de géraniums.

— Salut, papa ! Devine ce que nous sommes en train de faire, Suze et moi ?

— Vous buvez du jus d'orange au soleil, rigole papa. C'est ce que j'espère, en tout cas.

— Faux ! Nous sommes dans une limousine en direction d'un plateau de cinéma.

Papa et maman savent déjà que nous allons faire de la figuration : je les ai appelés tout de suite pour leur annoncer la nouvelle. Ainsi que Janice et Martin, Jess et Tom, mon ancien directeur de banque, Derek Smeath…

En fait, maintenant que j'y repense j'ai prévenu pas mal de gens.

— Formidable, ma puce ! Vous allez devenir copines avec des stars.

— Nous n'y manquerons pas !

— Becky, je me demandais si tu avais eu le temps de localiser mon vieux copain Brent ?

Flûte ! Entre La Paix d'or et l'arrivée de Suze, ça m'est complètement sorti de l'esprit.

— Pas encore. J'étais débordée, mais je te promets de m'en occuper.

— Eh bien, ce serait fantastique !

— Je vais aller le voir très bientôt et je lui donnerai tes coordonnées.

Nous sommes arrivés à l'entrée surveillée d'un grand complexe qui comprend des immeubles et des espaces verts. Le chauffeur ralentit, et j'aperçois une rangée de loges ambulantes. De vraies loges de cinéma !

— On y est ! Il y a des loges ! Papa, tu devrais voir ça !

— Formidable ! Bon, tu me tiens au courant pour Brent.

— D'accord, je dis machinalement. À plus !

Pendant que le chauffeur donne nos noms au garde, je jette un œil par la fenêtre dans un état d'agitation difficile à décrire. Un pirate frappe à la porte d'une des loges et entre à l'intérieur.

— C'est trop génial, gémit Suze.

— Oh, oooui !

Alors que nous pénétrons dans l'enceinte du studio, je remue dans tous les sens pour capter chaque détail. C'est tout à fait comme je l'avais imaginé. Il y a des filles avec des écouteurs aux oreilles et des bloc-notes, un type qui transporte à bout de bras une statue imitation marbre, une femme en crinoline qui bavarde avec un type en blouson de cuir.

— Je suis nerveuse, confie Suze. Pourvu que je ne sois pas nulle !

Je la rassure en lui serrant le bras.

— Mais non ! Tu vas être la meilleure ! Allez, viens ! On va boire un café. Tu sais, l'endroit stratégique pendant le tournage d'un film, c'est la cafétéria.

Et je n'ai pas tort. Après quelques minutes de marche, nous tombons sur une grande table qui propose toutes sortes de boissons chaudes, de biscuits et même des sushis. J'en suis à mon troisième cookie cerises et amandes quand un type arrive, la mine préoccupée.

— Vous êtes lady Cleath-Stuart ?

— C'est moi, marmonne Suze, la bouche pleine de muffin.

— Je suis Dino, le second assistant réalisateur. Nous devions nous rencontrer à l'entrée.

— Oh, navrée ! s'excuse Suze avec un grand sourire. Nous voulions un café. Ce latte à la noisette est délicieux.

— Tant mieux ! dit Dino qui, après avoir parlé dans son talkie-walkie, nous déclare qu'il va nous confier pour la journée à un certain Don, chargé des relations publiques.

Don est très coquet. Il a surtout de très curieuses pommettes. *Que* leur est-il arrivé, à ces pommettes ? Soit on a augmenté leur volume par des injections, soit on a creusé ses joues par liposuccion. De toute façon, ce n'est pas une réussite. Mais je vais *évidemment* m'abstenir de toute remarque. Ou de le regarder en face. Il nous guide vers un genre de grand entrepôt et, tandis que nous marchons au milieu des câbles et des fils, il baisse la voix avec révérence.

— Lady Cleath-Stuart, nous sommes enchantés de vous accueillir sur le tournage du *Drapeau noir*. Nous ferons en sorte que cette journée soit aussi agréable et intéressante que possible. Suivez-moi, je vous prie : avant de passer au département costumes nous allons jeter un coup d'œil au plateau.

Suze est traitée en VIP. C'est trop bien ! Nous suivons Don, croisons des techniciens qui transportent un mur en bois imitant la pierre, pour nous rapprocher d'un groupe de gens qui, avec les inévitables écouteurs aux oreilles, sont installés sur des fauteuils de metteur en scène devant un écran de contrôle. L'ambiance est très professionnelle.

— C'est la « zone réservée », explique Don à voix basse. C'est de là que le réalisateur surveille la scène. Parfois il y a aussi le producteur. Mais les techniciens ne sont pas autorisés à venir. Assurez-vous, s'il vous plaît, que vos téléphones sont éteints. Nous sommes sur le point de faire une prise.

Nous nous mettons à un endroit d'où nous avons une vue panoramique sur le décor. C'est une bibliothèque. Les deux acteurs sont assis sur des fauteuils. La femme porte une robe à crinoline en velours et l'homme est en habit à queue-de-pie. Penché vers eux, un rouquin maigrichon en jean parle avec intensité.

— C'est Ant, le metteur en scène, murmure Don.

Ledit Ant retourne à son fauteuil, met ses écouteurs et fixe l'écran de son moniteur.

— Moteur ! Ça tourne ! crie un membre de l'équipe.

— Moteur ! Ça tourne ! entonnent d'autres techniciens.

Même les deux filles derrière nous, près de la porte, crient « Moteur ! Ça tourne ! »

Je m'y mets moi aussi, histoire d'être utile.

— Moteur ! Ça tourne !

Trop cool ! J'ai l'impression de faire partie de l'équipe.

— Action ! crie Ant.

Et, comme par magie, le plateau devient silencieux. Ceux qui bougeaient stoppent net, ceux qui bavardaient s'arrêtent au milieu de leur phrase.

— Enlevée ! dit la femme en velours. Enlevée !

L'homme lui tient la main et elle le regarde tristement.

— Coupez ! crie Ant, avant de retourner vers le plateau.

— Cette scène se passe dans la maison de lady Violet, chuchote Don. Elle vient d'apprendre que sa fille Katriona a été kidnappée par des pirates. Vous voulez vous rapprocher ?

Nous avançons sur la pointe des pieds jusqu'à la « zone réservée ». Sur le dos des fauteuils, les noms des acteurs sont imprimés en grand. Je meurs d'envie d'en avoir un avec le mien. Une image passe devant mes yeux. Celle d'un fauteuil sur lequel on peut lire *Becky Brandon, costumière et styliste.* Si jamais je travaillais dans le cinéma, je resterais toujours assise dedans ou je marcherais avec mon fauteuil collé aux fesses.

La chef costumière s'appelle Renee Slattery. J'ai déjà récolté des renseignements à son sujet sur Google et je sais quoi lui dire si je la rencontre. Je la féliciterai pour les costumes de *Je l'ai vue trop tôt*, un autre film sur lequel elle a travaillé. Et je lui parlerai du challenge que constitue un film en costumes d'époque (je ne suis pas très documentée sur ce sujet mais je peux me débrouiller). Après quoi je lui demanderai si, par hasard, elle n'a pas besoin d'une petite main pour les achats de ruban gros-grain, de bottines à boutons ou d'autres accessoires authentiques.

Parce qu'elle a forcément besoin d'une aide, non ? Ensuite, nous bosserons ensemble, nous échangerons des idées. Et je pourrai mettre un pied dans la porte.

Suze et moi sommes invitées à nous asseoir sur des fauteuils pour les visiteurs d'où nous assistons à deux prises supplémentaires. Entre nous, je ne vois aucune différence entre elles. Ant n'arrête pas de boire du café, de surveiller son écran et de gueuler des instructions au caméraman perché plus loin sur sa gauche.

Soudain, il s'aperçoit de notre présence.

— C'est qui, ces deux nanas ? demande-t-il à Don. Elles foutent quoi sur mon plateau ?

Don baisse la tête. Je l'entends murmurer :

— Lord Cleath-Stuart… Financier… Invitées spéciales… studio…

— Arrange-toi pour qu'elles ne soient pas dans nos pieds ! s'écrie Ant.

Franchement ! Comme si on gênait ! Je veux partager mon indignation avec Suze mais elle s'est absorbée dans la lecture d'un script trouvé je ne sais où. Elle aurait vraiment aimé être actrice. (Ou alors cavalière, peintre ou présentatrice télé. C'est fou, ce qu'elle avait comme idées de métier dans le temps !)

— Dylan ? Où est Dylan ? s'enquiert tout à coup le réalisateur.

— Je suis là, répond un petit bonhomme timide en T-shirt gris souris.

— C'est le scénariste, nous explique Don. Il est présent sur le plateau pour étoffer les dialogues, si besoin est.

— Faut que tu rajoutes une réplique pour lady Violet, lance Ant. Pour mettre l'accent sur la gravité de la situation, mais aussi sur la *dignité* du personnage. Elle ne va pas céder. Elle va lutter. Trois ou quatre mots max.

— D'accord, d'accord ! fait Dylan qui commence à scribouiller fiévreusement sur son bloc de papier jaune.

Je l'observe, complètement fascinée. Ce type participe à la création d'un film, juste là, sous mes yeux. Nous assistons à l'élaboration d'un film historique. Soudain, j'ai une idée. Tellement bonne que je laisse échapper un petit cri.

— S'il vous plaît !

Je fais un geste du bras pour attirer l'attention de Dylan.

— Pardon de vous interrompre, mais je crois que j'ai ce qu'il vous faut. Une réplique que je viens d'inventer.

— Bravo, Bex, s'enthousiasme Suze.

— Qu'est-ce que c'est ? soupire Dylan.

— « Avec le pouvoir viennent les responsabilités », je déclame avec une certaine fierté.

— Brillant ! commente Suze. Mais tu devrais le dire avec plus de passion. « Avec le pouvoir viennent les responsabilités, scande-t-elle lentement. Avec le *pouvoir* viennent les *responsabilités.* »

— Super, Suze ! Elle a suivi des cours d'art dramatique, vous savez, j'explique à Dylan.

Ce dernier nous dévisage comme si nous étions folles.

— C'est extrait de *Spider-Man*, crache-t-il.

*Spider-Man ?*

— Vraiment ? Vous en êtes certain ? Je ne m'en souviens pas…

— Bien sûr que j'en suis certain !

Il rature ce qu'il vient d'écrire et gribouille quelque chose d'autre.

— D'accord, désolée.

— Et pourquoi pas « Avec le chagrin vient le défi » ? s'aventure Suze.

À mon tour de proposer :

— « Avec les ennuis vient la chance. » Ou encore : « Avec la tristesse vient la lumière. »

Je suis assez contente de celle-là, mais Dylan semble hors de lui.

— Laissez-moi me concentrer, je vous prie !

— Très bien, mille excuses, disons-nous en pouffant.

Admiratives, nous restons silencieuses en l'observant tandis qu'il noircit une page. Il tend brusquement le fruit de ses cogitations à Ant.

— Qu'est-ce que tu penses de ça ?

— OK. On essaie.

Ant retourne sur le plateau et montre la feuille de papier à l'actrice en robe de velours.

Je demande à Dylan :

— Pourquoi vous ne donnez pas directement votre texte aux acteurs ?

L'idée même a l'air de le choquer.

— Je ne m'approche pas du plateau, dit-il. C'est le rôle du *metteur en scène*.

On dirait qu'il vient de dire : « Je ne m'approche pas du trône. » C'est insensé, ce qu'ils sont protocolaires, les gens du cinéma !

— J'espère que vous avez apprécié votre visite au studio, ajoute-t-il, en se forçant clairement à être aimable. J'ai été ravi de vous rencontrer.

— Mais nous n'avons pas encore fini, je m'exclame.

— Nous allons tourner, poursuit Suze.

— En tant que figurantes, je précise.

— Vous ?

Il nous dévisage tour à tour.

Pourquoi a-t-il autant l'air d'en douter ? J'ai envie de lui poser la question. Mais à ce moment précis, Ant déboule, la bobine furibarde et balance la feuille de papier à Dylan.

— Yolanda dit que c'est plat. Je suis d'accord. Tu ne peux pas faire mieux ?

Franchement ! Quelle brute ! Dylan a pondu un truc brillant, j'en suis persuadée (bien que moins puissant qu'« Avec le pouvoir viennent les responsabilités »).

— Ces deux filles m'ont empêché de réfléchir, se plaint Dylan.

Ma compassion pour lui s'évapore instantanément. Pourquoi nous fait-il ce reproche ? On essayait de l'aider, c'est tout. Ant nous lance un regard torve avant d'ordonner à son scénariste, avec un regard encore plus mauvais :

— Bon, donne-moi d'autres options. Cinq minutes de pause.

Il s'en va. Sourcils froncés, Dylan se creuse les méninges tout en mâchonnant son stylo. L'atmosphère est plutôt tendue. Je suis donc soulagée quand Don apparaît.

— Les acteurs font un break. J'ai pensé que vous aimeriez aller sur le plateau avant de nous diriger vers le département des costumes.

Nous le suivons en posant les pieds avec précaution sur le tapis. Une autre étape excitante ! Le décor est petit mais imité à la perfection avec des étagères de livres, une table couverte de bibelots et un rideau de velours masquant une fausse fenêtre. Le portable de Don vibre.

— Vous m'excusez. Je dois prendre cet appel.

Tandis qu'il quitte le plateau, Suze s'assied dans le fauteuil de lady Violet.

— Enlevée, récite-t-elle d'une voix sinistre. Enlevée !

— Excellent ! Tu ne trouves pas que lady Violet est un peu engoncée ? Sa robe pourrait être plus seyante. J'en parlerai à la costumière.

— Enlevée, répète Suze en regardant la caméra et en tendant ses mains comme si elle se trouvait sur la scène d'un grand théâtre londonien devant une salle comble. Oh, mon dieu ! Enlevée ! Notre cauchemar cessera-t-il un jour ?

— Tout a l'air si authentique, je remarque, en passant la main sur les fausses reliures. Regarde cette armoire. On dirait qu'elle est réelle.

D'ailleurs quand j'essaie d'ouvrir la porte, elle reste immobile.

— Et ces gâteaux ? Ils ressemblent à des gâteaux, ils en ont l'odeur mais ce ne sont pas des vrais. Sacrément forts, les accessoiristes !

— Ils sont peut-être *vrais*, observe Suze.

— Impossible. Sur un plateau, tout est en trompe l'œil. Regarde !

En toute confiance, je mords dans un gâteau.

Dingue ! Il est vrai. Ma bouche est pleine de pâte à chou et de crème. Suze est consternée.

— Bex, le gâteau fait partie du film. Tu n'as pas le droit de le *manger*.

— Ce n'était pas mon intention !

De vrais gâteaux dans un décor de film ? Incroyable ! Je trouve que ça va à l'encontre de l'esprit du cinéma. Heureusement, personne ne m'a vue. Et maintenant ? Je suis censée faire quoi ? Remettre une moitié de gâteau sur la table ?

— OK ! La pause est terminée. On dégage le plateau !

Malédiction ! Les acteurs reviennent, et j'ai toujours un bout de chou dans la main.

Avec un peu de chance, ils ne vont rien remarquer.

Je quitte le plateau en hâte, les mains derrière le dos, et me dissimule à l'abri d'un pilier. Les deux acteurs prennent place dans leurs fauteuils respectifs, et l'équipe se prépare pour une nouvelle prise.

— Attendez une minute !

Une fille en noir se précipite sur le plateau. Elle examine l'écran d'une caméra miniature et compare ce qu'elle voit avec le décor.

— Il manque un gâteau !

Horreur et damnation !

Les acteurs regardent vaguement autour d'eux,

comme s'ils n'avaient pas remarqué la présence des gâteaux dans la scène.

— Un gâteau ? s'exclame l'acteur.

— Oui. Il y en avait six. Où est-il passé ?

— Pas la peine de me regarder comme ça, s'offusque l'acteur. Je ne l'ai pas vu, ce gâteau !

— Impossible !

— Je crois qu'il y en avait cinq, lance l'actrice qui joue lady Violet.

— Navré de vous contredire, s'emporte la fille en noir, mais si j'affirme qu'il y en avait six, c'est qu'il y en avait six. Et, à moins que vous ne teniez à refaire les scènes de la matinée, je vous suggère d'arrêter de changer les accessoires de place.

— Je n'ai rien bougé du tout, s'indigne lady Violet.

Grabuge à l'horizon ! Il faut que je me dénonce. *Vas-y, Becky !* Je m'oblige à m'avancer au bord du plateau en éclaircissant ma voix.

— Euh… Excusez-moi. C'est moi. Désolée.

Je lève la main pour que tout le monde puisse voir le gâteau à moitié mangé. Je suis rouge d'embarras. Et ça ne s'arrange pas quand une grosse miette tombe à terre. Je me baisse en vitesse pour la ramasser en me sentant toute molle.

— Je peux le remettre sur la table, je suggère. En cachant le côté grignoté.

La fille en noir me regarde, incrédule.

— Vous avez *mangé* un accessoire ?

— C'était involontaire. Je croyais qu'il était faux et j'ai mordu dedans pour le prouver.

— Je savais qu'il n'était pas faux, précise Suze. Je le lui ai dit. Un faux gâteau ne pouvait pas avoir l'air si bon.

— Mais si ! j'objecte. Avec les extraordinaires technologies d'aujourd'hui !

— Pas *si* extraordinaires…

Subitement, une idée me vient, qui devrait intéresser Ant.

— De toute façon, c'est un bien pour un mal. Car pourquoi six gâteaux pour deux personnes ? C'est beaucoup trop. Le public pourrait se dire : « Pas étonnant que lady Violet étouffe dans son corset si elle boulotte autant de gâteaux… »

— Assez !

Ant sort de ses gonds.

— Virez-moi ces filles. Don, je me fous de qui elles sont, je ne veux plus les voir sur mon plateau.

— Mais nous allons être figurantes, proteste Suze.

Et moi, pleine de contrition :

— Je suis vraiment désolée d'avoir causé autant de problèmes. Je ne voulais pas manger ce gâteau. Je jure que je ne mangerai plus rien.

— Ant, une seconde, plaide Don.

Il s'approche pour lui murmurer à l'oreille. Le réalisateur est toujours furieux, mais, finalement, il grommelle :

— Bon. Qu'importe ! On continue.

Quand Don revient vers nous et nous pousse fermement vers la sortie, je n'en mène pas large.

— On peut quand même être figurantes ? s'inquiète Suze.

— Bien entendu, dit-il avec un sourire tendu. Allons au département costumes et… Mais pour la prochaine scène je vous recommande vivement d'être plus discrètes.

— Pigé, dit Suze. On ne parle pas au réalisateur. On ne mange pas les accessoires.

— Oui, c'est ça.

— Tu entends, Bex, fait Suze en me donnant un coup de coude. On ne bouffe pas le décor.

OK. Je suis décidée à me racheter. Je vais me faire toute petite. Ou, en tout cas, aussi petite que je le peux, compte tenu de la perruque rousse frisée dont on m'a affublée, de mes dents noircies, de ma jupe à cerceaux et du corsage lacé qui me fait une poitrine… comment dire ? *Proéminente* est un qualificatif, *grotesque* en est un autre.

Une fille m'a appliqué un maquillage en cinq secondes chrono, tout en écoutant son iPod. Mais quand même, quelle métamorphose ! Je suis sale, moche, ridée et menaçante. Quant à Suze, elle est vieillie. On lui a mis une perruque noire et un genre de dentier qui change la forme de sa bouche. On lui a aussi collé plein de verrues sur les mains. Et elle marche en boitant. Franchement, elle ressemble vraiment à une pirate. Pas de claudication en ce qui me concerne, mais je songe à faire trembler mes mains. Ou à les recroqueviller. Un petit détail subtil, quoi !

Nous attendons dans une pièce adjacente. Les autres figurants sont assis, bouquinent et ont l'air de s'embêter sec alors que, en pleine forme, je fais les cent pas. Le seul petit bémol ? Jusqu'à maintenant je n'ai pas réussi à demander s'il y avait des opportunités de travail au département des costumes. Renee Slattery, la grande chef, est invisible et son personnel, complètement épuisé. Quand j'ai posé une question au sujet de la longueur de mon jupon, la responsable m'a rembarrée.

— Aucune importance ! Au suivant !

Aucune importance ? Mais la longueur d'un jupon est essentielle ! Quand j'ai demandé à la même fille comment elle avait eu son job, elle a riposté :

— Parce que j'ai été assez bête pour vouloir me lever à cinq heures du matin tous les jours de ma vie.

Ce qui ne constitue *pas* une réponse. Ensuite, elle m'a fait signe de dégager.

— Les acteurs de complément, s'il vous plaît !

C'est Dino, le second assistant réalisateur, qui nous appelle.

— Les acteurs de complément sont demandés sur le plateau.

C'est à nous !

Je suis comme une pile électrique. C'est le grand moment. Je vais être dans un film ! Le décor est bien plus vaste que le précédent. Il représente l'intérieur d'une cabine de vaisseau. Nous sommes dix – en comptant Suze et moi – et, d'après ce que j'ai entendu tout à l'heure, la scène que nous allons tourner est déterminante.

Une scène clé ! Imaginez qu'elle devienne une de ces séquences cultes qui passent et repassent à la télé ! Imaginez qu'un imprésario me repère ! C'est ridicule mais pourquoi pas ? Bien sûr, je n'ai jamais envisagé la carrière d'actrice mais si j'avais du talent et que je ne m'en sois jamais rendu compte ?

Ant torpille cet allègre fantasme. Il arrête la prise, braque la caméra sur moi et signale simplement à son assistant :

— Nan ! Vise ces pommettes !

Bon ! Ce n'est pas très prometteur ! Mais j'ai une bonne structure de visage. De toute manière, l'objectif transforme et…

— Bex, Dino t'appelle, me prévient Suze.

Je m'approche de lui en espérant qu'il me dise quelque chose comme : « Ce serait bien que vous passiez une audition pour le petit rôle de la princesse pirate. »

— OK ! Vous, la bouffeuse de gâteau !

*La bouffeuse de gâteau ?* Non mais ! Je rectifie :

— Je m'appelle Becky.

— Très bien !

C'est clair qu'il n'en a rien à faire.

— Bon, je vais vous placer afin que vous ne soyez pas dans le champ. Pas question d'énerver Ant plus qu'il ne l'est. Vous allez cirer les souliers de Gweenie avec ce chiffon et vous restez dans la même position tout le temps. Gardez la tête baissée. Pigé ?

Puis il donne des instructions à une autre fille. Je suis complètement découragée.

Pas dans le champ ? Mais personne ne va me voir. Et ma famille alors ? Comment vont-ils savoir que c'est moi ? J'ai envie de pleurer.

Inutile de préciser qu'en m'agenouillant avec un vieux chiffon sale, je suis au plus bas. Ce n'est pas du tout ce que j'avais espéré. Une fille qui a vaguement l'allure d'April Tremont prend place sur une chaise en faisant à peine attention à moi. Je suppose que c'est sa doublure.

Dino frappe dans ses mains.

— OK, tout le monde ! On va créer un peu d'animation en arrière-plan. Les femmes pirates préparent la cérémonie du mariage. Gweenie, interprétée par

April Tremont… (Applaudissements de quelques figurants et sourire de remerciement de Dino.) Gweenie, donc, est donnée au méchant pirate Eduardo, interprété par Curt Millson. Mais elle est amoureuse de son rival le pirate Arthur, qui est aussi le capitaine du *Drapeau noir*. C'est dans cette scène qu'Eduardo découvre la vérité.

— Bonjour, je dis d'une voix misérable à la doublure. Je dois cirer vos souliers.

— Bon !

Elle remonte ses jupes et je commence à frotter sans enthousiasme.

— OK. On répète. Action !

— Épouser Eduardo, ânonne la doublure. Plutôt mourir.

Puis, pressant tendrement un foulard contre sa joue :

— Oh, Arthur.

— OK, les figurants. Vous avez l'œil fixé sur le foulard.

Docilement je me dévisse le cou pour regarder le foulard, mais Dino intervient immédiatement.

— Pas vous, la bouffeuse de gâteau !

Parfait ! Tout le monde s'intéresse au foulard pendant que je suis à quatre pattes sur le plancher. La porte s'ouvre dans un craquement, des pas lourds se font entendre.

— Qu'est-ce que cette jolie chose ? fait une voix profonde d'homme. Montre-moi.

— Jamais, dit la doublure.

Une sorte d'empoignade s'ensuit mais je ne fais que deviner car je n'ose pas lever la tête. C'est très frustrant. Je meurs d'envie de voir ce qui se passe mais, vu ma position, c'est impossible. Et je peux dire adieu à mes tremblements de mains. Et à mon « Affirmatif, capitaine ! » Trop déprimant !

— Coupez !

Assise sur mes talons, je fais un signe à Suze en essayant de ne pas être jalouse. Ça roule pour elle : elle se tient sur une marche et on la voit bien. On lui a même confié un vrai accessoire – un vieux peigne cassé – avec lequel elle coiffe sa perruque emmêlée avec des gestes majestueux.

— Excusez-moi !

J'entends une voix mélodieuse en même temps que je découvre un tout petit bouton de bottine. Je lève les yeux. Surprise ! C'est April Tremont en personne. Qui s'assied sur la chaise et remonte ses jupes pour que je puisse m'occuper de ses souliers.

— J'imagine que vous allez les cirer. Ma pauvre !

— Oh non, ça va ! C'est amusant ! J'adore cirer des bottines. Pas seulement sur un tournage. Mais chez moi, dans le jardin et…

*Becky, arrête de blablater !*

— Je m'appelle April, dit-elle gentiment.

Comme si je ne le savais pas. Comme si elle n'était pas très connue.

— Je m'appelle Becky.

— Celle qui a mangé le gâteau ?

— C'était par erreur.

— En tout cas, cette histoire m'a bien amusée.

Elle sourit, de ce sourire extraordinaire que j'ai déjà admiré dans des tonnes de films. Enfin, pas des tonnes. Uniquement dans deux longs métrages, une série télé et une campagne de pub pour une crème hydratante. Mais c'est déjà pas mal, non ?

— April et Curt, je peux vous dire un mot ?

Ant arrive. Vite ! J'enfouis précipitamment mon visage dans la jupe d'April pour passer inaperçue. De toute façon, il n'en a certainement rien à faire des figurants, ce type.

— Je veux une vraie violence dans cette scène. Curt, quand tu vois les insignes de ton ennemi sur le foulard de Gweenie, tout change. Tu découvres qu'elle aime Arthur et ça te rend fou. Souviens-toi, cette scène est primordiale. C'est ce qui t'amène à attaquer la flotte de tes adversaires. C'est ce qui va déclencher les prochains événements. D'accord, les amis ? De la passion. De l'*intensité*. Allez, on tourne !

Malgré tout, je ressens un frisson d'excitation. On tourne. On va tourner. Tout arrive !

Une heure après, je suis un *tantinet* moins excitée. On a refait la scène un nombre incalculable de fois. Chaque fois, j'étais courbée sur les bottines tandis que l'action se déroulait au-dessus de mon crâne. En plus, j'ai mal aux genoux à force d'être à quatre pattes.

Plus les prises se succèdent, moins je comprends.

— Tout va bien ? C'est dur, là, en dessous ?

April Tremont sourit. La maquilleuse lui fait des retouches.

— Oh, tout va bien. Vraiment fabuleux.

— La scène vous plaît ?

— Eh bien…

J'hésite. Je devrais dire : « Oui, c'est top. » Mais, franchement, je n'apprécie pas vraiment.

— Je n'aime pas tellement, je finis par avouer. Mais *vous*, vous êtes vraiment bonne, je m'empresse d'ajouter.

— Quelle partie vous n'aimez pas ?

— Pourquoi jouez-vous avec ce foulard ?

— C'est un souvenir de mon amoureux, Arthur, explique April. Il y a ses insignes dessus. Vous voyez ?

Elle me montre le foulard.

— Oui. Mais vous êtes sur le vaisseau d'Eduardo. Il est extrêmement violent et il hait Arthur. Alors pourquoi vous ne cachez pas le foulard ? Si vous aimez Arthur, vous voulez sûrement le protéger, non ?

April Tremont me dévisage un moment en silence.

— Un bon point, dit-elle. Effectivement, je me demande pourquoi je tripote ce foulard.

— C'est peut-être que vous n'êtes pas censée être très maligne, je suggère.

— Non, ce n'est pas ça. Ant ! Ant ! Tu peux venir ?

Malédiction. Je plonge la tête dans les jupes d'April en essayant de me faire toute petite.

— Ant, j'ai des problèmes de pertinence, dit April. Explique-moi pourquoi Gweenie sort ce foulard ?

Subrepticement, je lève les yeux. Vu son expression, il est clair que le metteur en scène subodore un piège.

— On en a déjà discuté. C'est un geste sentimental. Elle pense à son bien-aimé.

— Mais pourquoi exhiber le foulard à ce moment-là ? Elle est sur un navire ennemi. Pourquoi tant d'imprudence ?

Pas de réponse. Puis Ant beugle :

— Dylan, viens ici. Peux-tu faire comprendre à April les motivations de son personnage ?

Dylan arrive en courant. Ses tennis couinent sur le sol du plateau. Il commence son exposé.

— Alors, Gweenie pense à son amoureux, Arthur.

Elle se rappelle les moments passés avec lui. Elle sort le foulard…

— Mais pourquoi ? l'interrompt April.

— Pour se souvenir de lui. Elle est sentimentale.

— Mais elle peut se souvenir de lui sans exhiber ce foulard. Pourquoi mettrait-elle la vie de son amour en danger à cause d'un foulard ?

— C'est une femme, dit Dylan. Elle a un côté fleur bleue.

April blêmit.

— Une *femme* ? Tu as dit « C'est une femme » ? C'est une réponse tordue. C'est parce qu'elle est une femme qu'elle manquerait de jugeote ? Moi, je refuse de la faire, ta scène. Je ne sors pas le foulard. Gweenie n'est pas une idiote. Elle ne le ferait pas.

— Mais tu dois le sortir, insiste Dylan, très ennuyé par la tournure que prend la conversation. C'est le point fort de la scène.

— Trouve un autre point fort.

— April, mon chou, plaide Ant, tu dois sortir le foulard. Si Eduardo ne le voit pas, il n'attaquera pas la flotte de ses adversaires. C'est toute la deuxième partie du film. C'est tout le *film*, bordel !

— Mais ça n'a pas de sens, s'entête April. Becky a raison.

Ant sort de ses gonds.

— *Becky ?* Qui est Becky.

Je lève la tête avec réticence. Ant n'en croit pas ses yeux.

— Oh, bonjour ! je dis, pas trop sûre de moi.

Et, avec un sourire timide, j'y vais de mon compliment :

— Direction topissime ! Très inspirée.

— Encore vous ! s'écrie Dylan.

— Bordel, mais vous *êtes* qui ? éructe Ant ! Vous foutez en l'air mon film !

S'il pouvait, il me flanquerait une gifle.

— Non, pas du tout, je me récrie. Ce n'est pas mon intention !

— Tu devrais la remercier, affirme April. Il y a des trous dans cette scène. Becky est la seule à le remarquer.

Elle se lève.

— À vous d'arranger cette scène, messieurs. Moi, je me retire dans ma loge. Gilly, tu m'apportes mes Ugg ?

Une des habilleuses se dépêche de délacer les bottines.

— Ne sois pas ridicule, April, fait Ant.

— Si tu ne vois pas les incohérences du scénario, les critiques se feront un plaisir de te les expliquer.

Elle enfile ses Ugg et quitte le plateau.

— Reviens, braille Ant.

— Quand tu auras amélioré la scène, réplique-t-elle par-dessus son épaule.

Ant et Dylan sont à l'évidence déstabilisés.

— April, sois raisonnable ! On va discuter.

Les figurants et l'équipe des techniciens ne perdent pas une miette du spectacle. Quelle va être la suite des événements ?

Il y a un échange agité entre Dino et un autre gars avec des écouteurs. Puis Dino annonce :

— OK ! Déjeuner ! Pause !

Instantanément les figurants commencent à sortir. Suze traverse le décor pour venir me retrouver aussi vite que sa grande jupe le lui permet.

— Bex, qu'est-ce que tu as fait ?

— Moi ? Mais rien du tout !

— Tout le monde dit que c'est ta faute.

— Vraiment ? C'est très injuste.

— Oh non ! Les gens sont *contents*. Ils vont avoir une pause plus longue. On va déjeuner ? J'espère qu'il y a encore des sushis. Tu sais, je peux devenir figurante à temps complet. J'ai déjà tellement appris. Il paraît qu'il existe une agence qui te donne plein de travail si tu as le bon look. On peut gagner pas mal d'argent.

Pas mal d'argent ? J'aimerais faire remarquer à Suze qu'elle possède déjà pas mal d'argent avec un mari quasiment milliardaire. Mais je ne veux pas gâcher sa bonne humeur.

— Et si tu sais monter à cheval, c'est considéré comme un talent supplémentaire.

Une fille aux bonnes joues roses vient vers nous.

— Becky ? L'une de vous est Becky ?

— C'est moi, j'avoue, un peu perturbée.

— Mlle Tremont voudrait vous voir dans sa loge.

Avec Suze nous échangeons un regard sidéré. Une véritable star de cinéma veut me voir dans sa loge !

— Ma copine peut venir aussi ?

— Pas de problème. Par ici.

Pour être honnête, je suis *légèrement* déçue par la loge. Je pensais qu'elle serait remplie de roses, de seaux à champagne, de cartes de producteurs et de photos dédicacées de George Clooney. Mais c'est juste une petite caravane avec des magazines, des bouteilles d'Évian et des barres énergétiques un peu partout. Quand nous entrons, April est au téléphone. Je m'assieds avec Suze sur une banquette.

Je ne détesterais pas avoir une loge. Quel bonheur d'en avoir une à sa disposition pour se détendre, partout où on se trouve.

Quel bonheur d'en avoir une qui vous suivrait quand on fait du *shopping*. Mais oui ! Pour entreposer les sacs de vêtements, se reposer, se préparer une tasse de thé et…

— Comment ça va, Becky ? dit April tout sourires en reposant son portable.

— Très bien, merci ! Voici mon amie Suze.

Sourire radieux d'April.

— Ravie de faire votre connaissance, Suze. Becky, je voulais être sûre que tout allait bien. Ant n'a pas réagi ? Prévenez-moi s'il vous cause des ennuis.

— Merci, je suis très touchée par votre gentillesse.

— Je vous dois bien ça, soupire-t-elle. J'aurais dû me rendre compte du problème à la lecture du script. En tout cas, quelqu'un aurait dû. Ces gens sont stupides.

— Qu'est-ce qui va se passer maintenant ? J'ai vraiment fait déraper le film ?

— Non ! rigole-t-elle. Ils vont écrire une autre scène. Tout va s'arranger. C'est leur job. Mais je vous dois un service, dans la mesure de mes possibilités, bien sûr. Avez-vous un agent ? Voulez-vous en changer ? Avez-vous besoin d'un contact ? Le cinéma, c'est dur. Tout coup de pouce est bienvenu.

— En fait, je n'ai pas d'agent. Ce n'est pas exactement ce que je veux…

— Moi, j'aimerais avoir un agent, s'exclame Suze. Je veux être figurante. Je veux en faire mon métier.

April Tremont est stupéfaite.

— Vous n'êtes pas actrices ?

— Je suis allée dans une école d'art dramatique, dit Suze. J'ai un diplôme. On m'a beaucoup félicitée pour ma diction.

— Je suis dans la mode.

— Nous participons à ce film grâce à Tarkie.

— Tarkie est son mari, j'explique. Il finance des films.

— *Maintenant* je comprends, dit April en pinçant les lèvres.

— Quand on nous a demandé si nous voulions assister à un tournage, nous avons répondu que nous voulions faire de la figuration.

— Et donc nous voilà !

Il semble qu'April ne comprend pas vraiment ce que nous lui racontons.

— Donc, pour résumer, *vous* avez besoin d'un agent, dit-elle à Suze.

— Oui, s'il vous plaît.

— Et *vous*, Becky ?... De quoi avez-vous besoin ?

— Je voudrais travailler comme conseillère de mode personnelle. C'est mon métier. J'étais chez Barneys et j'aimerais trouver un emploi à Hollywood, mais c'est drôlement difficile de s'introduire.

Suze, loyalement, fait mon éloge :

— Bex est excellente ! Elle transforme *n'importe qui* en bombe. Même ma belle-sœur Fenella qui, croyez-moi, n'est pas terrible...

— Elle a de jolies épaules, je corrige. Il suffit de se concentrer sur ses épaules.

— Bon, dit April. Voici ce que je vous propose. J'ai une amie conseillère de mode. Elle a un travail fou. Je sais qu'elle est toujours à la recherche de gens talentueux. Je vais vous arranger un rendez-vous avec elle.

— Vraiment ? Ce serait *formidable.*

— Nous allons toutes les deux à la remise des prix de l'Actors' Society. Je vais vous faire envoyer des invitations. C'est une soirée très amusante.

— Merci mille fois.

— Mon amie s'appelle Cyndi, précise April en notant le nom sur une feuille de papier. Elle sera là avec sa nouvelle cliente. Vous ferez aussi sa connaissance. Peut-être que vous travaillerez un jour ensemble, qui sait ?

— Génial ! Qui est sa nouvelle cliente ?

— Lois Kellerton.

Je me fige instantanément. Je perçois l'étonnement d'April, mais je m'efforce de l'ignorer.

— Quelque chose cloche ? demande April. Vous connaissez Lois ?

Je me justifie en partant d'un rire aigu, complètement artificiel.

— Non, pas du tout. Je ne l'ai jamais rencontrée. Il n'y a aucune raison que je la connaisse.

— Lois est une fille délicieuse. Nous sommes amies. En fait, nous sommes voisines. Nous habitons toutes les deux sur Doheny Road depuis des siècles. Vous allez très bien vous entendre.

C'est la première fois que j'entends qualifier Lois de « fille délicieuse ». Cette fois April remarque ma surprise.

— Un problème ? fait-elle.

Je devrais la boucler mais impossible de résister.

— C'est juste qu'on m'a dit récemment que Lois

était… difficile. Elle n'a pas d'ennuis avec son nouveau film ?

— Cette réputation est complètement injustifiée. Elle est merveilleuse. Et le film le sera aussi. C'est l'histoire des premières femmes athlètes : il y aura des extraits de films des jeux Olympiques dedans. Captivant, vraiment ! Et, oui, le film rencontre des difficultés. Mais ça arrive à tous les films.

— Désolée. Je ne voulais pas être mauvaise langue. C'est uniquement par ouï-dire.

— Oh, je sais. Tout le monde raconte la même chose. Mais Lois est brillante, exigeante, et elle ne se fait pas nécessairement des amis. Mais vous allez l'apprécier, j'en suis sûre.

Un SMS arrive sur son portable.

— Pardonnez-moi, je dois y aller. Restez ici autant que vous voulez. Avant de partir, donnez vos coordonnées à mon assistante. Je vous ferai porter les invitations.

Elle sort de sa loge, dégringole lourdement les marches dans ses Ugg.

— Lois Kellerton ! Il ne manquait plus que ça ! s'exclame Suze.

— Ouais, c'est délirant !

— Tu vas lui *dire* quoi au sujet de… tu sais ?

— Rien du tout. Ça ne s'est jamais produit, d'accord ? Et je ne te l'ai jamais dit.

— Tu peux compter sur moi. À ton avis, Luke va réagir comment quand il apprendra que tu vas rencontrer Lois et sa styliste ? Lois n'est-elle pas la pire ennemie de Sage ? Et toi, tu n'es pas censée faire bloc avec Sage ?

Dans le feu de l'action, j'avais complètement oublié

la rivalité entre les deux actrices. Malédiction ! Je réfléchis en dévorant une barre énergétique. Bon, d'accord, la situation n'a rien d'idyllique. Si j'avais pu choisir une autre célébrité, je l'aurais fait. Mais je ne peux pas refuser la chance qui m'est offerte. *Je ne peux pas*.

— Luke fera tout pour soutenir ma carrière, j'affirme sans en être totalement persuadée. Lui et moi ne sommes pas obligés d'être dans le clan Sage Seymour. De toute façon, il peut y avoir un… machin-truc de Chine.

— D'où tu sors ça ? Des horoscopes qu'on trouve dans les gâteaux chinois ?

Je pouffe de rire.

— Non, je parle de « muraille de Chine ». Une vieille expression d'investisseurs au sujet des conflits d'intérêts. Ça veut dire que, dans pareil cas, les deux parties concernées ne se divulguent aucun secret.

— Je n'aime pas l'idée de se murer, surtout dans un couple, commente Suze.

— Pas « se murer » ! La « muraille de Chine » !

Mais elle n'est pas convaincue.

— C'est pareil. Vous devez être du même côté.

— Je suis d'accord. Donc, je propose à Sage d'être sa styliste mais elle n'est pas intéressée. Je fais quoi alors ?

— Tu essaies une autre star.

— Qui ? Elles ne font pas la queue à ma porte, que je sache !

Suze m'énerve, notamment parce que je sais qu'elle a raison.

— Écoute, ça va aller. On sera comme dans ce film où le mari et sa femme sont avocats et plaident l'un contre l'autre mais qui, de retour à la maison, s'entendent divinement bien.

— Quel film ?

— Tu sais… Celui qui…

Je viens de l'inventer mais pas question de l'admettre.

— Son titre ?

— On s'en fiche de son titre ! Suze, comprends-moi ! Je suis à Hollywood. C'est mon unique occasion de devenir styliste pour une vedette de cinéma.

À ce moment, je réalise que mes échecs m'ont perturbée, que j'ai d'autant plus envie de réussir maintenant qu'une véritable opportunité se présente.

— Luke va me laisser faire, j'ajoute. Je trouverai des arguments. Tout ira bien.

## AGENCE DE PLACEMENT
## DE FIGURANTS

### Demande d'emploi

**Civilité** M/$M^{me}$/$M^{lle}$ (barrer les mentions inutiles) : *lady*

**Prénoms** : *Susan Delaney Margaret*

**Nom** : *Cleath-Stuart*

**Né(e) le** : *Ignorez-vous qu'on ne demande pas leur âge aux gens ?*

**À** : *Sandrigham, dans les écuries (Maman revenait d'une chasse à courre).*

**Expériences précédentes** : *un rôle de bourdon à la maternelle puis de lapin. Ensuite, Blanche Dubois (ma meilleure interprétation) et cette fille dans Le Marchand de Venise. Oh ! J'oubliais Juliette mais seulement dans trois scènes, car Shakespeare est un peu long.*

**Compétences particulières** (ex : équitation, jonglerie) : *Plein ! Cheval, tennis, pêche à la mouche, yoga, confection de cadres, de bouquets, pliage de serviettes, décoration de gâteaux (j'ai pris un cours car papa pensait que je me lancerais dans le métier de traiteur). Je* ne tape pas très bien à la machine mais je peux faire semblant. Dans un film ayant pour cadre une vieille demeure anglaise, je peux donner des conseils sur le placement des couverts, parce que c'est toujours mal mis au cinéma. Et, au fait, les Anglais ne passent pas leur vie vêtus de tweed. Question : pourquoi les méchants sont toujours britanniques dans les films américains ?

**Accents** : Excellent accent américain. Et français. Je peux prendre aussi l'accent du pays de Galles, mais on confond parfois avec de l'hindou.

**Acceptez-vous les scènes déshabillées ?** : Ça ne va pas la tête ? Mon père dirait quoi ? Et mon mari ? De toute façon, les scènes de nu sont inutiles. Chaque fois que quelqu'un enlève ses vêtements sur l'écran, je pousse des cris d'effroi et mon mari se lève en demandant « Qui veut un verre ? » Au cinéma les acteurs devraient rester habillés. Sauf le capitaine Jack Sparrow qui a le droit de se mettre à poil (pas un mot à mon mari !).

## 13

Pas de problème, tout va bien se passer. J'ai déjà surmonté pas mal de situations bizarres dans ma vie. D'accord, je n'ai jamais eu affaire à une star de cinéma : 1) que j'ai prise en flagrant délit de vol à l'étalage ; 2) qui a une réputation pourrie (sûrement injustifiée) ; 3) dont je connais le CV par cœur pour l'avoir lu et relu sur Google pendant trois jours environ.

Malgré ça, je suis sûre que tout va rouler. Nous allons sûrement bien nous entendre, prendre un café, faire des courses ensemble…

Non. Je coupe court. *Pas* de shopping. Imaginez qu'elle pique un truc ! Ou qu'elle m'ordonne d'être sa complice et que je sois incapable de refuser. Je vois déjà les horribles titres en une des journaux :

*Une conseillère de mode et une star de cinéma arrêtées pour vol au rayon chaussettes du grand magasin Barneys. Voir photos pages 8 à 10.*

Bon, Becky, ça suffit ! Tout se passera bien. Première décision : si je travaille dans l'équipe des stylistes de Lois, je lui dirai que je ne fais jamais d'achats avec mes clientes. Et si, par hasard, nous nous trouvons ensemble dans un magasin et qu'elle me demande de barboter quelque chose je… je ferai semblant de ne pas comprendre et prendrai mes jambes à mon cou. Oui ! Voilà un bon plan !

Avec toutes les recherches que j'ai effectuées, je pourrais écrire un livre sur Lois. Elle a commencé sa carrière à deux ans dans un spot télé pour la sécurité routière. À trois ans, elle avait un agent, et ses parents ont quitté leurs emplois pour s'occuper de la carrière de leur fille. Sa mère est très déterminée. Je ne lui parlerai pas de son père, ce coureur de jupons qui a abandonné le foyer conjugal.

Je ne mentionnerai pas non plus Sage. La raison de leur bagarre reste assez mystérieuse. Elle n'est pas seulement due à la remarque de Lois sur les cheveux rasés que Sage nous ressort à tout bout de champ. La tension entre elles a débuté quelques années auparavant : elles assistaient à une soirée dans la même robe vert vif, et Sage avait accusé Lois de l'avoir fait exprès. Après quoi, Sage devait présenter un gala en faveur de la lutte contre le sida organisé par Lois, elle s'était décommandée à la dernière minute. Commentaire de Lois : « Sage m'a snobée et laissée tomber, ce qui ne m'étonne pas. Une fois de plus elle a montré combien elle était égoïste. »

Invitée l'an dernier à figurer sur le Walk of Fame, Lois a affirmé dans son discours : « Hollywood est dans mon ADN. » Commentaire immédiat de Sage sur Facebook : « Que Dieu vienne en aide à Hollywood ! »

C'est dommage, parce qu'elles ont été très proches. Elles jouaient dans la même série télé quand elles étaient enfants. Mais Hollywood est un endroit cruel pour les actrices de notre époque. Elles considèrent les autres stars comme des ennemies (d'après le blog passionnant *Hollywoundn't.com*). Apparemment elles se disputent les rôles, les mecs, les campagnes de pub et même les chirurgiens esthétiques. Elles établissent des camps retranchés comme dans les cours royales d'autrefois et sont complètement paranos au sujet de leurs concurrentes, même celles qui sont leurs « amies ».

Quel stress horrible ! Vous m'imaginez en conflit avec Suze pour un chirurgien esthétique ? Bien que, pour être honnête, il nous soit arrivé une fois de nous affronter. Pour un manteau Orla Kiely qu'on voulait acheter toutes les deux sur eBay. (Suze l'a eu mais elle me l'a prêté !)

De toute façon, il y a quelques pièges à éviter si je vois Lois ce soir. Résumons. Pas un mot sur Sage. Bouche cousue sur le shopping (et le vol de chaussettes). Pas d'allusion à son père. Silence sur son dernier film *Le LIT à pointes* (mauvaises critiques). Rien sur le sucre raffiné (le mal absolu pour Lois). Je n'envisage pas d'évoquer le sujet mais on ne sait jamais. Mieux vaut s'en souvenir. Parmi les sujets de conversation qui ne fâchent pas : son Golden Globe, les haltères Kettlebell, les noix de macadamia. Je les ai notés pour le cas où je me retrouve sans rien à dire.

— Pourquoi les noix de macadamia ? demande Suze qui vient de parcourir ma liste avec curiosité.

— Parce que Lois les adore. J'ai lu ça dans *Santé et forme*. Donc je vais déclarer que je m'en bourre. Ça créera un lien.

— Mais tu as quelque chose à raconter sur ces noix ?

Elle m'énerve, parfois, avec ses questions !

— Je n'en sais rien, moi ! C'est des noix…

— Et sur les haltères Kettlebell ? Tu en as déjà *vu* ?

— Ce n'est pas le problème. Lois a fait un DVD avec des Kettlebell, donc c'est un bon thème de conversation.

Nous sommes dans ma chambre en train de nous préparer pour la soirée des Actors' Society Awards, ou ASA comme on dit ici. Je me sens légèrement surexcitée. Ce soir, il faut que je sois au top. Que je fasse bonne impression. J'ai passé ces derniers jours à analyser au détail près le style vestimentaire de Lois. Résultat ? J'ai plein d'idées pour elle. Je crois qu'elle peut avoir l'air plus jeune et glamour. Elle met des robes qui la vieillissent. Et il faut qu'elle *change* de coiffeur.

— Aujourd'hui, j'ai lu un article dans *Variety* qui disait que sa carrière était sur une voie de garage, dit Suze sur un ton mondain. Mes cheveux ? Je les attache ou je les laisse longs ?

Elle attrape ses extensions et les noue assez haut sur sa tête.

— En l'air, comme ça. Super ! Non, elle n'est pas sur une voie de garage.

— En tout cas, ses cachets dégringolent. Il paraît qu'elle est d'humeur instable. Shannon a bossé avec elle. Elle dit qu'elle est tout le temps énervée.

— Pure jalousie ! je rétorque.

J'en ai un peu marre de cette Shannon. Après notre journée sur le tournage du *Drapeau noir*, Suze a été engagée comme figurante dans une série intitulée *Cyberville*. Sur le plateau, elle est devenue copine avec Shannon, figurante professionnelle depuis vingt ans, qui se considère comme une spécialiste d'Hollywood. Désormais, Suze boit ses moindres paroles et la cite sans arrêt en référence. Franchement ! Ce n'est pas parce qu'on a été dans *Matrix* qu'on sait tout sur tout.

— Lois a surtout besoin d'un nouveau look. Et c'est ce que je vais lui proposer.

— Au fait, tu ne m'as jamais dit comment Luke

avait réagi à cette histoire, marmonne Suze la bouche pleine d'épingles à cheveux.

— Eh bien.

Je gagne du temps en soulignant avec soin le contour de mes lèvres au crayon. C'est la deuxième fois.

— Il est d'accord, hein ? insiste-t-elle. Bex, tu lui en as parlé ?

Vite, une réponse !

— Écoute, je ne vois pas l'intérêt de le mettre au courant.

— Mais si, tu dois ! fait-elle en clippant un bijou de cheveux sur son chignon. Tu ne peux pas travailler pour Lois en cachette.

— Officiellement, je n'ai pas encore fait sa connaissance. Ça ne va peut-être pas marcher, tu sais. J'*attends* d'être engagée pour l'annoncer à Luke. Pas la peine de lui en parler avant.

Oui, je n'ai pas envie de lui révéler quoi que ce soit. D'abord parce que je pense que Suze a raison – Luke pourrait émettre quelques objections. Ensuite, parce que, avant de vendre la mèche, je veux réussir. Lui prouver que je peux m'implanter toute seule.

— Et s'il te voit bavarder avec Lois ce soir ?

— Suze ! On n'est plus à l'époque de la guerre froide. J'ai le droit de parler aux gens. Je lui dirai qu'on papotait de choses banales. Tu peux agrafer ma robe, s'il te plaît ?

Tandis que Suze fait de son mieux pour fermer mon bustier, trois SMS arrivent sur mon téléphone. Je me penche pour l'attraper.

— Arrête ! Comment tu veux que j'y arrive si tu bouges tout le temps ? Les SMS peuvent attendre.

— C'est peut-être une urgence.

— Je parie que c'est seulement Luke.

— Comment ça, *seulement* Luke ? Je n'oserais pas dire c'est *seulement* Tarquin.

— Si, tu le dis tout le temps !

Suze tire sur le tissu de ma robe.

— Tu es sûre que c'est la bonne taille ?

Impossible de répondre. Ce que je lis m'a coupé le sifflet.

— Bex ! Hou hou ?

— Elle arrive !

— Qui ?

— Elinor. Ici.

— *Tout de suite ?*

— Non, mais bientôt. Dans une semaine environ. Je lui ai envoyé un message en lui demandant de venir sans imaginer une seconde qu'elle accepterait. C'est la catastrophe intégrale ! Suze, qu'est-ce que je vais faire ?

— Préparer une de tes brillantes interventions. Parce que tu es la meilleure pour résoudre les conflits. C'est ce que tu m'as dit l'autre fois, tu t'en *souviens* ?

— Ouais, ouais.

En théorie. Mais en réalité…

— Suze, tu vas m'aider ?

— Sûrement pas. Ne compte pas sur moi ! Je t'ai dit dès le départ que c'était une idée nulle.

— Pas nulle… Plus complexe que je ne pensais.

— Je croyais que tu étais une experte en rabibochage ! Je croyais que tu avais dans ta manche toutes sortes de méthodes zen. Je croyais que Bouddha te filerait un coup de main dans son infinie sagesse. Tu sais quoi, Bex ? Je peux t'offrir quelques carillons à vent supplémentaires, si tu veux.

— Hilarant !

— Sérieusement, Bex, tu es tombée sur la tête. Au fait, et l'opération d'Elinor ?

— Annulée, je fais en lisant le troisième message. C'était une petite intervention sur un doigt de pied.

— Un doigt de pied ? Mais je croyais qu'elle était mourante.

— Moi aussi.

— Tu devrais annuler. Dis que tu t'es trompée et que tu ne seras pas à L.A. Et puis, tourne-toi, j'ai encore un crochet à agrafer.

Je pivote en réfléchissant. C'est l'option évidente. La solution facile. Je peux répondre à Elinor de ne pas venir. Trouver un prétexte. De toute façon, je ne la reverrai probablement jamais. Mais est-ce cela que je veux vraiment ? Est-ce la meilleure décision pour nous tous ? Pour Luke ? Pour Minnie ?

Suze ferme le dernier crochet.

— Fini ! Terminé ! Tu peux toujours prétendre que Minnie est malade. C'est une de mes excuses favorites. Le pauvre Ernie a déjà eu cinq fois la coqueluche…

Je me sens résolue.

— Je n'annulerai pas. Elinor et Luke doivent régler leur problème. Je crois vraiment que je peux les y aider. Plus je remets à plus tard, plus ce sera difficile.

— Miséricorde ! Tu *vas* donc intervenir ! s'exclame Suze, incrédule.

— Pourquoi pas ? Je peux les aider. Avec ou sans l'appui de la miséricorde.

— Qui parle de miséricorde ?

La voix de Luke, dans le couloir. J'éteins en hâte mon portable et plaque un sourire décontracté sur mes lèvres.

— Salut ! Tu es superbe en smoking ! Avec Suze, on parlait de Kettlebell.

— Épatant. Mais qu'est-ce que c'est exactement ? J'entends ce mot sans arrêt.

Le moment d'improviser :

— C'est un accessoire de gym. Inspiré d'une bouilloire, ou « *kettle* » en anglais. Avec une cloche, bien sûr, comme son nom l'indique. Les deux, quoi ! À quelle heure nous partons ?

— Il est déjà temps ? grogne Suze. Où est Tarkie ?

— Aucune idée, fait Luke en regardant sa montre. Nous devons partir dans une vingtaine de minutes.

Luke n'avait pas l'intention d'assister aux ASA, mais comme Sage a décidé à la dernière minute de s'y rendre, sa garde rapprochée doit la suivre. Apparemment, elle voulait s'exhiber avec un singe pour faire un coup de pub mais Luke l'en a dissuadée. Un singe ! Imaginez le bazar !

Les yeux de mon mari sont fixés sur un emballage brillant posé sur le lit, d'où sort une pochette incrustée de strass.

— Un nouveau sac du soir, Becky ?

Il lève un sourcil perplexe.

— J'avais cru comprendre que celui que tu as acheté pendant le week-end était tellement formidable que tu le porterais jusqu'à la fin de tes jours, que ce serait ton image de marque et que les gens te surnommeraient « la fille avec le sac Lara Bohinc » ?

Incroyable ! On devrait interdire aux maris de mémoriser mot pour mot les conversations de leurs femmes. C'est contre l'esprit du mariage. Mais dans ce cas, ça m'est bien égal. Parce que, quoi qu'il pense, il se trompe.

— Cette pochette ne *m'est pas* destinée. Je l'ai achetée en tant que conseillère de mode. Je peux la déduire de mes impôts.

Pas bête comme argument, hein ? Cela dit, je ne suis pas absolument certaine de ce que j'avance.

— Oui ! Je vois ! Ton activité de styliste ! Tu en es où, au fait ?

— Ça démarre ! Plusieurs touches ! Plusieurs fers au feu !

Luke soupire.

— Chérie, si seulement tu me laissais te donner un coup de main. Je pourrais te présenter deux ou…

— Pas besoin, je réplique, piquée au vif. J'assure !

Voilà pourquoi je ne veux encore rien dire sur ma collaboration avec Lois Kellerton. On verra plus tard. La pochette est pour elle, bien entendu. Un modèle Art déco comme elle aime, qui vient d'une boutique vintage de L.A. Récemment elle s'est mise à favoriser les dégradés de teintes neutres. Je ne suis pas contre, à condition de réveiller toute cette subtilité. D'où la pochette qui, en outre, va mettre en valeur ses beaux cheveux bruns. Je projette de la lui offrir ce soir pour briser la glace, en quelque sorte. Après, en principe, tout devrait rouler.

— Mais où est-il ? râle Suze en tapotant son portable. Franchement, cette foutue Paix d'or ! Je lui ai pourtant dit de revenir à temps. Il n'a aucune notion de l'heure. Qu'est-ce qu'il fabrique ? ajoute-t-elle en me lançant un regard accusateur.

Suze trouve que Tarkie se rend trop souvent à La Paix d'or. Mais elle est de parti pris. Il est enchanté de passer du temps avec sa bande du beach-volley. Personne ne l'embête à propos de fenêtres à meneaux classées ou d'investissements en Afrique du Sud.

Personne n'essaie de lui vendre des idées de films parce que là-bas parler business est interdit. C'est le seul endroit où il peut être lui-même. Le vrai Tarkie.

Une portière de voiture claque. La porte d'entrée s'ouvre et se referme. Des pas résonnent dans l'entrée. Je savais bien que Tarkie reviendrait.

— Tu vois ? Il est là.

J'attrape mon sac du soir Lara Bohinc et la pochette en strass.

— On se prend un petit verre pendant qu'il se prépare ?

Suze a enfilé ses talons vertigineux qui la font paraître encore plus grande et svelte que d'habitude. Ses cheveux blonds en chignon bouclé rajoutent de la hauteur à sa silhouette. Avec son bronzage, ses faux cils et son air impérieux, elle est splendide. Personne ne prend l'air hautain comme Suze. Quand elle s'y met, elle est véritablement altière, surtout juchée sur ses Louboutin. Elle tient ça de sa mère qui a la même allure redoutable. Il paraît qu'elles descendent de Boudicca (ou Boadicea ? Je ne sais jamais), cette farouche héroïne galloise qui s'opposa aux occupants romains.

Elle récupère sa pochette (Tory Burch, en peau de serpent, achetée en solde chez Bloomingdale's) et sort de ma chambre en criant :

— Tarkie ? Où *étais*-tu passé ? On doit y aller maintenant.

Je lui emboîte le pas et, sur le palier du premier étage, je m'arrête net en même temps qu'elle. En bas, dans l'entrée, se trouve effectivement Tarkie. Mais il n'est pas seul. Il est accompagné de Bryce, plus bronzé et l'œil plus frisé que d'habitude. Tous les deux sont en short de surfer et bandanas. Et Tarkie tient un Frisbee. Je l'ai déjà surpris avec des trucs bizarres – un fusil de la guerre de 14, un vieux hibou empaillé, une faux – mais le voir avec un Frisbee me donne envie de rire.

En revanche, l'humeur de Suze n'est pas du tout à la rigolade.

— Bonjour, Bryce, dit-elle d'une voix trop aimable. Ravie de vous revoir. Mais on ne veut pas vous retenir. Tarkie, tu dois aller te changer.

Hou, là, là ! Le ton poli et pointu de Suze transforme chaque mot en petite écharde. Son sourire est glacial et l'atmosphère irrespirable.

— Suze chérie, si ça ne t'ennuie pas, je vais m'absenter ce soir, dit son mari qui a visiblement oublié la soirée. Bryce organise une randonnée avec quelques-uns des gars. Une initiative très sympathique.

— Mais, Tarquin, nous allons au gala des Actors' Society Awards. C'est prévu depuis un petit moment. Tu ne te souviens pas ?

La voix de Suze est tellement froide que même Tarkie s'en émeut.

— Oh, Suze, tu n'as pas besoin que je vienne, plaide-t-il. L'endroit sera plein de gens atroces.

Il n'y a que lui pour qualifier le gratin d'Hollywood de « gens atroces ».

— Si, j'ai besoin de toi ! Et j'aurais aimé que tu ne disparaisses pas toute la journée. Tu étais où, au fait ?

— Nous avons joué au beach-volley. Nous avons déjeuné et… nous avons parlé, répond Tarkie le regard fuyant.

— *Tout* l'après-midi ?

Elle est de plus en plus réfrigérante.

— Toutes mes excuses, fait Bryce de sa voix enjôleuse. C'est moi qui ai retenu Tarquin. Nous avons bavardé sans nous arrêter.

— Pas de quoi être désolé ! C'était une journée épatante ! Tu sais, Suze, Bryce fait preuve d'une telle perspicacité. J'aimerais beaucoup l'avoir à dîner un soir. Et, Bryce, j'aimerais beaucoup suivre les cours dont nous parlions tout à l'heure. Un groupe de méditation, c'est ça ?

— De réflexion.

— Hmm… Fascinant…

— Tu n'as pas besoin de suivre de cours, aboie Suze.

Curieusement, Bryce semble être d'accord.

— Vous avez raison. Ce n'est pas essentiel. Tarquin, tu peux aller de l'avant tout seul, selon un processus naturel. Il faut seulement que tu n'aies pas peur de t'exprimer.

Tarkie semble gêné :

— Oui… Hmm… Absolument. Ce n'est pas terriblement aisé.

— Oui, c'est ardu au début. Mais ça viendra. Et rappelle-toi que tu n'as pas besoin d'une oreille humaine. La mer peut t'écouter. L'air aussi. Exprime-toi et laisse ton âme trouver les réponses.

Je suis complètement fascinée, mais Suze a l'air furibarde.

— Parler à la mer ? se moque-t-elle. Et passer pour un fou ?

— « Fou » est un mot que j'essaie de ne pas utiliser, précise Bryce sans se départir de son calme. Et, oui, je crois que parler aux autres a un côté inutile. Parfois, parler à une abstraction se révèle plus salutaire. S'adresser à l'espace. Au dieu qu'on vénère. Se rapprocher des animaux peut aussi apporter un grand soulagement, une guérison.

Suze est scandalisée.

— Tarkie n'a pas besoin de guérison.

— C'est votre opinion.

Quand Bryce hausse les épaules, son message d'homme plein de sagesse et de connaissance est clair. C'est : *Je vois les choses sous leur vrai jour car mon expérience des problèmes humains, des névroses et du stress est beaucoup plus grande que vous ne l'imaginez mais je suis tenu au secret et ne divulguerai jamais aucun détail de la vie des célébrités.*

C'est tout au moins ainsi que je l'interprète.

— Je suis sa femme, assène Suze.

— Bien sûr, Suze. J'ai beaucoup de respect pour vous, vous savez, répond Bryce en levant les mains.

Un courant bizarre passe entre ces deux-là. Quand elle le contredit, elle étincelle, littéralement.

C'est comme s'il l'attirait. Évidemment, Bryce plaît à tout le monde. Il faudrait être vraiment insensible pour ne pas succomber… Mais je me demande s'il ne s'agit pas là d'une *véritable* attirance.

Finalement, Suze lance à Tarkie :

— Allez viens ! Il faut partir !

— À bientôt, Tarquin, dit Bryce pas froissé du tout.

— Téléphone-moi quand tu organises une partie de volley ou une randonnée…

Tarkie me rappelle les petits gamins désireux d'attirer l'attention des petits chefs de la cour de récré.

— Sans faute, acquiesce Bryce avant de tourner les talons et de quitter la maison.

— Eh bien ! s'exclame Suze une fois la porte refermée.

— Un gars intéressant, fait Luke sans se compromettre. Il faisait quoi avant ?

— Je ne sais pas. Et je m'en moque, répond Tarkie. Suze, je pense que tu pourrais te montrer un peu plus aimable avec mes amis.

— Il n'est pas ton ami !

— Il l'est. Bien plus que la plupart des gens de mon entourage. Il est plus intelligent, bienveillant et plus compréhensif…

Nous sommes sidérés. À ma connaissance, c'est la première fois qu'il fait preuve d'autant d'enthousiasme. Je suis d'accord avec lui, d'ailleurs. Les amis de Tarquin sont du genre à économiser leur vocabulaire : « Bien visé ! » est une de leurs expressions favorites. « Un autre verre ? » est la deuxième. Et « Fichu faisan ! » la troisième et dernière. Ce n'est pas eux qui discuteraient d'une âme en quête de réponses.

Et si vous voulez mon avis, Suze fait une énorme erreur. Pourquoi Tarkie ne s'épancherait-il pas auprès de la mer si ça peut l'aider ? Quand il est arrivé à L.A., il était dans un sale état. Maintenant, il a les joues roses.

— Et si tu ne t'en aperçois pas, je serai bien en peine de te l'expliquer, termine Tarkie.

— Non, je ne vois pas du tout, grince Suze.

Il grimpe les marches en silence, en balançant misérablement son Frisbee. Je lance un regard inquiet à Luke avant de me tourner vers Suze. Mains sur les hanches, joues gonflées, elle est l'image même de la colère.

J'attends que Tarkie soit hors de portée de voix pour lui demander :

— Suze, c'est quoi, ton problème ?

— Je ne sais pas… Je n'aime pas ce type. Il a le chic pour me mettre en rogne !

Tiens donc ! Il la fiche en rogne. C'est la preuve ! Il l'attire, même si elle ne s'en rend pas compte. C'est une attirance sexuelle. Elle essaie de résister et, du coup, se venge sans raison sur le pauvre Tarkie. C'est le diagnostic du Dr Becky. Imparable !

Franchement, je suis douée pour la psychologie. Je devrais réfléchir à l'idée d'en faire mon métier.

— Tu ne sais pas comment se comporte Tarkie, explique Suze. Tu ne l'as pas tellement vu récemment. Il dit des trucs étranges. Il a changé.

*Oui et c'est tant mieux ! Tu as oublié l'épave qu'il était en arrivant ?*

C'est ce que j'ai envie de lui répliquer. Mais ça n'est pas le moment. Alors je dis :

— Peu importe, Suze. On va aller à cette soirée et tâcher de s'éclater. On parlera de tout ça plus tard.

Si Suze murmurait à l'oreille de la mer et adoptait quelques pratiques zen, ce ne serait pas du luxe. Mais je vais garder cette opinion pour moi, de peur qu'elle ne m'écrase les pieds – or elle porte ses Louboutin !

La cérémonie a lieu à l'hôtel Willerton. D'après la brochure, les récompenses sont destinées aux acteurs moins médiatiques qui ne seraient sans doute pas reconnus autrement. L'ennui est que l'endroit est bourré de stars. Par conséquent, « les acteurs moins médiatiques » n'ont pas droit à un regard. J'ai déjà repéré Diane Kruger et Hugh Jackman, ainsi que la fille blonde qu'on voit dans une série avec un kangourou. À l'extérieur, les photographes en pleine frénésie hurlent : « Tom ! Tom ! » Lequel ? Cruise ? Hanks ? (Ou Selleck ?)

Au moins ici il n'y a qu'un seul tapis rouge. Une amélioration, même si mes pieds ne l'ont effleuré que trente secondes. D'un côté, toutes les vedettes posent pour les photographes pendant que nous autres, simples mortels, sommes poussés en avant comme du bétail par des types avec leurs inévitables écouteurs aux oreilles. Je suis pratiquement obligée de courir, et Suze se tord la cheville.

La remise des prix ne commence que dans une heure. Autant que je puisse en juger, ni Sage ni Lois ne sont arrivées. Suze prétend qu'elle a trop mal à la cheville pour se balader. Et Tarkie a disparu avec un de ses copains du beach-volley. Donc, attablées avec un verre de vin, nous distribuons nos propres récompenses.

— Oscar de la meilleure laque, me souffle-t-elle en me montrant une bonne femme aux cheveux en carton.

— Oscar des seins refaits, je réplique en désignant une fille que ses avantages ont l'air de précéder.

— Oscar de la méchante productrice martyrisant son assistante !

Cette fois Suze m'indique une femme décharnée en smoking qui insulte du coin de la bouche une jeune femme au bord des larmes.

— J'ai vu cette fille dans les toilettes, me souffle Suze, alors qu'une superbe rousse passe devant nous. Je lui décerne l'oscar de la meilleure application d'anticernes. L'oscar de la meilleure utilisation du sèche-mains-pour-sécher-ses-dessous-de-bras. Oh, April, bonsoir !

C'est April Tremont toute de bleu paon vêtue. À côté d'elle, c'est… Mon cœur s'emballe.

— Lois, j'aimerais te présenter Rebecca Brandon, dit April. Rebecca, Lois Kellerton.

Je trouve que poser son regard sur des célébrités, c'est comme observer les images tridimensionnelles d'un des albums de la série *L'Œil magique*. Au début, elles paraissent abstraites, floues, un peu irréelles.

Ensuite, une fois que vos yeux se sont accommodés aux trois dimensions, elles prennent forme et ressemblent à de vraies personnes. Enfin, presque.

Le visage de Lois me semble plus émacié que lors de notre première rencontre. Sa peau est si fine qu'elle en paraît presque translucide. Ses cheveux ondulés sont ramassés en chignon lâche. Dans sa robe flottante en soie grise, on dirait une ombre.

— Bonsoir, fait-t-elle doucement.

— Bonsoir, je dis, un peu gênée, en tendant la main. Je suis ravie de… vous rencontrer.

Quand elle me serre la main, son visage se crispe l'espace d'une seconde. Elle a saisi. Elle m'a reconnue. Mon cœur se serre. Pourvu que tout se passe bien.

Elle reste zen. Ses pupilles ne se dilatent pas. Rien dans son attitude ne montre que nous nous sommes déjà croisées. Le résultat de la fréquentation d'un cours d'art dramatique, je suppose.

— Becky, dit-elle.

— Oui. C'est ça.

Je m'ordonne en silence : *Becky, ne parle pas du vol à l'étalage. N'y* PENSE *même pas.* L'ennui, c'est que plus je me le répète, plus j'ai du mal à rester bouche cousue. C'est comme si notre secret s'agitait tel un ludion dans ma tête en criant : « Laisse-moi sortir ! »

— J'adore les noix de macadamia, je laisse échapper en désespoir de cause. Et vous ?

— Euh, oui ! fait-elle, intriguée, avant d'ajouter : April me dit que vous voulez être styliste.

En copine loyale, Suze en rajoute :

— Becky est déjà une styliste confirmée, elle est excellente. Elle a travaillé chez Barneys comme conseillère personnelle de mode. Au fait, je suis Suze. Et je suis aussi dans le métier. Figurante.

« Aussi dans le métier ? » Franchement, ça veut dire quoi ?

— Quand j'ai tourné à New York, j'ai fait deux fois des courses chez Barneys, se souvient Lois. Quelqu'un m'a aidée… Janet, c'est ça ?

Je m'efforce de rester calme.

— C'était ma patronne. Elle m'a tout appris.

Lois me jauge du regard.

— Donc, vous vous y connaissez !

— Becky, je suis navrée, nous interrompt April. En définitive, Cyndi n'a pas pu se libérer. Je devais la présenter à Becky, précise-t-elle à l'intention de Suze.

Je dissimule ma déception en exhibant la pochette Art déco :

— Eh bien, entre-temps, j'ai acheté cette pochette pour vous, Lois. En la voyant, j'ai tout de suite pensé qu'elle collait à votre style.

Silence. Lois contemple la pochette en silence. J'ai l'impression de soumettre mes profiteroles à un chef étoilé.

— Ça me plaît, laisse tomber Lois au bout d'un moment. *J'aime beaucoup*. Vendu !

Pas de manifestation de joie intempestive, Becky !

— Très bien, je dis avec nonchalance. Elle vient d'une boutique vintage géniale où je vais tout le temps. Je peux facilement dénicher d'autres choses pour vous…

— Bonne idée !

Lois m'adresse son ravissant sourire mesuré, le même qu'elle a dans *Tess* quand son fiancé, Angel, retire ses vêtements et improvise une danse de la séduction à son intention. (Est-ce que ce passage existe dans le roman de Thomas Hardy ? Quelque chose me dit que non.)

Quelle fille adorable et discrète ! Je ne comprends pas pourquoi les gens la trouvent insupportable. Elle regarde son téléphone en fronçant les sourcils et pose la pochette sur la table.

— C'est mon agent. Je dois lui parler. Mais je vais revenir pour ce ravissant sac. Et on parlera des conditions de notre collaboration.

— Je suis embêtée à propos de Cyndi. Je ne veux pas lui marcher sur les pieds.

— Ne vous en faites pas ! À vrai dire, Cyndi a beaucoup trop de travail pour s'occuper de moi. April m'avait prévenue, d'ailleurs.

— Elle a trop de clientes, confirme celle-ci.

— Moi, non !

— Maintenant vous en avez une !

Et, sur un sourire, Lois nous quitte pour traverser la salle bondée.

— La prochaine fois que vous faites du shopping, je viens avec vous, dit April. Vous pourrez me trouver une pochette identique.

— Bien sûr ! Merci mille fois de m'avoir présentée à Lois.

— Tout le plaisir était pour moi ! Et je *vous* remercie de m'avoir signalé que la scène du foulard ne rimait à rien. Je crois qu'ils sont toujours en train de la retravailler, dit-elle malicieusement. Bon, à tout à l'heure, les filles.

Sur ce, elle se lève et fend la foule.

— Tu te rends compte, Suze, elle a aimé la pochette. Et elle veut qu'on parle des conditions de notre collaboration.

Suze est ravie.

— Tu t'es débrouillée comme un chef, Bex. En plus, Lois a l'air très gentille. Je croyais qu'elle était horrible.

Je suis sur le point de dire que je pensais exactement la même chose quand j'entends la voix de Luke.

— Tout va bien, chérie ?

Il est accompagné d'Aran, de deux femmes inconnues et de Sage en robe argentée et escarpins assortis, avec les cheveux en choucroute comme dans les années 1960. Elle vocifère :

— Si cette salope l'a… Si cette foutue salope l'a…

— Calme-toi, Sage, murmure Aran.

— Tu t'amuses bien, Becky ? veut savoir Luke.

— Oui, c'est vraiment fun. Bonsoir, Aran ! Bonsoir, Sage !

Pendant qu'on finit les salutations, Sage s'affale sur une chaise et pianote furieusement sur son portable.

— Qu'est-ce qui se passe ? je chuchote dans l'oreille de Luke.

— Lois Kellerton. J'ai l'impression qu'elle va obtenir le rôle de Florence Nightingale. Tu n'en parles pas, d'accord ?

— Oh !

La tuile !

Je sens le regard de Suze posé sur moi. Son message est clair : il faut que j'annonce à Luke que je vais travailler pour Lois Kellerton. Elle a raison. Mais pas devant Sage quand même.

Et si j'envoyais un SMS à Luke ?

Je commence à taper :

Luke, j'ai une cliente : Lois Kellerton

Non ! Trop brutal ! J'efface et recommence.

Luke, je viens d'avoir une opportunité dont je préfère ne pas parler à haute voix. J'espère que tu vas te réjouir pour moi. Je PENSE QUE tu vas te réjouir pour moi. Il y a un petit problème mais nous pourrons toujours appliquer le principe de la muraille de Chine et...

Malédiction ! Pas assez de place. Je commence à effacer quand Sage lève le nez de son écran de téléphone.

— Joli sac, fait-elle en tirant vers elle la pochette Art déco. Elle est à vous, Becky ?

Oh non ! *Non* !

— Hmm !

Luke vient à la rescousse.

— C'est un achat professionnel. Tu sais que Becky est styliste. Elle a travaillé chez Barneys et dans un grand magasin de Londres. Je t'en ai parlé hier. Tu t'en souviens ?

— Moi, oui, dit Aran, avec un clin d'œil dans ma direction. Tu étais intarissable sur le sujet.

Alors, comme ça, Luke met mes talents en valeur ? Je suis drôlement émue.

Sage fronce le front comme si elle se rappelait un fait d'une vie antérieure.

— Oui, il me semble. Alors, cette pochette, elle est pour qui ?

— Je crois qu'elle est pour toi, s'exclame Luke. Je ne me trompe pas, hein, Becky ?

Non. Nooooon !

Catastrophe totale ! Désastre absolu ! Calamité intégrale ! Quelle idiote je suis de ne pas l'avoir cachée sous la table !

— Eh bien… En fait…

— Pour moi ? Cool, s'écrie Sage. Elle va très bien avec ma robe.

Elle est aveugle ou quoi ? Ce n'est même pas le même argenté. Je me penche pour récupérer la pochette.

— En fait…

Mais trop tard. Sage s'en est emparée et s'amuse à prendre des poses avec comme si elle était sur le tapis rouge. Suze a l'air aussi horrifiée que moi.

— Je crois que tu as remporté l'affaire, Becky, se réjouit Luke. Félicitations.

— À vrai dire, elle est destinée à une cliente. Je la lui ai promise. Désolée, Sage. Mais je vais tâcher de vous en trouver une semblable.

— Quelle cliente ?

— Juste… une fille. Vous ne la connaissez pas, j'ajoute en croisant les doigts.

— Dites-lui que vous l'avez perdue, me conseille Sage avec une moue charmante. Cette pochette est trop chou. Je *veux* absolument l'avoir.

— Attendez, je lui ai promis…

J'essaie de l'attraper mais elle se met à gambader avec la pochette à bout de bras.

— Elle est à moi !

Et avant que je puisse l'atteindre, elle disparaît dans un groupe de types en tenue de soirée.

Je suis tellement stressée que je donne un grand coup sur la table.

— Luke ! De quoi tu te mêles ! Tu as tout gâché. La pochette n'était pas pour elle !

— Excuse-moi, mais je croyais bien faire. Tu me serines depuis des semaines que tu veux être la styliste de Sage.

— C'est vrai. Mais j'ai cette autre cliente…

— Qui est-ce ? Elle existe vraiment ?

— Mais oui !

— Alors qui est-ce ? Suze, tu sais qui c'est ?

— Becky va te le dire elle-même, répond Suze d'un ton désapprobateur.

— Si on allait au bar ? je propose.

Sur le chemin du bar, je suis prise entre deux sentiments. La jubilation d'avoir enfin une cliente et l'appréhension de l'avouer à Luke. Jubilation-appréhension ; jubilation-appréhension… La tête me tourne, mes jambes tremblent, mes doigts sont recroquevillés. Je suis plutôt soulagée quand nous atteignons le bar.

Il est temps de cracher le morceau.

— Luke, j'ai quelque chose à te révéler. C'est bien et pas bien en même temps. Enfin, c'est peut-être pas bien. Ou… Écoute, il faut que je te le dise.

Luke me dévisage sans un mot.

— Ça nécessite un verre costaud ?

— Je crois, oui.

— Deux gimlets, dit-il au barman. Sans glace.

C'est souvent Luke qui commande pour moi parce que je suis du genre indécise. (Maman est pareille. Elle met une heure à commander un dîner chinois par téléphone.)

— Donc la bonne nouvelle : j'ai une cliente.

— Tu me l'as dit. Bravo ! Et la mauvaise nouvelle ?

Je grimace.

— Ma cliente est Lois Kellerton.

Je m'attends à ce qu'il explose, qu'il se renfrogne

ou qu'il tape du poing sur le bar en criant : « Parmi toutes les stars d'Hollywood, il a fallu que... » Au lieu de quoi, il prend l'air intrigué.

— Et alors ?

Incroyable ! Comment peut-il être si détendu alors que je ne suis qu'une boule de nerfs ?

— Et alors ? Sage va piquer une crise. Je vais faire partie de la bande de Lois, toi de celle de Sage, les drames vont recommencer et...

— Rien ne va recommencer, me coupe Luke, qui tout d'un coup s'énerve. En ce qui me concerne, c'est fini. La prétendue bagarre est terminée. Sage est une femme adulte qui doit faire preuve de dignité et de maturité.

Il me foudroie du regard comme si c'était ma faute.

— Pour être juste, je dis, il ne s'agit pas seulement d'elle. Lois a porté la même robe qu'elle à une soirée, Sage a annulé sa participation à un gala de charité...

— On s'en fout ! me coupe Luke. C'est du passé. En ce qui concerne ton métier, tu n'as de compte à rendre à personne. Si ça dérange Sage que tu travailles pour Lois, c'est à moi qu'elle se plaindra. OK ?

Que je suis heureuse qu'il soit si compréhensif ! Je savais bien qu'il me soutiendrait (enfin, plus ou moins). Nos verres arrivent. Nous trinquons.

— À ta santé, Becky ! Buvons à la réussite de ta première collaboration. J'espère, pour ta tranquillité, que ta cliente n'est pas aussi cinglée que la mienne.

Je me tords de rire. D'habitude Luke se montre réservé, il n'est pas du genre à critiquer ses clients.

— Elle est difficile, vraiment ?

Il ferme les yeux pendant un court instant puis avale une gorgée de son cocktail. En les ouvrant, il a un sourire ironique.

— Dans ce corps magnifique et voluptueux se trouve une ado archigâtée qui a l'intellect d'une gamine de dix ans et un ego gros comme une maison. Et, ayant bossé avec des banquiers, je parle en connaissance de cause.

Il lève les yeux au ciel de manière comique.

— Elle est pire qu'un banquier ?

— Elle pense qu'elle peut se conduire comme elle en a envie. Tout le temps.

— Les stars de cinéma ne sont pas toutes un peu comme ça ?

— Certaines. À partir d'un certain niveau. Sage s'imagine qu'elle a atteint le stade de reine d'Hollywood. Mais ce n'est pas le cas. Pas encore. Le problème, c'est qu'elle a eu du succès très vite et très facilement et que, depuis, rien ne répond à ses espérances.

— Elle peut faire durer son succès ?

— C'est là-dessus que nous travaillons. Mais ça prend un peu de temps. Crois-moi, le plus odieux des mecs des fonds d'investissement de Londres est moins épouvantable que Sage Seymour. Quand je fais une recommandation à un conseil de direction, les types écoutent. Nous décidons d'un plan d'action. Nous le soumettons aux voix. Quand je fais une recommandation à Sage… Qui sait si elle percute vraiment ?

— Aran te trouve brillant. Il me l'a confié, l'autre jour.

— Aran est un type bien. Nous sommes toujours d'accord lui et moi.

Il lève son verre une nouvelle fois.

— Alors, chérie, à ta gloire ! En espérant, j'insiste, que ta cliente soit moins cinglée que la mienne !

En dégustant mon cocktail, je rayonne de bonheur.

C'est vraiment merveilleux d'avoir une bonne conversation à deux. Les dernières semaines ont été un vrai tourbillon : j'ai à peine vu mon mari, et notre vie de couple a atteint le point zéro. Je suis sur le point de confier tout ça à Luke quand un type avec de longs cheveux bruns qu'on dirait passés au vernis passe devant nous. Il a certainement utilisé une bouteille entière de produit lissant.

— Tu veux que j'aie la même coiffure ? marmonne Luke.

— Oui, j'adore, je m'écrie en l'ébouriffant. Plus ils sont longs, plus j'aime.

Pendant notre voyage de noces, Luke s'est laissé pousser les cheveux. Il a même eu des petites tresses. Mais dès notre retour à Londres, il a tout coupé. Je me suis toujours dit que Luke-aux-cheveux-longs était différent de Luke-aux-cheveux-courts. Plus relax.

— Tu devrais porter des cheveux longs et des tongs pour aller bosser, je suggère. Le look L.A.

— Les Anglais ne vont pas travailler en tongs, réplique-t-il.

— Mais maintenant, tu es un Angeleno, un habitant de Los Angeles.

— Pas tout à fait, rigole Luke.

— Presque. Tu sais, Minnie est une vraie mini-Angelena. Elle aime l'eau de noix de coco. Et elle prend des cours de yoga au jardin d'enfants. À *deux ans*, elle pratique le yoga kundalini. Ils ont commencé par étudier quelques mots de sanskrit dans une salle parfumée au safran. Et leur instructrice leur a demandé d'exprimer ce qu'ils ressentaient.

— Minnie a dit quoi ? demande Luke.

— La seule fois où j'ai assisté au cours, elle a dit : ouah ouah ouah.

— Ouah ouah ouah ? Elle est géniale, notre fille.

Luke pouffe dans son verre.

— En fait, c'était bien vu. Ils apprenaient la posture du chien. Luke, tu devrais faire du yoga, toi aussi. Quand tu porteras les cheveux à la taille et un pantalon baggy, tu seras parfaitement intégré.

— T'intégrer complètement, c'est ce que tu *souhaites*, Becky ?

En soutenant son regard, je me rends compte que sa question est sérieuse.

— Je n'en sais rien. En fait, oui, je veux. Pas toi ?

— Peut-être. Mais c'est un endroit curieux. Il y a des choses que j'apprécie, d'autres beaucoup moins.

— C'est partout comme ça, je lui fais remarquer. Tu te souviens de cette mission avec les designers d'Hoxton ? Tu n'arrêtais pas de me dire qu'ils étaient différents des types de la City.

— Un bon point pour toi !

Il sourit, termine son verre et demande :

— Tu ne ferais pas mieux d'aller voir ta cliente ?

— Elle ne le *sera* que lorsque j'aurai arraché la pochette des mains de Sage. Est-ce que tu pourrais distraire ta cliente pendant que je la récupère ?

— Je vais voir ce que je peux faire. Viens.

Tandis que nous traversons la salle de bal, une voix puissante surgit des haut-parleurs :

— Mesdames et messieurs, la cérémonie des Actors' Society Awards va commencer. Veuillez, s'il vous plaît, gagner vos places et vous asseoir.

Je m'oblige à chercher des yeux un éclair argenté dans la foule. Les gens qui étaient à l'extérieur sont revenus, et la salle est archipleine. Une armada de photographes mitraille les stars retardataires.

— Prenez place, mesdames et messieurs ! tonne la voix.

Quelqu'un me donne une tape sur l'épaule. Sage ? Non, Lois, son sourire enchanteur et sa voix douce.

— Je vous cherchais, Becky.

Elle tient fermement la pochette Art déco. La surprise me transforme en bloc de sel. Quoi ? Quand ? Comment ?

— Où l'avez-vous trouvée ? je parviens finalement à articuler.

— Sur une table. Il y avait une coupe de champagne posée dessus. Vous devriez faire plus attention aux accessoires précieux, me reproche-t-elle en plaisantant. Je dois aller sur scène donner une récompense. On se voit plus tard, d'accord ?

Un brin étourdie, je retourne à ma table et m'écroule sur ma chaise.

— Tu t'es absentée pendant des siècles, s'exclame Suze. Alors ? Raconte.

— Tout va bien. Luke est d'accord sur tout, et Lois a la pochette.

— Bien joué, confirme Luke.

— Merci !

Enfin détendue, j'attrape le programme et commence à tourner les pages.

— Voyons voir ces récompenses ! Prix du premier rôle. Suze tu pourrais gagner celui-là !

— Il devrait y avoir un prix du meilleur figurant, commente Suze, levant le nez de son programme avec l'air mécontent. Nous sommes la colonne vertébrale de l'industrie du cinéma. Pourquoi n'avons-nous pas nos propres oscars ? Tarkie, j'aimerais que tu sois le sponsor d'une nouvelle cérémonie de récompenses. Pour les figurants.

— Euh… peut-être, grommelle son mari sans se mouiller.

— Les grands studios nous ignorent. Mais où en seraient-ils sans notre talent et notre dévouement ? Que deviendraient leurs films à grand spectacle ?

On dirait que Suze organise une manif.

— Nous avons droit à la reconnaissance et au respect de la profession, poursuit-elle.

— Et tu veux gagner un prix, je termine.

— Ce n'est pas la *question*, me reprend-elle. Je m'exprime au nom de ma corporation.

— Mais tu accepterais un premier prix ?

— Éventuellement, dit-elle sans modestie. On pourrait avoir des statues comme pour les oscars mais en argent.

— Et les appeler des « Suze » ?

— Ferme-la ! Oh, après tout, pourquoi pas ?

— Mesdames et messieurs…

La voix est de retour.

— … bienvenue aux Actors' Society Awards. Je vous prie d'accueillir notre présentateur de ce soir. J'ai nommé Billy Griffiss.

Applaudissements. Musique. Billy Griffiss dévale une volée de marches lumineuses et fait son arrivée sur la scène. (C'est qui ? Un acteur ?) Son discours démarre sur les chapeaux de roues mais, préoccupée, je ne l'écoute qu'à moitié.

— Ah, Sage, te voilà, dit Aran, alors que, illuminée par les projecteurs, elle s'approche de notre table. Tu avais disparu, ma belle. Tu veux un verre ?

— Je cherchais ma pochette, explique Sage sourcils froncés. Je l'avais à la main. Je l'ai posée et elle a disparu.

— Pas grave ! commente Suze. En fait, elle n'allait pas avec votre robe.

— Et maintenant, pour remettre notre première récompense, permettez-moi de vous présenter une jeune femme qui a fait plus pour la vente des mouchoirs en papier que n'importe quelle autre actrice. Nous l'avons vue sur l'échafaud, nous l'avons vue abandonnée dans l'espace. Nous la voyons maintenant ici. Mesdames et messieurs, la reine de l'émotion… Lois Kellerton !

Le thème musical de *Tess* sort à plein volume des haut-parleurs. Lois apparaît au sommet des marches lumineuses. Elle est mince, éthérée, ravissante. À la main, elle tient la pochette Art déco.

Merde !

OK. Vite, une idée. Tout pour que Sage ne regarde pas la scène.

— Sage ! je m'écrie. Il faut que je vous parle. Tout de suite.

Dès que Suze remarque la pochette argentée sur scène, elle réagit au quart de tour.

— Oh là là ! se lamente-t-elle en se grattant de toutes ses forces. Il m'arrive un drôle de truc. Je me demande si je n'ai pas une crise d'urticaire géante. Sage, ça ne vous ennuie pas de jeter un coup d'œil ?

Intriguée, Sage se penche vers Suze.

— Non, je ne vois rien, déclare-t-elle. Et elle se retourne résolument vers la scène.

À moi d'intervenir. Je me précipite et m'accroupis à côté de sa chaise pour la forcer à baisser les yeux.

— Sage, je viens d'avoir une idée de robe du soir formidable. Avec une traîne genre queue de sirène et une sorte de… corset…

— Sympa, répond-elle le regard fixé sur la scène. On en parle plus tard. Je veux regarder Lois rater son annonce.

— Et les gagnants sont…

Lois se tient derrière un pupitre. Elle a posé la pochette bien en évidence.

— Elle est tellement maigre, commente Sage avec plaisir tout en faisant gonfler son superbe décolleté. Ce corps tout fluet. Elle…

Ses yeux se plissent.

— J'hallucine ! C'est ma pochette !

Quelques têtes se tournent dans notre direction.

— Oui, c'est *ma* pochette. *Cette sorcière me l'a piquée.*

— Non, je réplique. C'est juste un malentendu…

— Un malentendu, tu parles ! Elle me l'a volée, oui !

Horrifiée, je vois Sage se lever et crier :

— Lois, rends-moi ma pochette !

— Oh, non ! gémit Aran en regardant Luke.

— Mais qu'est-ce qui lui prend ? s'exclame ce dernier.

En train de décacheter l'enveloppe du gagnant, Lois s'arrête et, indécise, scrute le public. Hors d'elle, Sage déboule vers la scène. Je n'en crois pas mes yeux ! La voici sur le podium. Sa robe étincelle sous les feux de la rampe.

— C'est ma pochette, crie-t-elle en la récupérant. Tu es une voleuse, Lois ! Une petite voleuse minable.

— Non !

Aran flanque son poing sur la table. Aussitôt une meute de photographes commence à le mitrailler.

— Je n'ai rien pris du tout. C'est Rebecca, ma styliste, qui me l'a offerte, proteste Lois, sidérée.

— C'est à moi qu'elle l'a donnée, réplique Sage en ouvrant la pochette. Regarde ! Voici *mon* portable ! *Mon* rouge à lèvres ! *Mon* porte-bonheur ! Alors, tu prétends toujours que c'est *ton* sac ?

Comme paralysée, Lois contemple les affaires de Sage. Puis elle lève un visage anxieux.

— Je ne comprends pas. La pochette est un cadeau.

J'ai la tremblote. Je me lève pourtant de ma chaise et déclare à haute et intelligible voix :

— C'est moi, la coupable. Je vous ai promis cette pochette à toutes les deux. Désolée, vraiment…

Aucune des deux femmes ne me remarque et pourtant ce n'est pas faute d'agiter les bras pour attirer leur attention. Billy Griffiss fait de son mieux pour ramener le calme.

— Mesdames et messieurs, il s'agit forcément d'une méprise. Ça me rappelle une plaisanterie. Celle du voleur de calendrier. Il en a pris pour douze mois et ses jours sont comptés. Ah ! Ah !

Sa blague le fait mourir de rire. Mais, s'il avait espéré déclencher l'hilarité générale, il en est pour ses frais. Les gens ont les yeux rivés sur Sage. Deux types avec écouteurs s'approchent d'elle mais elle les repousse.

— Sage ! S'il vous plaît ! Vous m'entendez ?

C'est moi, une nouvelle fois. Mais peine perdue.

— Le public doit connaître la vérité à ton sujet, Lois, crache-t-elle. Tu joues les saintes, mais tu n'es qu'une délinquante. Tu es une voleuse. Tu piques dans les magasins.

Cris et chuchotements dans la salle.

— Qu'on la fasse sortir ! hurle quelqu'un.

— Allons, allons, fait Billy Griffiss qui s'efforce de calmer le jeu. Revenons à nos récompenses…

— C'est vrai. Elle vole à l'étalage. C'était où Lois ? Chez Pump ? Je me trompe ?

On dirait que Lois est sur le point de vomir.

— Il y a une séquence enregistrée par la caméra de surveillance, poursuit Sage. Tu te reconnaîtras sûrement.

— Tu dis n'importe quoi, proteste Lois d'une voix tremblante.

— Oh, non ! Becky t'a vue. Becky, vous avez vu Lois en train de piquer des chaussettes, n'est-ce pas ? Dites-leur ! Voilà le témoin, dit-elle en faisant de grands gestes vers moi.

Je suis toujours debout et donc bien en vue. En une seconde, toute l'assistance semble avoir tourné ses regards vers moi. Les photographes pointent leurs appareils dans ma direction. Quelques flashes m'éblouissent.

— N'est-ce pas que vous avez vu Lois Kellerton en train de voler ? Dites-leur la vérité, Becky, annonce Sage, d'une voix qui s'élève clairement dans la salle. Un sourire cruel est plaqué sur sa bouche.

Quant à moi, le sang bat à mes oreilles avec le bruit d'un train de marchandises. Je suis incapable d'aligner deux pensées à la suite. Le monde entier me regarde. Je dois décider d'une attitude à adopter mais c'est impossible. Les secondes passent et…

J'ai pas mal raconté de bobards dans ma vie. J'ai

affirmé que je m'étais cassé la jambe alors que c'était faux, que j'étais atteinte de fièvre glandulaire. J'ai prétendu que des boots m'avaient coûté 100 livres alors que je les avais payées 250. Mais ces mensonges me concernaient, *moi*. Je n'ai jamais menti au sujet de quelqu'un d'autre.

Je ne peux pas affirmer publiquement que Lois est une voleuse.

Mais je ne peux pas affirmer qu'elle ne l'est pas.

— Je…

Et, en lançant un regard misérable à Lois, je lâche :

— Je n'ai rien à dire.

Ensuite, je m'affale sur ma chaise, au bord du malaise.

— Vous avez la preuve, triomphe Sage. Regardez la vidéo de la caméra de surveillance. Becky a tout vu. Elle est le témoin. Faites-la venir à la barre !

Sur cette dernière envolée, elle salue le public et quitte la scène.

Aran et Luke sont estomaqués.

— Ça va, Becky ? demande Luke en me serrant la main très fort.

— Oui ! Non ! J'étais censée faire quoi ?

Mon mari a l'air en colère.

— Tu étais dans une position intenable. Mais comment as-tu pu te fourrer dans une situation pareille ?

— La meute arrive, prévient Aran alors que les photographes déboulent en rangs serrés.

Il me jette un regard compatissant et ajoute :

— Méfiez-vous, ma petite. Votre vie a changé pour toujours.

Un journaliste me tend un micro.

— Becky, avez-vous vu Lois voler dans ce magasin ?

— L'avez-vous prise en flagrant délit ? demande un autre.

— Becky, tournez-vous de ce côté, s'il vous plaît !

— Laissez-la tranquille, gronde Luke.

— À droite, Becky !

— Par ici !

Je m'étais toujours demandé quel effet ça faisait d'être le point de mire des paparazzis. Maintenant je sais. C'est comme être prise dans un orage. Beaucoup d'éclats de lumière blanche dans les yeux, beaucoup de bruit dans les oreilles. On m'appelle de tous les côtés. Je ne sais pas où regarder ni que faire. La seule chose dont je suis consciente, c'est mon prénom que des gens crient tant et plus.

— Becky !

— Becky !

— Beckyyyyyyy !

## 14

Autrefois on aurait attendu la sortie de la première édition des journaux. On aurait même dormi quelques heures. Mais nous sommes à l'ère d'Internet, et aujourd'hui l'information circule vingt-quatre heures sur vingt-quatre. La nouvelle s'est affichée instantanément.

Il est maintenant six heures du matin. Aucun de nous ne s'est couché. J'ai lu à peu près deux cents articles en ligne. Impossible d'arrêter. Les titres ont changé toutes les heures, au fur et à mesure que des bribes d'information parvenaient sur les sites.

**LOIS EST UNE VOLEUSE À L'ÉTALAGE !!!**
**LA CÉRÉMONIE DES ASA PERTURBÉE !**
**SAGE ACCUSE LOIS DE VOL ET INTERROMPT LA REMISE DES RÉCOMPENSES !**
**UNE VENDEUSE DU MAGASIN CONFIRME LE VOL, « PAS DE PLAINTE DÉPOSÉE POUR LE MOMENT » !**
**SAGE : « JE ME SENS TRAHIE PAR UNE ANCIENNE AMIE »**

Et il y en a plein sur moi :

**LE TÉMOIN 'BECKY' A « TOUT VU »**
**BECKY POURRAIT TÉMOIGNER AU PROCÈS**

DES STARS SE BATTENT POUR LE SAC
DE LEUR STYLISTE BECKY

Et ainsi de suite. Le plus étonnant, je l'ai trouvé sur un site de potins :

BECKY « A BU DES COCKTAILS »
AVANT LE SCANDALE, RAPPORTE LE BARMAN

N'importe quoi ! Quel est le rapport avec les événements ? Autant annoncer : « Lois et Sage sont allées aux toilettes le jour de leur bagarre. » Quelqu'un *va* probablement l'écrire, d'ailleurs.

Installés sur le canapé, Suze, Tarkie et les enfants avalent des céréales en regardant le reportage que la chaîne E ! passe en boucle : Sage en train d'insulter Lois et un gros plan de moi, l'air effarée. J'ai déjà vu la séquence quarante-sept fois. Ça suffit !

Dans la cuisine, Luke et Aran bavardent avec acharnement. Ils ont réussi à persuader Sage d'arrêter de répondre aux journalistes, de rentrer chez elle et de se mettre au lit. Aran, gros pourboire à l'appui, a demandé à son employée de maison de veiller sur elle. « Il faut qu'elle dorme », a-t-il ordonné. Mais je parie qu'elle est restée debout toute la nuit. Et qu'elle adore ça.

En ce qui concerne Lois, je ne sais rien. Son entourage l'a fait sortir presque tout de suite de l'hôtel. L'image d'un animal en cage s'est alors une nouvelle fois imposée à moi. Chaque fois que je pense à elle, je me sens terriblement mal à l'aise.

— Veux voir Barney !

Minnie interrompt mes réflexions.

— Veux voir Barney, pas maman. Pas *maman*, insiste-t-elle.

Quelle chipie, ma fille ! D'un autre côté, j'imagine que voir surgir sa mère sur l'écran est d'un ennui total comparé à Barney le gros dinosaure violet.

— Viens avec moi, poupette. On va aller chercher Barney.

Je l'emmène au premier, toute mignonne dans sa robe de chambre à lapins et ses pantoufles, puis l'installe sur notre lit devant Barney avec un bol d'épeautre soufflé sans sucre. (Son snack préféré malgré son manque de goût total. Minnie est devenue une vraie petite fille de L.A.) En refermant les rideaux je marque un temps d'arrêt. Il y a une équipe de télé dehors. Une vraie équipe ! Une minute après, la sonnette de la grille retentit sans discontinuer. Je sors sur le palier et descends. Mais Luke m'intercepte au bas des marches.

— *Ne réponds pas !* Aran gère tout.

Il m'emmène dans la cuisine.

— Becky, il faut que tu fasses profil bas pendant quelques jours. C'est embêtant mais c'est comme ça. Nous allons publier un communiqué de presse au milieu de la matinée.

Une voix d'homme parvient de l'extérieur :

— Becky, nous vous offrons une exclusivité !

— Et si j'accordais une interview ? je suggère. Pour clarifier les faits.

— Hors de question, rugit Luke comme s'il condamnait une idée monstrueuse. Le communiqué suffit. Nous ne voulons pas alimenter cette frénésie. Plus tu leur en donnes, plus ils en réclament. Tu veux du café ?

— Merci. Il faut que j'aille… chercher… mon brillant à lèvres.

Je traverse l'entrée comme une flèche, monte l'escalier quatre à quatre. Une fenêtre me permet d'apercevoir les grilles. Je colle mon front contre la vitre. Aran est en train de parlementer avec une équipe de télé. Complètement détendu, il rigole. Il tape même dans la main d'un des types. Le contraire de Luke.

— Désolé, les mecs, mais je vous tiens au courant dès que possible, dit-il avant de revenir vers la maison.

Je regagne l'entrée pour l'accueillir.

— Aran, qu'est-ce qui passe ?

— Oh, comme d'hab ! Toujours la même rengaine des médias.

— Ils veulent m'interviewer ?

— C'est sûr.

— Vous avez dit quoi ?

— J'ai dit : « Tâchez de ne pas abîmer la grille, espèces d'ignobles voyous sans cœur ! »

Aran est tellement cool. Je ne peux pas m'empêcher de sourire. La sonnette de la grille retentit. Il jette un coup d'œil par la fenêtre de côté.

— C'est l'équipe d'ABC. On dirait que l'histoire est passée au niveau grand public.

— Luke m'a dit de rester à l'intérieur et d'ignorer les journalistes. Il paraît qu'un communiqué va être publié plus tard.

— Si on veut que la tempête se calme, c'est la meilleure conduite à adopter. On ne bronche pas, et ils se lassent. Simple comme bonjour.

Je sens toutefois qu'il retient un « mais ». Oui, il aimerait ajouter quelque chose. Cependant, quand je le regarde d'un air interrogateur, il se contente de hausser les épaules.

Il ne dira rien de plus, à moins que je ne l'y pousse.

— Il y a un « mais », hein, Aran ?

Il soupire.

— Becky, vous êtes la femme de Luke. Ce n'est pas à moi de vous donner des conseils.

— Mais ?

— Tout dépend de ce que voulez. Et de ce que Luke veut.

— Je ne sais pas ce que je veux. Je ne comprends même pas ce que vous dites.

— OK. Je vais vous expliquer. J'ai observé vos efforts pour devenir styliste à Hollywood. Mais sans trop de résultats jusqu'à maintenant. Je me trompe ou pas ?

— Non, c'est vrai.

— Vous savez ce qu'il faut pour réussir à Hollywood ? Enflammer les projecteurs. En ce moment, les faisceaux de lumière sont braqués sur vous. Le public ! Le battage… C'est ça, capter les feux de la rampe. Et moi, en tant qu'écolo convaincu, je déteste que cette énergie ne serve à rien.

— Moi aussi.

— Qu'on le veuille ou non, le succès ici n'a rien à voir avec le talent ou le travail. Si ! Peut-être pour dix pour cent. Le reste est dû à un coup de chance qu'on sait utiliser. Je résume. De deux choses l'une : ou vous considérez l'incident d'hier soir comme un petit épisode hors du commun à effacer de votre mémoire, ou vous le percevez comme un énorme coup de pot. Becky, hier soir la providence vous a fourni un laissez-passer pour la file rapide. Vous avez la possibilité de passer en tête. C'est ce que vous désirez ?

Ses paroles me fascinent. Passer en tête ? Bien sûr que je le veux.

J'en bégaie :

— Oui, oui ! Mais comment faire ?

— Établir un plan. Maximiser la lumière des projecteurs. Mais vous devez savoir ce qui vous attend. Être prête à aller jusqu'au bout.

— Vous voulez dire quoi exactement ? Utiliser les médias ? Donner des interviews ?

— Je résumerais en disant : canaliser cette énergie. Aujourd'hui votre personnage est très médiatisé, mais les gens vous connaissent comme Becky Brandon, témoin d'un vol à l'étalage. Pourquoi ne pas transformer cette image en Becky Brandon, styliste des célébrités ? Becky Brandon, l'experte en mode d'Hollywood ? Becky Brandon « la » spécialiste du look ? On peut vous coller n'importe quelle étiquette.

Je suis trop ébahie pour parler. Étiquette ? Styliste de célébrités ? *Moi ?*

— Cette pochette que vous avez trouvée fait déjà le tour de la Toile, m'informe Aran. Est-ce que vous réalisez que votre popularité est au plus haut ? Si vous allez au tribunal, cette notoriété sera multipliée par cent. Vous serez la star des témoins et, croyez-en mon expérience, tout le monde regardera.

La star des témoins ! Incroyable ! Il va me falloir une nouvelle garde-robe. Tous les jours je vais porter de petits tailleurs à la Jackie Kennedy. Je vais raidir mes cheveux. Non, les remonter en chignon. Oui ! Ou alors j'aurai un look différent chaque jour. Les gens parleront de moi en disant « La Fille aux cinquante styles »…

Aran coupe court à mes élucubrations vestimentaires :

— Vous réalisez l'ampleur des retombées ? Les gens tueraient pour bénéficier de cette publicité.

— Oui mais…

J'essaie de ralentir le tourbillon de mes pensées.

— Finalement, je dois faire quoi ? je demande. Maintenant ? Aujourd'hui ?

— On s'assied pour élaborer un plan, répond Aran, soudain très professionnel. Je peux demander à quelques collègues de participer. Il vous faut un agent…

Subitement la réalité me frappe en pleine face.

— Stop, je m'exclame. Ça va trop vite.

Puis, en baissant le ton :

— Tout ce que vous préconisez est exactement à l'opposé de ce que Luke dit. Lui, il souhaite qu'on oublie tout.

— Sûr. Mais, Becky, vous devez vous rappeler que Luke ne vous considère pas comme une cliente. Vous êtes sa femme. Il veut vous protéger, ainsi que Minnie. Moi ? Je vois chaque personne comme une cliente ou un client potentiel. On se parle plus tard.

La sonnette retentit une fois de plus. Je sursaute.

— Non ! Laissez-les mijoter, fait Aran.

— Il va se passer quoi pour Sage ?

— Sage ? ricane-t-il. Si cette fille dérape encore, elle va se retrouver dans le fossé. Mais pas de problème. Luke et moi, nous allons la remettre en piste. Elle va se débattre, hurler, se donner en spectacle. Pas joli-joli, croyez-moi. Mais rien ne l'est chez Sage. Sauf son visage. Et encore, quand elle est maquillée. Mieux vaut ne pas la regarder avant. C'est atroce !

— N'importe quoi ! je rétorque. Elle est superbe !

— Si vous le dites ! se moque Aran en levant ses sourcils obliques.

C'est fou ce qu'il est cynique. Comme s'il se *délec-*

*tait* de tout ça. Je le dévisage pour essayer de le percer à jour.

— Vous réagissez plus sereinement que Luke sur le sujet. Pourtant, elle a fichu en l'air votre stratégie, non ?

— Possible. Mais j'aime les défis. Les stars, c'est comme les actions boursières. Elles montent et elles descendent.

— Et Lois ? Vous croyez que l'histoire… va… (j'ai du mal à prononcer les mots)… anéantir sa carrière ?

Je me sens toujours coupable. Si seulement je l'avais bouclée. Si seulement j'avais tenu ma promesse. Je suis hantée par la vision de Lois sur scène oscillant sous le choc. Elle semblait tellement désespérée. Et tout cela par ma faute.

— Ça va dépendre de sa façon d'agir. Elle est intelligente. Elle est tout à fait capable de s'en sortir.

Il est vraiment sans cœur.

— Vous l'avez vue ? J'ai cru qu'elle allait s'évanouir sur scène.

— Elle n'avait sans doute pas assez mangé.

Le portable d'Aran sonne.

— Je dois y aller, annonce-t-il. On se parle bientôt. Mais, Becky… ne mettez pas trop longtemps à vous décider. Si vous voulez capitaliser sur ce moment, vous avez besoin des projecteurs. Et ils ne seront pas braqués sur vous éternellement.

Il prend la communication :

— Salut !

— Aran, attendez !

Je baisse le ton et jette un coup d'œil vers la cuisine.

— Si vous deviez me faire une recommandation

sur la façon de me comporter aujourd'hui… vous diriez quoi ?

— Une seconde, fait-il à son interlocuteur.

Et à moi, avec un coup d'œil furtif vers la cuisine :

— Officiellement je ne suis pas votre conseiller, Becky. Vous comprenez.

— Tout à fait, je chuchote.

— Mais si j'avais une cliente qui souhaite tirer parti au maximum de cette publicité, je lui dirais de se montrer. Sortez. Mais n'ouvrez pas la bouche. Soyez réservée, charmante, menez votre vie normalement. Mais montrez-vous. Laissez-vous photographier. Réfléchissez à ce que vous portez. Décontractée mais dans le coup. Votre look est un message.

— OK. Merci.

Pendant qu'Aran est au téléphone, je vais à la fenêtre de l'escalier pour regarder au-dehors. Il y a de plus en plus de journalistes devant la grille. Ils sont là pour moi. Je suis au top. Les mots d'Aran tournicotent dans ma tête. Il a raison. J'ai essayé sans succès de travailler et voilà qu'une occasion en or passe à portée de ma main. Si je ne la saisis pas, cette chance ne se présentera peut-être plus…

— Becky ?

Je sursaute. C'est Luke.

— Je t'ai fait une tasse de café.

— Merci, je dis en lui souriant nerveusement. C'est bizarre, tous ces journalistes, tu ne trouves pas ?

— Ne t'inquiète pas. Ils ne vont pas s'éterniser, dit-il en me serrant contre lui. Vous devriez tous aller regarder un film au sous-sol. Comme ça vous ne les aurez plus sous les yeux.

— Oui. Pourquoi pas ?

En jetant un coup d'œil dehors, je vois qu'une équipe de NBC est arrivée. *NBC !*

Mon portable sonne. Encore un numéro masqué ? Six journalistes ont déjà laissé des messages. Comment ont-ils eu mon numéro ? Mystère.

Mais ce n'est pas un journaliste. C'est ma mère.

— C'est maman ! je m'exclame alors que Luke s'éloigne pour prendre un autre appel. Bonjour, maman ! Ce n'est pas trop tôt ! J'ai essayé de te joindre toute la nuit. Où es-tu ?

— Dans la voiture. Je t'ai parlé de notre petite expédition avec Janice et Martin. Nous sommes dans le Lake District. Pas de réseau. Mais des paysages ravissants. L'hôtel est *mal chauffé*. Nous avons dû demander des couvertures supplémentaires. Ils ont été très gentils…

Difficile d'en placer une.

— Euh… maman, il s'est passé…

— Je sais, exulte ma mère. Sur l'autoroute, une personne du *Daily World* m'a appelée. Elle m'a dit : « Est-ce que vous savez que votre fille fait sensation à Hollywood ? » Je lui ai répondu que non, je l'ignorais, mais que je n'étais pas étonnée. Car j'avais toujours su que tu ferais sensation. Janice vient de trouver une photo de toi sur son smartphone. Ta robe du soir est divine. Elle vient d'où, ma puce ?

— Maman, tu n'as pas parlé à la journaliste, j'espère ? Luke demande qu'on ne communique rien à la presse. Si on t'appelle, tu raccroches.

— Raccrocher ? certainement pas, s'offusque maman. D'abord je voulais connaître tous les détails. Et puis elle a été délicieuse, cette fille.

— Combien de temps a duré la communication ?

— Oh… Janice, je suis restée longtemps au téléphone ? Tu dirais quoi ? Quarante minutes environ ?

— Quarante *minutes* ?

Je suis effondrée.

Luke m'a recommandé de ne rien dire aux médias. Aran m'a conseillé la même chose. Et voilà maman qui donne une méga-interview au *Daily World.*

— Bon, mais plus un mot, je t'en prie. En tout cas, pas avant d'avoir reçu les instructions de Luke.

— Elle voulait savoir si tu avais déjà piqué dans un magasin. Quelle idée ! « Jamais de la vie, je lui ai répondu, sauf la fois où elle est revenue de chez Hamley avec six paires de chaussures de poupée dans sa poche. Mais mon petit chou n'avait que trois ans. Nous les avons renvoyées dans une enveloppe. » Tu t'en souviens, Becky ?

— Pourquoi tu as été lui raconter ça ? Dieu sait ce qu'elle va écrire maintenant ! Maman, tu peux me passer papa ? Il conduit ?

— Non, c'est le tour de Martin. Ne quitte pas.

— Comment va ma petite Becky ? fait mon père de sa voix profonde et rassurante. En plein remue-ménage, je vois. Est-ce que les journalistes font le pied de grue devant ta porte ?

— C'est à peu près ça.

— Devinette : y a-t-il une chose pire que d'être au top ?

— Ne *pas* être au top, je réponds en souriant.

Pour chaque circonstance, papa a en réserve une plaisanterie en forme de dicton.

— Si tu veux que nous sautions dans un avion pour venir te soutenir, ta mère ne sera que trop heureuse de s'acheter une nouvelle tenue pour l'occasion.

J'éclate de rire.

— Sérieusement Becky, ça va ? Et Minnie ?

— Tout baigne, papa.

— Parce que, si tu as besoin de nous, on peut prendre le premier vol pour L.A.

— Je sais. Mais ce n'est pas la peine. Simplement, peux-tu faire en sorte que maman n'alimente pas toutes les gazettes du royaume ?

— Je vais faire de mon mieux. Dis-moi, Becky, en dehors de dénoncer les voleuses et de devenir un phénomène médiatique, comment va ta vie à Hollywood ? Le soleil n'est pas trop chaud ? Le ciel, pas trop bleu ?

— Tout est parfait, je dis en riant.

— J'imagine que tu n'as pas eu le temps de passer chez mon vieux pote.

Malédiction ! C'est la seconde fois qu'il est obligé de me le rappeler, alors que j'avais vraiment l'intention de le faire.

— Excuse-moi, papa. Ça m'est complètement sorti de la tête. Mais je te promets…

— Ne t'en fais pas, ma puce. Je sais que tu es très occupée.

Il est tellement compréhensif. Du coup je me sens encore plus coupable.

— Non, mais je te le promets vraiment.

En raccrochant, je réfléchis sérieusement. Il y a un nouveau car régie devant la grille. Les mots d'Aran me reviennent. « Ne mettez pas trop longtemps à vous décider. Les projecteurs ne seront pas braqués sur vous éternellement. »

— Ça va, tes parents ? demande Luke.

— Oui. Sauf que maman a accordé une interview

au *Daily World.* C'est OK, je m'empresse d'ajouter en voyant sa fureur. Je lui ai dit de ne pas recommencer.

— Bon. De toute façon, ce qui est fait est fait. J'ai rédigé le brouillon du communiqué qui sera publié d'ici deux heures. Je l'envoie d'abord aux conseillers juridiques d'Aran pour vérification. Si tu ne veux pas regarder un film, tu peux prendre un bon bain. Pour te vider l'esprit.

— En fait, il faut que je sorte, je lance d'une voix que j'espère décontractée.

Luke me regarde comme si j'étais tombée sur la tête.

— *Sortir* ? Pourquoi ?

— Je dois rendre un service à papa. Passer voir son vieux pote Brent Lewis. Je t'en ai parlé, je crois.

— Oui, mais pourquoi… *maintenant* ?

— Pourquoi pas ?

— Parce que ça grouille de gens, dehors. Dès que tu vas pointer ton nez, ils vont se ruer sur toi.

— Ça m'est bien égal. L'important, c'est de faire plaisir à mon père. Pourquoi la presse m'empêcherait-elle de mener une vie normale ? Je tourne en rond ici, j'ai l'impression d'être en cage dans ma propre maison. Je ne suis quand même pas en prison, si ?

— Ne sois pas ridicule ! Simplement, je pense qu'aujourd'hui…

— Luke, j'ai promis à mon père. Et je vais tenir cette promesse quel qu'en soit le prix. Personne ne m'en empêchera, ni les journalistes, ni toi, ni personne !

— Très bien ! Puisque tu insistes à ce point, va directement à la voiture et démarre sans leur parler.

— D'accord.

— Ignore-les, même s'ils insistent. Mais je continue à penser que tu devrais rester à la maison.

Je persévère, la voix frémissante.

— Luke, tu ne comprends pas. Je dois le faire. Pour mon père. Pour moi. Pour nous tous.

Avant qu'il puisse me demander ce que j'entends par là (je n'en ai pas la moindre idée !), je monte dans notre chambre, en me sentant comme un chevalier héroïque avant la bataille. La comparaison est juste : je dois gagner. L'opportunité d'être photographiée à Hollywood s'offre à moi. Une occasion qui ne se présentera pas deux fois.

Miséricorde ! Qu'est-ce que je vais *mettre* ?

OK. Il m'a fallu une heure, trois miroirs et environ deux cent cinquante selfies avant d'être prête à affronter les caméras dans un look parfaitement casual-mais-branché. Chino Stella McCartney blanc très seyant avec de petits zips. Stilettos Dolce & Gabbana à mourir. Débardeur J. Crew rose vif à faire tourner les têtes. Sans oublier le détail qui tue : des lunettes de soleil oversize dénichées dans la même boutique que le sac en strass : des Missoni vintage imprimées rose et vert. Impossible de ne pas les remarquer. À mon avis, elles ont tout pour créer le buzz.

L'important en ouvrant la portière de la voiture, c'est de prendre une pose flatteuse. Oui ! Et de faire une déclaration genre : « Laissez-moi tranquille, je vous prie. Je n'ai rien à dire. Aujourd'hui est un jour comme un autre. »

J'enlève mes rouleaux, retouche mon rouge à lèvres et m'examine dans la glace. Bon… Pas mal. Mais j'ai intérêt à sortir sans tarder, avant que la presse en ait assez de poireauter et lève le camp. Luke et Aran sont déjà partis voir Sage sous les cris des journalistes. Maintenant, c'est mon tour. Je me sens comme un gladiateur sur le point d'entrer dans l'arène.

J'ai réussi à localiser Brent Lewis après six coups de fil au moins. Bien entendu, aucun membre de sa famille n'habite à l'endroit indiqué par papa. Mais quelqu'un m'a donné le numéro de sa mère, puis à ce numéro une autre personne m'a indiqué qu'elle avait déménagé à Pasadena et là on m'a informé qu'elle vivait désormais en Floride. Pour finir, j'ai découvert qu'elle était morte depuis sept ans. Mais, entre-temps, j'ai trouvé le numéro de sa sœur, Leah, et, par elle, j'ai obtenu l'adresse actuelle de Brent Lewis : le domaine de La Colline ensoleillée, près de San Fernando Road. J'ai consulté le plan : c'est un quartier de L.A. où je n'ai jamais mis les pieds. Mais avec mon GPS, ça va rouler.

Minnie joue au ballon avec les Cleath-Stuart au sous-sol. Je passe une tête et annonce :

— Je vais juste faire une course. À tout à l'heure.

— Lunettes à moaaa ! clame Minnie dès qu'elle a repéré mes Missoni.

Je la reprends sévèrement :

— Minnie ! On ne dit pas « à moi ».

Elle se corrige :

— S'il te plaît ! S'il te plaaaaît !

— Non, poupette. Elles sont à maman.

Et je lui fais un bisou.

— *S'il te plaaaaaît.*

Elle essaie de les attraper.

— Minnie, tu as plein de jouets… Regarde ça, je dis en lui tendant un sac à main de poupée.

Elle le considère avec mépris puis le flanque par terre.

— Rin-gard ! affirme-t-elle.

Quoi ? Ai-je bien entendu ? Minnie a dit « ringard » ? Avec Suze nous nous étranglons d'un rire horrifié.

— Ce n'est pas moi qui lui ai appris ce mot.

— Ni moi, se récrie Suze.

Je regarde Clemmie qui s'amuse tranquillement avec une jupe de Minnie sur la tête. Les enfants Cleath-Stuart ne savent sûrement pas ce que signifie « ringard ».

— C'est sûrement cette Ora, j'affirme. Elle a une mauvaise influence sur Minnie. Je le savais.

— Mais non, objecte Suze. Ça peut être n'importe qui.

— Je parie que c'est elle. Poupette, ce sac n'est *pas* ringard.

Je le ramasse et le lui tends.

— C'est un classique sûr. De toute façon, on ne jette pas les sacs par terre, même s'ils *sont* ringards.

— Tu vas où avec ces belles chaussures ? demande Suze en m'inspectant de la tête aux pieds.

— Voir le copain de mon père.

— Tu sais qu'il y a plein de journalistes à la grille.

Là, il faut que je joue la nonchalance.

— Peu importe ! Je n'ai qu'à les ignorer.

Elle m'examine de plus près.

— Bex, tu t'es fait des boucles ?

— Mais non ! Enfin oui, quelques-unes. Pour donner du volume. Ce n'est pas interdit, si ?

— Et tu t'es collé des *faux cils* ?

— Seulement en haut. Mais dis donc, Suze, c'est l'inquisition ? Bon, je file. À plus tard.

Je monte les marches, stoppe dans l'entrée pour prendre trois grandes respirations et ouvre la porte. En avant ! Peopleville, à nous deux !

Immédiatement une avalanche de voix déferle sur moi.

— Becky ! Beckyyyy. Par ici !

— Becky vous êtes en contact avec Lois ?

— Avez vous été interrogée par la police ?

— Becky ! Par là !

Le nombre de journalistes a doublé. La grille – haute et ouvragée – se trouve à vingt mètres de la porte d'entrée. À travers chaque ouverture il y a un objectif braqué sur moi. Pendant une seconde, je meurs d'envie de me réfugier dans la maison. Mais trop tard, je suis dehors.

Le problème, avec tous ces appareils pointés sur ma personne, c'est qu'ils peuvent se déclencher *n'importe quand*. Ce n'est pas le moment de se laisser aller. Ventre rentré, épaules dégagées, je m'avance posément vers la voiture en feignant de ne pas prêter attention à la meute braillante.

Un type s'égosille :

— Becky, une interview ?

— Non, merci. Je m'en tiens à ma routine quotidienne, je réponds en rejetant mes cheveux en arrière.

Mes clés sont au fond de ma poche : je m'arrange pour les repêcher dans un mouvement élégant. J'ouvre la portière, jambes croisées comme Victoria Beckham, et m'assieds. Je claque la portière et souffle. Voilà. C'est fait.

Sauf que… Et si leurs prises de vue étaient ratées ?

J'aurais peut-être dû m'approcher plus près de la grille. Ou marcher plus lentement.

C'est l'occasion unique d'être photographiée par la presse mondiale, d'être immortalisée sur un cliché dont les gens parleront et qui aidera à lancer ma carrière de styliste à Hollywood. Finalement, je crois que je vais sortir de la voiture et recommencer.

Je cogite quelques secondes, ouvre la portière et m'extirpe aussi gracieusement que possible. Faisant mine de ne pas voir les caméras, je m'avance dans l'allée et commence à examiner la haie avec intensité.

— Becky ! Beckyyy ! Par ici !

— Pas de déclaration, je dis en arrangeant mes cheveux. Pas de déclaration, merci. Rien n'a changé dans mes activités quotidiennes.

D'un geste désinvolte, j'enlève mes lunettes de soleil et fais de mon mieux pour adopter une moue de star – lèvres gonflées, joues aspirées. Toujours faussement boudeuse, je pivote sur moi-même et balance les bras. Et si j'ouvrais la grille pour que mes chaussures se voient mieux ? J'actionne la télécommande, et la grille glisse.

Une femme agite son micro vers moi.

— Becky ! Sharon Townsend de NBC. Racontez-nous le vol à l'étalage de Lois Kellerton.

— Respectez ma vie privée, s'il vous plaît. Je gère ma journée comme d'habitude.

Soudain, une idée brillante surgit dans mon esprit. Je retourne à la voiture, m'installe avec élégance sur le capot et sors mon portable – je peux téléphoner assise sur ma voiture, dans mon allée, n'est-ce pas ? Quoi de plus naturel, en fait ?

— Salut, je dis dans l'appareil. Oui ! Absolument !

Je croise les jambes dans une position plus avantageuse et poursuis ma prétendue conversation avec force gesticulations.

— Oui, je sais. Affreux. Vraiment.

Le *clic-clac* des obturateurs devient frénétique. Je rayonne ! J'exulte ! Ça y est ! Je suis une célébrité !

— Becky, la marque de vos chaussures ? demande quelqu'un.

— Je vous en prie, pas d'intrusion dans mon intimité, je réponds aimablement. Je gère mon emploi du temps comme d'habitude.

Je soulève les pieds pour mettre en valeur les talons argentés et les remue de droite à gauche.

— Des Saint Laurent ? lance une fille.

— Non pas du tout, je corrige.

Oubliant ma résolution de ne rien dire, je me précipite vers la grille et récite :

— Chaussures Dolce & Gabbana. Mon top est J. Crew, mon pantalon, Stella McCartney. Et mes lunettes Missoni vintage.

Est-ce que j'ajoute : « Je suis disponible pour des conseils de mode personnalisés à des prix raisonnables. Renseignements sur demande. Toute mission, même minime, est acceptée » ?

Non. Un peu too much.

Un bouquet de micros m'arrive sous le nez.

— Vous avez un message à transmettre à Lois ?

— La pochette appartenait à qui, Becky ?

— Il y avait de la dope dedans ? Lois se drogue ?

Oh, là ! cette histoire commence à m'échapper.

— Merci beaucoup, je fais d'une voix aiguë. Je dois m'occuper de mes affaires courantes. Une visite importante. Merci de respecter ma vie privée.

Soudain je me souviens de la position photogénique à adopter. Je place mes jambes de façon à ce qu'elles aient l'air plus minces et place ma main sur la hanche comme un top model.

— Et votre conversation téléphonique ? ricane un gars en jean.

Ah oui ! J'avais oublié.

— Bon, eh bien au revoir, je dis à mon interlocuteur imaginaire.

Puis, je m'adresse aux journalistes.

— Je vous remercie beaucoup. Pas de commentaires, je vous en prie !

Un peu sonnée, je vais à la voiture et laisse tomber les clés en les sortant de ma poche. Malédiction !

Pas question de me pencher devant la batterie d'appareils photo donc je plie les genoux comme pour faire une révérence en gardant le dos droit, et je parviens à attraper le maudit trousseau. Ensuite je m'engouffre dans la voiture, démarre et avance vers la sortie. La foule des journalistes me laisse passer, mais les flashes et le vacarme continuent. Il y a même quelqu'un qui flanque un coup de poing sur le toit.

Une fois hors de vue, je me cale dans mon siège et souffle de soulagement. La séance n'a duré que cinq minutes. Comment *font* les célébrités ?

En tout cas, je l'ai fait. Dix minutes après, mon cœur se calme. En définitive je suis plutôt contente de moi. J'avance sur la Hollywood Freeway en répétant tout haut : « Reste sur la file de *droite*, reste à *droite*, tu n'es pas en Angleterre ! » Mon GPS m'indique de continuer tout droit, ce qui me va très bien vu que (mauvaise habitude de conduite britannique oblige) je ne suis pas dans la bonne file pour tourner. Le téléphone de la voiture bourdonne. C'est Luke. J'appuie sur le bouton du micro.

— Chérie, tu es sortie de la maison sans problèmes ?

— Oui, oui ! Je suis en chemin.

— Les journalistes n'ont pas été trop agressifs ?

— Heu… non… ça allait.

— Tu es montée directement dans la voiture et tu es partie ?

Je m'éclaircis la voix.

— À peu près. Enfin, ils ont peut-être pris *quelques* photos de moi.

— Je suis sûr que tu t'es comportée à merveille, chérie. Pas facile de rester cool quand on est entouré de caméras, hein ?

— Comment est Sage ?

— Délirante ! Elle a déjà reçu plein d'offres et veut tout accepter.

— Des offres de quoi ?

— Interviews, rôles, doubles pages en petite tenue dans des magazines de charme, demandes de soutien à différentes causes, tu as le choix. Le tout assez cheap, je dirais. Et à l'opposé de notre stratégie. Mais elle ne s'en rend pas compte.

Son ton exaspéré me donne envie de rire. J'imagine que, pour lui, Sage Seymour représente un sacré changement par rapport aux hommes d'affaires en costume avec lesquels il traite d'habitude.

— Bonne chance !

— À toi aussi. À plus tard.

Je coupe la communication et j'appelle mon père.

— Salut, papa. Je suis en route pour aller voir ton copain Brent.

— Déjà, ma puce ? Mais je ne voulais pas que tu laisses tout tomber pour ça.

— Pas de souci. Il habite un endroit qui s'appelle La Colline ensoleillée. Ça te dit quelque chose ?

— Très chic comme nom ! Il a dû gagner pas mal d'argent, ce qui ne m'étonne pas. Il vit sans doute dans une vaste demeure.

Ah, voilà qui est déjà un peu plus intéressant !

— Vraiment ? C'est quoi, son métier ?

— Aucune idée. À l'époque, il faisait des études supérieures.

— Alors comment tu sais qu'il vit dans une somptueuse maison ?

— Oh ! je ne m'en fais pas pour lui, répond mon père en riant. Disons que, quand nous étions jeunes, il était déjà bien parti pour réussir. Becky, ta mère dit qu'il y a une nouvelle photo de toi sur Internet. Prise devant chez toi. C'était ce matin, ma puce ?

— Oui ! Ils l'ont déjà diffusée ? Et le texte dit quoi ?

— *Becky : la jolie témoin en rose. L'Anglaise va témoigner devant le tribunal.* C'est sur le site du *National Enquirer*.

Jolie en rose dans la *National Enquirer*. Ô joie ! Ô allégresse ! Au fait, c'est quoi, cette histoire de témoignage au tribunal ? Complètement inventé ! Mais le plus important n'est pas là.

— Comment je suis sur la photo ?

— Ravissante. Ah ! ta mère vient d'en trouver une autre. *Becky sort de chez elle en chaussures YSL.*

Quels abrutis ! Je leur ai précisé qu'elles ne venaient pas de chez Saint Laurent !

— Ma puce, tu es une vraie célébrité. Ne nous oublie pas, d'accord ?

— Jamais ! je dis en riant.

Soudain je sursaute. Le nom *Luke* s'affiche sur l'écran du téléphone.

— Bon, papa, je dois raccrocher. À plus tard ! Salut, Luke !

— Becky chérie, dit-il de la voix neutre qu'il prend quand il est en colère. Tu m'as bien dit que tu étais allée directement à la voiture ?

— Oui… presque.

— Parce que j'ai sous les yeux le site du *Daily World* avec une photo de toi perchée sur le capot de la voiture et brandissant tes lunettes de soleil avec un air radieux.

— Il se trouve que je me suis assise sur la voiture pour téléphoner. Ils ont dû me prendre à ce moment-là.

— Il se trouve, comme ça, que tu t'es assise sur la voiture pour téléphoner ? répète Luke, incrédule. Tiens donc ! Dis-moi, comment fait-on pour s'asseoir sur une voiture *par hasard* ?

— Je mène la même vie que tous les jours. Si la presse me harcèle, je n'y suis pour rien !

— Becky, à quoi tu joues exactement ? Parce que c'est un jeu qui n'est pas sans risques. Une fois que tu invites les médias dans ta vie, ils ne te lâchent plus.

J'ai envie de dire : « Je ne veux pas qu'ils me lâchent. Je veux saisir ma chance pendant que je suis au top. »

Mais Luke ne comprendrait pas. Il est influencé par son boulot. Après deux verres de vin, il lui arrive de se lâcher. Il dit alors qu'à son avis la renommée est une chose surfaite, que le plus grand luxe du monde moderne, c'est la vie privée, que le tsunami des réseaux sociaux va conduire à une désintégration des rapports humains. (Ou un truc de ce genre. Pour être honnête, je n'écoute pas toujours.)

— Je ne joue à rien, je proteste en m'efforçant de paraître indignée. J'essaie simplement de gérer la situation au mieux. Et, toi, tu pourrais me soutenir au lieu de me critiquer.

— Mais *je* te soutiens ! Je te donne des conseils ! Je t'ai dit de rester à la maison. Et maintenant, tu es dans tous les journaux…

— C'est pour ma carrière…

Silence au bout du fil. Je me rends compte soudain que le GPS me parle.

— Virage à droite *manqué*, fait une voix sévère. Faire demi-tour dès que possible.

Merde ! J'ai raté la sortie. C'est la faute de Luke.

— Écoute, il faut que je fasse attention, je conduis. On en discute plus tard.

Quand je raccroche, je suis hors de moi. N'importe quel mari serait fier de sa femme. Je vais parler à Aran. Lui va me comprendre.

— Faire demi-tour dès que possible, s'entête le GPS.

— OK ! Ferme-la !

Il faut vraiment que je me concentre. J'ignore où je me trouve mais je sais que je vais dans le mauvais sens. Pour être honnête je ne suis toujours pas à l'aise dans L.A. S'y retrouver relève de l'utopie. La ville est tellement grande. Pratiquement de la taille de la France.

D'accord, sans doute pas de la France. Peut-être de la Belgique ? De toute façon, il faut que je me dépêche. Finalement, je trouve un terre-plein où faire demi-tour. Ce que je m'empresse d'effectuer en restant sourde aux klaxons de quelques conducteurs bornés qui feraient bien de ralentir au lieu d'accélérer comme des fous. Cette fois, je navigue dans la bonne direction. La Colline ensoleillée, me voilà !

Tout en roulant, je scrute l'horizon à la recherche des belles collines ensoleillées mais je n'en vois aucune. Tout ce qui s'étend devant moi consiste en une longue et large route bordée de motels et de panneaux publicitaires sur laquelle filent bruyamment des poids lourds. Pas de demeures somptueuses, ni de voitures de luxe. Il y a en revanche une station-service minable et un motel qui propose des chambres à 39 dollars la nuit. C'est vraiment là que le copain de papa vit ?

— À deux cents mètres sur votre droite, vous êtes arrivé à destination, annonce mon GPS. À cent mètres…

Je me gare sur le bas-côté et regarde par la fenêtre sans en croire mes yeux. Le GPS a raison. Je suis arrivée à La Colline ensoleillée. Mais ce n'est pas une propriété somptueuse. C'est un parc à mobile homes. Une pancarte délavée est attachée à un portail en tôle galvanisée. Au-delà s'étendent des rangées de mobile homes. Je vérifie ma feuille de papier : 431, domaine de La Colline ensoleillée. Brent Lewis doit occuper le mobile home numéro 431.

J'ai assez envie d'appeler papa pour lui dire qu'il s'est trompé sur son copain, mais je décide de collecter plus de renseignements. Donc je boucle la voiture et pénètre dans l'enceinte. Aucun contrôle. Je localise le numéro 431 sur un panneau d'affichage. En marchant, je ne peux m'empêcher de regarder autour de moi. Des gens sont assis devant leurs mobile homes. Certains sont bien entretenus avec des plantes vertes et des rideaux mais d'autres sont moches. Devant l'un d'eux, un monceau de meubles de jardin cassés bloque pratiquement l'accès à la porte.

Je suis devant le 431. Celui-ci n'est ni délabré, ni attrayant. La porte est close, les stores sont baissés. Aucun signe de vie. En frappant, j'avise un écriteau scotché sur la porte : *Avis d'expulsion.*

Je parcours le texte : M. Brent Lewis, résidant au 431, domaine de La Colline ensoleillée. Motif : défaut de paiement de loyer depuis six mois. Signé : Herb Legget, directeur.

— Vous êtes une amie de Brent ?

Une nana maigrichonne en jean noir se tient sur les marches du mobile home d'en face, elle a un petit garçon dans les bras.

— Brent est dans le coin ? je m'enquiers. Je ne suis pas vraiment une de ses amies mais j'aimerais le voir.

— Vous êtes l'assistante sociale ? Quelqu'un de la police ?

— Pas du tout ! Je… Mon père l'a connu, il y a longtemps.

— Vous êtes anglaise ?

— Oui. Mon père aussi.

La nana renifle.

— Vous l'avez manqué de peu. Il s'est tiré hier.

*Il s'est tiré ?* Oh, que va dire papa ?

— Il vous a laissé sa nouvelle adresse ?

Elle hausse les épaules.

— Il a dit que sa fille allait descendre la semaine prochaine pour nettoyer. Je peux lui demander.

— Ce serait gentil. Je m'appelle Becky Brandon. Voici mon numéro de téléphone. Si elle pouvait m'appeler. Ou vous, d'ailleurs…

Je lui tends une de mes cartes de visite, qu'elle fourre dans la poche de son jean. Aussitôt le gamin la retire et la jette par terre.

— Non ! Il ne faut pas la perdre. Je peux la mettre quelque part à l'abri si vous voulez.

La fille hausse une nouvelle fois les épaules. Ça m'étonnerait qu'elle donne mes coordonnées à la fille de Brent. Mais je coince tout de même la carte dans l'encadrement d'une fenêtre.

— Donc j'attends des nouvelles de la fille de Brent, je lance d'une voix aussi enjouée que possible. Ou de vous. Je vous en serais très reconnaissante. Bon… eh bien… ravie de vous avoir vue. Je suis Becky, au fait.

— Vous l'avez déjà dit, réplique la nana sans se présenter.

Je ne vais pas rester des heures à bavarder avec cette fille. Donc, sur un dernier sourire, je tourne les talons. Je trouve invraisemblable que le copain de papa ait atterri dans un endroit pareil. C'est trop sinistre.

Dès que je reprends le volant, j'appelle mon père.

— Alors, tu l'as vu ?

— Pas vraiment. Papa je crois que tu t'es trompé. Brent Lewis vivait dans un parc de mobile homes. Il vient d'en être expulsé parce qu'il ne payait pas son loyer. Je n'ai pas sa nouvelle adresse.

— Non, non ! dit papa en rigolant. Il s'agit sûrement d'un autre Brent Lewis. Désolé que tu aies perdu ton temps, ma puce, mais…

— J'ai eu ses coordonnées par sa propre sœur. C'est forcément lui.

Silence interminable.

— Il vit dans un mobile home ? demande finalement papa.

— Oui, mais il n'est pas mal. Pas vieux ni abîmé. Mais il s'en est fait éjecter.

— C'est impossible. Tu as dû te tromper, Becky.

Pour qui me prend-il ? Pour une idiote ?

— Je ne me trompe pas, pour la bonne raison que j'ai vu l'avis d'expulsion de mes propres yeux. Adressé à M. Brent C. Lewis. Au fait, l'initiale C indique quel deuxième prénom ?

— Constantin. À cause de sa mère grecque.

— Tu vois, c'est lui.

— Mais comment en est-il arrivé là ?

Je suis touchée par son désarroi.

— Écoute, papa, c'était il y a longtemps. Entretemps, il a pu faire des affaires, divorcer six fois, devenir criminel…

— Becky, tu ne comprends pas, soupire mon père. Cela n'aurait pas dû arriver. Un point c'est tout.

— Tu as raison, je ne comprends pas. Si c'était un si bon ami, pourquoi tu n'es pas resté en contact avec lui ?

Autre silence. Je sens que j'ai touché une corde sensible. Je me sens coupable de heurter papa mais, franchement, il me rend dingue. D'abord, il n'utilise ni Skype, ni Facebook, ni aucun moyen de communication normal. Ensuite, il m'envoie sur une fausse piste et, *finalement*, quand je lui fais mon rapport, il ne me croit pas.

— Je t'envoie le numéro de sa sœur, si tu veux, j'ajoute. Mais tu ferais aussi bien d'oublier.

Mon écran s'allume. Double appel. C'est *Aran*.

— Je te quitte, papa. Ne t'en fais pas. Brent Lewis va sûrement bien.

Je raccroche et prends la communication.

— Rebonjour !

— Alors, Becky, quelles nouvelles ? Débarrassée des paparazzis ?

— Presque, je réponds en riant.

— Sacrée séance photo ce matin, hein ? Jolies fringues. Super lunettes. Vous avez frappé un grand coup. Bon boulot !

— Merci !

Je *savais* qu'Aran apprécierait mes efforts.

— Résultat : le téléphone n'a pas arrêté de sonner.

— Vraiment ? Qui ? Des journalistes ? Des rédactrices de mode ?

— Des journalistes, des producteurs, toutes sortes de gens. Comme je disais, vous êtes au top. J'ai une belle proposition pour vous. J'ai pris la liberté de m'en occuper. Bien sûr, si vous préférez, je peux demander à Luke de négocier…

— Non !

Ma réponse a fusé. Trop vite peut-être. Je rectifie.

— Luke est mon mari. Il est trop proche de moi, vous voyez.

— Vous avez raison. Donc la proposition est la suivante. Un passage dans l'émission du matin sur la chaîne USA. La productrice vient d'appeler. Elle veut absolument vous avoir. Je lui ai dit que vous étiez styliste. Elle est d'accord pour faire une séquence de mode : nouvelles tendances, looks pointus ou autres. On fignolera les détails.

J'en perds le souffle. Une séquence de mode sur USA. C'est énorme. C'est colossal.

— Dorénavant, il vous faut un agent. Je vais arranger une réunion avec nos amis de CAA, *Creative Artists Agency*. Mon assistante vous rappelle pour fixer le rendez-vous.

CAA ! Même moi je sais que c'est l'agence artistique la plus cotée d'Hollywood. Ils représentent Tom Hanks. Ils représentent Sting. Je suis prise de vertige. Jamais je n'aurais imaginé être catapultée aussi haut.

Un doute m'assombrit, l'espace d'une seconde.

— Aran, Luke est au courant ?

— Bien sûr.

— Et… ?

— Il a dit que c'était à vous de décider.

— D'accord.

Sa réaction me blesse un peu. À moi de décider ? Quelle remarque décevante ! Pourquoi n'a-t-il pas dit : « Formidable ! J'ai toujours pensé que ma femme serait une star ! » Et pourquoi n'est-il pas au téléphone pour m'assurer qu'il sera à mes côtés à chaque étape de ma nouvelle vie ?

— Alors, cette décision ? me presse Aran.

Une question superflue. J'exulte :

— Ma réponse est oui ! C'est oui ! Un gigantesque oui !

# 15

C'est la première fois que je mets les pieds dans un endroit comme CAA. L'immeuble est une sorte de vaisseau spatial où tous les types ont l'air de sortir de *Men in Black*, toutes les filles de *Vogue* et tous les canapés, de la revue *Architectural Digest*. Cinq minutes d'attente dans le hall d'entrée m'ont offert un aperçu d'Hollywood mille fois plus glamour que la visite complète des studios Sedgewood. J'ai vu trois filles de la série *Gossip Girl*, un rappeur très chou nourrir son chiot au biberon et deux comédiens de télé connus s'engueuler à demi-voix au sujet d'un rôle principal tout en faisant des sourires à la bimbo de la réception. (Leurs noms me sont sortis de la tête. Je crois que l'un d'eux s'appelle Steve quelque chose.)

Je me trouve en ce moment dans une salle de conférences très élégante, assise devant une table en bois clair à écouter deux femmes. L'une est Jodie, l'autre, Marsha : toutes les deux sont agents artistiques. Et moi, apparemment, je suis l'artiste. Oui ! Une artiste ! Vivement que je raconte ça à Luke !

De vraies professionnelles, ces deux femmes. Habillées en bleu marine dans un style Prada ultrachic. L'une arbore un gros diamant au doigt qui me fascine tellement que j'ai du mal à rester concentrée. Sauf quand je saisis au vol des mots comme « fan-club » ou « intérêt planétaire ».

— Une réalité, dit la brune qui est soit Jodie, soit Marsha. Ça vous tente ?

— Euh…

J'allais répondre : « Soyez plus explicite ! » mais je m'abstiens. Je sens que ce n'est pas le commentaire qu'elles espèrent. Pour me donner une contenance, je sirote mon eau, si glacée qu'elle me déclenche un mal de tête immédiat. Pourquoi les Américains aiment-ils les boissons à ce point froides ? Peut-être parce qu'ils descendent des Esquimaux. Oui, c'est ça. Ils ont dû migrer d'Alaska il y a des millions d'années. Logique, non ? Suis-je en train d'établir une nouvelle théorie sur l'évolution de l'espèce humaine ?

— Becky ?

— Oui ? Quel est ce concept de réalité dont vous me parlez ?

— Une série de télé-réalité, m'informe Jodie-ou-Marsha. On pourrait concocter des émissions centrées sur vous, votre famille, vos amis anglais…

— Quoi ? Des caméras nous suivraient partout, tout le temps ?

— Une partie du show dépend d'un scénario pré-établi. C'est moins indiscret que vous ne pourriez le croire.

— Ah bon !

J'essaie de m'imaginer dans la cuisine avec Luke jouant une scène scénarisée. Hmm !

— Je ne suis pas *absolument* sûre que mon mari soit partant. Mais je peux lui demander.

— Un autre format disponible, c'est une série calquée sur *Best Friends Forever*. Je vois déjà le titre : *Meilleures amies à Hollywood*, fait Marsha-ou-Jodie. Vous seriez en tandem avec une jeune actrice, Wilma Tilton. L'argumentaire ? Deux amies de toujours à Hollywood, leurs confidences, leurs expéditions shopping, leurs soirées de gala sur tapis rouge, leurs galères. Vous seriez la fille mariée et Wilma la célibataire. Je subodore une bonne audience, là.

— Je les imagine bien toutes les deux, renchérit Jodie-ou-Marsha.

— Mais Wilma Tilton n'est pas ma meilleure amie, je proteste. Je ne la connais pas. Ma copine de toujours, c'est Suze.

— Elle serait votre meilleure amie devant la caméra, précise Marsha-ou-Jodie, comme si j'étais demeurée. C'est de la télé-réalité.

— Je vais y songer.

J'avale une nouvelle gorgée d'eau en m'efforçant de réfléchir à froid. Moi, dans un *reality show* ? À se tordre de rire, non ? Mais je me rends compte qu'elles ne blaguent pas. Ces filles, c'est le genre à ne pas me donner l'heure si elles ont un doute.

— En attendant, nous avons l'émission du matin sur USA, me rappelle Jodie-ou-Marsha. Très médiatisée. Question : avez-vous une assistante ?

— Non.

Elles échangent un regard entendu.

— Pensez à en engager une, recommande Marsha-ou-Jodie.

— À partir de maintenant, votre vie va changer, fait remarquer Jodie-ou-Marsha.

— Sélectionnez des vêtements pour les prises de vue !

— Pensez au blanchiment de vos dents !

— Et à perdre un kilo, ajoute Marsha-ou-Jodie avec un gentil sourire. Juste une suggestion en passant !

— Oui, je dis, prise de vertige. Eh bien ! Merci à toutes les deux !

Jodie-ou-Marsha repousse sa chaise.

— C'était un plaisir ! Excitant, hein ?

Escortée par une assistante prénommée Tori, fringuée en Chloe de la tête aux pieds, j'arpente un couloir aussi imposant qu'une galerie de musée. Un petit cri de souris derrière moi. Je me retourne. Et qui vois-je, tel un mirage ? Sage Seymour fonçant vers moi, bras grands ouverts.

— Beckyyyyy. Quelle chance de te voir !

L'étonnement me fait cligner des paupières. Sa tenue (top bleu vif à pois pas plus couvrant qu'un haut de bikini et minishort effiloché de la taille d'une petite culotte) est des plus sommaires. Et c'est peu de le dire.

Et puis ça signifie quoi « Quelle chance de te voir » ?

Quand elle m'enlace, je sens un mélange de Grapefruit, le parfum de Marc Jacobs, et de cigarette.

— Ça fait trop longtemps ! On a plein de trucs à se dire ! Tu as fini ici ? Tu fais quoi maintenant ?

— Je rentre à la maison. Une voiture va me déposer.

— Nooooon ! Viens avec moi. Mon chauffeur va te ramener, pendant ce temps nous papoterons.

— Sage vous ramène, Becky ? demande Tori. Plus besoin de voiture ?

— Non, merci.

— On va se débrouiller toutes seules, on connaît le chemin vers la sortie, dit Sage à la fille qui l'accompagne.

Elle appelle l'ascenseur, passe un bras sous le mien et me tend un chewing-gum.

— On ne parle que de toi ! De moi aussi, remarque. Tu sais qu'ils me supplient de jouer Florence Nightingale ? Ton mari me pousse à accepter. Mais j'ai plein d'autres offres. *Playboy* me propose un fric dingue.

— *Playboy* ?

— Ouais, marrant hein ? Faut que j'aille à la gym si je fais les photos.

Je croyais qu'Aran et Luke s'y opposaient.

— Trop mignonnes, tes lunettes, continue-t-elle, en voyant mes Missoni remontées sur ma tête. Tu les portais samedi dernier, hein ? La presse en a fait une montagne.

Elle a raison. Des photos de moi avec mes Missoni s'étalaient dans les journaux et sur des millions de sites. C'est complètement insensé. Quand je les regarde, je ne me reconnais pas. On dirait une autre nana qui se ferait passer pour Becky Brandon.

Mais *c'est* bien moi. N'est-ce pas ?

Malédiction ! Je crois que je perds les pédales. Est-ce que les célébrités arrivent à se dédoubler, avoir une personne privée et une autre publique ? À moins qu'elles n'oublient la privée ? Je pourrais demander à Sage, mais j'ai l'impression que sa vie privée est passée à la trappe depuis longtemps.

— Elles sont carrément uniques, commente Sage,

toujours obnubilée par mes lunettes. Tu les as achetées où ?

— Elles sont vintage. Tiens, je te les donne si tu veux, j'ajoute spontanément.

— Cool !

Elle me les arrache et les met sur son nez en se regardant dans le miroir de l'ascenseur.

— Elles me vont ?

— Tu es superbe ! Vraiment.

Je lui arrange une mèche de cheveux.

Enfin ! Je conseille une star d'Hollywood, comme j'en mourais d'envie.

— Tu es futée, Becky ! C'est une *formidable* histoire de fashion. Je porte les lunettes que tu avais il y a deux jours. La presse va adorer. Ça sera partout.

Je n'ai pas pensé à ça en les lui donnant. Mais elle n'a sans doute pas tort. Elle doit raisonner uniquement en fonction des retombées médiatiques. Et si je commençais à fonctionner de la même façon ?

Nous sortons de la cabine au rez-de-chaussée, et Sage me conduit directement vers un grand type en blazer bleu assis dans un coin. Il a des traits slaves, des épaules de boxeur et il ne sourit pas.

— C'est Yuri, mon nouveau garde du corps, m'annonce-t-elle d'un ton décontracté. Becky, tu as un service de protection ?

— Moi ? Non ! je m'exclame en pouffant.

— Il faut que tu y penses sérieusement. J'ai été obligée d'engager Yuri après avoir été assiégée à la maison. On ne prend jamais trop de précautions.

Elle regarde sa montre :

— OK. On y va ?

En émergeant de l'immeuble, j'ai comme un coup

dans l'estomac. Une meute de journalistes sur le pied de guerre commence à crier :

— Sage ! Sage, par ici !

Il n'y avait personne tout à l'heure.

— Comment savaient-ils que tu étais là ? je dis, ébahie.

— On leur fournit mon emploi du temps, explique Sage à voix basse. Tu t'y feras.

Tout sourires et fossettes dehors, elle m'agrippe le bras. Ses longues jambes dorées sont incroyables, les Missoni offrent un contraste saisissant avec son top bleu vif à pois.

J'entends :

— Becky ! Becky, par ici, s'il te plaît !

Waouh ! On m'a reconnue !

— Beckyyyy !

Les cris reprennent en chœur. Ce ne sont plus que des Becky ! Sage ! Becky !

Sage s'amuse à prendre des poses, le plus souvent en me tenant par la taille. Un couple de touristes s'approche et, avec un charmant sourire, elle leur donne un autographe. Il me faut du temps pour comprendre que ces gens veulent aussi le mien.

Au bout d'un moment, apparaît un 4×4 noir aux vitres fumées. Sage, flanquée de Yuri, le rejoint. Bien qu'entourées d'une grappe de photographes, nous parvenons à grimper dans la voiture. Le chauffeur démarre.

— Quelle aventure ! je m'exclame en m'enfonçant dans la banquette en cuir.

— Tu devrais engager un garde du corps, me répète Sage. Tu n'es plus n'importe qui.

C'est complètement irréel ! Je ne suis plus n'importe qui. Je suis une des leurs !

Sage allume la télé de la voiture et zappe d'un programme à l'autre. Elle s'arrête quand son visage apparaît sur l'écran avec le titre : *Sage vous parle !*

— Hé ! Regarde ça !

Elle décapsule une canette de Coca Light, m'en offre une et augmente le son.

— Je me sens personnellement et complètement trahie par Lois, déclare Sage à l'écran. Elle m'a causé du tort non seulement en tant qu'actrice mais aussi en tant que femme. Si elle a des problèmes, je suis désolée pour elle, elle devrait les résoudre d'une façon appropriée et ne pas les infliger aux autres. Dans le temps, nous étions amies. C'est fini pour de bon. Elle a déçu toute la profession.

— C'est un peu excessif, je dis, mal à l'aise.

— Elle m'a volé mon sac, continue Sage. Elle est dingue.

— Elle ne l'a pas volé. C'était une erreur.

— Sage Seymour ne mâche pas ses mots, ajoute un présentateur de la télé à l'écran. Avec nous dans le studio pour discuter de ce scandale, nous accueillons le commentateur d'Hollywood Ross Halcomb, la critique de films Joanne Seldana et…

J'essaie encore :

— Sage, tu sais que c'était une erreur, n'est-ce pas ?

— Chut !

Nous roulons en silence pendant que, dans le studio, toute une bande de gens discutent pour savoir si la carrière de Sage Seymour va maintenant s'envoler vers des sommets. Dès que l'émission s'achève, Sage passe à un autre programme où il est question d'elle. Je me sens de plus en plus mal à l'aise, mais elle ne me laisse pas placer un mot. On dirait que les chaînes télé n'ont que sa personne à se mettre sous la dent ! Elle finit par tomber sur une émission où le visage de Lois apparaît.

— Lois !

La caméra recule, et je vois qu'elle est filmée devant sa maison, une vaste demeure de style espagnol. Elle est pieds nus, porte une ample chemise de nuit blanche et paraît s'en prendre à quelqu'un mais il n'y a pas de son.

— Qu'est-ce qu'elle fabrique ? demande Sage, les yeux fixés sur l'image.

— Elle devrait rester à l'intérieur, je dis, gênée. Elle n'a pas l'air bien.

Lois a une sale tête. Vraiment *épouvantable*. Elle est blême, avec les yeux cernés et les cheveux ternes. Elle tortille des mèches entre ses doigts.

A-t-elle eu des nouvelles de la police ? Personne ne sait si quelqu'un va déposer plainte. En fait rien n'a filtré. Je m'attendais à être convoquée au commissariat, mais, pour le moment, nada. Quand j'en ai parlé à Aran, il m'a rassurée :

— Becky, ne t'en fais pas. Ton personnage est au firmament, sans même un procès en vue.

— Ce n'est pas ce que je voulais dire. Je pensais à Lois.

Soudain, on entend sa voix.

— Laissez-moi tranquille ! Je vous en prie, laissez-moi tranquille !

Puis les voix et les cris des journalistes à l'extérieur de la grille :

— Alors Lois, niez-vous être une voleuse ?
— Vous avez pris le sac de Sage ?
— On vous a inculpée ?
— Avez-vous un message à adresser aux Américains ?

Je lis le désespoir dans ses yeux sombres. Elle se mord les lèvres si fort qu'une goutte de sang apparaît au coin de sa bouche. Je la sens à la limite de la crise de nerfs, comme quand je l'ai rattrapée dans la rue. Elle rentre dans la maison, claque la porte. À l'écran, une femme en tailleur rouge cintré annonce :

— Nous venons de voir les premières images de Lois Kellerton depuis le scandale. Dr Nora Vitale, vous êtes une spécialiste des maladies mentales, diriez-vous que Lois Kellerton souffre d'une dépression nerveuse ?

— Voyons !

Le Dr Nora Vitale est une femme mince qui, malgré son air sérieux, porte une robe rose un peu excentrique sur les bords.

— De nos jours, nous n'utilisons plus le terme « dépression nerveuse »…

Sage éteint la télé.

— Mince, alors ! Dans vingt secondes, *tout ça* se répandra dans Hollywood. Tu sais ce qu'on raconte ?

— Quoi ?

— Apparemment sa malhonnêteté ne date pas d'hier. Il paraît qu'elle a volé toute sa vie.

— Comment ? je dis, horrifiée. Oh, non ! Je suis persuadée que c'était la première fois. Elle était sous pression, elle a fait une bêtise… Ça peut arriver à tout le monde.

— C'est toi qui le dis ! Quoi que tu en penses,

les langues commencent à se délier. Des gens qui ont travaillé avec elle – les maquilleuses, les assistants – racontent qu'elle leur a volé des trucs à eux aussi. Elle va crouler sous les actions en justice.

— Oh, mon Dieu !

Le remords me tenaille. La culpabilité m'étouffe. Alternativement, je meurs de chaud, puis je grelotte. Tout est ma faute.

— Alors, je te *revois* quand ? me demande Sage devant ma porte.

À ma grande surprise, elle me prend dans ses bras.

— Je veux que tu sois ma conseillère de mode pour ma prochaine apparition en public. De la tête aux pieds.

— Super ! je m'exclame, sidérée. Avec plaisir !

— Et on devrait déjeuner. Chez Spago ? Ça t'irait ?

— Oui. Génial !

— Becky, on est une super équipe, toi et moi !

Alors que la portière arrière s'ouvre comme par magie, elle me serre une dernière fois contre elle.

Une batterie de photographes est postée derrière la grille. Mais maintenant j'y suis presque habituée. Après un bref coup d'œil de vérification dans le miroir de mon fond de teint compact, je sors prudemment du 4×4. Puis j'actionne la commande à distance pour ouvrir les grilles tout en agitant la main pour dire au revoir à Sage. Tout à coup, Minnie déboule dans l'allée dans sa mignonne petite robe jaune, en brandissant une feuille de papier pleine de couleurs. Aujourd'hui, elle n'est pas allée au jardin d'enfants car elle s'est plainte d'avoir mal aux oreilles (c'est peut-être son bandeau qui était trop serré).

— Maman ! s'écrie-t-elle en me tendant la peinture qu'elle vient probablement de terminer. Des *feurs* !

En ce moment, Minnie a une passion pour les fleurs, enfin, les « feurs ». Elle pleure si Luke ne porte pas sa seule et unique cravate à « feurs », de sorte qu'il la met tous les matins et l'enlève dès qu'il est en voiture. Pour être franche, le chef-d'œuvre de Minnie ressemble surtout à un gribouillage rouge mais je me confonds en compliments.

— Quelles belles fleurs rouges, poupette !

— Mais naaan ! Pas des *feurs*, ça. *Ça*, c'est des *feurs* !

Sourcils froncés, elle me montre avec détermination un minuscule trait bleu que je n'avais même pas remarqué :

— *Ça*, c'est des *feurs*. DES FEURS ! hurle-t-elle avec le ton d'un commandant ordonnant à ses soldats de faire feu.

— Mais, oui, poupette. Maman est bête. Bien sûr que ce sont des fleurs. Très joli !

— C'est ta fille ?

Je suis surprise de voir que Sage est sortie du 4×4.

— J'avais envie de lui dire bonjour, dit-elle. Elle est trop chou. Et son adorable accent anglais ! Viens ici, mon petit cœur.

Elle soulève Minnie et la fait valser jusqu'à ce qu'elle pousse de petits cris de bonheur. Les photographes s'en donnent à cœur joie. Les *clic-clac* se succèdent tellement vite et fort qu'on dirait une invasion d'insectes.

— Sage, je dis, je ne veux pas que Minnie soit photographiée.

Mais elle ne m'écoute pas. Elle court avec ma fille dans l'allée. Toutes les deux se tordent de rire.

— S'il te plaaaaît, fait Minnie en essayant d'attraper les Missoni. S'il te plaaaaît.

— Non ! elles sont à moi. Mais je vais t'en donner d'autres.

Sage fourrage dans son sac, puis en sort une paire de lunettes de soleil. Elle applique un petit baiser sur le nez de Minnie et les lui met.

— Tu es adorable !

— Sage, il faut que Minnie rentre à l'intérieur !

Mon téléphone vibre. Agacée, je jette un œil sur le SMS qui s'affiche. C'est maman :

Becky. Très urgent.

Quoi, très urgent ? Ça veut dire quoi ? Je suis à la fois affolée et frustrée. Je compose son numéro et j'attends avec impatience qu'elle réponde.

— Becky, dit maman d'une voix tremblante. C'est papa. Il est parti.

— Parti ? je répète comme un perroquet. Comment ça, parti ?

— Il est parti pour Los Angeles. Il a laissé un mot. Un *mot* ! Après toutes ces années de vie commune, il a laissé un *mot*. Je suis allée à Bicester Village, tu sais, le centre des boutiques de déstockage, avec Janice – au fait, j'ai acheté un sac Cath Kidston épatant – et, quand je suis rentrée, il était parti. Pour l'Amérique !

Ahurie, je fixe le téléphone.

— Mais comment ? Enfin, où…

— Dans son mot, il dit qu'il part à la recherche de son copain Brent Lewis. Celui que tu es allée voir.

Malédiction ! Encore cette histoire !

— Mais pour quelle raison ?

— Il ne précise pas. Becky, je ne sais même pas qui est cet ami, répond maman d'un ton proche de l'hystérie.

Je perçois des accents de panique dans sa voix. Normal. Papa est plutôt du genre père de famille sans histoire. Encore que… il y a quelques années nous avons appris qu'il avait une autre fille – ma demi-sœur Jess –, ce que tout le monde ignorait.

Pour être juste, papa n'en savait rien non plus. Ce n'est pas comme s'il avait gardé ce secret pour lui. Mais je peux comprendre la légère parano de maman.

— Il dit qu'il veut rectifier quelque chose, poursuit ma mère. Ça veut dire quoi « rectifier » ?

— Je ne sais pas. Tout ce que je peux dire c'est qu'il a été très choqué quand je lui ai annoncé que Brent Lewis vivait dans un mobile home.

— Et alors, la belle affaire ! fait remarquer maman d'une voix suraiguë. De toute façon, ce n'était pas le problème de ton père, si ?

— Il n'arrêtait pas de dire « Cela n'aurait pas dû arriver », mais ne me demande pas pourquoi.

— Je ne sais même pas quel avion il a pris ni où il va habiter. Tu crois qu'il faut que je le suive ou que je reste ici ? C'est Becky au téléphone, Janice ! Le sherry est sur la seconde étagère. Oui, je ne sais pas quoi faire, ma puce. Janice me dit que c'est la crise de la soixantaine. Mais je lui ai rappelé qu'il en avait déjà fait une quand il s'était mis en tête d'apprendre à jouer de la guitare. Qu'est-ce qui se passe, cette fois ?

— Maman, calme-toi. Tout va se résoudre.

— Tu vas certainement le voir débarquer chez toi, Becky. Sois gentille, garde un œil sur lui.

— Ne t'inquiète pas. Je t'appelle dès que j'ai des nouvelles.

Je raccroche et j'envoie immédiatement un SMS à mon père :

Papa, où es-tu ? Téléphone-moi. Becky. Bizzz.

Miséricorde, quel drame ! Qu'est-ce que papa mijote ? Tout à coup j'entends des éclats de rire. Je regarde vers la grille et qui vois-je ? Sage prenant des poses exagérées de starlette et Minnie l'imitant à la perfection. Une main sur la hanche, la tête légèrement baissée, elle bouge ses épaules d'avant en arrière, tout comme Sage. Les gens s'esclaffent, et les appareils crépitent.

— Assez ! je crie.

Je prends Minnie dans mes bras et cache sa frimousse contre moi.

— Mesdames et messieurs de la presse, je vous demande instamment de ne pas utiliser ces photos. C'est seulement une petite fille.

— Veux faire bonjour, hurle Minnie en se débattant. Veux faire BONJOUR !

— Fini les bonjours, poupette. Je ne veux pas que tu te donnes en spectacle devant les caméras.

Voici Sage qui s'en mêle.

— Oh, Becky, relax ! Il vaut mieux qu'elle s'habitue, non ? En tout cas, j'ai l'impression qu'elle aime être sur le devant de la scène, pas vrai, ma puce ? On va te trouver un agent, hein, mon petit lapin ? Hé, Becky, il paraît que tu vas faire une série de télé-réalité. C'est Aran qui me l'a dit. Super !

— Rien n'est décidé, je dis, complètement stressée. Je dois en discuter avec Luke. Il faut que j'emmène Minnie à l'intérieur.

— Parfait ! On se parle très vite, d'accord ?

Tandis qu'elle disparaît dans sa voiture, je rentre dans la maison en vitesse et ferme la porte. Mon cœur bat à cent à l'heure, et mes pensées s'agitent dans tous les sens. Quelle est ma priorité ? Papa ? La télé-réalité ? Minnie ? La presse ? Sage ? Lois ? Tout s'embrouille dans ma tête.

C'est incroyable que papa vienne à L.A. Insensé. Sa place n'est pas ici. Elle est chez lui. Dans son jardin. À son club de golf.

Suze arrive dans l'entrée et me dévisage.

— Bex ? Tout va bien ?

Je me rends compte que je m'appuie contre la porte d'entrée comme si je repoussais une attaque extérieure.

— Mon père arrive à L.A. !

Son visage s'éclaire.

— Chouette ! Ta mère aussi ?

— Ce n'est pas chouette du tout. Il a fichu le camp en laissant un mot à maman.

— *Quoi ?* Ton père s'est tiré ?

— Il se passe quelque chose, mais je ne sais pas quoi. Ça a un rapport avec le voyage qu'il a fait quand il était jeune. Il essaie de retrouver un de ses copains de l'époque.

— Quel voyage ? Ils sont allés où ?

— Bof ! Ils ont parcouru la Californie et l'Arizona, je crois. L.A... Las Vegas... Ils ont peut-être visité l'Utah. Ah, oui ! je me souviens maintenant, ils ont été dans la vallée de la Mort. J'ai vu des photos d'eux prises là-bas.

Quel dommage que je n'aie pas été plus attentive à ce que me racontait mon père. À chaque Noël, il me parlait de son voyage et me montrait le tracé de leur périple indiqué en rouge sur une vieille carte routière.

— Probablement la crise de la soixantaine. Ça ne va pas durer, me rassure Suze.

— Il l'a déjà traversée, je dis en secouant la tête. Quand il a pris des leçons de guitare.

— Tu crois qu'il existe un effet rebond ?

— Qui sait ?

Nous allons dans la cuisine. J'ouvre le frigo. Un verre de vin blanc ne serait pas de refus. Et qu'importe l'heure qu'il est !

— Veux boire du jus, ordonne Minnie. Du juuuuuuuus ! Du juuuuuuuus !

— OK, je dis en lui versant un gobelet de jus de carotte-betterave.

C'est ce qu'elle boit à l'école. Un truc parfaitement immonde qui coûte un bras mais, comme c'est peu sucré et que ça a des vertus « détox », on nous a demandé de le donner aux enfants à la place du classique jus de pomme. Le pire est que Minnie adore ça. Si je la laisse faire, elle va devenir une sorte de tyran de la nourriture bio, et je serai obligée de camoufler mes KitKat et d'affirmer que mes orangettes sont garanties sans OGM.

— Où est Tarkie ? je demande en tendant son verre à Minnie.

— Tu le demandes ? Tous les matins, à six heures, il part pour sa session de validation personnelle avec Bryce. C'est simple, je ne le vois plus !

— C'est quoi, ce truc ?

— Comment le saurais-je ? Je ne suis que sa *femme*.

— Prends donc un verre de blanc ! C'est bénéfique pour Tarkie, ces séances. Positif. Et cette validation personnelle ? C'est toujours mieux que de la validation *im*personnelle, il me semble, non ?

— Au fait, que signifie validation ?

— Euh… Ça tourne autour de la connaissance de soi. Ce genre de chose, je dis en essayant de paraître bien informée. Il faut lâcher prise. Cultiver l'art du… bonheur.

— Conneries ! éructe Suze dont les yeux lancent des éclairs.

— Bon, écoute… À la tienne, je dis en levant mon verre.

Je goûte le vin. Après une grande gorgée, puis une autre, Suze paraît se détendre.

— Comment s'est passé ton rendez-vous avec l'agent ? demande-t-elle.

Mon moral remonte. Voilà au moins quelque chose qui fonctionne.

— C'était formidable. J'ai vu deux filles qui vont manager mon avenir et m'aider à jongler avec toutes les offres qui me sont faites. Il paraît que je dois prendre des mesures de sécurité, j'ajoute en crânant.

— Tu veux dire genre garde du corps ?

— Forcément, maintenant que je suis connue.

— Tu n'es pas *si* connue que ça, Bex !

— Mais si ! Tu n'as pas vu tous les photographes massés derrière la grille ?

— Ils vont bientôt passer à autre chose. Honnêtement, pour cinq minutes de gloire, tu ne vas quand même pas gâcher de l'argent en engageant un garde du corps.

Elle a parfois le don de ne rien saisir, ma copine.

— Cinq minutes ? C'est ce que tu crois ? Si tu veux tout savoir, on me propose une série de téléréalité. Je vais devenir une marque mondiale. Et ce n'est que le début.

— Vraiment ? Tu vas faire une série de téléréalité ? Luke est d'accord ?

C'est le moment de botter en touche.

— Nous sommes en train d'en discuter.

— Et qu'est-ce qu'il pense du garde du corps ?

Pourquoi me pousse-t-elle dans mes retranchements ? Chez CAA, tout marchait comme sur des roulettes.

— Il n'a pas besoin d'être au courant. C'est *moi*, la célébrité, pas Luke.

— Tu n'es pas une célébrité, se moque Suze.

— Si !

— Pas une véritable célébrité ! Pas comme Sage !

— Mais si ! Les filles de CAA me l'ont dit. Sage aussi. Il me faut un garde du corps. D'ailleurs, je vais m'en occuper tout de suite.

Je sors de la cuisine au comble de l'indignation. Je prouverai à Suze que j'ai raison. Je vais appeler l'assistante d'Aran pour lui demander le nom de la meilleure agence de sécurité. Quoi qu'elle en pense.

De : Blake@premieressolutionsdesecurite.com
À : Brandon, Rebecca
Objet : Conditions de service de sécurité

---

Chère Rebecca,

Suite à notre agréable conversation de cet après-midi, je vous fais parvenir en pièce jointe la brochure des produits et services fournis par notre société. Par ailleurs, je vous confirme que nous sommes à même de répondre aux besoins de votre nouveau statut de personnalité, qu'il s'agisse de sécurité personnelle ou d'équipement de surveillance pour votre domicile.

En ce qui concerne le scanner DF 4000 Deluxe à rayons X dont nous avons discuté par téléphone, je peux vous assurer qu'à ma connaissance ce système n'a jamais été « utilisé par un mari pour détecter des sacs de shopping dissimulés sous le manteau de sa femme ».

Je reste à votre disposition pour de plus amples renseignements et vous prie d'agréer, chère Rebecca, l'expression de mes meilleurs sentiments.

Blake Wilson
Vice-président du département sécurité

# 16

Pas de problème. Tout roule. On va s'y habituer.

Au début, tout le monde doit trouver difficile de vivre avec des gardes du corps.

Ça m'a pris seulement vingt-quatre heures pour organiser notre sécurité. Les gens de la boîte se sont montrés extrêmement obligeants. Ils ont *parfaitement* compris que j'avais besoin de protection maintenant que je suis un personnage public. Après discussion, nous avons décidé qu'une équipe armée vingt-quatre heures sur vingt-quatre était peut-être superflue et que je pouvais commencer avec ce qu'on appelle une « protection moyennement rapprochée ». Pour le moment tout va bien. Mes deux gaillards ont commencé leur service ce matin. Ils s'appellent Jeff et Mitchell, et portent des costumes sombres avec des lunettes noires. Il y a aussi Écho, le berger allemand qui, d'après ce qu'on m'a dit, a été dressé en Russie. Nous avons déjà eu une réunion sur mon emploi du temps et mes déplacements de la journée. En ce moment, Mitchell fait le tour de la maison en compagnie d'Écho « pour évaluer les failles de sécurité des lieux » tandis que Jeff est dans la cuisine « pour le renforcement de l'intégrité personnelle ».

Évidemment, c'est un peu bizarre d'avoir un étranger dans la cuisine pendant le petit déjeuner. Il est assis sur le côté et dévisage tout le monde sans sourire, tout en marmonnant dans son micro. Mais, maintenant que nous sommes une famille célèbre, nous allons nous adapter.

Toujours pas de nouvelles de papa, à part le SMS qu'il a envoyé à maman hier disant :

Bien arrivé à L.A. Je dois m'occuper de certaines choses. N'oublie pas d'arroser les roses. Biz. Graham.

*N'oublie pas d'arroser les roses.* Franchement ! Maman en a presque eu une attaque. Je lui ai déjà parlé ce matin. Résultat : j'ai des tonnes de messages à transmettre à papa si je le vois. (Comme la plupart concernent un divorce immédiat, je vais m'empresser de les oublier.) J'espère qu'il va bien. Bien sûr, c'est un adulte, mais c'est quand même préoccupant. C'est quoi, ces « certaines choses » dont il doit s'occuper ? Pourquoi n'a-t-il rien dit à maman ? Pourquoi ce grand secret ?

Je me sers de café et j'en propose à Tarquin, mais il a la tête ailleurs. Il mâchonne un morceau de toast en écoutant son iPod, sa nouvelle manie. Il dit qu'il doit commencer ses journées par une heure de méditation accompagnée. Ça rend Suze folle.

— Tarkie, s'écrie-t-elle en lui donnant un coup de coude, je vois mon agent cet après-midi. Tu peux aller chercher les enfants à l'école ?

Il la regarde l'air absent et croque dans son toast. Il a vraiment changé. D'abord il est bronzé. Ensuite, il s'est coupé les cheveux vraiment court (ce que Suze déteste). Et, par-dessus le marché, il arbore un T-shirt gris orné d'un soleil. J'en ai vu à la boutique de La

Paix d'or. Il y a une session spéciale de cours axés sur les « bienfaits du soleil » et plein d'accessoires qui vont avec. Comme je n'ai jamais participé à ces séances, je ne sais pas de quoi il s'agit.

À vrai dire, j'ai pris un *peu* de recul par rapport à La Paix d'or. C'est un processus naturel : on retire le maximum d'un endroit, puis on passe à autre chose. Puisque je suis désormais débarrassée de mes excès de shopping, pas la peine d'y retourner (en plus, leur magasin a une e-boutique donc, si besoin est, je n'ai qu'à commander en ligne).

— Arrête une seconde ! s'agace Suze en arrachant un des écouteurs de Tarkie.

— Suze, je dois me concentrer, rétorque-t-il en repoussant sa chaise avec un grincement pas possible.

— Tu parles ! Ça dit quoi, d'ailleurs ? « N'écoutez plus votre femme » ? « Déconnectez-vous du monde réel » ?

— C'est un guide de méditation sur mesure enregistré par Bryce. D'après lui, mon psychisme est abîmé par le monde. Je dois donc m'isoler.

— C'est *lui* que je vais abîmer, grommelle Suze.

— Pourquoi es-tu si négative ? Tu es toxique, Suze. Je cherche à développer une conscience sereine et toi, tout ce que tu fais c'est… me *saboter*.

— Je ne te sabote pas ! hurle Suze. Et je t'interdis de me traiter de « toxique ». Qui a eu l'idée de t'emmener à Los Angeles ? Qui disait que tu avais besoin de te changer les idées ? Moi.

Mais, c'est clair, Tarquin ne lui prête aucune attention. Les yeux fixés sur un coin de la cuisine, il respire à pleins poumons.

— Tarkie, dit Suze en agitant sa main devant les yeux de son mari. Tar-*quin* !

— Bryce m'avait prévenu que ça arriverait, se murmure-t-il à lui-même. Cette méthode effraie les gens qui lui sont étrangers.

— Quelle méthode ? vitupère Suze.

— On doit se mettre à nu avant de se reconstruire, récite Tarquin, comme si cette seule explication le faisait souffrir. On doit enlever chaque couche. Sais-tu combien de couches sont amoncelées sur chaque individu ? Réalises-tu le travail immense qui m'attend ?

— Tu as assez travaillé !

— Non ! Tu me barres le chemin.

Et, regardant autour de lui, il ajoute :

— Vous *tous* entravez ma transformation.

Sur ce, il replace les écouteurs sur ses oreilles et quitte la cuisine.

J'en suis comme deux ronds de flan. C'est la première fois que je vois Tarkie se montrer aussi hostile. Tout juste s'il n'a pas sorti les dents. Dans un sens, c'est bien, car je trouvais depuis longtemps qu'il était trop timide. D'un autre côté, Suze donnait l'impression qu'elle voulait le tuer. Non, rectificatif : elle donne maintenant l'impression de vouloir me tuer, moi.

— Tout ça, c'est ta faute ! me crache-t-elle.

— Ma faute ?

— Tu l'as emmené dans cet endroit. Tu l'as présenté à Bryce. Et maintenant il me traite de toxique. Moi, sa femme ! Il ne me parle pas, il ne m'écoute pas. Il ne fait que glander en écoutant ce maudit iPod. Dieu sait ce qu'on lui rabâche, là-dedans !

— Probablement des paroles rassurantes et constructives. J'ai assisté à des tonnes de séances à La Paix d'or et je m'en porte très bien.

— Tu es plus solide que Tarkie, Bex. Honnêtement, j'ai envie de t'assassiner.

Immédiatement, Jeff saute sur ses pieds.

— On a un problème, là ? fait-il en s'approchant de Suze, la main sur son holster (en fait ce n'est pas un revolver, c'est une matraque).

Suze est stupéfaite.

— Ma parole, vous me *menacez* ? Bex, c'est complètement surréaliste.

— Je vérifie juste qu'il n'y a pas de problème, madame. Rebecca, tout va bien ?

— Tout va bien, Jeff, merci, je réponds un peu gênée.

Au moment où il se rassied, les enfants Cleath-Stuart déboulent dans la cuisine. Ils adorent les deux gardes du corps. Ils viennent de suivre Mitchell dans sa ronde extérieure et les voilà qui viennent se planter devant Jeff. Ernest mène la bande, et Clementine ferme la marche en suçant son pouce.

— Où est votre chien ? demande Wilfie.

— Jeff n'a pas de chien, je précise.

— À l'école, Sarabande a un garde du corps tout le temps, parce que son père est milliardaire, m'explique Ernest. Il s'appelle Tyrell et il sait faire des tours de magie.

— Il en a, de la chance, Sarabande, persifle Suze.

— Oui ! Et si on l'attaque, Tyrell le protège. Jeff, à l'aide ! crie-t-il en se serrant la gorge. Les extraterrestres m'attaquent. Au secours !

— Au secours ! renchérit Wilfie en feignant des convulsions au sol. Un serpent m'a mordu ! Sauve-moi, Jeff ! Je ne sens plus ma jambe ! À l'aide !

— Ça suffit, les garçons, rigole Suze. Wilfie, debout !

Jeff, qui n'a pas vraiment l'air de s'amuser, ne bronche pas. Le petit s'est relevé et le surveille attentivement.

— Tu as des pouvoirs spéciaux ? Tu peux te rendre invisible ?

— Bien sûr que non ! s'exclame Ernie. Mais il connaît le kung-fu. Ha-ya !

En poussant des cris perçants, il se lance dans des mouvements d'arts martiaux tout autour de la cuisine.

— Jeff, je peux m'asseoir sur tes genoux pour que tu me racontes une histoire ? demande Clementine. Et ta moustache, pourquoi elle ressemble à une chenille ?

J'interviens à la vitesse de l'éclair.

— Clemmie chérie, viens par ici boire un peu de jus d'orange.

À ce moment-là, Jeff se précipite vers la porte de la cuisine dont il barre l'accès en parlant avec véhémence dans son micro.

— Monsieur, je vais vérifier votre identité. Monsieur, puis-je vous demander de rester là où vous êtes sans bouger ?

— Je suis Luke Brandon, s'irrite Luke. J'habite ici. Et voilà ma fille, Minnie.

— Vous ne figurez pas sur ma liste, monsieur. Pouvez-vous, s'il vous plaît, vous mettre sur le côté ?

— C'est OK, Jeff ! Ce monsieur est mon mari !

— Mais Rebecca, il ne figure pas sur la liste. Toutes les personnes habilitées à pénétrer dans la maison doivent avoir été listées.

— Désolée. Je croyais que ça allait de soi.

— S'agissant de sécurité personnelle, rien ne va de soi, me sermonne Jeff. Très bien, monsieur, je vous autorise à avancer.

— Tu ne m'as pas mis sur la liste ? fait Luke qui entre en tenant notre fille par la main. Tu ne m'as pas inscrit ?

— Pour moi, c'était évident.

— Becky, *deux* gardes du corps, c'est ridicule.

— C'est Sage qui me l'a suggéré. D'après elle, on n'est jamais assez prudent.

— Ouah-ouah ! jappe joyeusement Minnie qui voit passer Écho avec Mitchell dans le jardin. Veux câlins avec ouah-ouah !

— Tu ne t'approches pas du ouah-ouah, ma poupinette, dit Luke. Becky, ce chien ne va faire qu'une bouchée de Minnie.

— Ne t'en fais pas. Elle est superobéissante. Elle a été dressée en Russie.

— Je me fous de savoir où elle a été dressée. C'est un chien d'attaque.

La sonnette retentit. Aussitôt Jeff est sur le qui-vive.

— Je m'en occupe, marmonne-t-il dans son micro. Mitch, tu m'entends ? Sécuriser la zone A pour livraison. Je répète : sécuriser la zone A.

Quand il se rue hors de la cuisine, Luke et Suze échangent un regard entendu.

— Pas question de supporter ça, gronde Luke en se versant une tasse de café. Becky, tu as engagé ces deux clowns pour combien de temps ?

— Arrête de les appeler des « clowns ». Ils sont là pour une semaine.

— Une *semaine* ?

— Un colis pour vous, Rebecca, annonce Jeff qui revient avec une boîte en carton portant le logo *Premières solutions de sécurité*.

— Qu'est-ce que c'est ? fait Luke.

— Euh… Des trucs que j'ai achetés.

Il ferme les yeux avec un air de martyr.

— Encore ! Ne me dis pas !

— Ne commence pas ton cinéma, Luke ! Des spécialistes m'ont recommandé ces achats. Ils m'ont conseillé d'investir dans quelques accessoires supplémentaires pour une protection accrue de ma famille.

Munie d'un couteau, j'ouvre le couvercle. Mais, en découvrant le contenu, je ne suis plus aussi sûre de moi. Ces articles ont un aspect plus *militaire* que je ne le pensais.

— Alors ? insiste Luke. Qu'est-ce que c'est ?

— Dcs vêtements de protection. On n'est jamais trop prudent. Plein de célébrités en portent.

— Tu veux dire des gilets pare-balles ?

— Des gilets pare-balles ? s'étrangle Suze en recrachant son thé. Becky, tu n'as quand même pas osé, si ?

— Tiens, celui-ci est pour toi, je dis en sortant un modèle panthère couleur taupe que j'ai choisi spécialement pour elle.

— Pas question que j'enfile cette horreur. Vire-moi ça !

— Et combien coûtent ces merveilles ? demande Luke en brandissant le modèle léopard couleur kaki.

— On s'en fiche, du prix. Quand on aime, on ne compte pas ! De toute façon, ils étaient en promotion. Pour l'achat de quatre vêtements, ils offraient un pistolet paralysant.

— Un pistolet paralysant ?

— Chaque foyer devrait en posséder un, j'assène avec une assurance que je ne ressens qu'à moitié.

— Tu deviens folle. Suze, elle est devenue folle !

— Luke, je ne suis plus n'importe qui. Peux-tu admettre que ma vie a changé ?

Je suis dans un état de frustration intense. Pourquoi personne ne me comprend ? Personne, sauf Sage. Et le type de la boîte de sécurité. En fait, il me pousse à équiper la porte d'entrée d'un scanner corporel comme dans les aéroports et à remplacer tous nos verrous par des serrures anti-panique.

— Chérie, tu te fais des illusions, si tu penses que…

Des aboiements frénétiques l'empêchent de continuer. Jeff se lève instantanément, très concentré sur ce qu'on lui dit dans son oreillette.

— Restez où vous êtes, m'ordonne-t-il. Situation d'urgence.

Quand il sort de la cuisine, je l'entends demander :

— Description de l'intrus ?

Une urgence ? Un intrus ? Il y a de quoi mourir de peur. Ou plus exactement, si je veux être tout à fait honnête, de quoi mourir de peur mais aussi triompher.

— Tu vois, Luke ? Tu *vois* ? Poupette, viens contre maman, je dis d'une voix tremblante.

Je serre Minnie contre moi tandis qu'elle me questionne de ses yeux agrandis de curiosité. Je lui passe une main sur le front et lance d'un ton que je veux optimiste et courageux :

— Les enfants, éloignez-vous des fenêtres. Restons calmes et chantons « La Mélodie du bonheur ».

Il nous faut une pièce refuge. Les célébrités font installer des *panic rooms* chez eux. Il nous faut aussi plus de chiens peut-être.

— C'est un voleur ? pleurniche Clemmie.

— Je vais l'attaquer ! Ha-ya ! annonce Ernest.

— Luke, c'est le moment de sortir le pistolet paralysant de sa boîte.

— Tu es tombée sur la tête ?

Impassible, il sort un toast du grille-pain, étale du beurre dessus et en avale une bouchée.

Je n'en crois pas mes yeux. Mon mari est un homme cruel. Notre sécurité ne l'inquiète pas.

— Lâche-moi, sale clebs ! crie une voix d'homme. Rappelez ce chien ! Rappelez ce chien !

Horreur, c'est l'intrus !

— Identifiez-vous, tonne Mitchell tandis qu'Écho aboie plus furieusement que jamais.

Je suis à la fois terrifiée et ravie. C'est comme vivre un épisode d'une série télé.

— Le voleur arrive ! sanglote Clemmie, bientôt imitée par Minnie.

— Alors, Bex, tu es contente ? explose Suze.

— Ah ! S'il te plaît, pas de reproches !

— Il va nous attraper ! gémit Clemmie.

De l'entrée proviennent des bruits de bagarre et des vociférations, puis un choc amorti suivi d'une exclamation furibarde.

Minute ! Ce ne serait pas ?…

— Papa ? je crie au moment précis où Jeff et Mitchell apparaissent sur le seuil de la cuisine en malmenant mon père comme s'ils étaient des flics au cinéma et qu'il était le vice-président espion surpris en train de s'échapper par la fenêtre.

— Becky !

— C'est mon père !

— Grandpa !

— Nous avons trouvé ce suspect rôdant dans l'allée…

— Je ne rôdais pas…

— Lâchez-le !

Nous parlons tous en même temps, et le pauvre Wilfie se bouche les oreilles. Je hurle au-dessus du tohu-bohu :

— Lâchez-le. C'est mon père !

À contrecœur, Mitchell libère le bras de papa qu'il tordait derrière son dos. Franchement ! Comment peut-on le prendre pour un malfaiteur ? Voir en lui un individu suspect ? Avec son blazer, son pantalon de toile et son panama, on dirait qu'il va assister à un match de cricket.

— Comment va ma Minnie ? s'exclame-t-il alors que la petite se jette dans ses bras. Comment va mon petit chou ?

— Qu'est-ce qui se passe, papa ? Maman se fait un sang d'encre.

— Vous êtes sûre que c'est votre père ? s'enquiert Mitchell, soupçonneux.

— Bien sûr que j'en suis sûre.

— Eh bien, il ne figure pas sur la liste ! commente Jeff en m'adressant un regard accusateur. Rebecca, pour travailler efficacement, nous avons besoin d'avoir toutes les informations.

— Je ne savais pas qu'il allait venir.

Jeff n'est pas convaincu.

— Alors comment a-t-il eu accès à l'allée ? Comment a-t-il pu ouvrir la grille ?

— C'est le même code que le garage chez moi, déclare gaiement papa. Je l'ai essayé par hasard et *hop* ! ça a marché.

— J'utilise toujours le même code, j'explique à Jeff. C'est également le même pour ma carte bancaire. Et pour celle de ma mère. Comme ça on peut retirer de l'argent l'une pour l'autre. Vraiment pratique.

— Vous avez le même code pour *tout* ? Et votre mère aussi ? Mais Rebecca, on *parle* de code sécurisé, là !

Jeff est horrifié.

— Bon, d'accord. Je vais le changer. Et même tous les changer.

(Dans tes rêves, mon pauvre Jeff ! C'est déjà suffisamment difficile de retenir quatre chiffres !)

— Bienvenue à la maison, Graham, dit Luke. Vous avez déjà pris votre petit déjeuner ? Vous séjournez chez nous, bien entendu ?

— Si ça ne vous dérange pas, avec plaisir.

— Papa, où étais-tu passé ? Qu'est-ce qui t'arrive ? Pourquoi ce voyage à L.A. ?

Silence dans la cuisine. Même les gardes du corps semblent intéressés.

Papa m'adresse un sourire prudent.

— J'ai une affaire à régler. C'est tout. La nuit dernière, j'ai dormi à l'hôtel et me voilà.

— Au sujet de Brent Lewis, hein ? Papa, c'est quoi, ce mystère ?

— Il n'y a pas de mystère, Becky. Simplement… Il faut que je rectifie quelque chose. Puis-je me préparer une tasse de thé ?

Il considère la bouilloire avec étonnement.

— Elle va sur le feu ?

— Ils font comme ça en Amérique. Ils n'y connaissent rien en bouilloire électrique. Rien en thé non plus, d'ailleurs. Laisse, je vais m'en occuper.

Je remplis la bouilloire et la pose sur la plaque de cuisson. Ensuite j'envoie un SMS à maman :

Il est là !!!

Mon père s'assied avec Minnie sur les genoux et commence à jouer à « la petite bête qui monte, qui monte ». Les autres enfants font cercle autour d'eux. Une ou deux minutes plus tard, mon téléphone sonne. C'est maman. Virulente :

— Où est-il ? Que fait-il ? Se rend-il compte à quel point je suis angoissée ?

— Mais oui, mais oui ! Il est certainement désolé. Il a certainement une bonne raison.

Papa lève la tête et je fais un geste pour lui faire comprendre que maman est au bout du fil.

— Passe-le-moi ! dit maman.

— Euh, papa. C'est maman. Elle veut te parler.

Je lui tends l'appareil et recule d'un pas.

— Jane ? Écoute, Jane. Allez, allez ! Jane !

J'entends vaguement le discours ininterrompu de maman grimper dans les aigus. Il est clair que papa va avoir du mal à en placer une.

Suze soulève les sourcils d'un air interrogateur et je hausse les épaules en signe d'impuissance. Je ne sais absolument pas quoi faire.

Finalement, papa prend la parole. Il semble résolu.

— Tu n'as pas besoin de t'inquiéter. Je t'ai dit que c'était un problème qui concerne de vieux amis. Non, je ne rentre pas par le prochain vol. Il faut d'abord que j'en termine avec ça !

Je regarde Luke qui, à son tour, hausse les épaules. Cette histoire me traumatise terriblement.

— Ta mère veut te parler, ma puce, annonce papa, imperturbable.

— Pourquoi refuse-t-il de me dire ce qu'il fait ? explose maman. Il n'arrête pas de répéter qu'il doit arranger quelque chose avec Brent Lewis. Je l'ai cherché sur Google sans rien trouver. Tu m'as dit qu'il vit dans un mobile home. Tu l'as rencontré ?

— Non.

Papa sirote son thé.

— Surveille ton père, Becky.

— Compte sur moi.

— Et j'arrive dès que je peux. Évidemment ça tombe *en même temps* que la vente de charité de l'église. Au fond, je préférais les leçons de guitare. Au moins elles avaient lieu dans le garage.

En raccrochant, je remarque que mon père fixe mon collier avec une expression désabusée. C'est le collier Alexis Bittar qu'il m'a offert avec sa SP.

— Je l'adore, je le porte tout le temps, je dis en le touchant.

— Tant mieux, ma puce.

Il sourit, mais son sourire est bizarre. J'ai envie de crier. Que se passe-t-il ? Il finit son thé et se lève.

— Je m'en vais.

— Mais tu viens d'arriver ! Où vas-tu ? Dans le parc de mobile homes ? Tu as téléphoné à la sœur de Brent ?

— Becky, ça ne regarde que moi. À tout à l'heure.

Personne ne prononce un mot jusqu'à son départ. Ensuite, tout le monde paraît se détendre.

— Qu'est-ce qu'il fabrique ?

La frustration me fait presque piailler.

— Laisse-le tranquille, Becky, fait Luke. Comme il l'a dit, ça ne regarde que lui. Allez, poupinette, les dents. Vous aussi les C.-S. ! Tout le monde va se brosser les dents.

— Tu es sympa Luke, dit Suze.

Les enfants quittent la cuisine avec Luke. Suze pousse un long soupir, en regardant par la fenêtre.

Je remarque une petite ride entre ses sourcils qu'elle n'avait pas avant.

— Ça va, ma Suze ?

— J'en ai assez de Los Angeles. Cet endroit ne nous convient pas.

— Au contraire ! Regarde ! Tu es devenue figurante. Tarkie fait partie des producteurs en vue. Vous êtes somptueux, bronzés, minces et…

— C'est mauvais pour notre couple, me coupe-t-elle. En Angleterre on croule sous les prises de tête, mais on les gère ensemble. Ici, je sens que Tarkie s'éloigne. Becky, ajoute-t-elle en chevrotant, je ne le reconnais plus.

Malédiction ! Ses yeux se remplissent de larmes.

— Suze. Ne t'en fais pas ! Il traverse une drôle de période. Il essaie de se trouver.

— Mais il ne me parle pas. Il me regarde comme une ennemie. Bex, quand les gamins seront à l'école, tu ne veux pas aller marcher et discuter ? On pourrait passer par Runyon Canyon et ensuite déjeuner…

— J'adorerais, mais, malheureusement, c'est impossible. Je dois aller acheter des vêtements pour Sage.

Son visage s'assombrit.

— C'est vrai. Tu dois faire du shopping.

— Ce n'est pas pour moi, je rétorque, piquée au vif. Mon passage à la télé est pour demain. Et il faut que je trouve des tenues pour Sage. Je dois écumer les boutiques vintage et établir des contacts dans le milieu. Un travail de fou, Suze. C'est l'occasion ou jamais. La grande chance de ma vie ! *Big big* chance !

— Bien sûr ! acquiesce-t-elle avec une expression indéchiffrable.

— Une autre fois ?

— Une autre fois.

Et elle se lève de table.

Je me retrouve seule dans la cuisine avec Jeff. Assis, muet comme une carpe, il regarde fixement devant lui. Pourtant j'ai l'impression qu'il me juge.

— Jeff, je vous informe que je *dois* aller faire des courses. J'ai une formidable opportunité de devenir styliste à Hollywood.

Il ne bronche pas. Mais je sais qu'il me juge. Tout le monde le fait, d'ailleurs.

C'est ça, être une célébrité. Votre famille ne vous comprend pas. Personne ne vous comprend. Pas étonnant qu'on se sente solitaire une fois arrivée au sommet.

Le bon côté, c'est de découvrir que faire du shopping pour une star vous ouvre en grand les portes de la mode. Dommage d'avoir attendu aussi longtemps !

La plus fabuleuse boutique vintage se trouve sur Melrose Avenue. La propriétaire, Marnie, est sur la même longueur d'onde que moi. Jamais je n'ai claqué autant d'argent aussi vite dans un magasin. En un temps record, j'ai acheté trois pochettes, deux étoles, un headband en strass. J'ai fait mettre de côté trois manteaux, cinq robes et une fantastique cape en velours que je garderai pour moi si Sage ne l'aime pas.

Je me suis aussi offert quelques bricoles – une petite robe du soir à sequins et quelques paires de chaussures, parce que mon nouveau style de vie m'y oblige. J'ai même utilisé mon carnet de La Paix d'or juste pour m'empêcher de faire des achats inconsidérés. À la question *Pourquoi je fais du shopping ?* j'ai écrit *Parce que je suis devenue la styliste d'une célébrité*. Imparable, non ?

Le 4×4 aux vitres teintées m'attend devant la boutique. Quand je sors, Mitchell se tient au garde-à-vous, ses lunettes noires scintillant au soleil, tandis que Jeff m'escorte vers le véhicule. Quelques passants me lorgnent avec curiosité, alors je cache mon visage derrière ma main comme le font les véritables people.

Une fois dans la voiture, entourée de sacs, je me sens au comble de la joie. Sur le plan boulot, c'est bien parti. Mon seul et minuscule souci concerne l'émission sur la chaîne USA demain : je ne sais toujours pas de quel genre de look ils veulent que je parle. Comment mettre au point une séquence des tendances mode sans être briefée ? J'ai déjà laissé cent messages à Aran à ce sujet, mais je décide de le joindre encore une fois. Il prend mon appel.

— Salut, Aran ! Tu sais le genre de fringues qu'ils souhaitent me voir présenter à l'émission ? C'est demain. Il faut vraiment que je m'y mette.

— Oh, c'est ma faute ! Je voulais t'en parler. Ne t'embête pas avec les fringues. Les gens de l'émission s'en occupent. Et toi tu feras des commentaires dessus.

Comment ça : « Ne t'embête pas avec les fringues » ? Je suis styliste, il faut bien que je m'en préoccupe.

— Mais ça marche comment ? Comment je me prépare ?

— Pas de souci, Becky, tu vas être topissime. Tu vas parler de mode, bavarder en général et montrer ta personnalité.

— Bon, très bien. Merci.

Je raccroche, toujours perplexe. C'est déconcertant, mais peut-être qu'aux États-Unis on travaille autrement. Et si je faisais une petite enquête ? J'allume la télé de la voiture et zappe frénétiquement à la recherche d'une séquence de mode. Tout à coup, une image m'arrête. Il me faut un moment pour comprendre ce que j'ai sous les yeux.

C'est une prise de vue floue de la maison de Lois dans la nuit. Une ambulance tous gyrophares allumés stationne devant et des infirmiers transportent un brancard. Un bandeau annonce *ALERTE DERNIÈRES NOUVELLES. Lois : tentative de suicide ?*

— Tentative de suicide ?

Oh, non ! Nooon ! C'est pas vrai !

Mon cœur battant à se rompre, j'augmente le volume et me penche pour écouter.

— D'après une information non confirmée, Lois Kellerton aurait été admise d'urgence hier soir à l'hôpital pour ce qu'un commentateur a qualifié d'« acte désespéré de la part d'une star désespérée ». Je donne l'antenne à notre envoyé spécial à Faye Island.

Un reporter se tient devant la maison et parle gravement dans un micro.

— Des voisins confirment que, la nuit dernière, aux alentours de minuit, une ambulance a été appelée au domicile de l'actrice. D'après un témoin, Lois Kellerton serait sortie de son domicile sur un brancard. Apparemment, elle serait rentrée chez elle de bonne heure ce matin, mais n'est plus sortie depuis.

Apparaît sur l'écran une photo pas très nette, prise au téléobjectif, d'une fille recouverte d'un drap qu'on ramène chez elle.

— Depuis la révélation du vol commis par la star, ses amis s'inquiètent fortement pour elle.

Photo de Lois s'effondrant au gala des ASA.

— Précisons que le porte-parole de Mlle Kellerton s'est refusé à tout commentaire sur les récents événements. À vous le studio.

— Et maintenant, notre séquence sport, annonce une présentatrice en robe violette.

J'éteins en grelotant. Jamais je n'aurais pensé qu'une chose pareille pourrait se produire. Jamais, au grand jamais…

Je ne suis pas responsable.

Non. Je ne suis pas responsable.

Ou si ?

Sans réfléchir, je compose le numéro de Sage. Elle au moins doit savoir ce que je ressens. En fait, elle doit se sentir encore plus mal que moi.

— Sage, tu as entendu pour Lois ?

— Oh, ça ?

— Sage, c'est notre faute, je dis d'une voix émue. Mais comment prévoir que ça allait déboucher sur une catastrophe pareille ? Tu es allée la voir ? Tu l'as appelée ?

— Voir cette folle ? Tu plaisantes.

— Mais on ne devrait pas se manifester ? Par exemple… je ne sais pas, moi. Y aller et lui dire que nous sommes désolées.

— Sûrement pas !

— « Sûrement pas » ?

— C'est son problème, Becky. Elle va s'en sortir. Bon, je dois bouger.

Et elle coupe la communication.

Sage est tellement sûre d'elle. Mais ce n'est pas mon cas. Les doutes m'assaillent comme une nuée d'insectes. C'est insupportable. Je veux agir. Il faut que j'agisse. Que je me rachète.

Mais comment ?

Je réfléchis, paupières closes. Au bout d'un moment, j'ouvre les yeux et j'attrape mon portable. J'ai toujours le numéro d'April Tremont. Elle répond à la seconde sonnerie.

— Rebecca ?

Vu le ton de sa voix, elle n'a pas l'air vraiment enchantée de m'entendre.

— Bonjour, April. Pardon de vous déranger. Je viens d'entendre les nouvelles au sujet de Lois. Je me sens coupable, je voudrais m'excuser et réparer les torts que je lui ai causés. Peut-être lui venir en aide. Enfin, faire quelque chose…

— Lui « venir en aide » ? Vous l'avez suffisamment aidée, vous ne croyez pas ?

April est si sarcastique que j'en sursaute.

— Comme vous êtes son amie, vous devez penser que je suis une ignoble personne. Mais il faut que vous sachiez que je n'ai jamais imaginé que les choses tourneraient de cette façon. Je n'ai jamais voulu l'exposer au grand jour. Pourriez-vous faire en sorte qu'elle me reçoive ? Je voudrais m'excuser.

— Lois ne parle à personne, réplique April sèchement. Je l'ai appelée plusieurs fois et elle n'a pas répondu. De toute façon, vous êtes la dernière personne que je lui amènerais. Oui, elle a besoin que quelqu'un l'aide. Et depuis un bon bout de temps. Mais pas une sale petite opportuniste dans votre genre.

— Je ne suis pas une sale petite opportuniste !

— Ne me dites pas que vous agissez par gentillesse !

Et elle raccroche.

J'ai l'impression d'avoir reçu une gifle. La seule vision devant moi, la nuque épaisse de Jeff, déclenche une nouvelle vague de culpabilité. Me voilà, en 4×4 avec des gardes du corps et des sacs bourrés de fringues, en pleine ascension professionnelle alors que Lois a été emmenée d'urgence à l'hôpital.

Jeff n'a pas un dit un mot, mais je sais qu'il a

tout entendu. Et qu'il me juge. Je m'en aperçois aux muscles de son cou.

Il faut que me défende.

— Non, je ne suis pas une opportuniste. Sinon, j'aurais vendu cette histoire à un tabloïd depuis belle lurette. Ce n'est pas ma faute si Sage a tout divulgué. Moi, c'est mon rêve de devenir styliste de stars à Hollywood. Est-ce qu'on doit me jeter la pierre parce que je saute sur l'occasion qui se présente à moi ? Je ne suis pas une opportuniste pour autant, il me semble.

Pas de réponse. Mais je sais ce qu'il pense.

— Et maintenant, qu'est-ce que je peux faire ? Si April ne m'emmène pas voir Lois, je ne vois pas. Je ne peux ni m'excuser, ni lui offrir mon aide, ni rien. Je ne sais même pas où elle…

Soudain je me souviens de ce qu'April m'a confié quand nous étions dans sa loge. « Nous habitons toutes les deux sur Doheny Road depuis toujours. »

— Changement de plan, Mitchell ! Nous allons à Doheny Road.

Nous arrivons en une demi-heure. Ce n'est pas difficile de deviner quelle est la maison de Lois. Des journalistes sont massés derrière le portail ou patrouillent dans la rue. Deux interviews sont en cours sur le trottoir. Nous nous garons un peu plus loin devant un édifice qui ressemble à un temple grec.

— Rebecca, restez à l'intérieur, dit Mitchell. Nous devons inspecter la zone.

— OK.

Je m'efforce de cacher mon impatience tandis que, bien singuliers dans leurs costumes sombres, ils descendent du 4×4 pour s'avancer vers la maison de Lois.

Toutes ces consignes de surveillance et de sécurité commencent à me taper sur le système. Une fois passée l'excitation de la nouveauté, c'est franchement assommant.

Je reste dans la voiture pendant qu'ils font le tour du voisinage. Des siècles d'attente ! Quand ils reviennent, ils affichent un air encore plus sévère que d'habitude.

— Les locaux sont très exposés à cause de l'importante présence des médias, annonce Mitchell. Nous prévoyons une situation à haut risque. Notre recommandation est que vous ne procédiez pas à une sortie du véhicule.

Il faut que je clarifie ce jargon.

— Vous voulcz dire que je ne peux pas aller dans la maison ?

— Notre recommandation est de ne pas procéder à une sortie du véhicule. Pour le moment.

— Mais je veux procéder !

— Négatif !

Mitchell et Jeff affichent la même mine concernée. Leurs lunettes noires masquent toute expression (à supposer qu'ils en aient une, ce qui m'étonnerait). Mais pas question de me laisser marcher sur les pieds !

— Je vais procéder à une sortie. OK ? Je dois voir Lois Kellerton. Il faut au moins que j'essaie, c'est vital.

— Rebecca, me sermonne Jeff, nous ne pouvons pas garantir votre sécurité si vous approchez de la maison.

— Nous sommes en présence d'une situation de crise, renchérit Mitchell.

Je jette un coup d'œil vers la foule des journalistes. Hum, c'est un peu chaotique. Ils ont peut-être raison.

— Bon, eh bien, je vais m'introduire par l'arrière de la maison. L'un de vous pourrait me faire la courte échelle ?

Jeff et Mitchell échangent un regard sidéré.

— Rebecca, déclare Jeff, selon les termes de notre contrat, nous avons interdiction d'aider le client dans toute entreprise considérée comme contraire à la loi.

— Ce que vous êtes *vieux jeu* alors ! Vous n'en avez pas assez de vous balader en noir en prenant tout au sérieux ? Très bien. Je vais me débrouiller seule. Et si je me fais arrêter, je dirai : « Mitchell et Jeff n'ont rien à voir avec cette affaire, monsieur l'agent. » Alors, heureux ?

J'attrape mon sac, me glisse hors du 4×4 et commence à marcher vers la maison de Lois, mes talons martelant le sol.

— Rebecca, attendez ! crie Jeff.

— Quoi encore ? D'accord, je ne dois pas avancer tout droit. Vous êtes pire qu'un GPS !

— Autre chose !

— Quoi ?

Il hésite avant de me glisser :

— Près de la *pool house*, il y a un passage dans la clôture. Les gars de la télésurveillance ne l'ont pas repéré.

— Merci, Jeff !

Et je lui envoie un baiser.

La propriété de Lois est si grande que je mets un temps fou à gagner l'arrière de la maison. Tandis que je trotte le long d'une allée de traverse, ma nervosité s'accroît. C'est la première fois que je vais me trouver nez à nez avec une personne suicidaire. *Vraiment* suicidaire. J'aurais peut-être dû suivre un stage de préparation avant. De toute façon, c'est trop tard. Il faut simplement que je me montre douce. D'une grande élévation d'esprit, positive et, bien entendu, contrite.

Et si elle me rend responsable de tout ?

Ma position est très inconfortable. Je veux vraiment, absolument, que Lois comprenne que je n'ai rien dit à personne. D'accord, je l'ai raconté à Sage mais *en lui demandant de garder le secret*.

Et si Lois a une autre interprétation des faits ? Si elle pique une crise ? Si elle prend un couteau et menace de se tuer devant moi et que je me précipite sur elle pour l'en empêcher mais qu'elle s'est déjà… ? Malédiction !

Toutes ces pensées me rendent malade. Je m'oblige quand même à avancer. Finalement, j'arrive devant une clôture de deux mètres cinquante de haut avec ce qui semble être la *pool house*, de l'autre côté. Pas question d'escalader ça toute seule. Après quelques allées et venues, je repère le passage indiqué par Jeff. Deux planches transversales sont presque détachées de leur base. Je les pousse sur le côté et examine l'ouverture avec stupeur. Comment je vais parvenir à me glisser par ce trou ? Il croit quoi, l'ami Jeff ? Que je fais une taille moins 30 ?

Mais comme je n'ai pas d'autre option, je me contorsionne et commence à m'introduire dans l'espace. Le bois m'arrache le dos et les cheveux. Pendant une minute atroce, j'ai l'impression que je vais rester coincée là jusqu'à la fin de mes jours. Pour finir, je réussis à passer de l'autre côté (en écartant deux autres traverses. En fait, j'ai pas mal esquinté sa clôture. Lois peut me poursuivre en justice pour ce délit).

La *pool house* est pratiquement aussi grande que la maison de mes parents à Oxshott. La piscine est elle-même gigantesque. Il y a également une sorte de jardin d'agrément suspendu qui a un air curieusement déplacé dans cet environnement, une pelouse, une grande terrasse aménagée avec du mobilier de jardin et la maison qui est, inutile de le préciser, terriblement vaste.

Bon. Prochaine étape ? D'après ce que m'a confié Jeff, il y a des caméras de télésurveillance. Donc, à l'heure qu'il est, j'ai été enregistrée. Réfléchissons ! Il faut que je bouge vite avant que les chiens ne me sautent dessus. Je cours vers la maison en essayant de ne pas me faire voir. Mon cœur bat. Je m'attends à être arrêtée à tout moment. Mais si je peux juste parler à Lois – ne serait-ce qu'une seconde – elle saura que je me suis donné du mal. Elle saura que j'ai pensé à elle.

Très essoufflée, je parviens à la terrasse et me dissimule derrière un énorme pot de fougère. Je suis à cinq mètres des portes-fenêtres. Elles sont ouvertes. Questions stratégiques : dois-je entrer ? Oui, mais imaginons que je lui fasse peur. Dois-je lui écrire un mot ? Oui, beaucoup mieux. Pourquoi n'y ai-je pas pensé plus tôt ? C'est ça, j'écris un mot, le laisse sur la terrasse et m'en vais vite fait. Comme ça, elle pourra le lire quand elle voudra. Je farfouille dans mon sac à la recherche du cahier que j'utilise pour prendre des notes sur la mode et d'un crayon. Je déchire une page et inscris la date.

*Chère Lois,*

*Comment tourner la chose ?*

*Je suis tellement, tellement désolée pour ce qui est arrivé. J'aimerais que vous sachiez que j'ai subi le même choc que vous lorsque Sage a révélé ce que vous aviez fait. Je lui avais confié l'histoire SOUS LE SCEAU DU SECRET.*

Je souligne les derniers mots plusieurs fois. Ensuite, je m'accroupis pour réfléchir à la suite quand quelque chose attire mon regard. Une paire de lunettes de soleil posées sur un fauteuil. Une paire de lunettes Missoni. Rose et vert exactement comme celles que j'ai données à Sage hier matin.

Impossible que ce soit les mêmes. Absolument impossible. Pourtant…

Je contemple les lunettes dans un état de perplexité grandissant. D'un côté, je me dis que c'est une coïncidence. De l'autre, que c'est impensable. Ne pas savoir est insupportable. Il faut que j'en aie le cœur net. Je rampe avec précaution et m'empare des lunettes. Pas de doute. Ce sont celles que j'ai achetées. Une petite partie du M est ternie, et il y a un minuscule défaut sur une des branches.

Qu'est-ce qu'elles font là ? Sage les aurait-elle envoyées à Lois sans m'en parler ce matin au téléphone ? Mais pourquoi aurait-elle envoyé des lunettes de soleil à son ennemie ?

Tempête sous mon crâne. Je m'avance toujours à quatre pattes pour les remettre sur le fauteuil. Soudain je me fige. À travers les vitres, j'aperçois le salon de Lois. J'aperçois Lois sur un canapé en train de rigoler. J'aperçois Sage assise à côté d'elle qui lui passe un bol de nachos.

La surprise me paralyse. *Sage ? Chez Lois ?* Mais… Mais… Mais…

Je veux dire…

C'est seulement…

Je me penche tellement pour les voir que je perds l'équilibre. Les lunettes atterrissent sur la table basse en verre.

Eh, merde ! *Merde !*

— Qui est là ? s'écrie Sage qui s'avance vers les portes-fenêtres.

— Ma parole, *Becky* ?

Incapable de répondre, paralysée, je me contente de la regarder. J'ai l'impression que le monde tourne à l'envers. Il y a quelques minutes, Sage m'affirmait qu'elle refusait de voir Lois. Au fait, quand j'y pense, elle devait être ici *pendant qu'elle me parlait.* Étonnant, tout ça !

— Viens à l'intérieur. J'espère que les journalistes ne t'ont pas suivie. Comment tu t'y es prise pour entrer dans la propriété ? Par effraction ?

— Oui, je dis en me mettant debout. J'ai abîmé la clôture. Il faudra que quelqu'un s'en occupe. Excusez-moi, Lois, j'ajoute.

Lois, qui a rejoint Sage, n'a pas du tout le teint brouillé d'une star désespérée. Elle porte un pantalon large vert pâle accompagné d'un débardeur noir. Ses cheveux lisses sont retenus en queue-de-cheval et elle fume. Surprise ! En principe, Lois Kellerton est contre le tabac. Je l'ai lu cent mille fois dans tous les magazines.

— Becky, tu as un de ces airs flippés, s'amuse Sage en fermant la porte-fenêtre derrière moi.

Je retrouve ma voix.

— Évidemment que je *flippe*. Qu'est-ce que tu crois ?

— Ma pauvre !

— Que… ? Je… Oh, je ne sais pas par où commencer ! Vous ne…

— Tu pensais qu'on se haïssait, c'est ça ? lance Sage.

— Tout le monde le croit. Toute la planète.

— Eh bien, c'est un peu ça, hein, Lois ?

Cette dernière explique avec un petit sourire :

— C’est un jeu. Nous jouons à nous détester. Depuis un bon bout de temps.

— Lois est très maligne, précise Sage.

Toutes les deux hochent la tête comme si c’était l’explication du mystère.

— Je ne comprends pas, je dis, toujours aussi déroutée. Il faut commencer par le début.

— Le *début* ?

Lois m’emmène dans la cuisine où une table massive en chêne est recouverte d’ordinateurs portables, de magazines, de tasses de café et d’emballages de traiteurs. Détail qui me sidère : il y a même une boîte de beignets. Moi qui croyais que Lois était fâchée à mort avec le sucre raffiné !

— Tout a commencé quand nous avions… quoi ? Dix ans ?

— Nous jouions ensemble dans *Sauvez les enfants*, complète Sage.

— Et puis on a eu une grande, une énorme dispute.

— Mais nous nous sommes rabibochées.

Je ne suis plus !

— C’est récent ?

— Non, nous avions seize ans. J’étais tellement en colère contre Lois que j’ai démoli sa voiture, raconte Sage. Tu te rappelles ?

Lois acquiesce. Elle semble bien plus calme que Sage. Ses ongles sont parfaits, ses mains ne tremblent pas quand elle prépare du café. Elle n’a rien d’une fille sur le point de se donner la mort.

Il faut que je sache.

— Vous avez vraiment essayé de vous suicider ?

Elle m’adresse un de ses sourires de Joconde.

— Becky, rien n’est vrai, s’exclame Sage. Nous

faisons semblant. Maintenant tu fais partie du show, toi aussi. Lois va te dire comment te comporter. Tout est planifié.

— Qu'est-ce ça veut dire, « tout » ?

— Nous parlons de rédemption, dit Lois. De réconciliation… de pardon. Et il y a *Camberly*. Oui *Camberly*.

— Effectivement, *Camberly*, reprend Sage. On vient d'apprendre qu'elle nous consacre une émission. Un numéro spécial. Ça va être un immense événement !

— *Immense*, souligne Lois.

— Il va y avoir un battage insensé, s'exclame Sage, les yeux brillants. La grande trêve ! Sage et Lois confrontées l'une à l'autre. Tout le monde va regarder. Lois va jouer le rôle de la pécheresse pleine de remords. Tu vas porter du blanc, c'est ça ?

— Longue chemise blanche et chaussures plates. Comme l'ange du repentir. Apparemment, le propriétaire du magasin sera présent. Je pourrai lui présenter mes excuses.

— De la bonne télé, rajoute Sage. Je vais lui proposer de l'aider. Nous allons pleurer. Au fait, Becky, j'ai besoin d'un conseil au sujet d'une robe. Quelque chose d'innocent – tu vois ? Marc Jacobs, peut-être ? Dans les rose pâle ?

Je suis abasourdie par ce qu'elles racontent. C'est comme si elles avaient écrit un scénario. Elles vont sûrement le faire d'ailleurs. Je demande en bégayant :

— Les gens de l'émission sont au courant que c'est bidon ?

— Pas du tout. Personne ne le sait. Lois a même renvoyé son équipe de relations publiques, pour plus de sûreté.

— Je sais que c'est un coup fumant. Mais mon équipe n'aurait pas marché dans la combine. Ils sont tellement *conventionnels*, confirme-t-elle avec des mouvements de tête impatients.

— Donc vous n'êtes pas vraiment une voleuse. Mais je vous ai prise la main dans le sac.

— C'était un essai, explique Lois assise, jambes élégamment croisées. Je ne pensais pas que j'allais me faire prendre, mais, ça a marché comme je voulais.

— Lois a une imagination incroyable, s'extasie Sage. L'idée de la dispute vient d'elle. La vacherie qu'elle a sortie sur mon rôle de victime du cancer, c'est elle qui l'a inventée. Et l'histoire des deux robes vertes identiques, également. Évidemment, ces petites querelles ne nous ont pas attiré l'attention du grand public. Mais la tentative de suicide se situe à un tout autre niveau. Génial ! Ça nous met en première page.

Écœurée, je contemple le visage impassible de Lois. La fausse tentative de suicide me perturbe vraiment.

— Mais comment vous avez pu faire ça ? je m'exclame. Les gens se sont réellement fait du souci pour vous.

— C'est le but, justement. Plus bas vous tombez, plus le public vous aime quand vous rebondissez.

Elle soupire devant mon expression et poursuit :

— C'est un monde très compétitif, vous savez. Il faut qu'on parle de nous. Les gens adorent les aventures et les mésaventures. Pas vous ? Vous ne lisez pas *US Weekly* ?

— Si, mais…

— Vous croyez tout ce qui est imprimé ?

— Non, mais…

— Quelle est la différence ?

— Eh bien, une partie doit être vraie. Autrement, ça sert à quoi ?

— Mais qu'est-ce que ça peut faire du moment qu'on divertit notre public ?

Je me tais pendant un moment en pensant à toutes les histoires que Suze et moi avons dévorées dans les magazines people. Est-ce important qu'elles soient vraies ? Par exemple, j'ai toujours pris pour argent comptant que les comédiens de *Notre temps* se détestaient cordialement. Et si c'était un mensonge ? Et si Selma Diavo n'était pas la salope qu'on croit qu'elle est ? Je me repais de la vie des stars depuis tellement longtemps que j'ai l'impression de les connaître. Leur monde, leurs amis, leurs succès et leurs ennuis me sont archifamiliers. Tiens, je pourrais sûrement écrire une thèse sur la vie amoureuse de Jennifer Aniston.

Mais, à vrai dire, mon *savoir* est basé sur les photos, les gros titres et les « déclarations » de certaines « sources ». Sur aucune preuve, en fait.

— Mais si tout le monde pense que vous êtes suicidaire, comment aurez-vous des contrats ?

— Oh ! j'en aurai. Les propositions arrivent déjà. Beaucoup de rôles de voleuse à l'étalage, rigole Lois. Je serai punie, puis je serai pardonnée. C'est comme ça qu'Hollywood fonctionne.

Sa désinvolture m'exaspère. Elle ne sait donc pas que je me suis inquiétée pour elle ? Et pourtant je la connais à peine. Et ses amis ? Et ses parents ?

Ah oui ! Ses parents sont morts. (C'est en tout cas ce que prétend le *National Enquirer*. Mais allez savoir si c'est vrai.)

— Lois, la première fois que je vous ai vue, j'ai cru que vous étiez en pleine dépression. Vous trembliez, vous étiez sur le point de défaillir, vous ne pouviez même pas respirer.

— Je suis une actrice, répond-elle en haussant les épaules.

— Nous sommes des actrices. Nous jouons la comédie, confirme Sage.

Je me souviens de la Lois pitoyable que j'ai attrapée sur le fait. Cette apparition timorée sous la capuche. Ces grelottements, ces chuchotements, ces tressaillements, ce souffle saccadé… C'était une mise en scène ? Je ne devrais pas être étonnée. Lois est une des meilleures actrices au monde. Mais quand même. Tout avait l'air si *authentique*. J'ai presque envie de lui demander de rejouer la scène.

— Et Luke ? Est-ce qu'il a le moindre soupçon ?

Cette fois, je questionne Sage.

— Je ne pense pas. Mais il est drôlement malin. L'autre jour, il m'a demandé directement si tout ça était un coup monté. Bien sûr j'ai nié. Il t'a fait des allusions ?

— Aucune.

— Il ne faut surtout pas qu'il sache la vérité, dit Lois. Quand on veut tromper le public américain, il faut conserver un garant de crédibilité.

— Comme dans *Les Femmes du Président*, déclare Sage en tapant dans la main de Lois.

Ça me rappelle quelque chose. Oui, c'était quand elle jouait le rôle de la vice-présidente et portait des tailleurs à fines rayures.

— Luke est notre garant de crédibilité. Aran aussi, d'ailleurs. Ils sont fiables, ils sont dignes de confiance…

— Luke est top, acquiesce Sage. Quand les choses

se seront calmées, tu devrais l'engager, Lois. Il a plein d'idées de stratégie. Et c'est un tel gentleman.

— Mais Sage… euh… je serais bien étonnée que vos manigances fassent partie de sa stratégie.

— J'ai un peu forcé la note, admet-elle en faisant bouffer ses cheveux. Mais ça a marché, non ? En tout cas, pas un mot à Luke. Il croit que je m'intéresse au bénévolat. Genre, un voyage au Darfour. Je lui ai dit que je me documentais sur les mines. Voilà, j'ai trouvé ! Tu vas me soutenir. Dis-lui que, quand tu m'as appelée, j'étais sur Internet plongée dans les différents sites d'œuvres charitables.

— Mais je ne peux pas mentir à mon mari, je rétorque, horrifiée.

— OK mais alors, tu la boucles.

— Becky, tu es dans le coup maintenant, me sermonne Lois. Et si tu es dans le coup, pas question d'en sortir.

Ça aussi, c'est tiré du dialogue d'un de ses films. Lequel ? Celui sur la mafia ? En plus, elle me tutoie. Je fais partie de son gang.

— On va te donner un coup de main pour ta carrière de styliste. Tu vas nous conseiller toutes les deux. Tu établiras des contacts, ce sera un vrai deal. Mais pas un mot à qui que ce soit.

Lois se lève. Avec ses yeux qui lancent des éclairs, elle est drôlement intimidante tout à coup. Comme quand elle jouait l'associée d'un cabinet d'avocats qui était aussi une tueuse en série.

Elle répète :

— *Pas un mot à qui que ce soit.*

— D'accord.

— Si tu parles, on te démolit !

Je ne sais pas ce qu'elle sous-entend par « démolir », mais ça ne me dit rien qui vaille.

— D'accord, j'ai compris.

Lois est déjà sur son ordinateur.

— *Lois et Sage chez Camberly*, lit-elle. Bon, on a fini. Tu peux partir, Becky. Appelle ton chauffeur. Le garde va le laisser passer. Il peut se garer à la porte. Les journalistes ne te verront pas. Sage a procédé comme ça, hier. Si ton chauffeur pose la question, dis-lui que je n'étais pas disponible. Trop malade.

— Les chauffeurs sont au courant de tout, commente Sage. Regarde, on est sur Fox News.

Elles ont le nez sur l'écran. Je me sens de trop.

— Bon ! Eh bien, au revoir !

Quelques minutes plus tard, Jeff et Mitchell arrivent à la porte et je me glisse sans encombre dans le 4×4 aux vitres teintées. On dirait que la maison a été dessinée spécialement pour les sorties discrètes. Dès que nous avons franchi les grilles, les journalistes se déchaînent. Ils tapent sur les portières, déclenchent leurs flashes et crient « Lois ! Lois ! »

Ils croient que je suis elle. Le monde est devenu fou. J'ai le tournis. Le sang bat dans mes oreilles. Que se passe-t-il ? C'est n'importe quoi !

De : Kovitz, Danny
À : Kovitz, Danny
Objet : j'ai si froiiiid

---

trop froiiiid. peux pppas tappppper. Doigts engouuuurdiiis. c'est pppas commejepensais
dddananyyyy

# 17

Quand Luke rentre à la maison ce même soir, j'ai retrouvé un certain calme. Après tout, Hollywood est comme ça : il faut s'y habituer. Oui, au début ça semble complètement délirant et bordélique, mais petit à petit les choses paraissent plus normales. Les gens ont raison. C'est un jeu. Un jeu permanent. Tout le monde joue : les stars, les journalistes, le public, tous. Et, si on ne veut pas entrer dans le jeu, mieux vaut sans doute ne pas venir à Hollywood.

Le côté positif ? Au cours de l'après-midi, Sage et moi n'avons pas arrêté de nous envoyer des SMS. Comme des amies intimes. Je suis adoptée par le duo. Même Lois m'a envoyé quelques messages. Comme elles l'ont prévu, l'émission *Camberly* fait déjà les gros titres. On en parle sur tous les sites d'information, sur toutes les chaînes de télé. Les aventures de Sage et Lois : la nouvelle série vedette.

Elles se sont montrées vraiment très futées (en tout cas, Lois). Quand je pense que je fais partie de l'histoire ! Grand moment, cet après-midi lorsque je suis allée récupérer les enfants à l'école. J'avais déjà fait sensation en arrivant avec Jeff et Mitchell dans le

4×4 aux vitres teintées. Ensuite, alors que j'attendais Minnie à la porte des Jeunes Pousses, mon portable a sonné. J'ai répondu un peu plus fort que d'habitude.

— Oh, salut, Sage ! Comment vas-tu ?

Toutes les mamans m'ont observée avec insistance.

Un seul couac : les photographes ont quitté notre portail. Pas très loyal de leur part, je trouve ! Enfin, il en reste *un*. Un petit Asiatique aux cheveux décolorés qui traîne encore devant la grille. Aujourd'hui il porte un blouson rose sur un jean noir et des baskets. J'ai pris la pose, il a fait quelques *clic-clac*. Ensuite il m'a demandé :

— Vous êtes une amie du créateur Danny Kovitz, n'est-ce pas ? Pourriez-vous m'obtenir un autographe ?

Il se trouve que Lon (c'est son nom) étudie la mode et qu'il idolâtre Danny. Maintenant il m'adore aussi parce que je suis copine avec lui.

OK. J'ai peut-être un peu trop exploité la situation en lui promettant de venir à la grille demain matin vêtue d'un modèle vintage de Danny (en vérité, deux ans d'âge seulement) jamais montré à la presse mais qu'il pourra photographier en exclusivité. C'est que *j'aime* que les photographes fassent le pied de grue devant chez moi. Je regrette vraiment leur départ.

Je suis dans la cuisine en train de préparer le dîner type des people d'Hollywood. Papa et Tarquin sont partis faire du tourisme – ils ont laissé un mot. Comme Suze est invisible, j'en déduis qu'elle est avec eux. Les enfants sont au lit. J'ai envoyé Jeff et Mitchell dîner dehors. Donc, ce soir, je suis seule avec Luke, ce dont je me réjouis.

Maintenant que je fais partie du gratin de L.A., je dois cuisiner en conséquence. Il faudra probablement qu'on engage un chef ou une spécialiste des jus bio mais, en attendant, je concocte le plat chic du moment : de la soupe aux céréales. C'est la folie ici. Toutes les célébrités s'en gavent. En plus, il faut que je sois mincissime en prévision des mes futures apparitions en public. Or il paraît que cette recette a un pouvoir magique sur le métabolisme.

Luke apparaît. Je l'accueille avec un baiser et un smoothie à l'herbe de blé, l'ingrédient fétiche des célébrités.

— C'est quoi, ce truc, fait-il après l'avoir reniflé. Je vais prendre un verre de vin. Tu en veux ?

— Non, merci, je réponds, indignée. Je suis au régime.

Je verse la soupe aux céréales dans deux bols que je pose sur la table en annonçant :

— Entièrement naturelle et macrobiotique. Avec des graines de chia.

Méfiant, Luke plonge sa cuillère.

— D'accord. Et on a quoi après ?

— Rien. Cette soupe contient des protéines et des germes. C'est un repas complet.

Sur le point d'avaler ma première cuillerée, je me souviens de quelque chose. Je repousse ma chaise et commence à faire des mouvements de musculation. Luke me regarde, effaré.

— Tu te sens bien, Becky ?

— Tout à fait. Tu devrais faire des haltères avant de manger. Ça booste le métabolisme. Toutes les stars le font. Neuf… Dix.

Je me rassieds, légèrement essoufflée. Luke me scrute sans un mot et finit par goûter la soupe. Il mâchonne en silence.

— Divin, non ? je demande avant d'en prendre une bonne cuillerée.

Beurk ! Argh !

C'est une blague ou quoi ? Comment font les stars de cinéma pour avaler ce truc ?

D'abord la consistance : terriblement aqueuse. Ensuite le goût : un vague mélange de champignons, de paille et de terre. Je me force à continuer en prenant une autre cuillerée. Je n'ose pas regarder mon mari. Il est évident que ce bol ne va pas le rassasier. Et moi non plus, d'ailleurs. Ça ne suffirait même pas à nourrir Minnie.

Comment les célébrités arrivent-elles à rester radieuses en absorbant ce brouet tous les jours ? Le triomphe de l'esprit sur la matière, je suppose. Je les imagine assises, se répétant à l'infini : « Je suis affamée… mais je joue dans un film ! Mon estomac gronde de faim, je vais m'évanouir… mais je suis pote avec Leonard DiCaprio ! »

À la troisième bouchée, je me force à mâcher cent fois comme c'est recommandé dans le blog *Nature et Délices*. Mais franchement ! Je ne vois pas où se cachent les bienfaits de cette mixture. Mes mâchoires sont douloureuses. La saveur des germes de je-ne-sais-quoi domine. Je donnerais tout pour un KitKat…

Tu rêves, Becky ! La crème des célébrités ne mange pas de KitKat. Si tu veux être des leurs, tu dois apprendre à apprécier cette soupe.

— Luke, pourquoi on n'achèterait pas un yacht ? je dis, histoire de me changer les idées.

— Quoi ?

— Un petit suffirait. On pourrait faire des balades

avec d'autres gens qui ont des bateaux. Comme Ben et Jennifer. Tu vois ?

Tout à l'heure, Sage parlait de Ben comme si c'était son meilleur ami. Si elle est proche de lui, pourquoi pas moi, après tout ?

— Ben qui ?

— Ben Affleck.

— Ben Affleck ? Et pourquoi est-ce qu'on fréquenterait Ben Affleck tout à coup ?

— Et pourquoi pas ? je réplique. Nous vivons à L.A., nous travaillons dans le cinéma… Tu vas forcément rencontrer Ben Affleck quelque part…

— Ça m'étonnerait.

— Eh bien, moi, alors ! Sage peut nous présenter. Ou je peux devenir sa conseillère de mode. Ou celle de son entourage.

Et je deviendrai amie avec Jennifer Garner. J'ai toujours pensé que je m'entendrais bien avec elle.

— Becky, cette conversation est absurde.

Je le contemple pleine d'impatience. Ce qu'il est lent à la détente parfois.

— Tu ne vois pas que les choses ont changé ? Je suis un personnage public, maintenant ! J'évolue dans une toute nouvelle sphère.

— Tu en as à peine franchi la frontière, grogne-t-il.

Je suis furieuse.

— Ce n'est qu'une question de temps ! Il y a des paparazzis à la porte… Sage Seymour me téléphone toutes les cinq minutes…

— Les paparazzis sont partis. Quant à Sage, elle m'appelle aussi toutes les cinq minutes. Mais ça ne fait pas de moi une personnalité de haut vol.

— Aran croit en moi. D'après lui, ma popularité

va tellement augmenter qu'une chaîne pourrait bien me proposer de produire ma propre émission de télé l'an prochain.

Luke soupire.

— Chérie, je ne veux pas doucher ton enthousiasme mais, s'il te plaît, ne prends pas tout ce qu'Aran dit pour parole d'évangile. C'est un type formidable mais très opportuniste. Il dit ce qu'il faut dire au moment où il le faut. Qu'il soit sincère ou non. C'est ça le style Hollywood. Autre chose, ajoute-t-il après une gorgée de vin. Il faut se débarrasser de Jeff et Mitchell. C'est infernal, d'avoir tout le temps ces deux gorilles dans nos pattes.

— Mes gardes du corps ? Mais je ne peux pas vivre sans eux.

Luke me dévisage puis renverse sa tête en éclatant de rire.

— Chérie, ils ne sont là que depuis une journée. Tu ne peux pas déjà dépendre d'eux. Et si c'est le cas, reviens dans le monde réel. Bon, excuse-moi, mais je vais me faire un sandwich.

Je le regarde en salivant secrètement pendant qu'il étale de la mayonnaise sur ses tranches de pain.

— Au fait, Becky, puisque tu es l'intime de Sage, tu dois pouvoir me renseigner. Je suis convaincu qu'elle mijote un truc de fou. Elle t'a confié quelque chose à ce sujet ?

Alerte rouge ! Je ne m'attendais pas à ce qu'il me pose la question de but en blanc.

— Sois plus clair, je dis pour gagner du temps.

— Elle cache quelque chose, fait remarquer Luke avant de mordre dans son sandwich. Pour te dire la vérité, je crois que j'en ai bientôt fini avec elle. Je pensais qu'on pourrait travailler ensemble mais…

Il essuie la mayonnaise qui a coulé sur son menton et prend une énorme bouchée.

— Mais quoi ?

— Si elle ne joue pas franc jeu avec moi, je ne vais pas pouvoir continuer.

— Tu veux dire que ?… Luke, qu'est-ce que tu insinues ? je demande avec une sorte de pressentiment.

— Je ne sais pas vraiment.

Il ouvre un paquet de chips qu'il a dû s'offrir (ce n'est certainement pas moi qui achète ces cochonneries) et continue :

— Il y a des tas de projets à l'horizon.

— Quel genre ?

— J'ai eu les gens du bureau de Londres au téléphone. Un nouveau client se profile. Le Trésor. Tu te rends compte, le ministère des Finances britannique ! Je dois y faire un saut pour une réunion. Si ça marche, il faudra que je réintègre le conseil d'administration de la boîte.

— À Londres ? je m'écrie sans cacher ma consternation.

— C'est logique. Ce boulot à L.A. était une parenthèse – amusante et intéressante, certes. Mais, franchement, je préfère dealer avec dix grincheux compassés en cravate qu'avec une star de cinéma hystérique.

Il éclate de rire, mais je reste de marbre. Je suis hors de moi. Il parle de rentrer à Londres sans même me consulter ?

J'explose.

— Non, nous ne pouvons pas retourner en Angleterre ! Et moi, alors ? Et ma carrière ?

Luke est déconcerté.

— Mais tu peux être conseillère de mode là-bas. Londres est la capitale du style.

— Oui, mais Londres n'est pas Hollywood !

— Chérie, il y a une industrie cinématographique en Grande-Bretagne. Tu peux certainement prendre des contacts, rencontrer des gens…

Comment peut-il être bouché à ce point ?

— Mais ce n'est pas Hollywood, je crie. Je veux vivre à Hollywood et être célèbre !

À peine ai-je prononcé ces mots que je me sens idiote. Pourtant je ne regrette pas de m'être exprimée. Au moins, j'ai été franche. Jusqu'à maintenant je n'ai connu qu'un avant-goût de la gloire. Alors pas question d'abandonner en chemin.

Luke a un drôle d'air.

— Tu es sûre et certaine de ce que tu avances, Becky ?

La goutte d'eau qui fait déborder le vase ! Comment ose-t-il même me poser la question ?

— Oui ! Oui ! Et oui ! Tu sais quel est mon rêve ? C'est d'être traitée en célébrité sur un tapis rouge, en tant que Becky et non comme une personne anonyme tout juste bonne à faire de la figuration dans les galas.

— Je ne savais pas que ça comptait à ce point pour toi, constate Luke d'une voix plate.

— Eh bien, tu te trompes ! J'ai toujours rêvé de faire carrière à Hollywood.

— Ne me dis pas que tu réalises enfin tes aspirations de petite fille, se moque Luke.

— Euh, c'est peut-être une ambition plus récente. Mais peu importe. Si tu prenais mes ambitions en considération, Luke, tu ne nous baladerais pas comme des paquets entre Londres et Los Angeles. Je sais que tu es Luke Brandon, le gourou de la com, mais moi aussi, j'ai un métier. Je suis une femme indépendante, avec ses propres aspirations et pas seulement Mme Brandon. À moins que tu veuilles que je me transforme en femme au foyer. Au fond peut-être est-ce ton désir secret depuis le début ? Parfait ! Je vais apprendre à faire des profiteroles. C'est ce que tu souhaites ?

Je m'arrête. Mes propos ont dépassé ma pensée. Vu la manière dont Luke cligne des yeux, je me rends compte que je l'ai blessé. Je voudrais lui dire : « Excuse-moi, c'est sorti tout seul », et le serrer contre moi, mais ça ne serait pas tout à fait honnête, non plus.

À vrai dire, je pense une *partie* de ce que j'ai dit. Mais je ne sais pas laquelle.

Silence. On entendrait une mouche voler. Le seul bruit vient de l'arrosage automatique du jardin. Nous évitons de nous regarder.

— Je ne trimballe personne, affirme finalement Luke, la voix tendue. Nous formons un couple et décidons les choses par consentement mutuel. Si, après toutes ces années passées ensemble, tu penses que je ne te respecte pas, alors…

Après un moment, il reprend :

— Mais si tu es persuadée que tes chances de carrière sont ici et nulle part ailleurs, très bien. On se débrouillera. Je veux avant tout ton bonheur. Quel qu'il soit.

Ses paroles sont positives et encourageantes. Mais son visage distant m'exaspère. En principe, je sais d'instinct ce qu'il pense, or cette fois mon intuition est muette.

— Luke, je commence en chevrotant. Luke… Ce n'est pas que je refuse de vivre avec toi, mais j'ai besoin de…

Il me coupe.

— J'ai compris, Becky. Bon, j'ai des coups de téléphone à passer.

Sans un regard pour moi, il prend son sandwich et sort à grandes enjambées de la cuisine. Ses pas résonnent dans le couloir. De mon côté, un peu choquée, je remue lentement ma soupe aux céréales. Il y a un instant nous parlions comme deux personnes civilisées et maintenant nous en sommes à… À quoi d'ailleurs ? Je ne sais même pas.

Je passe le reste de la soirée sans lui. Il est au téléphone dans son bureau. Pour ne pas le déranger, je reste dans la cuisine à zapper d'une chaîne à l'autre, avec des milliers de pensées noires qui tournent dans ma tête. C'est la grande chance de ma vie. Mon mari devrait se réjouir. Finalement Aran est plus content que Luke. Bizarre, hein ? Et ce regard qu'il m'a lancé… Tout ça parce qu'à ses yeux la gloire est superficielle.

Quant à préférer le Trésor à la vie à Hollywood ? C'est grotesque.

Je connais ce ministère et, croyez-moi, ça n'a rien d'excitant. Je parie que si vous demandiez aux gros bonnets du Trésor : « Vous êtes d'accord pour vous installer à Hollywood ? », ils quitteraient leurs bureaux dans la seconde.

Pourquoi Luke fait-il en sorte que je me sente coupable ? Je ne devrais pas, mais je culpabilise. Sans même savoir pourquoi. Je n'ai rien fait de mal, si ce n'est devenir la fille du moment. Je veux profiter au maximum de cette occasion. Si Luke ne le comprend pas, alors il ne devrait pas bosser dans les médias.

Au moment où je tape mon nom sur Google pour la dix millième fois, papa et Tarkie font irruption dans la cuisine. Ou plutôt, ils entrent en titubant bras dessus, bras dessous. Papa bute dans la table, Tarkie s'écroule littéralement de rire sur une chaise.

Ils sont ivres. Incroyable mais vrai. Papa et Tarkie ont pris une cuite. Pourquoi Suze ne les en a-t-elle pas empêchés ?

— Papa, où est Suze ? Que s'est-il passé aujourd'hui ? Tu as vu Brent ?

— J'ignore tout à fait où ma femme se trouve, fait Tarkie avec l'élocution laborieuse des poivrots. J'ai mes potes, et c'est tout ce qui m'importe. Ton père est très, très, très…

Il semble à court de munitions puis se reprend :

— … un homme très intéressant. Et compréhensif. Personne d'autre ne me comprend mieux que lui.

Papa lève un doigt comme s'il allait prononcer un discours.

— C'est le moment, dit-il, il faut parler de tout…

— Papa, ça va ? Tu es allé où ?

— … De souliers, de bateaux, de cachets et de sceaux…, continue papa en m'ignorant.

Oh ! il ne va quand même pas déclamer tout le texte d'*Alice au pays des merveilles*, si ?

— Formidable. Bonne idée ! Tu veux du café, papa ?

— De choux, de monarques, entonne gravement Tarkie.

Papa abandonne Lewis Carroll et devient subitement sérieux.

— Nous savons où les secrets sont enterrés.

— Nous savons où les *corps* sont enterrés, continue Tarkie.

— Et les secrets, ajoute papa en lui tapotant le nez avec son index.

— Et les corps, renchérit Tarkie en hochant la tête avec application.

Franchement, je ne comprends pas un mot de ce qu'ils racontent. Papa éclate subitement de rire, et Tarkie l'imite. On dirait deux écoliers qui font l'école buissonnière.

— Je prépare du café, j'annonce en haussant le ton. Asseyez-vous.

Je choisis la mouture la plus forte en caféine. Quand je pense que je suis en train de dégriser mon père ! Si maman voyait ça, elle serait blême de rage.

En versant de l'eau dans la cafetière à piston, je les entends murmurer dans mon dos. « Bryce », marmonne Tarkie à quoi papa répond : « Oui, oui, *ouais*, c'est un vrai mec. Bryce, c'est un mec. »

— Ces messieurs sont servis !

Je pose les tasses brusquement en espérant leur faire retrouver leur bon sens.

— Ma Becky ! s'écrie papa en plein épisode de sentimentalité. Ma petite fille est une star d'Hollywood. Je suis si fier de toi, ma puce !

— Tu es célèbre, s'emballe Tarkie. Cé-lè-bre. Nous t'avons vue à la télé dans un bar. Nous avons dit : « Nous la connaissons ! » Et ton père a dit : « C'est ma fille. »

— Oui, je l'ai dit ! hoquette papa.

— Oui, il l'a dit !

Très solennel, il me demande :

— Ça fait quel effet d'être célèbre, Becky ?

Tout d'un coup il se met à chanter à tue-tête : « *Fame !* »

Pendant un instant abominable je me dis qu'il va chanter et danser sur la table. Mais comme il n'a pas l'air de connaître les paroles de la chanson, il se contente de beugler « *Fame* » une deuxième fois.

— Bois ton café, j'ordonne.

Mais, en fait, l'intérêt qu'ils portent à ma petite personne me fait plaisir. Vous voyez ? Ils se rendent compte que je suis célèbre. Finalement, je réponds :

— Quel effet ? Oh, maintenant j'y suis habituée. Mais il est évident que ma vie ne sera plus jamais la même…

— Elle fait partie des people, elle fréquente le Tout-Hollywood. Dis-moi qui tu as rencontré, ma puce.

— Vachement de monde. Je vois beaucoup Sage et j'ai bien sûr rencontré Lois et… euh…

Comment s'appelait ce vieux bonhomme au gala de charité ?

— J'ai bavardé avec Dix Donahue, et j'ai le portable d'April Tremont qui joue dans une série…

— Dix Donahue !

Mon père grimace de bonheur.

— Voilà un nom qui me dit quelque chose ! Un des plus grands. Ta mère et moi, on le regardait toutes les semaines.

— On s'est très bien entendus, lui et moi. Charmant vieux monsieur. On a discuté pendant des heures.

— Tu lui as demandé un autographe pour moi ?

fait papa tout excité. Montre-moi le carnet, ma puce. Il doit être rempli de nouvelles signatures à l'heure qu'il est.

C'est comme si un fluide glacial descendait le long de ma colonne vertébrale. *Le carnet d'autographes de papa !* Zut ! Je l'ai complètement oublié. D'ailleurs, je ne sais même pas où il est. Peut-être dans une valise ?

Je frotte mon nez.

— En fait, je n'ai pas son autographe. Ce n'était pas le bon moment pour lui demander. Désolée.

Papa semble déçu.

— Je suis sûr que tu as fait pour le mieux, Becky. Quels autres autographes as-tu obtenus ?

— Euh, aucun. Je voulais d'abord me familiariser avec L.A. avant d'entamer la chasse.

Papa sait que je raconte des bobards, je le vois à sa tête.

— Mais je vais en avoir plein, je m'empresse de lui promettre. Juré, craché !

Papa ne pipe pas. Il est triste. Je commence à vider le lave-vaisselle. Pour meubler le silence ambiant, j'empile les assiettes bruyamment. Tarkie s'est endormi, la tête sur la table.

Tout en rangeant, je frissonne de culpabilité, d'amertume et de frustration. Tout le monde m'en veut en permanence. Pourquoi ? C'est éprouvant à la fin.

Finalement, papa m'adresse la parole :

— Becky, ma puce, je voudrais te dire quelque chose…

— Navrée, mais il faut que j'aille voir si les enfants dorment. Je reviens tout à l'heure, d'accord ?

Je ne suis pas en état de subir un sermon. En tout cas, pas tout de suite. Je monte et borde les enfants

Cleath-Stuart dans leurs lits. Ensuite, je passe un long moment dans la chambre de Minnie, assise, la tête appuyée contre les barreaux de son lit, à écouter la mélodie de sa boîte à musique.

Je n'ai pas envie de voir papa. Pas envie de voir Luke. Et Suze ? Où est-elle ? J'essaie de la joindre mais son téléphone est éteint. Dans son lit, Minnie renifle en dormant, puis elle se retourne, bien à l'aise sous sa couverture avec son lapin sur sa joue. Je l'envie, ma petite poupette ! Pour elle, la vie est si simple !

Au fond, je pourrais contrefaire des autographes dans le carnet de papa. Mais oui ! Quelle idée géniale ! Je vais faire semblant d'avoir rencontré des tonnes de gens connus. Je peux même imiter la signature de Dix Donahue. Papa ne s'en apercevra pas. Je vais remplir le carnet, il sera content, et tout ira bien.

Me sentant nettement mieux, j'allume la veilleuse et attrape deux de mes livres pour enfants préférés. Je vais les relire, puis je jetterai un coup d'œil sur mes notes pour l'émission de demain. On vient me chercher à six heures du matin. Il faut donc que je me couche tôt.

Le côté positif, c'est que je suis archiprête pour le show. Vingt pages de notes avec des photos, planches de tendances et tout. J'ai travaillé sur tous les styles fashion possibles et imaginables. Résultat : je serai capable de faire des commentaires sur tous les vêtements qu'ils auront sélectionnés. Rien que d'y penser, mon estomac fait des cabrioles. L'émission du matin sur la chaîne USA, c'est géant ! Le coup d'envoi définitif de ma carrière. Ils vont voir ce qu'ils vont voir, les membres de ma famille !

AVENTURES AU GROENLAND
… Où les défis et l'aventure rencontrent l'inspiration…

RAPPORT OFFICIEL

Client : **Danny Kovitz**
Objet : **Urgence médicale/secours aérien**

Le client a commencé à montrer des signes d'angoisse de bonne heure lundi. En dépit des encouragements du chef d'équipe et des autres membres, il a cessé de skier, jeté son sac à dos à terre et s'est mis à pleurer. Le client a été emmené par avion à 15 heures vers le camp de base de Kulusuk.

Le client a subi un examen médical complet qui a montré qu'il était en bonne santé, sans signe d'engelures ou de problèmes respiratoires. Il manifestait toutefois d'évidents symptômes de détresse psychologique. L'infirmière Gill Johnson, l'ayant eu en observation pendant trois heures, a relevé les remarques suivantes émises par le client : « Mes doigts de pied ont disparu. » « On va m'amputer les doigts des mains. » « Mes poumons sont gelés. » « Je suis atteint de cécité des neiges. Pourquoi moi ? » « Je me meurs. » « Dites au monde que j'ai été courageux jusqu'à la fin. » Malgré les paroles de réconfort de l'infirmière, le client est resté convaincu pendant plusieurs heures qu'il était sur le point de mourir.

Un peu plus tard, le client a pris plaisir à absorber un repas substantiel, a regardé plusieurs épisodes de ***Top Models*** à la télévision du sanatorium. Il a passé une bonne nuit avant d'être rapatrié le lendemain à Reykjavík puis à New York.

Greg Stein
Chef d'équipe

De : Kovitz, Danny
À : Kovitz, Danny
Objet : sais pas comment j'ai survécu

---

très chers amis
malgré mes immenses efforts mon trek sur la banquise s'est terminé prématurément contre ma volonté. on m'a transporté par avion en terrain sûr. je voulais continuer mais le chef d'équipe m'a persuadé du contraire. persévérer risquait de mettre en danger ma vie et celle des autres participants. car figurez-vous que j'ai été à deux doigts de la mort.
j'ai le cœur brisé à l'idée de quitter l'expédition mais je me souviendrai toute ma vie des paysages majestueux et vais m'en inspirer pour créer une série de robes d'hiver blanches pour ma prochaine collection a/h. je l'appellerai « glace et souffrance » et j'utiliserai des tissus piqués à effet givré.
nb. tristan, stp, pour mon retour préparer liste des piqués givrés que tu connais.

sur avis médical je me trouve maintenant dans un endroit de repos propice à ma convalescence. vous pouvez envoyer fleurs et cadeaux via mon bureau de ny.
bizzz

danny

# 18

Personne ne s'est intéressé à mes notes. Il n'y avait aucun vêtement. Et nous n'avons pas du tout parlé de mode. Encore sous le choc, je quitte les studios avec Aran dans la voiture de la production.

Comment est-ce arrivé ?

Au début, tout semblait parfait. La limo est venue me chercher à six heures du matin. Jeff l'a inspectée pendant que je posais pour Lon et ses copains qui criaient : « Becky ! Beckyyy ! » Je portais une robe exclusive Danny Kovitz avec une étole légère et je me sentais au top du succès. Ensuite, nous avons filé vers les studios et je me suis fait maquiller à côté d'Ebony-Jane Graham, très connue des gens qui regardent l'émission *Obèses : pertes de poids extrêmes*.

L'animatrice s'appelait Marie. Une fille très souriante avec d'énormes perles (et un derrière assez volumineux lui aussi, mais on ne s'en rend pas compte, car elle reste assise pendant toute l'émission). À sept heures vingt j'étais fin prête et au comble de l'excitation à l'idée d'être filmée. Un seul truc me tracassait : l'absence des vêtements. Quand j'ai demandé à l'assistante de production où ils étaient, elle m'a répondu avec un regard vide : « Vous êtes là pour parler de Lois, non ? » Et avant que je puisse protester, elle m'a propulsée sur le plateau où se trouvaient non seulement la dénommée Marie mais un certain Dr Dee, spécialiste de la kleptomanie.

Même là, je n'ai pas réalisé. Je continuais à penser : *On va me demander de commenter les tendances d'une minute à l'autre. Peut-être que les vêtements vont s'afficher à l'écran. Peut-être que des mannequins vont défiler avec des modèles des dernières collections.*

Plus niaise que moi, ça n'existe pas ! L'émission a commencé. Marie a fait une introduction concernant Lois et Sage puis elle s'est tournée vers moi.

— Alors, Becky, revenons à l'essentiel.

— Avec plaisir.

J'étais sur le point d'expliquer que l'essentiel de la tendance, cette saison, était basé sur les lignes sobres égayées par des accessoires originaux, quand elle a continué :

— Vous étiez dans le magasin quand Lois – pour une raison que nous allons découvrir avec le Dr Dee – a subtilisé des chaussettes. Pouvez-vous nous faire revivre ce moment ?

J'ai raconté de façon très embrouillée que j'avais été témoin du chapardage de Lois. Ensuite elle m'a posé des questions sur le gala avant de demander au spécialiste :

— Dr Dee, pouvez-vous nous dire pourquoi une star aussi connue que Lois Kellerton devient une voleuse ?

Et voilà ! Mon intervention était terminée. Le Dr Dee s'est lancé dans un exposé sans fin sur les problèmes d'amour-propre remontant à l'enfance. Bla-bla-bla (à dire vrai, j'ai décroché), bla-bla-bla, encore bla-bla-bla et l'émission était finie. Pas un mot sur la mode. Aucune allusion à mon métier de styliste personnelle. Pas même de questions sur la provenance de la pochette en strass.

Aran lève le nez de son écran de portable et m'adresse son plus beau sourire *made in Hollywood*.

— Alors ? Ça s'est bien passé ?

— *Bien passé ?* je répète, incrédule. C'était atroce. Je croyais que j'allais faire du stylisme. Ou au moins en parler. J'avais préparé des notes. Cette émission était censée me lancer en tant que conseillère de mode…

— OK !

Il hausse les épaules sans que son visage exprime quoi que ce soit.

— Mais c'était un bon tremplin. À partir de là, on va bâtir ta carrière de styliste.

Bâtir ?

— Mais tu m'avais dit que ce serait une émission de stylisme, j'attaque en m'efforçant de rester polie. Tu me l'as affirmé.

Je ne veux pas faire ma diva. Aran m'aide vraiment. Mais il m'avait promis que je parlerais de mode, de conseils, de look.

Il prend encore cette mine impassible qui me fait penser qu'il a déjà oublié ce que je viens de dire.

— Bien sûr ! On va y travailler. J'ai reçu deux nouvelles propositions. Dont une géante. *Géante !*

— Ah bon ?

Je ne peux pas m'empêcher d'être à nouveau pleine d'espoir.

— Tu vois ? Je t'avais prédit que tu serais la reine du moment. La première est une invitation à la première du film *Big Top* demain. Ils te veulent sur le tapis rouge.

Ô joie ! Ô allégresse !

— Sur le tapis rouge ? Et je serai interviewée ?

— Bien sûr. Je crois que tu devrais y aller.

— Sans hésiter. Vivement demain !

Je vais être sur le tapis rouge, un soir de première. Moi ! Becky ! Invitée à titre personnel !

— Et l'autre ?

— Là, c'est un truc d'enfer ! Mais complètement confidentiel. Je ne devrais même pas te le dire.

De quoi attiser ma curiosité.

— Vraiment ? Qu'est-ce que c'est ?

— De la télé-réalité. Mais d'un nouveau genre.

Le mot télé-réalité a un effet plutôt dissuasif mais pas question de laisser passer.

— Cool ! Ça semble fabuleux !

— Je te préviens que ce n'est pas pour les chochottes. Mais tu n'es pas une chochotte, hein, Becky ?

— Non ! Absolument pas !

Miséricorde ! Pourvu que ce ne soit pas un de ces shows où les participants doivent avaler des insectes. Je serais bien incapable de manger un ver de terre. *In-ca-pa-ble !*

— Je le savais bien ! fait Aran avec son sourire enjôleur. Donc, c'est une émission axée sur le physique, les améliorations esthétiques. Titre provisoire : *Encore plus magnifique*. À chaque célébrité est assigné un mentor qui est aussi une célébrité et qui joue le rôle de guide en matière de transformation plastique. Le public suit chaque intervention et note le résultat. Évidemment, des médecins seront sur place en permanence pour s'assurer que tout se passe bien, conclut-il gaiement.

J'ai dû rêver ! Ou mal entendre ! Ou comprendre de travers !

— Tu parles de chirurgie esthétique, c'est ça ?

— C'est un concept pionnier. Hyperexcitant, hein ?

— Oui, je réponds machinalement, bien que je n'arrive pas à me faire à cette idée. Donc, si je comprends bien, je décide de l'opération que doit subir une célébrité et ensuite les gens votent. Mais si je me trompe ?

Aran secoue la tête.

— Non, c'est toi la célébrité qui *subit* la transformation. On t'assigne un mentor dont le but est de te métamorphoser en supercanon. Ce n'est pas que tu en aies besoin, ma jolie, mais un petit embellissement est toujours le bienvenu. Chez tout le monde. L'intervention elle-même coûte des milliers de dollars. Si tu ajoutes ta rétribution et l'heure de grande audience, c'est… disons… une formidable opportunité.

La tête me tourne. Je n'arrive pas à le prendre au sérieux.

— Donc tu veux que je passe sous le bistouri, je dis d'une voix tremblante.

— Crois-moi, ça va être le programme le plus suivi de la planète. Et quand je te dirai qui s'est déjà engagé… Disons seulement que tu seras en compagnie d'une super constellation de vedettes, termine-t-il avec un clin d'œil.

— Je vais… Je vais y réfléchir.

Hébétée, je regarde par la fenêtre. De la chirurgie

plastique ? Luke va être absolument… Miséricorde ! Je ne vais même pas *oser* lui en parler. Non, pas question !

— Aran, écoute. Je ne crois pas… Je sais que c'est une chance formidable et…

— Tu trouves ça grotesque. Tu es choquée que je te l'aie proposé.

Aran fait son charmeur, m'offre un chewing-gum que je refuse et poursuit :

— Becky, c'est simple. Si tu cherches un raccourci pour parvenir à la gloire, c'est le chemin le plus rapide.

— Mais…

— Mon job n'est pas de te pousser à tout accepter. Je te donne seulement les informations. Je fonctionne comme ton GPS. Pour atteindre la notoriété, il y a des lignes droites et des itinéraires plus compliqués. Apparaître dans ce show est la route la plus directe. Maintenant si tu n'aimes pas l'*aspect* de cette route directe, c'est une autre histoire.

Aran ne cherche pas midi à quatorze heures, il est plutôt désinvolte. En contemplant son visage lisse, je ne sais vraiment plus quoi penser.

— Aran, tu m'as dit que j'étais déjà au top. Que j'allais crever le plafond. Alors pourquoi j'aurais besoin de participer à une télé-réalité ?

— Becky, tu ne *fais* rien, me répond brutalement Aran. Tu n'as pas ton émission de télé. Tu ne sors pas avec quelqu'un de connu. En plus, si Lois plaide coupable, il n'y aura pas de procès et donc pas de témoignage. Si tu veux rester dans les parages, tu dois te montrer.

— Je veux être *styliste*.

— Eh bien, sois styliste ! Mais ce n'est pas la route directe, je te préviens.

La voiture s'arrête dans mon allée. Il se penche pour m'embrasser sur les deux joues.

— Ciao ! Ciao !

Je sors, suivie de Jeff, et la voiture s'en va. Mais je ne m'approche pas de la maison. Je m'assieds sur un muret et réfléchis en mordillant mes lèvres. Au bout d'un moment, j'en arrive à une décision. J'attrape mon téléphone et compose le numéro de Sage.

— Becky ? C'est toi ? demande-t-elle d'une voix ensommeillée.

— Dis-moi, Sage, tu vas à la première de *Big Top* demain ? J'aimerais bien être ta styliste. Tu te souviens que tu voulais que je te conseille ?

— Oui, répond-elle en bâillant.

— Bon, alors tu vas à cette première ? Tu es d'accord pour que je t'habille ?

Je croise les doigts. *S'il le plaît, dis oui ! S'il te plaît, dis oui !*

— Je crois, oui.

— Super ! Génial ! Je te rappelle plus tard pour te parler de ta tenue.

En rentrant dans la maison, je me sens mieux. Tant pis si l'interview de ce matin était loin d'être brillante. Je me prends en main. Je conseille Sage Seymour. Et je serai sur le tapis rouge. Tout arrive, finalement !

J'entends Luke dans la cuisine. Mon cœur se serre d'appréhension. J'étais déjà endormie quand il est venu se coucher. Et quand je me suis levée pour l'émission, il somnolait encore. Depuis la scène d'hier soir, on ne s'est pas vraiment adressé la parole.

Non, pas la *scène*. La discussion.

— Asseyez-vous là, je dis à Jeff en lui désignant un des grands fauteuils de l'entrée. J'imagine que Mitchell fait son inspection dans le jardin.

— Yep, marmonne Jeff toujours aussi impassible, en casant sa grande carcasse dans le siège.

Après une profonde respiration, j'entre dans la cuisine en chantonnant comme une fille totalement décontractée et non comme une épouse qui s'est disputée avec son mari la veille au soir.

— Salut !

C'est à moi, cette voix haut perchée ?

— Salut, répond Luke. Comment était l'interview ?

— Euh… Bien. Et toi, ça ça ?

Luke laisse échapper un rire ironique.

— À vrai dire, j'ai traversé des périodes plus fastes.

— Vraiment ? je fais avec inquiétude. Qu'est-ce qui se passe ?

— Je *pensais* que cette dingue de Sage mijotait quelque chose de tordu. Je ne me suis pas trompé.

Mon cœur s'emballe.

— Ah bon ? Quoi donc ?

— Un sacré tandem, Sage et Lois ! Ferme cette porte, s'il te plaît. Pas la peine que tes molosses entendent.

En m'exécutant, mes méninges travaillent à plein régime. Qu'a-t-il découvert ? Et comment ?

— Elles ont tout monté de A à Z. La bagarre, le vol, l'engueulade aux Awards. Tout n'est qu'imposture, comédie, contrefaçon.

— Pas possible ? Tu plaisantes !

— Aran s'en est aperçu hier soir. On doit se voir plus tard. Bien entendu, ça reste entre nous… Au fait, Becky ! Attends une seconde !

— Euh, oui… quoi ?

Il s'approche et me passe au scanner de ses yeux noirs. Sous son regard acéré, mes joues tremblent. Mes lèvres aussi. Et je suis certaine que mes cheveux tressautent de frousse.

— Becky ?

Oh ! j'ai un vilain pressentiment. Il me connaît par cœur. Impossible de lui cacher quoi que ce soit.

— Tu savais, assène-t-il. Tu étais *au courant*.

— En quelque sorte. Seulement depuis hier après-midi.

— Et tu ne m'as rien dit, même quand je te l'ai demandé ?

— Je ne pouvais pas. Sage m'a… Je lui ai promis…

Pas la peine de continuer. Luke est furieux. Mais aussi blessé. J'ai également l'impression qu'il en a plein le dos. Mais plein le dos de quoi ? D'Hollywood ? De moi ?

— Ne t'inquiète pas, j'ai pigé, soupire-t-il. Ta loyauté envers Sage compte plus que ta loyauté envers moi. Parfait. Je sais à quoi m'en tenir.

— Mais non ! C'est pas. Je…

Une fois de plus, je m'interromps, en me tordant lamentablement les mains. Je ne trouve pas les mots qu'il faut. Ou alors je ne veux pas les prononcer, parce qu'il pense que je suis superficielle, ce que je ne suis *pas*.

Bon, d'accord, je suis peut-être superficielle. Un petit peu. Mais à Hollywood, tout le monde l'est. Comparée à plein d'autres filles, je suis profonde. Je suis sérieuse ! Dommage qu'il ne s'en rende pas compte.

— Elles ont été drôlement malignes, je lance finalement. Tu dois l'admettre. Lois a manigancé toute l'affaire. Personne ne s'en doutait.

— Tu vas découvrir qu'elles sont moins malignes que tu ne le crois, réplique Luke sèchement. Quand l'histoire sortira, je parie que le public et la presse ne seront pas très édifiés.

— Mais l'histoire ne sortira peut-être pas !

En disant ça, j'ai conscience de ma naïveté. Tout finit toujours par se savoir.

— Oh si ! Et à ce moment-là, elles auront encore plus de mal à trouver les rôles qu'elles souhaitent. Becky, je t'avoue que je ne vais pas travailler pour Sage plus longtemps. Je vais finir ce que j'ai commencé, mais ma mission est terminée. Ça ne sert à rien de conseiller quelqu'un qui ne veut rien entendre. Je ne connais aucune personne d'aussi capricieux, *stupide*, dénué de scrupules qu'elle. Et un bon tuyau : ne la fréquente pas trop ! Ça ne te servira à rien.

— Au contraire ! Elle est mon amie ! Elle est…

— Ton passeport pour la gloire et la richesse, j'ai compris.

Quelle injustice ! Je ne vais pas me laisser faire.

— Pas la gloire et la richesse. Il s'agit de mon travail. De ma carrière. Je suis sa styliste pour une première. L'occasion où jamais. Aran dit…

— Aran n'est pas amoureux de toi.

Une fois de plus, Luke me coupe si brutalement que je recule de surprise.

— Moi oui. Je t'aime, Becky. *Je t'aime.*

Je plonge mon regard dans ses yeux. Dans ces profondeurs sombres, c'est comme si je voyais les épisodes de notre vie commune. La naissance de Minnie. Notre mariage dans la maison de mes parents.

Luke me faisant tournoyer sur une piste de danse à New York. Mon foulard Denny et George.

Je ne sais pas ce qu'il discerne dans mes yeux, mais il me regarde sans ciller comme s'il essayait de se fondre en moi.

— Je t'aime, répéte-t-il tranquillement. Et je ne sais pas ce qui va de travers ici mais…

Je suis au bord des larmes, ce qui est idiot.

— Rien ne va de travers. *Rien.*

— D'accord.

Il hausse les épaules et se détourne. Le silence pèse de tout son poids sur mes épaules. C'est insupportable. Pourquoi ne comprend-il pas ?

L'instant suivant Luke arbore une expression animée, presque enthousiaste.

— Écoute-moi, Becky. Je dois passer quelques jours à Londres pour ce budget du Trésor dont je t'ai parlé. Je pars demain. Pourquoi ne viendrais-tu pas avec moi ? Avec Minnie. Nous pourrions passer du temps tous les trois, nous retrouver, parler, prendre le petit déjeuner chez Wolseley…

Là, il touche un point sensible. Le petit déjeuner chez Wolseley est une des choses que je préfère au monde.

— Et si ta mère prend Minnie avec elle pour une nuit, nous pourrions aller dormir au Ritz, ajoute-t-il, les yeux brillants. Qu'est-ce que tu en penses ?

C'est au Ritz que nous avons passé notre première nuit. Je nous imagine tout à coup ouvrant l'œil dans un grand lit luxueux, détendus et heureux comme si aucune de nos disputes n'avait eu lieu. Luke m'attirant doucement contre lui, ses mains caressant mon dos.

— On pourrait peut-être faire un petit frère à

Minnie, fait-il de sa voix rauque qui me fait généralement défaillir. Alors, d'accord ? Je retiens trois billets d'avion pour demain ?

Je suis à l'agonie.

— Luke, c'est impossible. Il y a cette première et j'ai dit à Sage que je la conseillerai pour sa tenue. C'est ma…

— Ouais, je sais. Ta grande chance ! Très bien, une autre fois alors !

Visiblement, il fait des efforts pour se montrer accommodant. Quand il me lâche, je frissonne. Si seulement il me prenait à nouveau dans ses bras. Si seulement la première avait lieu un autre jour…

Si seulement… Si seulement quoi ? En fait, je ne sais pas ce que je veux.

— De toute façon, je dois m'occuper de mon père, je fais remarquer, ravie d'avoir trouvé un autre prétexte pour rester. Je ne peux pas le prévenir de mon départ à la dernière minute.

— Très juste !

Luke a retrouvé son humeur de tous les jours.

— J'ai oublié de te dire que ta mère m'a téléphoné. Elle veut savoir ce qui se passe. Apparemment, tu ne l'as pas rappelée hier.

Une autre raison de me sentir coupable. Maman me bombarde de tellement de messages que j'ai tendance à les oublier.

— Je vais la rappeler. Elle stresse encore et toujours à cause de papa.

— Elle a ses raisons, j'imagine. Au fait, où est Graham ? Il y a du nouveau ? Tu sais où il en est ?

— Pas encore, j'admets. Je n'ai pas eu l'occasion de lui parler.

— Comment ça ? Mais il vit sous notre toit, bon sang !

— Je suis débordée. Ce matin, il y avait l'émission. Avant, il fallait que je la prépare. Maintenant, je dois réfléchir à ce que Sage va porter. C'est dément. Pour tout arranger, papa s'est soûlé avec Tarquin. Hier soir, tous les deux débloquaient à plein tube quand ils sont rentrés de leur fiesta.

— Parle-lui dès que l'occasion se présente.

— Absolument. C'est dans mes projets. Il est là ?

— Je ne l'ai pas vu. Ni Tarkie, d'ailleurs. Ils ont dû sortir. Bon, j'ai plein de choses à faire, annonce-t-il après un coup d'œil à sa montre. À plus tard.

Il me donne un petit baiser et s'en va.

Complètement découragée, je m'effondre sur une chaise.

Depuis ce matin, tout s'est déroulé à l'inverse de ce que j'espérais. Je pensais participer à une émission de mode brillante. Je pensais revenir des studios télé sur un nuage de gloire. Je pensais que Luke m'attendrait, fier et radieux, avec deux coupes de champagne dans les mains. Mon portable annonce un SMS. Sans doute Luke qui en rajoute une couche, genre :

Et au fait j'ai oublié de te dire que tes fringues sont merdiques.

Non, ce n'est pas Luke mais sa mère.

Chère Rebecca, je suis arrivée à Los Angeles.

Miséricorde ! Elle est là ? Déjà ?

Un moment plus tard, la suite du SMS s'affiche :

J'attends avec impatience mon rendez-vous avec Luke en espérant que vous avez préparé le terrain. Pourriez-vous me contacter dès que cela vous sera possible ? Je suis descendue au Biltmore. Avec mes sentiments les meilleurs.
Elinor Sherman.

*Typique* de ma belle-mère. Elle rédige ses messages comme si elle les écrivait sur du parchemin avec une plume d'oie.

Je relis le message plusieurs fois en essayant de ne pas paniquer. Tout va bien. Tout va très bien. En fait, ça ne peut pas mieux tomber. Luke et moi devons clarifier certains faits. Luke et Elinor doivent clarifier certains faits. Tout le monde a besoin de mettre les choses au point. Il nous faut une longue séance purificatoire afin de parvenir à la paix de l'esprit.

Peut-être cela rétablira-t-il une certaine harmonie dans notre couple. Luke verra qu'il y a pour moi des choses plus importantes que le tapis rouge et que pendant tout ce temps je me préoccupe de son bonheur et de son bien-être. Il sera désolé de m'avoir accusée d'être superficielle. (OK, techniquement il n'a pas prononcé le mot. Mais il l'a pensé. Je le sais.)

Je n'ai pas préparé le terrain pour cette entrevue familiale. Comment aurais-je pu ? Dès que je mentionne sa mère, Luke se ferme comme une huître. Le meilleur stratagème consisterait à les réunir dans une pièce et à verrouiller la porte. C'est ce qui se passe lors des réunions de stratégie psy, non ? On prend les gens par surprise.

Ce que j'ai *préparé*, par contre, c'est une lettre. Une autre technique de rabibochage : on écrit noir sur blanc tous les défauts d'une personne puis on les énumère devant elle. Aussitôt elle réagit et abandonne l'alcool/la drogue/les drames familiaux (enfin, c'est l'idée générale !).

Je vais acheter des bougies, un spray d'huile essentielle relaxante et… quoi d'autre ? On devrait sans doute commencer par des incantations. J'ai suivi un excellent séminaire de chants tantriques à La Paix d'or. Malheureusement, comme je n'avais pas réussi à retenir les paroles, je me contentais de psalmodier « Pra-daaaa… Pra-daaaa » en continu. Aucun participant n'a eu l'air de s'en apercevoir.

Et puis je vais coacher Elinor. Parce que si, en arrivant, elle déclare de but en blanc avec un ton désagréable : « Luke, tu as absolument besoin de te faire couper les cheveux », pas la peine de se donner plus de mal.

Après mûre réflexion, je tape ma réponse :

Chère Elinor, je serai ravie de passer un moment avec vous dans l'après-midi. Je suggère que nous prenions le thé avant votre entrevue avec Luke. Est-ce que 15 heures vous irait ?

Je l'envoie. Et je réalise soudain que je ne sais pas où on prend le thé à Los Angeles. À Londres c'est facile. On n'échappe nulle part aux théières, aux présentoirs à trois étages en argent, aux scones couverts de crème. Mais ici ?

Aran a sûrement une bonne adresse. Je lui expédie un SMS :

Le meilleur endroit de L.A. pour prendre le thé l'après-midi ?

Il répond sur-le-champ :

Sans hésiter le Purple Tea Room. « Le » nouvel endroit. Toujours bondé. Tu veux que je réserve ?

Après plusieurs messages, c'est arrangé. Je rencontrerai Elinor à quinze heures pour discuter de tout. Ensuite elle viendra à la maison pour voir Luke à dix-neuf heures. À partir de là on avisera. L'ennui, c'est qu'il est têtu comme une mule. Il a décidé qu'il détestait sa mère et pas moyen de le faire revenir dessus. Mais s'il *savait*. S'il voulait bien lui donner une chance. Elinor lui a sans doute infligé toutes sortes de blessures quand il était enfant, mais quand nous avons organisé la fête d'anniversaire, j'ai vu à quel point elle regrettait. J'ai vu comme elle désirait se racheter. J'ai même vu combien elle l'aimait à sa manière glaciale, bizarre et ténébreuse. En plus, elle n'est pas éternelle, n'est-ce pas ? Luke veut-il vraiment rester brouillé avec quelqu'un de son sang ?

En regardant par la fenêtre, je vois la voiture de Suze descendre l'allée. Deux secondes après, elle se gare avec précaution sous un arbre. Quelle chance ! Elle va m'aider. Je n'ai pas bavardé avec elle depuis un siècle. Qu'est-ce qu'elle a fabriqué hier soir ? Où est-elle allée ? Elle me manque tant.

Je me penche pour l'appeler par la fenêtre. Et là, surprise, la portière côté passager s'ouvre. Et que vois-je, tel un mirage ? Deux longues jambes en corsaire qui sortent, suivies d'une silhouette parfaite et d'une chevelure blonde reconnaissable entre mille.

Déconcertée, je m'arrête dans mon élan. C'est Alicia. Pourquoi sont-elles ensemble ?

Suze est comme d'habitude en jean et T-shirt noir, mais Alicia porte une ravissante tenue de yoga. Le haut orange présente des ouvertures qui laissent entrevoir son buste mince et bronzé. Quelle frimeuse ! Elles bavardent avec animation. Soudain, à ma grande fureur, Suze se penche et lui donne une accolade. Alicia lui tapote le dos et semble lui parler gentiment. Ce spectacle m'exaspère. Et me rend même malade. Suze et Alicia la Garce-aux-longues-jambes ? Copines comme cochons ? Quelle *trahison* !

Suze se dirige vers la maison. Un moment plus tard j'entends sa clé tourner dans la serrure.

— Suze ?

La voilà sur le seuil de la cuisine. Mais elle ne se précipite pas vers moi, elle ne sourit pas. En fait, elle n'agit pas normalement. Elle semble épuisée. Elle agrippe le chambranle de la porte d'une main nerveuse.

— Alors, la télé ? demande-t-elle comme si elle s'en fichait éperdument. Tu es encore plus célèbre qu'avant ?

— C'était bien. Mais dis-moi, Suze, où tu avais disparu ? Tu es sortie avec Alicia hier soir ?

— Oui. Mais en quoi ça t'intéresse ? Toi, si tu te sens seule, tu peux voir Sage. Ou assister à un événement chic.

Elle me lance ça avec un petit sourire crispé qui me navre.

— Ne dis pas ça, Suze ! J'ai besoin de toi. Devine : Elinor est arrivée. Je dois arranger leurs retrouvailles, je n'ai rien fait et…

— Bex, je m'en fiche complètement. J'ai d'autres

soucis. En fait, je suis venue pour prendre deux ou trois trucs et je repars.

Elle tourne les talons et je la suis.

— Tu vas où ? je lui demande dans l'escalier.

— À La Paix d'or.

— C'est pour ça que tu es avec Alicia ? je dis sans arriver à dissimuler mon amertume. J'ai vu que tu faisais amie-amie avec elle.

— C'était le but.

— Tous ces gestes d'amitié. C'était volontaire ?

— Parfaitement.

Pleine d'indifférence, elle met une veste dans un fourre-tout et y ajoute une liasse de feuilles sur lesquelles je crois reconnaître l'écriture de Tarquin.

— Bon. Je file.

Elle me pousse sur le côté et quitte sa chambre.

Quelle humiliation ! Elle se comporte comme si je n'existais pas. Qu'est-ce qui lui arrive ?

Je dévale les marches derrière elle.

— Suze ? À quelle heure tu rentres ? J'ai vraiment besoin de te parler. Avec Luke en ce moment, ce n'est pas la fête. Maintenant qu'Elinor est là, les rapports vont être encore plus compliqués. Je me sens un peu…

— Tu es en bisbille avec Luke ?

Ses yeux bleus lancent des éclairs.

— Tu sais quoi, Bex ? Les choses ne vont pas bien non plus avec Tarquin. Mais ça t'est complètement égal, n'est-ce pas ? Alors pourquoi veux-tu que je me passionne pour tes problèmes stupides ?

Je suis trop choquée pour répondre. Suze est verte. Avec les yeux rouges. Pas du tout en forme. Il s'est passé quelque chose que j'ignore.

— De quoi tu parles ?

— Ce mec diabolique m'a enlevé Tarquin ! crie-t-elle. Il lui a fait un lavage de cerveau.

Encore les mêmes obsessions ?

— Suze, je t'informe que Bryce n'a rien de diabolique.

— Tu es vraiment à l'ouest ! explose Suze. Il a été viré.

— *Quoi ?*

— Les membres du comité trouvent qu'il a introduit des pratiques malsaines à La Paix d'or. Ils sont vraiment inquiets. Ils veulent que Tarkie leur explique ce qui se passe au cours des sessions individuelles. Aujourd'hui, j'ai rendez-vous avec un spécialiste des sectes. Il va me conseiller. J'y vais maintenant avec Alicia. Elle est formidable. C'est elle qui a alerté son mari et qui l'a poussé à se débarrasser de Bryce.

Je reste sans voix, submergée par toutes ces informations. Bryce viré. Alicia formidable. Tarquin manipulé.

— Suze, j'ignorais…

— Bien sûr, réplique-t-elle avec une hargne qui me fait tressaillir. Tu étais trop occupée à choisir des pochettes en strass !

— C'est pour le travail. Pas pour le plaisir !

— Oh, oui, le *travail* ! J'avais oublié. Pour ta nouvelle super carrière qu'on doit traiter avec déférence parce que tu es célèbre. Eh bien, je souhaite que tu profites à fond de ton rêve, Becky. Pendant ce temps, je vais essayer de sortir de mon cauchemar.

Elle prend ses clés d'une main tremblante.

— Suze, attends. Prenons une tasse de thé…

— C'est au-delà de la tasse de thé, ma pauvre Becky ! Tu ne saisis pas ? Non, bien sûr ! Heureusement, j'ai

Alicia. Elle s'est montrée extraordinaire. Si serviable et gentille.

Subitement, sa voix faiblit.

— Il y avait un truc bizarre, je le *savais*.

Je me sens vraiment mal. Tout ça est ma faute. J'ai emmené Tarquin à La Paix d'or. Je n'ai pas pris en compte les inquiétudes de Suze…

— Je suis vraiment désolée, je ne me rendais pas compte. Suze, je ferais n'importe quoi pour te donner un coup de main…

Je m'avance pour la serrer contre moi, mais elle me repousse.

— Je dois y aller. Alicia m'attend.

— Où est Tarkie ?

— Je l'ignore. Avec Bryce, je suppose. En train de se faire lobotomiser.

Quand elle ouvre la porte d'entrée, je la bloque avec mon pied.

— Suze, je t'en prie. Dis-moi ce que je peux faire ?

Sans un mot, Suze me dévisage. Pendant quelques secondes je me dis qu'elle va se radoucir et redevenir ma meilleure et plus vieille amie. Hélas, avec un soupir las, elle secoue la tête.

— Non, Bex. Tu t'occupes de tes problèmes et, moi, je m'occupe des miens.

Et elle s'en va. Par la petite fenêtre latérale, je l'épie à la dérobée. Elle se dépêche de rejoindre la voiture. Son visage se détend quand elle s'adresse à Alicia. Tout ça est trop sinistre.

Quand la voiture démarre, je souffle un nuage de buée sur la vitre. Qu'est-ce qui m'arrive ? Depuis la soirée des ASA, où tout s'est déclenché, j'ai l'impression d'évoluer dans un kaléidoscope. Les éléments bougent et s'assemblent. Mais dès que je m'habitue à une situation, voilà qu'ils se défont. Pourquoi les pièces de ma vie ne peuvent-elles pas rester en place juste une seconde ?

Les grilles électriques se referment. La voiture a disparu. J'ai le cœur brisé sans en identifier la cause principale. Le stress dû à ma crise conjugale ? L'inquiétude pour Tarkie ? La perte de l'amitié de Suze ? Ou la haine pour Alicia ? Car je ne crois pas un mot de ce qu'elle a dit – pour moi, Alicia est incapable de se bonifier. Elle joue un jeu. Si elle se montre sympa, c'est uniquement parce qu'elle réserve un sale coup pour plus tard. Elle doit avoir une arrière-pensée infecte. J'en suis sûre. Quand je pense que Suze lui fait plus confiance qu'à moi… Quand je pense qu'elle la préfère à moi…

Les larmes jaillissent de mes yeux. L'une chatouille mon nez, puis une autre. Mon téléphone sonne. Je les essuie en hâte avant de répondre.

— Aran ! Bonjour ! Comment ça va ?

— Salut, ma chérie ! J'apprends que tu es la styliste de Sage pour la première de *Big Top*. Bravo ! C'est un très bon début !

— Merci ! C'est super ! je m'exclame en feignant une gaieté que je ne ressens pas.

— Luke est au courant ? Il est excité ?

— Plus ou moins.

J'ai envie de lui confier tristement que non seulement il n'est pas excité mais qu'il n'est même pas fier. Qu'il veut renvoyer les gardes du corps. Qu'il déteste la soupe aux céréales. Qu'il ne veut pas faire partie de la top liste des personnalités alors que c'est quand même l'objectif de base des gens qui s'installent à Hollywood.

— Devine qui veut faire ta connaissance à la première ? Nenita Dietz.

Là, je m'étrangle de joie.

— Incroyable ! Elle a entendu parler de moi ?

En dépit de tout, mon humeur remonte au zénith. Je me suis coltiné une visite nulle dans l'espoir de tomber sur elle. Et aujourd'hui c'est elle qui cherche à me voir !

Aran rigole.

— Bien sûr, elle a entendu parler de toi. On va s'arranger pour que vous vous rencontriez demain. Pourquoi pas une photo ensemble sur le tapis rouge ? Vous pourrez échanger des idées pendant le cocktail. Contente ?

— Formidable.

Je n'y tiens plus. Moi et Nenita Dietz sur le tapis rouge, discutant de mode. Même dans mes rêves les plus fous… Oubliant qu'il n'y a personne dans l'entrée, je m'écrie :

— Tu ne sais pas ce qui… ?

Une seconde plus tard, Jeff surgit.

— Tout est OK ?

— Je vais rencontrer Nenita Dietz. Sur le tapis rouge. Elle a demandé à me voir. Vous mesurez son importance dans la profession ?

Comme d'habitude son visage ne manifeste rien. Mais il doit déceler une certaine émotion dans mes yeux, car il marmonne un « Formidable ! » avant de disparaître.

Je suis déçue qu'il ne se montre pas plus enthousiaste. Personne n'est fier de moi. Pas même mon garde du corps. Une autre larme coule sur ma joue, que j'essuie d'un mouvement impatient. C'est trop bête. La vie est belle. Je n'ai aucune raison de me sentir à la ramasse.

Tiens, je vais appeler maman ! Cette solution s'impose d'un coup. Mais oui ! Maman va me remonter le moral. J'aurais dû y penser bien avant. Et je vais aussi la rassurer au sujet de papa. C'est le soir en Angleterre. Parfait. Je m'installe bien confortablement dans le fauteuil et compose le numéro. Dès que j'entends sa voix, je commence à me détendre.

— Maman, tu vas bien ? Écoute ça. Je suis la styliste de Sage pour une première demain. Et je vais faire la connaissance de Nenita Dietz. Elle a appelé Aran pour lui dire qu'elle voulait me voir. Tu imagines ?

— C'est merveilleux, ma puce.

Mais ma mère semble tendue et préoccupée. Très vite elle demande :

— Où es ton père ? Je peux lui dire un mot ?

— Il est sorti. Dès qu'il rentre, je lui dis de t'appeler.

— Il est allé où ? Becky, tu m'avais promis de le surveiller.

Je la sens sur le qui-vive.

— Je le surveille, je réplique avec un brin d'impatience.

Franchement, elle croit quoi ? Que je vais suivre mon propre père à la trace ?

— Il est avec Tarquin. Ils s'entendent comme larrons en foire. C'est trop chou. Hier ils sont allés faire du tourisme, ils ont dîné ensemble et ils se sont – je m'arrête juste avant de dire « soûlés » – bien amusés. Ne te fais pas de mauvais sang.

— Mais je ne comprends toujours pas. Pourquoi s'est-il précipité dans un avion pour Los Angeles ? Tu le sais, ma puce ? Il t'a dit quelque chose ?

Ma vieille amie la culpabilité pointe à nouveau son nez. C'est vrai, j'aurais dû parler plus longuement à papa hier. Et j'aurais dû recueillir des autographes pour lui. Je m'en veux de l'avoir négligé.

— Pas tellement, en fait. Mais ce soir, je te promets, nous allons parler. Je vais tout faire pour lui tirer les vers du nez.

Quand, dix minutes plus tard, je pose mon téléphone, je me sens à la fois mieux et moins bien. Mieux parce que c'est toujours rassérénant de bavarder avec maman. Moins bien parce que je réalise que j'ai laissé les choses se détériorer. J'ai été trop absorbée. J'aurais dû m'intéresser davantage au mystère paternel... Prêter une oreille plus attentive aux problèmes de Suze... J'enfouis mon visage dans mes mains. Tout est moche, tout va de travers. Sans l'avoir voulu, j'ai vraiment tout gâché. Et je ne sais pas par où commencer pour rectifier le tir. Comment procéder ?...

Pendant ce qui semble des heures, je reste assise en laissant mes pensées tourner en rond avant de se mettre en place au fur et à mesure. Ensuite, très déterminée, j'arrache du bloc-notes de la cuisine une feuille de papier sur laquelle j'inscris *Résolutions*.

Je vais faire en sorte que ma vie s'organise. Finie, l'existence fragmentée comme un kaléidoscope. C'est ma vie, c'est à moi de faire des choix. Même si ça signifie la prendre à bras-le-corps, la flanquer par terre et la rouer de coups en lui disant : « Tiens, prends ça ! »

J'écris fiévreusement pendant un moment. Ensuite je lis le résultat. Ma liste d'objectifs est longue – un vrai challenge – mais je peux les atteindre. Je le dois.

*Résolutions*

1. *Réconcilier Luke et Elinor. (Comme saint François.)*
2. *Fouler le tapis rouge et récupérer un million d'autographes pour papa.*
3. *Découvrir la tenue parfaite pour Sage et être engagée par Nenita Dietz.*
4. *Renouer avec Suze.*
5. *Arracher Tarkie à sa secte.*
6. *Découvrir les raisons du voyage de papa pour rassurer maman.*
7. *Acheter un soutien-gorge sans bretelles.*

D'accord, la dernière résolution ne va pas autant transformer ma vie que les précédentes, mais j'ai vraiment besoin d'un nouveau soutien-gorge sans bretelles.

## 19

À quinze heures, je me sens nettement plus calme. J'ai acheté un nouveau soutien-gorge et fait livrer à Sage, pour qu'elle les essaie, trois robes, six paires de chaussures et un smoking. (Ça m'étonnerait qu'elle le choisisse, mais elle devrait. Parce qu'elle serait divine avec.) J'ai également récupéré Minnie de bonne heure et l'ai habillée de sa plus jolie robe classique : rose, à smocks, avec ceinture et manches ballons, plus un bloomer assorti. Je suis très jalouse. Pourquoi n'existe-t-il pas pour les femmes des culottes bouffantes dans le même tissu que leurs robes ? Ça aurait un succès fou. Je vais écrire à plusieurs créateurs pour leur suggérer l'idée.

Jeff nous conduit au Purple Tea Room qui se trouve au milieu de Melrose Avenue. Une grande enseigne avec le nom en cursives peint à la main indique l'endroit. J'aide Minnie à descendre du 4×4, fait bouffer sa robe et dit à Jeff :

— À tout à l'heure. Je vous téléphone !

Ensuite nous nous dirigeons vers la porte vitrée, que j'ouvre.

Stupeur et tressaillements !

À l'évidence, Aran et moi ne partageons pas la même notion du thé dans l'après-midi. Quand je dis « thé », je pense à des théières en argent, à des serveuses en tablier blanc à volants et à de petits sandwichs au concombre. Je pense à des nappes amidonnées et peut-être à une charmante harpiste égrenant quelques notes pour une clientèle de très convenables vieilles dames comme Miss Marple.

Le Purple Tea Room semble bien différent. D'abord, il n'y a ni tables, ni chaises mais des coussins, des poufs et d'étranges tabourets en bois. La pièce est grande mais plutôt sombre, avec des bougies qui diffusent sur les murs un éclairage vacillant. En fait de musique, on entend du sitar indien. Et l'atmosphère est parfumée certes, mais pas à la cannelle ni à la pâtisserie au beurre. Ça sent plus la…

Bon. Hmm ! Ils pourraient être plus discrets. On n'est quand même pas à Amsterdam !

Je ne vois que des jeunes très hype qui boivent dans des tasses et tapent sur leurs Mac pendant que des individus en pantalon indien bouffant leur massent les pieds ou les épaules. Au milieu de cette assemblée, Elinor est assise droite comme un I avec son habituel tailleur en laine bouclée et son invariable expression glaciale. Perchée sur un tabouret en forme de champignon, elle a un verre d'eau à la main et regarde autour d'elle comme si elle était la reine Victoria et eux un groupe de sauvages. Je mords mes lèvres pour ne pas rire. Pauvre Elinor. Elle aussi devait s'attendre à des nappes amidonnées.

Elle est plutôt pâle et triste, mais sa coiffure est toujours aussi impeccable et son dos, aussi raide.

— Madaame, s'écrie Minnie ravie, dès qu'elle la voit. Maman, c'est Madaame !

Elle se précipite vers sa grand-mère dont elle serre les jambes dans une étreinte pleine d'affection. Tousles gens l'observent en souriant. Quelques exclamations flatteuses se font même entendre. Il faut dire que, quoi qu'on puisse penser d'Elinor, c'est un spectacle adorable.

En fait, ça fait longtemps que Minnie ne s'est pas montrée aussi joyeuse. Elle tremble de plaisir. Ses yeux brillent. Elle ne cesse de me regarder comme pour me faire partager ce moment merveilleux. Ma belle-mère semble, elle aussi, enchantée de ces retrouvailles avec Minnie. Ses joues sont presque roses et son visage figé s'est réveillé.

— Eh bien, Minnie, tu as grandi !

La petite, qui a déjà commencé à fouiller dans le sac en crocodile de sa grand-mère, en sort triomphalement un puzzle. Chaque fois qu'Elinor voit Minnie, elle apporte un puzzle différent dont elle assemble les pièces sous son regard admiratif.

— Nous ferons celui-là ensemble, dit Elinor. C'est une vue du Wellesley-Baker Building à Boston. Mon arrière-grand-père en était le propriétaire. Ton ancêtre, Minnie.

Minnie approuve gentiment et se tourne vers moi.

— Maman, c'est Madaame !

Sa joie est si contagieuse que je souris.

— Oui, poupinette. Madaame. Tu es contente, hein ?

Ce surnom de « Madaame » a été trouvé pour que Luke ne sache pas que sa fille rendait visite à sa mère.

Il ne fallait pas prendre le risque que Minnie annonce fièrement : « J'ai vu mamie Elinor aujourd'hui. »

Car ces réunions se passent toujours en cachette. Ce rendez-vous d'aujourd'hui est un secret. En observant les regards ravis qu'elles échangent, je prends une nouvelle résolution. Cette querelle aussi stupide que triste doit prendre fin au plus vite. Luke et Elinor doivent se réconcilier. Ils forment une *famille*.

Elinor a proféré des remarques blessantes, voire pires, sur la belle-mère adorée de Luke et qu'il ne lui a jamais pardonnées (je n'ai jamais eu de détails précis sur l'histoire). C'est ainsi que la dispute a commencé. Mais les sentiments négatifs ne peuvent pas dominer nos vies. On doit agripper les aspects positifs et se débarrasser de tout ce qui est néfaste. En regardant Elinor tandis qu'elle ouvre la boîte de puzzle devant une Minnie extatique, je me dis qu'il y a forcément de la bonté chez cette femme. Et que ma fille, Luke et moi, nous allons en profiter. D'accord, elle n'est sans doute pas parfaite mais qui l'est ?

— Puis-je vous proposer du thé ?

La gamine évanescente en tablier de lin et pantalon baggy blanc est arrivée tellement silencieusement qu'elle me fait sursauter.

— Oui, merci. Thé normal pour moi. Et du lait pour ma fille.

— Du thé normal ? s'étonne la fille comme si je m'exprimais en swahili. Vous avez regardé notre carte des thés ?

Il y a effectivement une brochure d'au moins quarante pages posée sur les genoux d'Elinor.

— J'ai renoncé, dit cette dernière. Apportez-moi de l'eau chaude et du citron, s'il vous plaît.

— Moi, je vais quand même jeter un coup d'œil.

Je commence à feuilleter la brochure, mais très vite ma vision se brouille. Comment peut-il exister autant de variétés de thé ? C'est idiot. En Angleterre vous avez juste du *thé*.

— Chacun de nos thés a sa spécificité, explique la fille pleine de bonne volonté. Fenouil et menthe poivrée pour la digestion, trèfle rouge et ortie pour les maladies de peau…

Des maladies de peau ? Qu'est-ce qu'elle sous-entend exactement ?

— Les thés blancs sont également très appréciés, poursuit-elle.

Franchement, elle raconte n'importe quoi ! Le thé n'est pas censé être *blanc*. Je n'ose imaginer ce que ma mère dirait à cette fille. Elle sortirait probablement un sachet de Typhoo en déclarant :

— *Voilà*, ça, c'est du thé, ma petite !

Je pose une question uniquement pour faire marcher la fille :

— Avez-vous un thé qui embellit la vie dans tous les domaines ?

— Oui, fait-elle sans se démonter. Notre thé hibiscus, orange et millepertuis agit sur le bien-être général, grâce à son action apaisante. Nous l'appelons le « thé du bonheur ».

— Dans ce cas je vais en prendre, je réponds, prise de court. Et vous, Elinor ?

— Je ne souhaite pas m'apaiser, merci, dit Elinor avec un regard torve vers la fille.

Dommage ! J'aimerais bien voir Elinor sous l'influence de petites pilules roses. Peut-être que, pour une fois, elle sourirait vraiment. Évidemment, son visage risquerait de craquer. De la poudre blanche tomberait des coins de sa bouche et son visage se disloquerait entièrement dans des nuages de plâtre et autres produits dont elle s'enduit.

La fille, qui vient de passer notre commande à un gars habillé en moine tibétain, revient vers nous.

— Puis-je vous proposer une séance de réflexologie ? Une thérapie holistique ?

— Non, merci. Nous voulons seulement bavarder.

— Oh, mais la présence de nos thérapeutes est extrêmement discrète. Nous pouvons travailler sur vos pieds, votre crâne ou sur les points d'acupuncture de votre visage…

Elinor, visiblement révulsée à cette idée, se rebiffe.

— Je ne souhaite pas qu'on me touche. Merci.

— Nous pouvons travailler sans contacts corporels, persiste la fille. Parmi les autres possibilités, je suggère les tarots, la méditation sonore ou un traitement effectué à partir de votre aura.

L'aura d'Elinor ? Voilà qui me fait doucement rigoler. Disons plutôt ce nuage glacial de désapprobation qui la suit partout comme un gaz délétère ?

— Je n'ai pas d'aura, rétorque-t-elle d'ailleurs d'un ton sec. On me l'a retirée au cours d'une opération.

Elle me jette un regard en biais et, à ma grande surprise, m'adresse un minuscule clin d'œil.

Incroyable ! Elinor vient de faire une plaisanterie. Et à ses dépens.

L'étonnement me rend muette. Et la fille est tellement sidérée qu'elle se retire sans insister.

Pendant tout ce temps, Minnie n'a pas arrêté de fixer sa grand-mère. Du coup, elle a droit à un petit sermon.

— Minnie, tu sais que tu ne dois pas dévisager les gens. C'est impoli. Tu ne veux pas t'asseoir sagement ?

Elinor s'adresse toujours à sa petite-fille comme si elle était une grande personne. Ce que ma poupette adore. Elle ne répond pas, se penche et enlève un petit fil de la jupe de sa grand-mère.

— Tout parti, commente-t-elle avec dédain. Et elle laisse tomber le fil à terre.

Tiens donc ! Combien de fois Elinor m'a-t-elle fait remarquer que j'avais une poussière ou une miette sur mes vêtements ? Cette fois, Minnie me venge. Sauf qu'Elinor n'a pas du tout l'air fâchée.

— Merci, dit-elle avec gravité. Tu vois, la gouvernante de l'hôtel n'est pas très soigneuse.

— Soigneuse, répète Minnie avec la même gravité.

Puis subitement, elle s'écrie sans raison :

— Devine combien je t'aime.

C'est le titre du livre pour tout-petits que je lui lis en ce moment le soir mais Elinor l'ignore. Sa réaction me surprend : ses joues tremblent et ses yeux se voilent légèrement.

— Eh bien, Minnie, murmure-t-elle. Eh bien !

Avoir sous les yeux le spectacle de son visage plâtré et figé luttant contre l'attendrissement est presque intolérable. Elinor pose sa main ridée et baguée sur la tête de Minnie et lui caresse les cheveux. C'est, apparemment, le geste le plus chaleureux qu'elle s'autorise.

Si seulement elle pouvait se lâcher vraiment ! J'aurais dû commander le thé euphorisant-pour-vieilles-dames-coincées-en-tailleur-Chanel.

— Elinor, vous devez vous réconcilier avec Luke, je lance impulsivement. J'aimerais tant que nous puissions former une vraie famille tous ensemble. Je vais organiser une réunion entre vous à la maison et je ne vous laisserai partir que lorsque vous serez devenus amis.

— Le mot « amis » n'est pas le terme approprié, relève-t-elle un peu perplexe. Nous sommes mère et fils, nous n'appartenons pas à la même génération.

D'accord ! Ça ne va pas aider le rapprochement.

— Si, c'est le terme qui convient ! Je suis amie avec ma mère. Vous pouvez l'être aussi avec Luke. Quand je lui dirai ce que vous avez fait pour sa fête d'anniversaire…

— Non, Rebecca ! répond-elle avec une résonance métallique dans la voix. Je vous ai dit que Luke ne devait jamais apprendre mon investissement.

— Mais c'était tellement formidable. Et lui croit que c'est Suze et Tarkie qui l'ont financée. C'est fou, quand même !

— Il ne doit jamais savoir.

— Mais…

— Il ne doit jamais savoir. Je n'achète pas son amour, chuchote-t-elle si bas que je l'entends à peine.

— Elinor, cela n'a rien à voir avec « acheter son amour ». Ce n'est pas une question d'argent, mais d'implications et d'efforts.

La fille arrive avec notre commande. Nous nous taisons tandis qu'elle dispose les théières, les tasses, les passoires et les cristaux de sucre sur une table roulante en bambou. Je verse de l'eau chaude dans une tasse qu'Elinor accepte sans la boire.

— Alors, Elinor, je dis d'une voix enjôleuse, vous allez lui dire ?

— Non, répond-elle d'un ton catégorique. Et vous non plus. Vous m'avez fait une promesse.

Ah ! C'est comme si elle était taillée dans un bloc de granite. Ma réunion de pourparlers ne va pas être facile.

— Très bien. Nous allons trouver un autre moyen.

Et j'extirpe de mon sac le cahier que j'ai consacré aux « dénouements des conflits ». Ce sont des conseils trouvés sur Google que je considérais très utiles jusqu'au moment où j'ai découvert qu'ils portaient sur les désaccords entre patrons et employés d'usine. Je passe en revue les notes dans l'espoir de tomber sur quelque chose d'opportun. *Piquets de grève*, non… *Représentation syndicale*, non… *Bureau santé et travail*, non… *Coopération technique*… Ah, on y arrive ! *Stratégie de négociation gagnante à tous les coups*.

Oui ! Excellent ! C'est de ça que nous avons besoin. Petite parenthèse : y aurait-il des gens qui choisiraient *autre chose* que des propositions gagnantes à tous les coups, qui opteraient pour des solutions *perdantes* à tous les coups ?

Je parcours le paragraphe : la phrase qui revient sans arrêt est « terrain d'entente ».

— Nous devons établir un terrain d'entente, je propose. Quel terrain d'entente existe-t-il entre vous et Luke ?

À part l'obstination farouche, ce que je m'empresse de ne *pas* ajouter. Elinor m'observe en silence. C'est comme si elle n'avait pas compris la question.

— Le bénévolat, dit-elle finalement.

— Oh ! Rien d'autre ? Vous n'avez rien fait d'amusant ensemble ? Mais si, certainement. Quand il vivait à New York.

Quand j'ai fait la connaissance de Luke, il était très proche de sa mère. Presque trop, en fait, bien que je ne me sois jamais permis d'en faire la remarque. Je n'ai pas envie qu'il renoue avec elle de cette façon, mais ils pourraient être de nouveau cordiaux l'un envers l'autre.

— Vous n'êtes jamais partie en vacances avec lui ? Vous n'avez jamais passé de bons moments tous les deux ?

J'ai une vision d'Elinor dansant le limbo dans un hôtel des Caraïbes avec un Luke déchaîné qui l'encourage, cocktail à la main. Et je me retiens de pouffer.

— Nous avons séjourné dans les Hamptons. Mon ami Dirk Gregory avait une maison sur la plage, et j' y ai emmené Luke à maintes reprises.

— Bien ! Vous pourriez évoquer ces séjours… Et peut-être projeter d'y retourner…

— Il faudrait le faire sans tarder, alors, assène-t-elle. Dirk est mort il y a deux ans, et sa fille va vendre la maison. À mon avis c'est une erreur, comme d'ailleurs la rénovation hideuse qu'elle a entreprise sur la véranda…

— Attendez ! Donc, Luke et vous avez des souvenirs heureux attachés à une maison des Hamptons… qui est sur le point d'être vendue… et vous dites qu'il faut vous dépêcher si vous voulez y retourner ? Pourquoi vous ne m'avez pas dit ça dès le début ?

— Petit ours brun, petit ours brun, dit Minnie en levant le nez de son verre de lait, que vois-tu ?

— Je crains de n'avoir pas compris, fait Elinor

en fronçant les sourcils autant qu'elle en est capable – c'est-à-dire à peine.

— Que vois-tu, maman, insiste Minnie. Que vois-tuuuu ?

Heureusement que je connais tous ses petits livres par cœur.

— Un rouge-gorge, poupinette.

Et m'adressant à Elinor :

— C'est parfait. Vous pouvez dire à Luke que c'est la raison de votre visite. Il va forcément vous écouter.

— Petit rouge-gorge, petit rouge-gorge, que vois-tu ?

— Un cheval bleu.

— Nan, s'agace Minnie. Pas cheval bleu ! Canard jaune !

— D'accord, canard jaune, j'admets. Elinor, c'est la bonne manière de procéder. Essayez de vous souvenir de tout les bons moments que vous avez vécus ensemble et rappelez-les à Luke. Essayez de retrouver ce lien.

Ma belle-mère ne semble pas convaincue. Je soupire ! Si seulement elle pouvait se présenter sous un aspect plus favorable. (Et par là, je ne veux *pas* dire avoir des ongles impeccables et des chaussures assorties à son sac.)

— Pourriez-vous porter une tenue moins formelle, ce soir ? Et peut-être ne pas attacher vos cheveux ? Et parler autrement ?

En gros, subir une transplantation de personnalité. C'est ça, que je sous-entends.

— Parler autrement ? dit Elinor, piquée au vif.

— Répétez après moi : « Luke, mon chéri, si nous pouvions passer un peu de temps ensemble… »

L'expression peu amène d'Elinor m'empêche de continuer. J'ai l'impression que « Luke, mon chéri » n'est pas son truc.

— Bon, on va essayer autre chose. Par exemple : Luke, mon ange. (Expression encore plus glaciale.) Luke, mon chou… mon trésor… Bon, vous diriez quoi ?

— Luke, mon fils.

— On dirait Dark Vador.

Elinor ne bronche pas.

— Soit, dit-elle, avant de prendre une gorgée d'eau.

Du pur Dark Vador. Ensuite elle va ordonner l'anéantissement de mille jeunes Jedi innocents.

Je suis épuisée.

— Agissez au mieux, je conclus, en prenant ma tasse de thé. Je m'adapterai. C'est tout ce que nous pouvons faire.

De : Yeager, Mack
À : Brandon, Rebecca
Objet : Re : Dark Vador

---

Chère Rebecca,
Merci pour votre mail.
Au sujet des sources d'inspiration du personnage de Dark Vador, il existe plusieurs théories, comme je l'explique dans mon livre *D'où vient Anakin ?* en vente dans toutes les bonnes librairies.
Cela dit, je doute fort que ce personnage soit basé sur un « être humain » qui, comme vous semblez le suggérer, aurait transmis des gènes qui se seraient répandus dans tout l'univers.
En résumé, il me paraît hautement improbable que votre belle-mère soit une descendante de Dark Vador.
Avec mes meilleurs sentiments,
Que la Force soit avec vous,

Mack Yeager
Président de la société généalogique
de *La Guerre des étoiles*

# 20

Comme prévu, Elinor doit venir à la maison à dix-neuf heures. Depuis dix heures ce matin, je noie ma nervosité en avalant de petites lampées de vin. Ce n'est vraiment pas facile de jouer les pacificateurs. Est-ce que le dalaï-lama est aussi stressé que moi quand il répand la bonne parole de par le monde ? Est-ce qu'il se met trois couches de gloss sur les lèvres pour tenter de se calmer ? (J'en doute !)

Au moins, Minnie est allée se coucher sans faire d'histoire, et les grands sont ravis de regarder un dessin animé. Avec un peu de chance, les pourparlers seront terminés quand ils iront au lit. Enfin, j'espère. Combien de temps ça prend, des pourparlers ?

Oh, misère ! Qu'est-ce que je fais dans cette galère ?

Voyons le côté positif. La salle des Pourparlers (c'est-à-dire la cuisine) est resplendissante. J'ai allumé une vingtaine de bougies pour adoucir l'atmosphère, il y a de la musique légère et je porte une robe verte, une couleur aux vertus prétendument apaisantes. À vrai dire, je serais plus calme si elle ne m'avait pas coûté 280 dollars la semaine dernière sur Intermix, le site de shopping en ligne. Ce matin, elle était soldée à 79,99 dollars. Ils auraient pu me prévenir ! Rien qu'un petit signe m'aurait suffi. La personne qui l'a emballée devait se tordre de rire.

Bon. Tant pis. Inutile de mettre Luke au courant. La salle est prête, c'est ça le plus important, et moi aussi. Il ne manque plus qu'Elinor. Je ne prétends pas être détendue. Ni que l'ambiance est détendue. Je n'arrête pas d'observer Luke en me demandant comment il va réagir.

Assis à la table de la cuisine, il sirote une bière en s'arrangeant pour m'éviter. Je suis en perdition. Nous ne sommes plus à l'unisson. Nous ne sommes plus *nous-mêmes*. Non, nous ne nous sommes pas disputés. C'est pire. On ne se regarde plus dans les yeux, on a évité de reparler de notre conversation de ce matin. Luke n'a souri qu'une fois de toute la journée : quand il bavardait avec Gary, son collègue.

Gary est à New York, mais il repart pour Londres demain matin. Quand ils ont parlé de la réunion du Trésor, Luke avait l'air tout feu, tout flamme. Dans la conversation, il n'arrêtait pas de prononcer les mots « 10, Downing Street » et « politique », il bouillonnait d'idées, il riait aux blagues de Gary ; bref, il était de meilleure humeur que ces derniers jours.

Je déteste, *vraiment* je déteste l'admettre… mais la finance lui convient mieux que le monde des paillettes.

Papa n'est pas rentré, ce qui au fond m'arrange car il voudrait se mêler de nos pourparlers et ferait des remarques à Elinor du style : « Si vous mettiez un peu de chair sur vos os, vous seriez une jolie fille, vous savez ! » Depuis ce matin, je n'ai aucune nouvelle de Suze. Elle m'a seulement texté pour me demander d'aller chercher les enfants à leurs clubs d'activités.

Mitchell m'a dit qu'elle était repassée à la maison et que, flanquée d'Alicia, elle cherchait Tarquin en criant partout : « Tarkie ? Tarquin ? Tu es là ? » Puis qu'elle était repartie en voiture. Il n'en savait pas plus. Ensuite, il m'a bassinée avec un rapport interminable sur les atteintes à la sécurité relevées dans la journée (deux en tout, causées chaque fois par un petit voisin qui a envoyé son Frisbee dans notre jardin).

Mitchell sera heureux de s'en aller. Il se barbait tellement qu'il a réparé notre barbecue et me l'a montré fièrement. Pour être honnête, je ne se savais même pas qu'il était cassé ! Il faudra que je le dise à Luke.

Je romps donc le silence :

— Au fait, Luke, Mitchell a réparé le barbecue.

— J'allais m'en occuper, répond-il du tac au tac. Tu n'avais pas besoin de le lui demander.

— Je ne lui ai rien demandé ! Je ne savais pas qu'il ne marchait plus…

Je m'interromps, un peu désespérée. Ça ne peut plus durer. Il faut que Luke retrouve son entrain avant l'arrivée d'Elinor.

— Luke, écoute…

Je me mords les lèvres.

— Tu trouves que ça va, nous deux ?

Il hausse les épaules.

— Tu veux dire quoi ?

— C'est simple ! On ne se regarde plus ! On est comme des hérissons !

— Ça t'étonne ? J'ai passé la journée à régler les retombées du coup de pub de Sage et de Lois. Je me serais donné moins de mal si j'avais su que c'était bidon.

— Chut ! je murmure en voyant la porte ouverte. Jeff pourrait t'entendre.

— En ce moment, je me fiche complètement de qui pourrait entendre.

Pour Luke, la coupe est pleine. Et c'est ma faute en grande partie.

— Luke, je suis désolée, dis-je en lui tendant la main. Je suis navrée. J'aurais dû te dire la vérité quand tu m'as interrogée sur Sage et Lois. Mais, je t'en supplie, regarde-moi dans les yeux !

Il avale encore une gorgée de bière avant de s'exécuter :

— Becky, la vie est suffisamment compliquée comme ça pour qu'on n'en rajoute pas en se cachant des choses. Nous devons faire équipe.

— Mais je suis de ton côté ! je m'exclame le cœur sur la main. Bien sûr ! Je n'ai pas assez réfléchi, voilà tout ! J'ai voulu être indépendante… avancer dans ma carrière…

— Je comprends ça, soupire-t-il. Et chacun doit garder sa propre personnalité. Si tu dois passer du temps ici pour ta carrière, alors je ne t'en empêche pas. Mieux, nous t'aiderons à réussir. La vie sans toi ne m'emballe pas – mais si c'est ton rêve, je ne te mettrai pas de bâtons dans les roues.

Il hésite, manipule la bouteille avant de la reposer sur la table et poursuit :

— Mais nous devons être francs l'un envers l'autre. Becky, c'est *obligatoire* ! La confiance est la base de tout.

— Je sais, Luke ! J'en suis persuadée.

Oh, misère ! Dois-je lui annoncer qu'Elinor est en chemin ? Tout lui expliquer ? Lui donner mes raisons, lui raconter toute l'histoire, faire en sorte qu'il comprenne…

C'est trop tard ! La sonnerie de l'entrée résonne au moment où je reprends mon souffle. J'ai l'estomac noué. Elle est là. Au secours ! Elle est arrivée !

— J'y vais ! je crie en fonçant vers la porte, avant que Luke ne bouge.

Et à Jeff dont j'entends le pas lourd en provenance de la salle de télévision :

— Je m'en occupe ! Je sais qui c'est !

J'ai donné le code de la grille à Elinor et demandé à Mitchell d'enfermer Écho pour la nuit.

En ouvrant la lourde porte, j'ai le cœur qui bat à cent à l'heure. Elle est là. Ma belle-mère. D'abord, je vois dans ses yeux qu'elle n'en mène pas large. Ensuite, je remarque sa robe. Elle est en robe ! Une robe portefeuille ! Elinor Sherman porte une robe portefeuille !

Je n'en crois pas mes yeux. Elinor est toujours en tailleur ou éventuellement en robe du soir très stricte. Où est-ce qu'elle a dégoté ce modèle ? Elle a dû l'acheter exprès pour l'occasion.

Je ne peux pas dire que ça lui aille très bien. Comme elle est trop maigre, elle flotte dedans. Et je n'aurais pas choisi cet imprimé marron et crème. Enfin, que ça me plaise ou non, elle la porte. Elle a fait cet effort. Je dirais qu'elle s'est débarrassée de son armure.

Elle a également changé de tête. J'ignore en quoi, car sa coiffure a toujours été un mystère pour moi. Mais ça ressemble moins à un casque. (Ou à une perruque ? Je me suis toujours posé la question.) Ce soir, ses cheveux ont perdu de leur rigidité.

— Vous êtes superbe ! je murmure en serrant sa main squelettique. Bravo ! Vous êtes prête ?

En avançant vers la cuisine, j'ai un trac incroyable. Mais je m'oblige à ne pas partir en courant. Je peux y arriver. Je dois y arriver. Nous ne pouvons pas exclure Elinor de notre vie jusqu'à la fin des temps.

Nous voici à l'intérieur. Je prends la grosse clé que j'ai cachée dans un tiroir loin des pattes de Minnie et ferme la porte à double tour. Puis, le souffle court, je me tourne vers Luke.

Je m'attendais à quoi ?… J'imaginais quoi ?…

En réalité, je sais très bien ce que j'espérais. Luke allait relever la tête, son visage exprimerait d'abord un choc puis une raisonnable approbation et il déclarerait simplement : « Mère. Il est temps de faire la paix. Maintenant je m'en rends compte. » Et les pourparlers seraient inutiles.

Mais je rêvais ! Il dévisage Elinor sans broncher. Ou, plus exactement, son visage se ferme. En se tournant vers moi, sa stupeur se transforme en une froide colère. Pour la première fois depuis que je le connais, son expression me fait peur.

— Tu te fiches de moi ! m'accuse-t-il d'une voix glaciale. Tu me prends pour un con !

Il me dévisage encore quelques instants avant d'avancer vers la porte sans un regard pour Elinor.

— Je l'ai fermée à clé, je lui crie. Nous sommes ici pour des pourparlers.

— Des quoi ?

— Des pourparlers. Nous avons un gros souci et tu ne sortiras pas d'ici tant qu'il ne sera pas résolu.

Malgré mon ton ferme, je tremble intérieurement.

Personne ne bouge. Luke me regarde dans les yeux.

C’est comme si nous avions un échange silencieux. Je peux presque entendre ce qu’il pense : *Tu as osé ! Tu as osé !*

Et je lui réponds : *Oui, j’ai osé ; oui, j’ai osé.*

Enfin Luke s’écarte de la porte, plonge dans le frigo, en retire une bouteille de vin. Il remplit un verre qu’il tend à Elinor.

— Qu’est-ce que tu veux ? aboie-t-il.

On dirait un enfant qui boude.

— C’est ta mère, j’interviens. Ne lui parle pas comme ça !

— Ce n’est *pas* ma mère !

— Je ne suis *pas* sa mère, reprend Elinor plus brutalement encore.

Luke sursaute de surprise. C’est fou ce qu’ils se ressemblent ! Identiques comme sortis d’une série de poupées russes : raides comme des piquets, la mâchoire serrée, les yeux froids et déterminés.

— J’ai perdu le droit d’être ta mère depuis longtemps, continue Elinor d’un ton plus calme. Luke, je le sais. Mais j’aimerais être la grand-mère de Minnie. Et ton… amie.

Je l’encourage du regard.

Comme ça doit être douloureux pour elle ! Elle a *tellement* de mal à s’exprimer. Mais j’avoue qu’avec ses cheveux relâchés, son verre à la main, son envie d’être l’« amie » de son fils, elle a l’air presque normale. Elle avance d’un petit pas vers Luke. Si seulement il pouvait la voir avec mes yeux ! Mais, méfiant, il se raidit de toutes ses forces.

Il *refuse* de voir.

— Je ne comprends toujours pas. Qu’est-ce que tu es venue faire ici ?

— Elle est ici parce que la situation est démente ! je m'écrie incapable de me taire plus longtemps. Tu es sa chair et son sang. Vous avez des liens indéfectibles, que ça vous plaise ou non. Un jour vous serez morts tous les deux !

D'accord, c'est sorti d'un coup. Sans savoir où je voulais en venir.

— Nous serons *morts* tous les deux ? dit Luke sans comprendre. Je ne vois pas le rapport.

— Euh… Parce que vous serez au paradis ou en train de flotter dans le ciel ou… je ne sais pas quoi.

— Je flotterai dans le ciel ? s'étonne Luke.

— Oui. Et, en passant ta vie en revue, tu ne te souviendras pas d'une seule dispute ou d'une remarque blessante mais seulement des *liens* que tu auras tissés. Tu verras comment ta vie aura été configurée. Ta configuration est déplaisante, Luke. Ne laisse pas un point de travers gâcher ta configuration.

Luke ne réagit pas. Est-ce qu'il m'écoute seulement ?

— En coupant les ponts avec ta mère, tu abîmes la configuration de Minnie, tu t'en rends compte ? La vie ne se résume pas à la tienne. Toutes les configurations se réunissent et forment un immense réseau, comme une *über*-configuration et…

— Bordel ! explose Luke. Arrête avec tes fichues configurations !

Quel goujat ! J'étais plutôt fière de ma théorie. Puis, du coin de l'œil, je vois Elinor gagner la porte. Est-ce qu'elle aussi chercherait à s'échapper ?

— Où allez-vous ? je lui demande en la retenant par le bras. Parlez-lui de la maison sur la plage !

— La maison ?

Dans la bouche de Luke ce mot a une résonance sinistre et suspecte. D'un coup de coude, j'encourage Elinor à parler. Franchement, ces deux-là ne coopèrent pas beaucoup.

— Dirk Gregory est mort, annonce Elinor. Luke, je crois que tu aimais sa maison. Nous pourrions aller la voir une dernière fois avant que sa fille ne la vende. Mais il faudra que je prévienne la famille.

— Oh ! Vraiment ! s'exclame Luke plus touché qu'il ne veut le paraître.

— Tiens, j'ai une photo de toi à te montrer !

De son sac elle extrait un vieux porte-cartes en croco dont elle fait sauter le fermoir. Apparaît un cliché en noir et blanc d'un homme beau comme un dieu qu'elle cache aussitôt. Elle examine ensuite quatre ou cinq photos avant d'en tendre une à Luke.

— Tu te souviens ?

Curieuse comme une puce, je me penche. Voici un Luke plus jeune sur une plage de sable : pieds nus, en polo et en pantalon de coton retroussé. Il rit en tenant une pelle en bois. Ses cheveux, plus longs qu'aujourd'hui, sont ébouriffés par le vent. J'aurais dû le connaître plus tôt, je me dis avec une pointe de désir.

Luke n'y jette qu'un bref coup d'œil.

— C'est vieux !

— Tu avais vingt-trois ans. J'ai l'impression que c'était hier.

Sans rien ajouter, elle sort un autre cliché. Cette fois-ci, on la voit bien. Incroyable ! Elle porte le plus hideux des débardeurs jaune moutarde et un pantalon assorti. De quoi s'évanouir ! Mais ses lunettes sont cool et le cadre, impressionnant. Mère et fils sont en bateau, sur l'océan infini.

— Vous vous déplacez toujours avec ces photos sur vous ? je demande, intriguée.

On dirait que j'ai touché un de ses points faibles.

— Quelques-unes. De temps en temps, répond-elle mal à l'aise.

Ma belle-mère est comme un escargot. Dès qu'on la touche elle se replie sur elle-même. Mais les escargots, ça *s'apprivoise*, non ? Bon, elle n'est pas un escargot, elle est… une tortue. Non. Un suricate, alors ? Et puis zut ! Elle est ce qu'elle veut. L'important c'est que la photo fascine Luke. J'ignore s'il contemple la mer, le bateau ou la tenue hideuse d'Elinor, mais il est accroché.

— Minnie adorerait cet endroit, dit-il. Toi aussi, Bex ! C'est magique. La plage, la mer… C'est à tomber.

— Tu pourrais louer un voilier, suggère Elinor.

— Minnie apprendrait à naviguer.

Les yeux de Luke brillent de cette lueur éclatante et lointaine qu'il a quand il monte un projet.

— Becky, toi aussi, tu dois prendre des leçons.

Depuis notre mariage, ce n'est pas la première fois que Luke m'en parle, mais jusqu'à maintenant j'ai réussi à reculer l'échéance.

— J'en meurs d'envie ! je m'exclame.

L'alarme du four retentit, et nous sautons tous au plafond. Comme si nous retombions sur terre. Pendant une affreuse minute, j'ai peur que Luke ne retombe dans sa mauvaise humeur, qu'il chasse Elinor. Pas du tout. Il nous regarde toutes les deux ! Puis il s'approche de la fenêtre, pousse un soupir déchirant et se frotte le visage avec la paume de ses mains.

Je devine ce qui galope dans sa tête. Il déteste qu'on le presse. Nous devons lui laisser du temps. Elinor m'imite. Elle se tient parfaitement immobile, respirant à peine.

— Les choses ont duré trop longtemps, avoue enfin Luke. J'aimerais repartir de zéro.

Je suis tellement soulagée que j'en tombe presque à la renverse. Elinor bouge à peine, mais j'ai appris à la connaître. Elle a relâché deux lignes de son menton : c'est comme si elle criait : « Alléluia ! »

— J'en serais heureuse. J'étais parfaitement sincère.

— Je sais. Et moi, je n'étais pas sincère du tout, avoue Luke avec ce sourire enfantin qui me bouleverse toujours.

Pour lui non plus ça n'a pas été facile de perdre une mère et de haïr l'autre.

— Viens ici que je t'embrasse. Au fait, tu vas rester dîner ?

— Si…

Elle me jette un coup d'œil interrogateur et je hoche la tête.

— Becky, tu veux bien me rendre la clé ?

— *Pourquoi pas ?* je réponds pour le taquiner.

— Elinor, il faut que tu fasses la connaissance de Minnie. Elle ne doit pas encore dormir. Je vais la chercher. Minnie !

Il ouvre la porte et crie :

— Minnie, tu as de la visite !

Puis, il se tourne vers sa mère.

— Tu ne l'as pas vue depuis qu'elle est bébé. Prépare-toi à un choc.

Minnie !

La tuile ! Pour Luke, sa mère et Minnie sont deux inconnues. J'échange avec Elinor un regard qui en dit long.

Bon ! Pas de panique ! Ça va aller. Il faut que je réfléchisse en mode supersonique… Je dois éviter un nouveau drame. *Pense, Becky, pense !*

Minnie descend l'escalier, suivie de son père.

— Minnie, annonce Luke, j'ai une grande surprise pour toi.

— Surprise ? Cadeau ?

— Non pas un cadeau, une personne. Tiens, regarde !

Il ouvre la porte en grand, et notre fille se tient dans l'embrasure, adorable apparition en chemise de nuit blanche à volants et pantoufles lapin.

— Madaame ! crie-t-elle gaiement.

— Minnie, voici ta grand-mère ! Elle est *ma* maman à moi. Tu veux lui dire bonjour ?

Mais Minnie n'écoute rien. Elle se précipite dans les jambes d'Elinor, pressée d'ouvrir son sac.

— Madaame ! Papa, c'est Madaame !

Elle trouve un puzzle et l'exhibe en triomphe.

— Puzzle, Madaame ! Sur la table.

Elle grimpe sur une chaise.

— Sur la *table* !

Luke les regarde, totalement ahuri.

— Elle… la connaît ? Ma poupinette, tu as déjà vu ta grand-mère ?

— Pas grande-maaare ! se rebiffe-t-elle. *Madaame !*

— Elle te connaît, donc, dit-il à Elinor. Comment

ça se fait ? Elle ne t'a pas vue depuis qu'elle est toute petite, pourtant ?

— Elle ne sait pas qui est Elinor, je m'empresse de dire. Ne sois pas ridicule. Minnie veut juste être gentille.

Mais ça sonne faux ! Même à mes propres oreilles. Et Luke entrevoit la vérité.

— Elle parlait de temps en temps d'une « madaame », mais j'ignorais de qui il s'agissait.

Soudain, il est rouge de colère.

— C'était ma mère, hein ? Becky, qu'est-ce que tu as manigancé derrière mon dos ? Et arrête avec tes mensonges !

Il est si raide que je me sens insultée. Il ne sait rien. *Rien du tout !*

— OK. J'ai emmené Minnie chez Elinor ! C'est sa grand-mère, et elles devaient se connaître ! Mais avant que tu montes sur tes grands chevaux, je vais te dire ce qu'on a fait également.

— Rebecca ! m'avertit Elinor.

Mais je n'en tiens pas compte.

— Avec Elinor, nous avons mis au point ta fête d'anniversaire. Tu croyais que c'était Suze et Tarquin ? Erreur sur toute la ligne. C'était ta mère. Elle a tout organisé, tout payé sans vouloir être remerciée et pourtant elle le mérite.

Je m'arrête, à bout de souffle. Enfin. *Enfin !* Je trimballe ce secret depuis cette soirée. Et ça pesait une tonne.

— C'est vrai ? demande Luke, ébranlé.

Je ne sais pas s'il pose la question à Elinor ou à moi. En tout cas, sa mère ne lui répond pas. Elle semble pétrifiée. La tendresse a quitté ses yeux qui ne sont plus que deux braises.

— Luke, je ne suis *pas* venue ici pour ça, dit-elle furieuse. Tu ne devais jamais l'apprendre… *jamais*.

Son visage tremble et je suis horrifiée. Va-t-elle… Non.

Elle va *pleurer* ?

— Elinor, j'interviens, désespérée, je suis désolée. Mais il devait savoir…

— Non ! Rebecca, vous avez tout fait capoter. Au revoir, Minnie.

Elle attrape son sac et quitte la cuisine.

— Madaame ! crie la petite derrière elle. Pas partir !

Médusée, je suis incapable de la supplier de revenir. Ce n'est qu'au son de la porte d'entrée que je reprends mes esprits. Alors ma culpabilité est telle que je m'en prends à Luke.

— Tu es content ? Tu as détruit la vie de ta mère. J'espère que tu es heureux.

— Je ne pense pas avoir détruit sa vie !

— Et comment ! Tout ce qu'elle veut, c'est changer d'attitude, entrer dans la famille et voir Minnie. Tu saisis ? Elle ne cherche pas à acheter ton amour. Elle m'a interdit de te parler de la soirée. Elle y a assisté, cachée dans un coin en refusant absolument de se montrer. Et puis tu as exagéré en remerciant Suze et Tarkie. *Eux* savaient que c'était Elinor. Ils étaient confus.

— Alors tout le monde était au courant, sauf moi !

— Madaame, gémit Minnie, tandis que le BlackBerry de Luke lui signale la réception d'un message. Où Madaame ?

Elle descend de sa chaise, déterminée.

— Trouver Madaame.

— Minnie, Madaame est rentrée dans sa maison. Mais je vais te raconter une histoire sur Madaame, ça te fera plaisir ? Ensuite tu vas dormir et demain nous ferons quelque chose…

Je stoppe en voyant une étrange lueur dans les yeux de Luke.

— Qu'est-ce que tu as ?

Il se contente de regarder son écran en silence. Puis il me jette un coup d'œil avant de revenir à son portable. Oh ! Oh ! Que je n'aime pas ça !

— Quoi ? Dis-moi !

Sans un mot, il tourne son téléphone vers moi. L'écran est envahi par une photo de Minnie prenant une pose sexy d'adulte, dans notre allée.

— C'est affiché sur le site d'*USA Today*.

Je suis en chute libre.

— Montre-moi !

Je lui arrache son portable ! Les salauds ont réussi à vieillir Minnie et à la rendre… horrible. Ils ont retouché la photo pour lui ajouter du rouge à lèvres. Je rends à Luke son téléphone.

— C'est la faute de Sage. Elle a encouragé Minnie. Je me suis interposée dès que j'ai vu ce qui se passait. Qui te l'a envoyée ?

— Aran. Mais il a dû confondre nos numéros de portable parce que le message t'est adressé. Il pense que tu seras contente. Cela « accroît la notoriété de la famille », comme il dit.

Au son de sa voix, je suis l'accusée.

— *Contente !* je répète, scandalisée. Sûrement pas ! J'étais hors de moi. Je leur ai demandé d'arrêter ! Luke tu ne crois quand même pas…

Vu l'air dégoûté qu'il prend en fixant son écran, je ne finis pas ma phrase.

— Aran s'est encore trompé en m'envoyant un nouveau message qui t'est destiné. Il faut vraiment que tu lui donnes ton numéro.

— Et alors ? Il me dit quoi ?

— Il a organisé le rendez-vous pour discuter avec les producteurs de l'émission *Encore plus magnifique*. Il les a assurés que tu étais superexcitée et que tu avais hâte de les rencontrer.

Incroyable ! J'ai dit à Aran que je n'étais pas intéressée.

— Luke, ce n'est rien. Ne t'en fais pas. C'est juste un…

— Je sais exactement ce dont il s'agit, me coupe Luke de son même ton bizarre. C'est une télé-réalité autour de la chirurgie esthétique. Dis-moi, Becky, ton désir de gloire te dévore-t-il à ce point ? Tu es prête à te faire charcuter pour devenir une célébrité ? Tu es d'accord pour abandonner Minnie et risquer de souffrir à vie ou même de mourir pour le plaisir de piétiner un tapis rouge ?

— Non ! je hurle, épouvantée. Luke, jamais je ne ferais…

— Alors, cette réunion sert à quoi ?

— Je n'irai pas. J'ai dit à Aran que je ne voulais pas de chirurgie esthétique. C'est un malentendu !

— Mais Aran n'aurait pas organisé cette réunion si tu n'étais pas intéressée, insiste-t-il.

— Je ne sais pas ! Luke crois-moi ! Je l'ai dit à Aran. Je ne te mentirais pas…

— Vraiment ! C'est trop drôle, fait-il avec un rire

sans gaieté. Tu ne me mentirais pas ? C'est la meilleure de l'année.

— D'accord. Je t'ai raconté un bobard au sujet de Minnie et d'Elinor. Et de Sage et Lois. Mais là, c'est différent. Luke, tu ne vas pas *croire* que je subirais une opération de chirurgie esthétique sous l'œil des caméras !

— Pour être franc, je ne sais plus ce que tu as dans la tête.

— Mais…

— Où Madaame ? nous coupe Minnie. Où Madaame partie ?

Son petit visage est si innocent, si confiant que, soudain, j'éclate en sanglots. Jamais, au grand *jamais*, je n'utiliserais ma poupette pour un coup de pub. Jamais, au grand *jamais*, je ne prendrais des risques pour une télé-réalité minable. Luke devrait le savoir !

Voilà qu'il enfile sa veste et avance vers la porte, avec la même expression distante.

— Luke, où vas-tu ?

— Mon assistante m'avait réservé une place sur le vol de minuit pour New York, mais j'avais décidé ensuite de ne partir que demain matin. Maintenant je ne vois pas l'intérêt de tourner en rond ici. Si elle arrive à me récupérer mon siège pour ce soir, je verrai Gary.

— Tu pars vraiment ?

— Ça te dérange ?

— Évidemment, je réponds, la voix chevrotante. Luke, tu ne m'as pas écoutée. Tu ne comprends pas !

— Non, tu as raison. Je ne sais plus ce que tu veux ni pourquoi. J'ignore ce qui te paraît important ou pas. Becky, tu es déboussolée. Complètement larguée.

— Pas du tout. Je ne suis pas *larguée* !

Mais Luke a passé la porte. Je m'enfonce dans mon fauteuil, anéantie par un tel fiasco. J'en ai fait, du beau travail ! Elinor s'est sauvée. Luke a déguerpi. Je n'ai réussi qu'à rendre les choses mille fois plus compliquées.

Comment a-t-il pu croire que je passerais sous le bistouri ? Ou que j'utiliserais Minnie ?

— Où Madaame ? demande encore Minnie.

Elle épie mon visage.

— Maman pleurer.

— Allons, ma chérie, au lit !

Elle n'a pas une folle envic d'aller se coucher et je la comprends. Il me faut des heures pour la fourrer sous les couvertures. Je finis par lui lire *Devine combien je t'aime* une dizaine de fois car, dès que j'ai fini, elle en redemande :

— Encore ! Pluusss ! Pluusss !

Une dure négociation. Mais lui faire la lecture nous calme toutes les deux.

Et puis, juste au moment où je me glisse hors de sa chambre, j'entends la porte d'entrée claquer. Ça me donne un coup au cœur. Luke est parti sans me dire au revoir. Lui qui me dit *toujours* au revoir.

J'ai le tournis. Et maintenant, je fais quoi ? Finalement, je vais dans la cuisine mais je n'ai pas envie de manger, surtout pas ce gâteau au quinoa absolument immonde vanté par ce site malsain *Eat Good & Clean* que je ne consulterai plus jamais. Je m'assieds pourtant à table pour tenter de réfléchir et situer le moment où j'ai méchamment dérapé.

Une clé qui tourne dans la serrure et mon cœur

bondit de joie. Il est revenu ! Luke est de retour ! Je le savais.

— Luke ! je crie en fonçant dans le vestibule. Oh !

Ce n'est pas Luke mais Suze. Elle a l'air éreintée et, quand elle enlève sa veste, je remarque qu'elle s'est mangé les ongles. C'est ce qu'elle fait dès qu'elle est stressée.

— Salut, dit-elle sèchement. Les enfants, ça va ?

— Ils regardent un dessin animé, *Wall-E*.

À mon avis, ils se le repassent pour la deuxième fois, mais mieux vaut garder cette information pour moi.

— Qu'est-ce qui est arrivé à Tarkie ? Tu l'as retrouvé ? Il va bien ?

Suze me dévisage en silence. Comme si j'avais raconté une blague pas drôle. Ou de mauvais goût.

— Je n'en ai pas la moindre idée, réplique-t-elle avec son nouvel air bizarre. Pour la bonne raison qu'il n'était pas à La Paix d'or. Et qu'il n'est pas non plus à Los Angeles. Il m'a envoyé un SMS depuis un café au bord d'une route.

— Pas possible ! Mais d'où ça ?

— Il n'a pas précisé.

Suze s'efforce de se contrôler, mais sans grand succès :

— Il ne m'a donné aucun détail. En plus, il ne répond pas à son téléphone. J'ignore où il est, j'ignore ce qu'il fabrique, il peut être n'importe où… Et c'est la faute de ton père !

— La faute de mon *père* ? je répète, sidérée.

— Il l'a entraîné à la chasse au dahu, continue-t-elle d'un ton accusateur. Apparemment ton père a

« quelque chose à remettre en ordre ». C'est quoi, ce truc ? Ils sont partis où ?

— Je ne sais pas.

— Mais tu dois bien avoir une idée !

— Non ! Aucune !

— Bex, tu n'as pas parlé à ton père ? Tu ne sais pas ce qu'il est venu faire ici ? Ça ne *t'intéresse* pas ?

Elle est si brusque que je tressaille. D'abord maman, puis Luke, et maintenant Suze.

— J'ai cherché à lui parler.

Cette excuse est si minable que j'en ai honte. Je suis nulle de ne pas l'avoir écouté attentivement.

— J'ai seulement appris que ça concerne un voyage qu'il a fait avec un vieil ami il y a des années.

— Un vieil ami ! Tu parles d'une précision ! se moque Suze. Tu pourrais être encore plus vague ?

Soudain, je ne supporte plus ce ton supérieur. Je décide de contre-attaquer.

— Pourquoi tu m'accuses ? Ce n'est pas *ma* faute !

— Bien sûr que si ! Tu ne t'es pas occupé de ton père, alors il s'est tourné vers Tarkie. Hier soir, ils se sont soûlés ensemble ! Tu le savais ? En ce moment, Tarkie est très vulnérable. Il ne devrait pas trop boire. Ton père est un vrai alcoolo.

— C'est faux ! Je dirais plutôt que c'est Tarquin qui l'a entraîné.

— N'importe quoi !

— Pas du tout.

Tandis que nous nous dévisageons, l'air mauvais, je réalise que, à nous crier dessus ainsi, nous risquons de réveiller Minnie. Plus calmement, je propose de me renseigner pour savoir où ils sont allés.

— Nous les retrouverons, Suze.

— Où est Luke ?

C'est douloureux mais je lui mens. Ce soir je n'ai pas envie de lui faire des confidences.

— Il est retourné en Angleterre. Il doit discuter avec le Trésor.

— C'est tout ce qu'il nous fallait ! Moi qui espérais qu'il nous aiderait !

Ça m'énerve de la voir aussi déprimée. Luke est absent, et alors ? On n'a pas besoin de lui. On n'a pas besoin d'un homme. J'ai peut-être tout fichu en l'air, mais je peux redresser la situation.

— Je vais t'aider, j'affirme sans sourciller. Je m'en occupe. Je vais les trouver. Suze, je te le promets.

**SOYEZGENEREUX.COM**
Donnez... Partagez... Améliorez...

Vous êtes sur la page des dons de
DANNY KOVITZ

*Message personnel de Danny Kovitz*

Chers amis,

Vous êtes nombreux à savoir que je me consacre cette année à « restituer ce qui m'a été donné », à « relever des défis personnels », à « me transformer ».

Cependant, des circonstances indépendantes de ma volonté m'obligent à renoncer à certains projets. Mais je vais désormais relever quelques challenges différents, tout aussi pénibles, que j'énumère ci-dessous. Merci de suivre les liens et de participer financièrement, avec largesse, mes chers et merveilleux amis !

Challenge, catégorie cocktails à Miami,
Challenge, catégorie spa (au Chiva Som),
Challenge, catégorie spa (au Golden Door),
Challenge, catégorie croisière (dans les Caraïbes).

Si vous désirez m'accompagner, vous êtes les bienvenus. Changeons le monde ensemble.

Bizzz,

Danny

# 21

Je commence par quoi ? Je démarre à quel endroit ? Comment dénicher un type presque sexagénaire et un aristocrate un peu perturbé à Los Angeles, en Californie ou… n'importe où ailleurs ?

Hier soir, Suze a téléphoné au commissariat, mais peine perdue ! On ne peut pas dire que les policiers aient foncé à la maison toutes sirènes hurlantes. En fait, ils n'ont pas bougé du tout. Suze ne m'a pas dit ce qu'ils lui ont raconté, mais, d'après son ton, elle était en rogne. D'après eux, papa et Tarkie font la nouba dans une boîte de nuit et ils réapparaîtront demain matin. Donc inutile de se faire du souci.

Après tout, ce n'est pas impossible.

J'ai fouillé la chambre de papa à la recherche d'indices. Je suis tombée sur un mot épinglé sur son oreiller : il partait pour « *un petit voyage* », « *pour remettre quelque chose en ordre* ». Je ne devais pas m'inquiéter car il serait rentré avec Tarquin « *aussi vite qu'un trait d'arbalète* ». À part ça, voici mes trouvailles :

1. *La carte de son voyage vieille comme mes robes,*
2. *Un exemplaire de Vanity Fair de 1972,*
3. *Une serviette en papier de Dillon's, un bar irlandais (rien à voir ?).*

Je jette encore un œil sur la carte. Je la tiens du bout des doigts tellement elle est fragile et suis la ligne de leur itinéraire tracée au stylo à bille rouge. Los Angeles… Las Vegas… Salt Lake City…

Qu'est-ce qu'il veut dire par « *remettre en ordre* » ? Il se passe quoi ?

Pour la millième fois, je m'en veux de ne pas l'avoir écouté quand il racontait son périple. Je me souviens de vagues détails et de petites anecdotes – ils ont joué leur voiture de location au poker ; ils se sont perdus dans la vallée de la Mort et ont cru y passer – mais rien de tangible. Rien qui soit susceptible de nous aider.

Au téléphone avec maman, c'est le ratage total. Elle était dans un tel état que je n'ai rien pu en tirer. Elle faisait ses bagages, aidée de Janice. Toutes deux n'avaient qu'une obsession : où mettre leur argent pour ne pas se le faire piquer pendant le trajet. Elles vont sauter dans le premier avion pour L.A., laissant Martin « de permanence au téléphone ». Maman, convaincue que papa gît dans un fossé, n'arrêtait pas de répéter : « Si le pire arrive » ou : « Si, Dieu merci, il est vivant. » J'en ai eu assez et j'ai crié : « Maman, il n'est pas mort ! » Du coup, elle m'a accusée d'être une fille sans cœur.

J'ai laissé au moins cinq messages à Leah, la sœur de Brent Lewis, mais pas de réponse. Au fond, le mieux serait de retourner au parc de mobile homes où il vivait. Bien sûr, il a été expulsé et je n'ai pas de nouvelles de sa fille, mais un de ses voisins aura bien son téléphone, non ? Il est mon seul lien avec le voyage de papa.

— Suze, si tu emmènes les enfants à l'école, je vais illico faire un tour au parc de mobile homes. Jeff me conduira.

— Comme tu veux.

Suze ne me regarde pas en face. Depuis hier soir, elle évite tout contact visuel avec moi. D'une main, elle tient son téléphone vissé à l'oreille et, de l'autre, elle fait tournoyer nerveusement son thé dans sa tasse.

— Tu parles à qui ? je demande.

— Alicia.

— Oh !

Je m'éloigne.

— Salut ! dit Suze. Non. Rien.

Je suis vexée comme un pou. Suze utilise avec Alicia une sorte de langage codé pour copines intimissimes. Le même que nous avions. Autrefois.

Leur amitié me donne presque envie de pleurer, mais il faut dire que je n'ai dormi que deux heures. Pas de nouvelles de Luke. J'ai rédigé des milliers de messages qui sont restés au stade de brouillons. Quand je pense à lui, je suis emportée par un torrent de remords. Résultat, je ne sais pas par où commencer.

J'essuie mes yeux et termine mon café.

— OK, Jeff ! On y va !

Quand il entre dans la cuisine, il est encore plus lugubre que d'habitude. Il a mal encaissé la disparition de papa et de Tarkie. Il se sent responsable et pourtant je n'arrête pas de lui assurer qu'il n'y est pour rien.

— La zone est sécurisée. Mitchell patrouille à l'extérieur avec Écho.

— Génial ! Merci.

Il se dirige vers la porte de la cuisine, la vérifie puis inspecte la solidité de la vitre de la fenêtre. Il murmure un truc dans son micro, puis retourne à la porte qu'il contrôle à nouveau. Son manège me tape sur le système !

— La cuisine est sécurisée, je dis. Écoutez, Jeff, mon père est parti, mais ce n'est pas votre faute.

— Ça n'aurait jamais dû arriver. Pas pendant que j'étais de garde.

— Bon, allons-y. On trouvera peut-être quelque chose sur place.

Je repousse ma chaise qui racle le sol.

— Suze, je te tiens au courant.

— D'acc.

Elle fait exprès de regarder au-delà de mon épaule. Elle serre les dents, elle a le cheveu terne. Je sais qu'elle n'a pas fermé l'œil de la nuit. J'essaie de l'amadouer.

— Écoute, ne te fais pas de bile. Tout va s'arranger.

Elle ne me répond pas. Je vois dans ses yeux qu'elle passe en revue les pires éventualités. Je ne peux rien ajouter.

— Bon… À plus.

Nous sommes en route depuis vingt minutes quand mon téléphone sonne. Je saute dessus. Mais ce n'est pas Suze, ni papa, ni même Luke. C'est Sage.

— Ah ! Bonjour.

— Salut, Becky !

Elle claironne dans l'appareil.

— Tu es superexcitée, Becky ?

— Pourquoi ? je réponds ahurie.

— Notre *Camberly Show* ! Il est diffusé dans dix minutes ! Je ne tiens plus en place. Aran vient de m'appeler. Il était du style : « Ma chérie, c'est déjà un immense succès ! » Tu connais le nombre de vues sur YouTube ? Et ce n'est que le trailer !

— Ouais ! Ouais !

Il faut que j'oublie papa pour me plonger dans le monde de Sage.

— Oui, j'ai vu ça : phénoménal !

C'est vrai, c'est absolument dingue. Depuis deux jours, la bande-annonce de l'émission *Le Grand Duel : Lois contre Sage* passe en boucle ! Ce matin elle était encore diffusée pendant que je préparais le café, mais on a éteint la télé parce que trop c'est trop.

(En fait, Suze a lancé son téléphone contre l'écran en hurlant : « Fermez-la ! *Fermez-la !* » J'ai donc éteint la télé.)

— Alors, tu vas le regarder ?

— Oui, je ne vais pas manquer ça, je dis en allumant le poste du 4×4. Pour le moment je suis en voiture, d'où je vais suivre l'émission. Je suis sûre que tu es fantastique.

— Je suis fabuleuse, dit Sage toute contente d'elle. Ah ! Autre chose. J'ai eu une idée géniale pour ma tenue de gala de ce soir. Rapplique en vitesse. Tu peux être là dans un quart d'heure ?

Quinze *minutes* ? Je regarde l'heure digitale de mon téléphone.

— Euh… Non. Désolée. J'ai des choses à faire ce matin. Un truc de famille vraiment urgent.

— Mais tu es ma conseillère ! proteste Sage.

— Oui, bien sûr. Je viendrai un peu plus tard, comme convenu. On en parle à ce moment-là.

Silence. Malédiction ! Sage est en pétard.

— C'est quoi, ton idée ? je m'empresse de demander. Je parie que c'est épatant.

— Impossible de t'en *parler*. Il faut que je te *montre*.

Elle pousse un soupir mécontent.

— Si tu ne peux vraiment pas venir tout de suite, on se verra plus tard. Tu vas être totalement époustouflée !

— Supergénial ! Ça doit être quelque chose ! À tout à l'heure. D'accord ?

Je raccroche et monte le son de la télé. En voyant la météo pour la côte Est, je me demande si papa et Tarkie ont sauté dans un avion.

Non. Sûrement pas. Mais, après tout, pourquoi pas ?

Même si maman et Suze en font un peu trop, je n'en mène pas large. Qu'est-ce qui prend aux gens qu'on aime de disparaître en laissant pour seule indication « *je dois remettre quelque chose en ordre* » ? Ils n'ont pas le droit de faire ça.

Soudain, le *Camberly Show* débute. Le générique balaie l'écran, entrecoupé d'images de Camberly en robe du soir courant sur la plage avec son chien et de vues de sa célèbre maison blanche, où le show est « filmé ». (Sauf que tout le monde sait que l'émission est tournée dans un studio de Los Angeles.) En général, il y a plusieurs rubriques : une interview, une chanson, une séquence recettes de cuisine et souvent un concours. Mais aujourd'hui c'est un programme spécial ! Un seul sujet : Lois et Sage. Dès que la note finale du générique résonne, la caméra se concentre sur Camberly, l'air sombre. En arrière-plan, d'immenses photos des visages de Lois et de Sage se regardant en chiens de faïence. L'atmosphère est électrique !

— Bienvenue à la maison, dit Camberly le plus sérieusement du monde. Je vous convie à une émission historique d'une heure, à un moment exceptionnel. Sage Seymour. Lois Kellerton. Leur première rencontre depuis leur terrible affrontement à la soirée des Actors' Society Awards. Nous serons de retour après ceci.

La musique revient, le générique défile à nouveau. *Déjà* la séquence pub ? Quel scandale ! Je ne m'habituerai jamais à la télévision américaine. Hier, j'ai regardé un spot qui a duré vingt minutes. Oui, vingt minutes ! (Il était très bon, je l'admets. Il vantait un barbecue qui donnait à la viande « la qualité gustative d'un grand restaurant » sans les calories. D'ailleurs, j'ai noté les références.)

Je me ronge les ongles en subissant un million de spots à la gloire de pilules analgésiques nombreuses et variées avant que Sage apparaisse à l'écran : elle est assise dans un canapé à côté d'une Camberly aux anges. Au début, c'est mortel, car elle fait répéter à Sage tout ce qui s'est passé exactement à la cérémonie, l'obligeant à n'omettre aucun détail. Dix fois elle repasse la vidéo de l'altercation, cent fois elle lui demande : « Qu'est-ce que vous avez ressenti ? »

Sage joue la fille anéantie. Elle utilise des phrases comme « Je me suis sentie trahie » et « Je ne comprends pas Lois » et « Pourquoi moi ? » Le tout d'une voix brisée. Personnellement, je trouve qu'elle en fait des tonnes.

Suit une *nouvelle* série de spots publicitaires – avant l'apparition de Lois. Même si je sais que cette mise en scène est montée de toutes pièces, mon cœur s'accélère à l'idée de les voir assises toutes les deux dans le même canapé. Comment le public américain va-t-il réagir ? J'avoue que c'est un grand moment de télévision.

Tout à coup nous retrouvons le studio : Lois entre sur scène vêtue d'un pantalon cigarette et d'une ample chemise en soie… la pochette à la main. Je ne peux m'empêcher de pousser un cri. Jeff se retourne.

— Ne vous inquiétez pas ! Je regarde la télé.

Sage et Lois se dévisagent comme deux chattes en fureur, faisant monter la tension entre elles. La caméra les filme en gros plan, passant de l'une à l'autre. Camberly, super-anxieuse les surveille en silence.

— La voilà, ta pochette !

Lois la jette par terre. Camberly sursaute et je pousse un cri indigné. Ça va abîmer les strass !

— Tu crois que je veux la récupérer ? réplique Sage. Tu peux la garder !

Minute, les filles ! Vous exagérez ! C'est une ravissante pochette. À propos, ni l'une ni l'autre ne me l'a remboursée.

— Alors, demande Camberly, vous ne vous êtes pas vues depuis la cérémonie, n'est-ce pas ?

— Non ! répond Sage sans quitter Lois des yeux.

— Et pourquoi est-ce que je *la* verrais ? intervient Lois.

Soudain j'en ai plus que marre. Ça sonne trop faux. Elles vont se battre, se balancer des vacheries puis elles vont s'embrasser et finir par pleurer dans les bras l'une de l'autre.

— On y est ! annonce Jeff en garant la voiture. Vous continuez à regarder la télé ?

— Non, je descends.

Je regarde dehors, cherchant à me repérer. Voici les portes en fer. Les rangées de mobile homes. Bon. Pourvu que je déniche quelque chose d'important.

— C'est l'adresse ? s'inquiète Jeff en inspectant les environs. Vous êtes sûre ?

— Oui, c'est bien ça.

— Alors je pense souhaitable de vous accompagner, annonce-t-il d'un ton ferme en sortant de la voiture.

— Merci, Jeff.

Il ouvre ma portière.

Jeff va me manquer.

Cette fois-ci je vais directement au 431, sans regarder ni à droite ni à gauche. L'avis d'expulsion est encore sur la porte. En face, le mobile home est bouclé. Ma carte de visite est toujours coincée dans le châssis de la fenêtre. Super ! Cette fille a mangé la commission.

Je passe devant un vieux bonhomme assis mais je n'ai pas envie de lui parler. D'une part, parce qu'il me jette des clins d'œil bizarres, de l'autre, parce qu'il y a près de lui un gros chien attaché à une chaîne. À part ce type, pas d'autres voisins à l'horizon. Alors je fais quoi maintenant ? Je m'assieds sur une chaise en plastique qui se trouve au milieu de l'allée et pousse un gros soupir.

— Vous venez voir quelqu'un ? demande Jeff qui m'a suivie sans faire de commentaires.

— Non. Enfin oui, mais il a été expulsé.

Je lui montre l'avis du doigt.

— J'aimerais savoir où il a déménagé.

— Ouais.

Jeff digère l'information pendant quelques instants.

— J'espérais me renseigner auprès d'un voisin. Savoir s'il avait laissé une nouvelle adresse ou…

— Ouais, répète Jeff en me désignant le mobile home. Il est peut-être à l'intérieur. La porte de derrière est ouverte.

Comment ? Je n'y ai même pas *pensé* ! Il est peut-être revenu. Et si papa était avec lui ? Je fonce vers la porte que je martèle.

— Y a quelqu'un ? je crie. Brent ? Vous êtes là ?

Quelques secondes plus tard, la porte s'ouvre en grand. Apparaît une fille. Un peu plus âgée que moi, je dirais, avec des cheveux blond vénitien bouclés et un visage fatigué. Elle a des yeux bleu pâle, un anneau dans le nez et une expression pas sympa du tout. Une vague odeur de pain grillé et *Beat it*, de Michael Jackson, émergent de l'intérieur.

— Qu'est-ce que c'est ?

— Bonjour, dis-je en hésitant. Désolée de vous déranger.

Un petit chien fonce sur moi et lèche mes doigts de pied. C'est un jack russell qui porte le plus mignon des harnais vert pomme.

— Trop chou ! je dis en m'agenouillant pour le caresser. Il s'appelle comment ?

— Scooter.

Mais la fille ne décompresse pas.

— Vous voulez quoi ?

— Oh, désolée.

Je me redresse et lui fais un gentil sourire.

— Enchantée !

Je lui tends la main, qu'elle prend à contrecœur.

— Je cherche un certain Brent Lewis. Vous le connaissez ?

— C'est mon vieux.

Je pousse un soupir de soulagement.

— Oh ! Génial ! C'était un ami de mon père qui, je crois, est parti à sa recherche, mais j'ignore où.

— Votre père, c'est qui ?

— Graham Bloomwood.

Elle sursaute comme si j'avais dit « le diable » ! Mais ses yeux ne me quittent pas. Franchement hostiles. Ils me transpercent tant que je me mets à flipper. Où est le problème ? J'ai dit un truc qu'il ne fallait pas ?

— Votre père c'est *Graham Bloomwood* ? elle répète enfin.

— Oui, vous le connaissez ?

— Alors vous êtes venue pour triompher ? C'est ça ?

J'en reste bouche bée. Il y a un truc qui m'échappe nettement, là.

— Mais non. Pas du tout. Pourquoi est-ce que je serais venue triompher ?

— C'est qui, ce type ? demande-t-elle en fixant Jeff.

— Oh, lui !

Je tousse pour cacher un certain embarras.

— C'est mon garde du corps.

— Votre garde du corps ! dit-elle en partant d'un rire amer et méfiant. Ça ne m'étonne pas !

C'est quoi, cette réaction ? Pourquoi ça ne l'étonne pas ? Elle ne me connaît pas…

Ah, si ! Elle m'a reconnue. Je *savais* que j'étais célèbre.

— C'est depuis cet incident stupide à la télé, je lui explique avec un petit soupir modeste. Quand on est dans ma position, il faut se protéger. Je suis sûre que vous comprenez.

Et si elle voulait un autographe ? Je devrais me

promener partout avec de grandes photos en papier glacé.

— Vous auriez une serviette ou un bout de papier ? Pour que je signe dessus ?

— C'est quoi ce cirque ? grogne la fille toujours aussi récalcitrante. Je ne regarde pas la télé. Vous êtes une vedette ?

Soudain je me trouve ridicule.

— Ah, je pensais… Non, pas vraiment…

Cette conversation ne mène nulle part.

— On peut parler ? je propose.

— Parler ? répète-t-elle avec un tel sarcasme dans sa voix que je tressaille. C'est un peu tard pour *parler*, non ?

J'en reste comme deux ronds de flan.

— Je suis désolée… Je ne saisis pas. Il y a un problème ?

— Nom de Dieu de nom de Dieu ! Écoutez-moi. Prenez avec vous votre petit garde du corps, vos petites chaussures de créateur, votre petite voix branchée, et du vent. Vu ?

Ça commence à bien faire. Pourquoi elle se met dans cet état ? Je ne l'ai jamais vue de ma vie. Et cette histoire de triomphe, ça rime à quoi ?

Et puis ma « voix branchée » ? Là elle se trompe complètement.

Mais pas la peine de s'énerver.

— Je vous en prie, recommençons de zéro. Je cherche seulement à retrouver la trace de mon père, je me fais du souci pour lui, et cet endroit est le seul où…

Je m'interromps avant de reprendre :

— Veuillez m'excuser. Je ne me suis pas présentée. Je m'appelle Rebecca.

— Je sais, dit-elle d'un ton étrange. Bien sûr !

— Et vous ?

— Moi aussi, c'est Rebecca. Nous nous appelons toutes Rebecca.

Le temps s'arrête. Qu'est-ce qu'elle veut dire ? Je n'y comprends rien. *Nous nous appelons toutes Rebecca.*

Nous sommes toutes... quoi ?

— Comment ?

— Vous le saviez, affirme-t-elle. Forcément.

Pourtant ma réaction la surprend.

— Vous deviez le savoir, insiste-t-elle.

J'ai dû rater un épisode. Ou alors je suis entrée dans un autre monde, un univers parallèle. C'est qui *nous* ?

*Bordel ! Qu'est-ce qui se PASSE* ?

— Votre père a vu mon vieux. Il y a deux jours. Ils ont dû mettre les choses au point. Hein ?

— Mais à quel sujet ? je demande, désespérée. *Quelles choses ?* Je vous en supplie, dites-le-moi.

Un long silence. L'autre Rebecca me dévisage de ses petits yeux bleus comme si elle n'arrivait pas à me situer.

— Qu'est-ce que votre père vous a raconté sur ce voyage ? Ce voyage en 1972 ?

— Presque rien. Juste quelques anecdotes. Ils sont allés voir un rodéo, ils ont mangé des glaces, mon père a attrapé des coups de soleil...

— C'est tout ? fait-elle incrédule. Rien que des coups de soleil ?

— Mais oui. Il y aurait eu d'autres choses à raconter ? Ça veut dire quoi : « Nous nous appelons toutes Rebecca » ?

— Eh, merde ! Si vous l'ignorez, ce n'est pas moi qui vais vous le dire !

— Si ! Vous devez !

— Pas question !

Elle m'inspecte des pieds à la tête, l'œil méprisant.

— J'ignore où votre père se trouve. Et maintenant tirez-vous, princesse de mes fesses !

Elle prend son chien dans les bras et – horreur ! – elle claque la porte du mobile home. Un instant plus tard, elle boucle la porte de derrière à double tour !

— Ouvrez ! je crie. Je vous en prie ! Rebecca ! Il faut qu'on parle !

Pour toute réponse, elle augmente le son de *Beat it*.

— S'il vous plaît, je supplie, au bord des larmes. Je ne comprends rien ! Je ne sais pas ce qui est arrivé !

Je tambourine sur la porte pendant une éternité, sans résultat. Soudain, une lourde main se pose amicalement sur mon épaule.

— Elle n'ouvrira pas, constate Jeff. Je vous conseille de laisser tomber. Rentrons plutôt à la maison.

Je n'ai rien à lui rétorquer. J'en ai gros sur la patate. Il s'est passé quelque chose. La réponse est à l'intérieur de ce mobile home et elle m'a claqué la porte au nez.

— Je dis qu'il faut rentrer, répète Jeff. Vous n'avez plus rien à faire ici.

— D'accord, vous avez raison. On doit se bouger.

Il me précède tandis que nous passons devant les caravanes et devant l'homme au chien méchant. Nous sortons du parc. Je vais dire quoi à Suze ? Je vais faire quoi maintenant ? L'avenir est noir de chez noir.

Quand Jeff met le contact, la télé s'allume. Je suis assaillie par un bruit de sanglots. Lois et Sage se sont réfugiées dans les bras l'une de l'autre, le mascara coule à flots. Camberly les regarde, les mains jointes devant ses lèvres avec une expression de bonheur intense.

— Je t'ai toujouououours respectée, ânonne Sage entre deux hoquets.

— Ma vie a été si difficicicile, gémit Lois.

— Lois, tu sais que je t'ai toujours aimée ?

— Moi aussi, je t'aimerai toujouououours…

Deux loques larmoyantes. Pour l'occasion, elles ont sûrement choisi un mascara qui n'est pas waterproof !

Lois prend le visage de Sage entre ses mains et lui dit tendrement :

— Tu as une belle âme.

Je ne peux m'empêcher d'éclater de rire. Qui va croire à cette « réconciliation » ? Je n'en ai aucune idée. Et je m'en contrefous. J'ai d'autres soucis. Où se trouve mon père ? Qu'est-ce qui se passe ? Qu'est-ce qui *arrive* ?

À mon retour, Suze est sortie. Sans doute avec Alicia. Sans doute lui fait-elle toutes sortes de confidences. Mais pas un mot à moi, sa plus vieille copine. Moi qui l'ai aidée à avoir son premier bébé – elle ne s'*en* souvient plus ? Moi qui ai bercé son fils pendant une semaine alors que madame dormait, elle l'a oublié ? À ce moment-là, elle était où, Alicia ? Elle descendait des cocktails à gogo et se creusait les méninges pour m'empoisonner la vie, voilà ce qui l'occupait.

Tant pis. Si Suze a choisi Alicia pour meilleure

amie, grand bien lui fasse. Tiens, en échange, je vais devenir la copine de Robert Mugabe, le dictateur du Zimbabwe.

Je lui laisse un message pour résumer la situation, avec copie à maman. Ensuite, je me sens désemparée. Je ne vais pas courir partout à la recherche de papa sans la moindre piste.

Finalement, je boucle mon sac et demande à Jeff de me conduire chez Sage. Sa maison est cernée par les paparazzis. (De vrais reporters, pas Lon et ses potes.) En m'approchant, je me rends compte qu'ils ne me verront pas à l'intérieur du 4×4. Je descends donc ma vitre et ils se mettent à me mitrailler. Je joue à la blasée jusqu'à ce que Jeff aboie :

— Remontez votre fenêtre !

(Pas de quoi piquer une crise. Je ne voulais qu'un peu d'*air frais* !)

Quand je réussis à entrer, la musique est tonitruante, des dizaines d'assistants, filles et garçons, s'agitent dans tous les sens, se préparent des smoothies et clament dans les téléphones que Sage n'est pas joignable. Sage porte un leggings gris et un T-shirt qui proclame *VA TE FAIRE VOIR !* Elle est totalement surexcitée.

— Alors, tu n'as pas trouvé le *Camberly Show* génial ? me demande-t-elle cinq fois de suite avant même d'avoir eu le temps de lui dire bonjour. C'était incroyable, non ?

— Absolument fabuleux !

Puis je me risque à lui demander :

— Tu as fait exprès de mettre du mascara qui n'était pas waterproof.

— Et comment !

Elle pointe un doigt en ma direction comme si j'avais donné la bonne réponse à un jeu télévisé.

— C'est Lois qui a eu cette idée. Les gens du maquillage n'arrêtaient pas de nous seriner : « Vous risquez de pleurer, ça arrive souvent dans cette émission », et nous leur avons répondu : « Et alors, nous voulons être *honnêtes* ! Nous voulons être sincères. Si le mascara coule, ce sera vrai, et tant pis si ça abîme votre look parfaitement artificiel. »

Je serre les dents pour ne pas éclater de rire. « Honnêtes ? » Allons bon ! Mais je me retiens, c'est ma cliente.

— Bien sûr, tu as tellement raison.

— Je sais, approuve-t-elle en se rengorgeant. Ah, les robes sont arrivées. Où sont-elles ?

Après avoir fouiné un peu partout, je déniche un carton Danny Kovitz dans un coin. Envoyées ce matin depuis son show-room de L.A., il y en a trois. Quelle star ! (Aujourd'hui, j'ai parlé à Adrien au siège de Danny Kovitz. Il vient de s'installer à l'hôtel Setai de Miami et déclare qu'il ne mettra plus jamais les pieds dans un endroit où le thermomètre affiche moins de 25° ! J'aurais dû le prévenir que le Groenland ne lui conviendrait pas.)

Je sors du carton la robe blanche perlée qui est absolument fabuleuse et l'apporte à Sage.

— Elle est sensationnelle ! je m'exclame en la disposant sur mon bras pour qu'elle l'admire. Mais comme elle est très ajustée, il faut que tu l'essaies.

Sage la caresse.

— Cool ! Je la passerai dans une minute.

— Alors, c'était quoi, ton idée géniale ?

— Oh, ça ?

Elle a un petit sourire en coin.
— Je ne te la dirai pas !
— Vraiment ? je m'étonne. Même pas un peu ?
— Attends ce soir.
*Ce soir ?* C'est une nouvelle coiffure ? Un nouveau tatouage ?
— OK. Vivement ce soir alors ! Mais j'ai d'autres robes à te faire choisir…
— Attends !
Sage est distraite par une image de la télé accrochée au mur :
— Regarde ! L'interview est rediffusée. On va toutes la revoir !
Elle appelle son staff.
— Ohé, tout le monde ! L'émission repasse ! Apportez du pop-corn !
— Trop cool ! crie une nana. Sage ! Tu es géniale !
— J'appelle Lois. Salut, bébé ! Ils la repassent ! Becky est ici. On va la regarder.
Tout en parlant, elle me tape dans la main et je remarque pour la première fois qu'elle a un piercing sur la langue. C'est son nouveau genre ?
— Installe-toi ! Relax !
Elle me désigne un immense canapé moelleux.
— OK.
Je jette un discret coup d'œil à ma montre. Ça ira. Une fois l'émission terminée, on se mettra au travail.
Sauf qu'on ne la visionne pas une fois mais quatre !
Et, à chaque passage, Sage nous livre ses commentaires du genre : « Ça se voit que je suis émue, non ? » et : « Lois est si jolie sous cet angle » et même : « J'aimerais savoir où Camberly s'est fait *reboulonner* les seins ? C'est assez réussi. »

À ce moment une assistante bondit sur ses pieds.

— Je m'en occupe !

Elle commence à taper sur son BlackBerry.

Au quatrième round, je meurs d'ennui. Pourtant, si je me voyais ici, je serais folle de jalousie. Car, enfin, regardez-moi ! Allongée sur un canapé blanc douillet avec une star de cinéma… à déguster des smoothies… à écouter ses petites blagues… Vous auriez l'impression que je suis au paradis. En fait, tout ce que je veux c'est rentrer chez moi et voir Suze.

Mais c'est impossible. Sage n'a pas encore choisi sa robe. Dès que je lui en parle, elle me dit : « Oui, bien sûr ! » en agitant vaguement la main. Cinquante fois, je lui répète que je dois récupérer Minnie au jardin d'enfants et que je n'ai pas toute la journée, mais elle semble s'en moquer comme de son premier casting.

— OK ! Allons nous occuper de nos ongles ! décide-t-elle en se levant. C'est l'heure du spa. On a réservé, non ?

— Absolument, la rassure une assistante. Les voitures nous attendent.

— Cool !

Sage se met à chercher autour de la table basse.

— Où sont mes *chaussures* ? Elles ont glissé sous le canapé ? Christopher, trouve-les-moi ! ordonne-t-elle au plus séduisant de ses esclaves qui se met tout de suite à quatre pattes.

Je ne comprends pas ce qu'elle a dans la tête. Ce n'est pas le moment d'aller dans un spa. Je cherche à attirer son attention.

— Sage ? On devrait décider de ton look pour ce soir, non ? Tu devais essayer les robes !

— Oui, bien sûr, elle répond vaguement. Nous allons nous en occuper. Nous en parlerons au spa.

— Impossible de t'accompagner, je lui rétorque patiemment. Je dois récupérer ma fille.

— Sa gamine est un *tel* chou ! annonce Sage à ses assistants qui fredonnent en chœur : « Oh un chou, un chou-chou ! Adorable ! »

— Alors pour les robes ?

— Je les essaierai toute seule, m'assène-t-elle soudain très concentrée. Je n'ai pas besoin que tu sois là. Becky, tu as vraiment fait du bon boulot, merci !

Elle se tourne vers Christopher.

— Tu es un ange.

Et elle enfile ses chaussures.

Elle n'a pas besoin de moi ? C'est comme si elle m'avait giflée !

— Mais je ne t'ai pas encore expliqué chaque look, j'insiste, ahurie. Je voulais être présente pendant les essayages, t'aider à choisir les accessoires, voir si des retouches sont nécessaires…

— Je me débrouillerai.

Elle se pulvérise du parfum, me regarde dans les yeux :

— Allez ! Va jouer avec ta fille !

— Mais…

Si je ne peux pas l'aider à se créer un look, je ne suis pas sa conseillère. Mais sa livreuse.

— T'as une voiture pour te ramener, hein ? Alors à ce soir !

Sans me laisser placer un mot, elle s'esquive. Un brouhaha s'élève de la meute des paparazzis accompagné par le bruit des voitures qui démarrent. Bref le tohu-bohu habituel qui entoure Sage dès qu'elle met le nez dehors.

Je suis seule, à l'exception de l'employée de maison occupée à ramasser en silence les gobelets et à retirer les miettes de pop-corn des sièges. Pendant une seconde, je me sens à plat. Tout ça est complètement inattendu. J'avais plein d'idées pour elle, mais la mode n'a pas l'air de l'intéresser.

Pourtant, quand j'appelle Jeff au téléphone, je cherche à voir le côté positif des choses. Allons. Ça roule ! J'ai été chez elle, je lui ai donné la base de sa garde-robe dc cc soir. Quand les gens demanderont qui est sa conseillère de mode, elle dira « Becky Brandon ». Je dois profiter de cette occasion en or. Quoi qu'il arrive, elle est mon sésame pour les plateaux d'Hollywood.

En approchant de la maison, j'aperçois Lon qui fait les cent pas devant ma grille. Il gesticule pour stopper la voiture. Il porte un bandana jaune citron et des cuissardes.

— Pirate ! crie Minnie agrippée à sa peinture « inspirée de Rothko ». (Elle est excellente. Elle mérite d'être encadrée.) Voir pirate !

— Becky ! il hurle quand nous passons à côté de lui. Becky, écoutez ! Vous ne devinerez jamais !

J'ai un point faible ! Je ne résiste pas quand on me dit : « Vous ne devinerez jamais ! » Les grilles s'ouvrent.

— Jeff, arrêtez-vous une seconde !

— *M'arrêter ?*

— Je veux parler à Lon. Oui, à ce type-là.

— Rebecca, vous connaissez les risques que vous courez sur la voie publique. Je vous recommande de ne pas sortir du véhicule.

— Jeff, voyons ! je m'exclame en levant les yeux au ciel. C'est Lon. Il étudie le stylisme. Ce n'est pas comme s'il trimballait un *pistolet* !

Bon, dire « pistolet » était une gaffe. Jeff se tend instantanément. Il est en vigilance rouge depuis la disparition de Tarkie et de papa.

— Si vous désirez côtoyer cette personne, je dois d'abord sécuriser les lieux.

À voir sa réaction, j'ai envie de pouffer. Il ressemble à un majordome amidonné des années 1930 à qui j'aurais dit que je voulais parler à un clodo.

— Bien. Sécurisez les lieux.

Il me jette un regard de chien battu et sort. Une minute après, ne voilà-t-il pas qu'il fouille Lon !

Mais ça ne semble pas déranger ce dernier. En fait, il est enchanté, au point de prendre des photos de Jeff avec son portable, qui revient enfin.

— Les lieux sont sécurisés.

Je le remercie et descends du 4×4.

— Lon, salut ! Comment ça va ? Superbes cuissardes ! Désolée pour ces problèmes de sécurité.

— Non, pas de problème. Votre garde du corps est si cool.

— Oui, c'est vrai qu'il est sympa.

— Vous devez vous super-méfier des dingos, déclare Lon avec un certain respect dans la voix. J'ai vu votre chien de garde qui patrouillait dans la propriété.

Sous le regard ébloui de Lon, je m'épanouis.

— Vous savez, dis-je en rejetant mes cheveux en arrière, dans ma position, je dois prendre certaines précautions. On ne sait jamais qui peut vous vouloir du mal.

— Combien de fois votre vie a été en danger ? demande Lon bouche bée.

— Oh, *pas* tellement. Juste le nombre normal.

Et je me dépêche de changer de sujet.

— Alors, qu'est-ce que vous vouliez me dire d'urgent ?

— On a vu le camion de livraison de Danny Kovitz débarquer spécialement chez vous. Il y a un petit moment. J'ai bavardé un peu avec le chauffeur. Comme il travaille au show-room, il est au courant de tout. C'est votre robe pour ce soir.

— Danny m'a envoyé une robe ?

Je suis tellement touchée que je souris de toutes mes dents.

— Elle fait partie de la nouvelle collection « Arbres et Clôtures ». Personne ne l'a encore vue, m'explique Lon au bord du délire. Danny prétend qu'elle vient directement de son âme.

Les dernières collections de Danny ont toutes des noms doubles, style « Machin et Machin ». Il y a eu « Métal et Philosophie ». Ou encore « Désir et Écarlate ». Les journalistes de mode et les blogueurs discutent à longueur d'articles pour interpréter leur sens, mais si vous me demandez mon avis, il prend deux mots au hasard dans le dictionnaire, choisit deux caractères différents et leur donne une signification profonde ! Mais, vu l'état d'extase avancé de Lon, je garde cette déduction pour moi.

— La collection est restée ultrasecrète, continue-t-il. Il y a eu des rumeurs sur le Net, mais *personne* ne sait rien. Alors, vous allez vraiment la porter ce soir ? Et on pourra prendre des photos ? Mes amis et moi ?

L'espoir chiffonne son visage et il plie son bandana en carrés de plus en plus petits.

— Bien sûr ! Je pars à six heures mais je descendrai cinq minutes avant pour vous la montrer.

— Ouais !

Les traits de Lon se détendent.

— Nous serons là ! Merci, Becky ! Vous êtes la plus star des stars.

Et il pianote comme un malade sur son portable.

En pénétrant dans la maison, voilà longtemps que mon moral n'a pas été aussi haut. Danny m'a fait parvenir une robe ! Je vais être le point de mire ! Nenita Dietz va être impressionnée à mort. Mais mon euphorie tourne court et se transforme en chape de glace quand j'aperçois Suze. Assise dans la cuisine, elle est entourée de feuilles de papier qu'elle a noircies de son écriture. Ses cheveux sont noués à la va-vite. L'air de la *Petite Sirène* me provient de la pièce d'à côté ainsi qu'une odeur de toasts : c'est ce que les enfants ont eu pour leur goûter.

Sur la table trône un cabas flambant neuf de La Paix d'or. Alicia a dû le lui offrir ainsi que le sweat-shirt qui en dépasse. Je connais son système : elle veut acheter l'amitié de Suze.

— Quel joli sac !

— Merci, répond-elle sans lever le nez. Alors, tu es de retour.

Je n'apprécie pas son ton de reproche, tout à fait injuste à mon avis.

— Je suis revenue plus tôt, je précise. Mais tu étais sortie.

*Avec Alicia*, j'évite d'ajouter.

— Suze, tu as des nouvelles ? je demande.

Je sais qu'elle n'en a pas, car j'ai interrogé mon portable toutes les cinq minutes, mais je pose quand même la question.

— Non, rien. J'ai appelé tous les amis de Tarkie, mais aucun d'entre eux n'a pu me donner la moindre piste. Et toi ? Tu as parlé au copain de ton père ?

— Je suis allée au parc de mobile homes. J'ai fait ma petite enquête.

— Ah, oui ! J'ai eu ton message.

Elle arrête de griffonner, pose ses pieds sur sa chaise, enlace ses genoux. Son visage tendu me donne envie de la prendre dans mes bras, de lui tapoter le dos comme je l'aurais fait autrefois. Mais voilà… Je ne peux pas. Le courant ne passe plus entre nous.

— Tu as fait la connaissance d'une autre Rebecca ? C'est tellement bizarre.

Je lui raconte mon expédition. Elle m'écoute en silence.

— Tout tourne autour de mon père, mais c'est mystère et boule de gomme.

— Mais qu'est-ce que ça veut *dire* ? Surtout, pourquoi entraîner Tarquin dans cette histoire ?

— Je ne sais pas ! À cette heure-ci, maman est dans un avion, et je ne peux rien lui demander. D'ailleurs, elle ignore tout…

Je cesse de parler. Un truc posé sur le comptoir de la cuisine m'intrigue. C'est un carton marqué *Danny Kovitz*.

Ma robe ne devrait pas être ma priorité du moment. Pourtant, ça me démange de la voir. Je ne sais même pas si elle est longue, courte ou mini…

— J'ai rappelé la police, reprend Suze. Une bande

de bras cassés ! Ils m'ont dit de remplir une fiche. Tu parles d'une aide ! J'ai besoin qu'ils battent la *campagne* ! Ils m'ont répété : « Mais où chercher ? » Je leur ai dit : « C'est à vous de trouver. Mobilisez des agents ! » Alors ils m'ont rétorqué : « Est-il possible que ces deux messieurs soient partis pour un petit voyage ensemble ? » Et je leur ai répondu : « Justement, ils sont *partis* en voyage. Le *problème*, c'est que nous ne savons pas *où.* »

Tout en l'écoutant, je me rapproche en douce du comptoir. Je soulève un coin du couvercle. Un léger bruit de soie froissée accompagne mon geste. Ainsi qu'une odeur divine. Une habitude de Danny : avant d'expédier ses robes, elles sont vaporisées avec le parfum qu'il a créé. J'écarte le papier argenté et j'aperçois une bretelle en anneaux de cuivre. Waouh !

— Becky, qu'est-ce que tu fabriques ?

Je saute au plafond.

— Oh ! Je jetais juste un coup d'œil.

— Encore des « fringues indispensables » pour Sage ?

— Pas pour Sage, pour moi ! Je la porte ce soir. Danny me l'a envoyée en exclusivité. C'est de la collection « Arbres et Clôtures »…

Je me tais. La cuisine est plongée dans le silence. Suze me dévisage d'un air indéfinissable.

— Tu as toujours l'intention d'aller à cette première ?

— Oui.

— Je vois.

Suit un silence aussi long que le premier. L'atmosphère est à couper au couteau. Au point que j'ai envie de hurler.

— Comment ? je demande enfin. À ton avis, je devrais m'abstenir ?

— Je rêve, Bex ! Tu as vraiment besoin de me poser la question ?

La violence de son ton me prend par surprise.

— Ton père a disparu, Tarkie aussi, et tu vas à une connerie de première ! Comme égoïste, tu te poses là ! Enfin, qu'est-ce qui compte pour toi dans la vie ?

Elle exagère ! J'en ai assez d'être « réprimandée » par Suze. Par elle et par le *monde entier*.

— Ton père a disparu sans laisser de traces et il a emmené Tarkie avec lui, répète-t-elle. On ne sait rien de plus. Ils ont peut-être de gros ennuis…

Cette fois, j'explose :

— Et alors ? Qu'est-ce que je peux y faire ? Ce n'est pas ma faute s'ils se sont tirés ! J'ai une chance de percer à Hollywood, une *chance unique*, Suze, c'est tout. Si je la laisse passer, je le regretterai toute ma vie.

— Les tapis rouges ne vont pas s'envoler, rétorque Suze d'un ton cinglant.

— Mais je ne vais pas avoir des tonnes d'occasions de donner des interviews à la télé. Nenita Dietz ne va pas m'attendre au garde-à-vous ! Je ne vois pas l'intérêt de poireauter ici, à me tourner les pouces, alors qu'il ne se passe rien de nouveau. Fais-le, si ça te plaît. Peut-être qu'Alicia peut venir te tenir compagnie, j'ajoute avec amertume.

Je m'empare du carton et sors de la cuisine sans lui permettre de m'en rajouter une couche.

Pendant que je me prépare, deux petites voix se disputent dans ma tête. La mienne et celle de Suze.

Ou bien c'est celle de Luke. À moins qu'elles ne m'appartiennent toutes les deux. Je ne sais pas à qui elles sont mais, à six heures moins le quart, elles me tapent vraiment sur le système. Peu importe ce qui est raisonnable ou ce qui ne l'est pas, je veux juste foncer.

Je me regarde dans la glace et m'entraîne à prendre une pause *red carpet*. Je suis belle. Enfin, je le pense. J'ai un peu exagéré niveau maquillage, mais je ne veux pas paraître pâlotte à côté de toutes ces stars. Normal, non ? Et la robe de Danny est absolument géniale. Elle est courte et ajustée dans un tissu noir qui m'avantage. L'unique bretelle est faite d'une succession de minuscules anneaux en cuivre. (Ils s'enfoncent dans ma peau et vont sans doute laisser des marques, mais ça m'est bien égal.) Je porte des stilettos noirs archipointus et une pochette (elle était dans le carton avec la robe) recouverte de minuscules lamelles de cuivre. Pas de doute, je ressemble au top du top des conseillères de mode.

J'ai de l'énergie à revendre. Comme si j'allais monter sur un ring. Ça y est ! Nous y *voilà*. Le grand soir. Je dessine mes lèvres avec soin quand le téléphone sonne. Je le mets sur haut-parleur.

— Allô ?

— Becky ?

La voix d'Aran envahit ma chambre.

— En forme pour ce soir ?

— Et comment ! Je ne peux plus attendre.

— Extra ! Voici donc le programme. Tout le monde te veut ! Tu vas parler sur NBC, sur CNN et sur Mixmatch, la chaîne de la mode…

Tandis qu'il continue, j'ai du mal à rester concentrée. Tout semble surréaliste. Je passe sur NBC !

— Il suffit que tu sois brillante et positive. Force sur le charme britannique, et tu vas faire un malheur. À plus tard !

— On se voit là-bas !

Je m'asperge de parfum et m'inspecte dans la glace. Le charme britannique ? Ça veut dire quoi ? L'accent d'Oxford ?

Je m'exerce.

— Hum, excellent, mon cher Watson !

Non ! Quand même pas !

En descendant l'escalier, j'entends Suze approcher. Je me hérisse, prête au combat, serrant ma pochette de toutes mes forces. Elle se tient dans l'entrée, Minnie dans les bras. Elle me toise des pieds à la tête.

— Tu es superbe, commente-t-elle d'un ton glacial.

— Merci, je réponds sur le même ton.

— Ça te mincit.

Elle dit ça comme si c'était un reproche.

— Merci.

Je sors mon portable et vérifie mes mails. J'en ai de Jeff qui m'annonce qu'il est dehors, mais rien de Luke. Même si je n'attendais rien, je suis si déçue que mon cœur se serre.

— Je resterai connectée, au cas où... Enfin, si tu as des nouvelles.

— Amuse-toi bien !

Elle change Minnie de hanche et je lui lance un regard haineux. Pourquoi porte-t-elle ma poupinette ? Uniquement pour me donner des remords.

— Tiens, voici mes coordonnées pour la soirée.

Je lui tends une liste imprimée.

— Je te remercie de t'occuper de Minnie.

— Mais c'est un plaisir !

Sa voix n'est que sarcasme. Je me dis que c'est parce qu'elle est archistressée à cause de papa et de Tarkie.

Après tout, moi aussi, je suis stressée. Mais ce que j'éprouve dépasse tout. Une giga-excitation. NBC… le tapis rouge… une robe de grand couturier… Comment *ne pas* grimper au plafond ? Suze pourrait le comprendre, non ?

— J'espère que tu vas passer la meilleure soirée de ta vie, m'assène Suze au moment où j'ouvre la porte.

— Certainement. À plus tard.

J'ai à peine un pied dehors que j'entends un énorme rugissement. Je m'arrête net. Incroyable mais vrai ! Lon a dû alerter toute son école de stylisme pour venir voir ma robe. Ils sont là, agrippés aux grilles, pointant leurs caméras et leurs téléphones.

— Ouvrez ! j'ordonne à Jeff en approchant de la foule.

Je la salue gracieusement comme si j'étais dans un carrosse.

— Becky ! crie Lon.

— Beckyyyy, appelle une fille en robe chemisier noire. Par ici !

— Vous êtes magnifique !

— On peut voir le dos ?

— Danny vous a confié quelque chose au sujet de la robe ? Qui l'a l'inspirée ?

Tout en posant, tout en regardant à gauche et à droite, je jette des coups d'œil vers la maison. J'espère que Suze n'en manque pas une bouchée et qu'elle entend les cris d'admiration. *Alors*, elle comprendra !

## 22

Ils ont enfin fini de me photographier et j'ai donné deux courtes interviews à propos de Danny pour des blogs de mode. Me voici en route pour la première. J'ai un peu le tournis. Ça sera génial. *C'est* déjà génial.

Le gala a lieu à l'El Capitan et, d'après le vacarme que j'entends, je devine que nous sommes proches du but. La musique sourde ébranle la voiture. Des cris s'élèvent, quelqu'un donne un coup de poing sur le toit, ce qui me fait sursauter.

— Ça va ? s'inquiète Jeff.

— Très bien, dis-je enivrée. Quelle fête !

Ce film d'action raconte l'histoire de deux artistes de cirque qui réussissent à déjouer une attaque terroriste. Ils utilisent tous les animaux et leurs talents pour accomplir leur tâche, mais le tournage a failli s'arrêter quand un éléphant est devenu dingue.

Jeff doit montrer patte blanche (je veux dire des tas de laissez-passer), ce qui me donne le temps d'observer la foule. Des visages se pressent contre le 4×4 cherchant à voir à l'intérieur malgré les vitres opaques. Ils s'imaginent sans doute que je suis Tom Cruise ou une autre célébrité de ce calibre !

— Mince alors ! jure Jeff qui tente de nous frayer un chemin, cet endroit est chaotique. Vous voulez vraiment continuer ?

Franchement ! Il ne va pas s'y mettre, lui aussi !

— Absolument.

Je sors de mon sac le livre d'autographes de mon père. Je l'ai pris avec moi, bien décidée à obtenir autant de signatures que possible. Suze ne pourra *plus* me traiter d'égoïste !

Nous avançons au pas au milieu d'une file de voitures. Je vois le manège : à point nommé, le chauffeur s'arrête, la portière est ouverte, la personne connue descend et la foule délire. Deux limousines (on dit « limos ») nous précèdent. Bientôt ce sera mon tour !

— Vous m'envoyez un SMS dès que vous voudrez sortir de là, me prévient Jeff. Ou vous m'appelez. Au moindre ennui, vous téléphonez.

— C'est d'accord.

Je m'inspecte une dernière fois. Mon cœur s'accélère. J'y suis. Il faut que je sorte avec élégance de la voiture, je dois garder mon calme, me souvenir du nom du couturier qui a créé ma robe…

— Allez, c'est à vous !

Jeff stoppe, et un type avec une oreillette ouvre ma porte. Je descends. Me voici sur le tapis rouge. Le vrai de vrai. Je suis une des leurs.

Comme hypnotisée par l'ambiance, je me fige. La musique braille encore plus fort. Tout est si grand, si gai, si spectaculaire. Le hall de l'El Capitan ressemble à un chapiteau de cirque avec des acrobates, des trapézistes qui se promènent partout. Il y a aussi des cracheurs de feu, des jongleurs, une contorsionniste en bikini à paillettes et un maître de piste qui fait claquer son fouet.

Et il y a un éléphant, un vrai Dumbo qui arpente l'entrée sous les ordres de son dresseur. La foule s'affole pour un jeune type en jean qui doit appartenir à un groupe, et je me retrouve à dix mètres de Hilary Duff… et d'Orlando Bloom qui signe des autographes.

— Rebecca ?

Une fille en pantalon noir s'approche de moi, un sourire commercial aux lèvres.

— Je m'appelle Charlotte. Je vous escorterai sur le tapis rouge. Soyez gentille, avancez !

— Bonsoir, Charlotte !

Je la salue d'un grand sourire et lui serre la main.

— C'est *fantastique*, n'est-ce pas ? Regardez les jongleurs ! Et l'éléphant !

Elle semble étonnée.

— Bon, d'accord ; enfin, avançons !

Les flashes éclatent partout. Bien la peine de m'être exercée depuis des jours et des jours à prendre la pose des stars pour finir obligée d'avancer comme du bétail. Zut ! Je n'ai pas assez étudié la démarche people ! C'est comment ?

Peut-être qu'il faut glisser comme un planeur. Je vais me lancer. En fléchissant légèrement la jambe ?

— Vous vous sentez bien ? s'inquiète Charlotte en me regardant de travers.

Je me redresse immédiatement.

— Voyons, nous avons votre séance photo et ensuite vos interviews…

Ni l'éléphant, ni les cracheurs de feu, ni les célébrités ne semblent la passionner. En fait, ce gala la laisse totalement indifférente.

— C'est à vous !

Sans me prévenir, elle me pousse sur un bout de

tapis rouge inoccupé, en face d'une rangée de photographes qui se mettent à crier :

— Becky ! Becky ! Par ici !

Je me dépêche de me mettre en position : jambes croisées, menton baissé, œil étincelant, sourire de star…

Je m'attends à ressentir une joie immense… mais c'est étrange. Rien ne se passe. Et puis, quand je suis enfin prête, c'est déjà fini. Charlotte m'entraîne vers une rangée de caméras de la télévision.

C'était plus amusant quand j'étais avec Suze et que nous ricanions de tout…

Non. Becky, ne sois pas bête. Cette soirée est fantastique. Je suis désormais une célébrité. Je fais partie du clan. J'ai des tas de choses à dire sur les tenues de Sage, sur ma robe, sur la mode… Je meurs d'impatience.

— Votre première interview est pour Fox News, me murmure Charlotte à l'oreille en me poussant vers une caméra.

J'arrange mes cheveux tout en espérant que mon rouge à lèvres n'a pas taché mes dents, et je prends mon expression la plus intelligente.

— Bonjour, Betty, dit une femme en tailleur-pantalon qui semble sortir de chez le coiffeur. Nous sommes ravis de votre présence parmi nous.

— Merci, je réponds en souriant. Mais je m'appelle *Becky* !

— Betty, continue-t-elle imperturbable, vous avez été témoin de l'incident quand Lois Kellerton a commis un vol à l'étalage. Avez-vous revu Lois depuis ?

Je suis abasourdie. Que dire ? Je me vois mal répondre : « Oui, je me suis introduite dans sa maison quand elle complotait pour duper le public américain. »

— Hmm… non.

— Si vous la voyez ce soir, vous lui direz quoi ?

— Je lui souhaiterai bonne chance.

— Comme c'est charmant ! Merci encore, Betty ! J'espère que le film vous plaira !

Mais qu'est-ce qu'elle fiche ? Voici que Charlotte me pousse plus loin. C'est tout ? C'était ça, mon interview ? Ce que je fais dans la vie ne les intéresse pas ? Ils ne veulent pas savoir qui a dessiné ma robe ?

— Au tour de TXCN, me glisse Charlotte.

Une autre caméra de télévision m'attend. Un grand roux me sourit.

— Bonsoir, Betty, dit-il avec l'accent traînant du Sud. Comment ça va ?

— Mon nom est *Becky*, je rectifie poliment.

— Alors, le vol à l'étalage, c'est un crime ou une maladie ?

*Quoi ?* Quelle question ! Je n'en sais fichtrement rien ! Je bégaie une vague réponse, me sentant bête comme mes pieds et, avant de m'en rendre compte, je fais face à une autre caméra. Là, le type veut savoir si Lois s'est débattue quand je l'ai arrêtée. Quant à la journaliste suivante, elle me demande si Lois a commis ce vol à l'étalage parce qu'elle était enceinte. Je n'ai jamais l'occasion de parler de ma robe, ni de dire que je suis la conseillère de mode de Sage. Et, en plus, ils m'appellent tous Betty !

— Mon nom est *Becky* ! je rappelle à Charlotte, pas Betty !

— Ah bon, fait-elle pas concernée pour un rond, ils ont dû se tromper dans le communiqué distribué aux médias.

— Mais…

Je stoppe net au milieu de ma phrase.

— Mais quoi ?

J'allais dire : « Comment se fait-il qu'ils ne connaissent pas mon nom ? » Vu la tête de Charlotte, je change d'avis.

Je ne suis donc pas aussi célèbre que ça. Je me sens humiliée sans pour autant le montrer, enfin je l'espère. Charlotte m'emmène devant un autre reporter qui me fourre un autre micro sous le nez. Je bredouille quelques phrases où j'affirme que je suis ravie que Sage et Lois se soient réconciliées et que, oui, j'ai vu l'interview… quand s'élève une immense clameur. Je ne peux m'empêcher de me retourner.

C'est Sage !

Elle se dresse au milieu des photographes comme fous. Oui, cinglés ! Ils crient de plus en plus fort, les flashes crépitent comme des éclairs pendant une nuit d'orage, la foule charge dans la direction de Sage, se presse contre les barrières de protection, tenant à bout de bras téléphones et livres d'autographes.

Elle, elle est aux anges ! Elle pose dans la robe blanche de Danny, une réussite sensationnelle, fait virevolter ses cheveux, envoie des baisers à la ronde. Et puis, coup de théâtre ! Dans un mouvement de bras un peu trop violent… la couture de sa robe se déchire. Quelle horreur ! Tout le côté s'ouvre, exposant sa chair nue !

Sage pousse un hurlement, agrippe sa robe tandis que les photographes se déchaînent pour immortaliser cette image. Je demeure bouche bée face aux perles blanches roulant sur le tapis rouge. Cet après-midi, sa tenue était parfaite. Absolument *impeccable*. Elle a dû la bidouiller. C'était donc ça, le plan secret dont elle ne voulait pas me parler ! S'arranger pour que sa robe craque ! Une fille en pantalon noir lui propose un manteau, mais Sage fait semblant de ne pas l'entendre, trop occupée à sourire aux caméras.

Danny va me *tuer*. D'autant qu'il a un complexe quant à la solidité de ses vêtements. Et ça depuis un malheureux incident chez Barneys, où les coutures de ses créations n'avaient pas tenu. Il va me reprocher de ne pas avoir vérifié que la robe était parfaite, je lui confesserai que Sage m'a interdit de l'approcher et il me dira que j'aurais dû insister…

Plus question d'annoncer à tout le monde que je suis la conseillère de mode de Sage. Les gens vont se tordre de rire. Mes projets tombent à l'eau.

Charlotte qui écoutait dans son oreillette se tourne vers moi.

— Rebecca, c'est terminé pour vous, m'annonce-t-elle avec son sourire commercial. Vous pouvez entrer dans la salle. J'espère que vous aimerez le film.

— Oh ! c'est tout ?

— Oui, c'est tout, répète-t-elle poliment.

— Mais je devais avoir des tas d'interviews, non ?

— Le programme a changé. À l'intérieur, quelqu'un vous mènera à votre place. Passez une bonne soirée.

Je suis consternée. Une fois dans la salle, ce sera terminé pour moi.

— Vous permettez que je reste ici encore un peu ? Je voudrais… m'imprégner de tout ça.

Elle me dévisage comme si j'étais folle.

— Bien sûr !

Elle hausse les épaules et m'abandonne à mon triste sort. Au début, je suis mal à l'aise à rester plantée là sans rien faire. Mais je décide de réagir : j'observe les nouveaux arrivants, les caméras, les célébrités qui accordent des interviews. Courage, Becky ! Tu es sur le tapis rouge. Tant pis si Sage a bouleversé mes plans, je peux encore prendre du bon temps. Être positive.

Le groupe Heaven Sent 7 vient de faire son entrée, et les ados deviennent hystériques. Moi-même, je frissonne de plaisir. Ils sont géniaux ! Je sors mon téléphone pour envoyer un SMS – mais je m'arrête au milieu d'un mot. Impossible de partager ce moment avec Luke. Ou avec Suze. Ou avec maman.

Ni avec papa, évidemment.

Sans le vouloir, je pousse un énorme soupir que je compense par un immense sourire. Je ne peux quand même pas me lamenter en plein tapis rouge. Le comble du ridicule ! Tout va bien ! Tout est fabuleux ! Tout est…

Ah ! Voici Aran, impeccable dans un smoking noir et une chemise bleue à col ouvert. Soulagée, je me précipite vers lui. Les mains dans les poches, il surveille Sage de son air ironique et détaché. Quelqu'un lui a prêté un minitrench-coat qu'elle a jeté sur sa robe. Elle ne cesse de parler à une bande de reporters.

— Salut, Becky !

Il me plante un bisou sur chaque joue.

— Tu t'amuses bien ?

— Oui, je réponds machinalement. C'est fantastique.

— Tant mieux, je suis ravi.

— Mais tu as vu la robe de Sage ? Elle s'est littéralement disloquée.

— Évidemment, je n'ai pas manqué ça !

— Cette robe lui a été prêtée par un de mes amis. Un créateur très célèbre. Et elle l'a bousillée exprès.

J'aimerais éviter de l'accuser, mais c'est impossible.

Aran grimace.

— Oh ! Je suis certain qu'on trouvera une compensation…

— Ce n'est pas une question d'argent ! C'est un tel manque de respect ! Désormais, je ne peux plus dire à personne que je suis sa conseillère de mode ! J'étais venue ici ce soir dans le but de me lancer ! Je lui ai procuré cette robe qui lui allait à merveille et voilà qu'elle la massacre…

Ma voix tremble. Je suis vraiment furieuse.

— Ouais, laisse tomber, me conseille Aran comme s'il avait un plan. Tu as déjà rencontré Nenita ?

— Non.

— Nous allons arranger ça.

— Super. Merci.

À ma grande consternation, je sens une larme couler sur ma joue. Je l'essuie très vite, mais Aran l'a remarquée.

— Becky ? Tu te sens bien ?

— À peu près. Enfin, pas vraiment. Mon père a disparu, je me suis disputée avec Luke et avec ma meilleure amie… Personne ne *saisit* ce que je fais ici. L'importance de cette soirée.

J'étends mes bras pour bien me faire comprendre.

— Becky, tu ne m'étonnes pas.

— Vraiment ?

— Ça arrive. Tu n'es plus n'importe qui, souviens-t'en !

Il reste de marbre, une attitude que j'envie un instant. On dirait que tout glisse sur lui, comme sur un revêtement en Teflon. Si le monde touchait à sa fin, il dirait : « Ainsi vont les choses ! »

Et que signifie son « Tu ne m'étonnes pas » ?

— Je vais chercher Nenita.

Il me tapote l'épaule avant de s'éloigner.

Restée seule, je regarde autour de moi pour savourer cette soirée, mais soudain elle me semble un peu trop brillante. Trop de lumières. Trop de sourires dents blanches, trop de flashes, de strass, de bijoux, de cris. Comme si l'atmosphère était électrifiée. Mes cheveux me démangent, ma jambe me picote…

Oh ! Non ! c'est le vibreur de mon portable. Suze est au bout du fil. Terrifiée, je réponds.

— Tout va bien ? Il s'est passé quelque chose ?

— Mon Dieu, Bex.

Sa voix désespérée m'angoisse.

— Alicia a eu des nouvelles. Ils sont partis avec Bryce.

— *Bryce* ? je répète dans le brouillard. Bryce de La Paix d'or ?

— Ton père avait une sorte de mission à accomplir, et il a demandé son aide à Tarkie. Et Tarkie a prié Bryce de les accompagner. Bryce ! Alicia est persuadée qu'il en veut à notre argent. Il veut monter un truc pour concurrencer La Paix d'or et il tente d'endoctriner Tarkie pour qu'il le finance, et nous ne savons pas où ils sont allés…

— Suze, calme-toi ! Tout va s'arranger.

— Mais il est diabolique ! crie-t-elle au bord de l'hystérie. En plus ils sont partis en voiture dans le désert avec lui !

— Nous les retrouverons. Juré ! Suze, essaie de récolter tous les renseignements que tu peux…

Elle cherche à me dire autre chose, mais je ne la comprends pas. Elle est au bord de la crise de nerfs, sa voix est inaudible.

— Suze ?

Elle a raccroché. Je suis consternée. Bryce, Tarquin, mon père, au milieu de nulle part ? Qu'est-ce que maman va dire ? Qu'est-ce qu'on va faire ?

— Becky ?

Aran réapparaît, l'œil pétillant.

— Viens, je vais te présenter Nenita. Dans ton monde de la mode, c'est une vedette, non ?

— Euh… oui. Un poids lourd !

Comme sur un nuage, je le suis sur le tapis rouge, titubant un peu sur mes hauts talons. C'est le moment le plus important de ma carrière. Rencontrer Nenita Dietz. J'évacue les problèmes de ma vie privée. Je dois me concentrer.

Nenita s'entretient avec un groupe de gens et nous patientons à l'écart. Elle est *incroyable* ! Elle porte un immense manteau de fourrure bleu et des bottes métalliques pointues. Les projecteurs font étinceler les mèches rouges et or qui parsèment ses longs cheveux bruns ondulés. Elle doit s'être collé au moins trois couches de faux cils. D'où je me tiens, je crois voir une princesse de conte de fées.

— Nenita Dietz, dit Aran gaiement, permets-moi de te présenter Becky Brandon.

— Becky !

En prenant sa main, j'ai presque envie de lui faire la révérence. Comme à la reine. Après tout, elle est la *reine* des stylistes d'Hollywood !

— Bonjour ! j'articule nerveusement. J'adore votre travail. En fait, moi aussi, je suis styliste. J'étais conseillère personnelle chez Barneys, mais j'aimerais travailler pour le cinéma. Je vous admire plus que tout. Surtout dans *Clover*. Les vêtements étaient exquis.

J'ai cité *Clover* parce que c'était un film à petit

budget dont elle a créé les costumes il y a quelques années. Peu de gens l'ont vu, mais j'espère ainsi marquer un bon point. Mais elle n'est pas intéressée par ce que je pense du film.

— Alors c'est vous !

Elle me pointe du doigt en clignant des yeux.

— Vous êtes celle qui a vu Lois en train de voler dans un magasin et qui a ébruité l'affaire dans le monde entier !

— Hmm, oui. J'en ai parlé à une seule personne… ou peut-être à deux.

— Lois est une *fille* absolument fantastique ! Vous devriez avoir honte.

C'est comme si elle m'avait giflée. Sous le coup, je recule.

— Je ne voulais faire de tort à personne, je m'empresse de dire. Franchement, je n'en ai pas informé le monde entier…

— Vous avez un mauvais karma, vous le savez ?

Elle se penche en avant et je découvre que le blanc de ses yeux est jaune, que ses mains sont plus vieilles que son visage. À vrai dire, vue de près, elle fait peur.

— Lois va bien, intervient Aran. Nenita, tu le sais.

— Un mauvais karma !

Elle me fixe de ses yeux jaunâtres en pointant sur moi un doigt accusateur.

— Un mauvais karma.

C'est comme si elle me jetait un sort. J'ai envie de rentrer sous terre.

— De plus, votre robe est démodée, ajoute-t-elle avec mépris.

Je me sens insultée pour Danny. Cependant, elle continue, l'air de m'octroyer une grande faveur :

— Mais je vois que vous êtes comme moi. Si vous voulez vraiment quelque chose, vous faites tout pour l'obtenir.

Elle m'inspecte à nouveau.

— Vous pouvez m'appeler.

Elle me tend une carte de visite bordée d'argent où figure un numéro de téléphone.

Étonné, Aran me murmure :

— Bien joué, Becky ! Tu as gagné !

J'ai la tête qui tourne en regardant la carte. J'ai réussi. Je suis entrée en contact avec la grande Nenita Dietz.

La foule qui se dirige vers l'entrée de la salle de projection déferle vers moi. Un homme bedonnant me heurte et fait tomber mon sac. Quand je me relève, j'ai perdu Aran et Nenita, happés par la masse des invités. Des filles en noir circulent parmi nous, annonçant que le film va bientôt commencer, nous incitant à gagner nos places. Tel un zombie, je suis le mouvement. Un charmant ouvreur m'indique mon siège, où m'attendent une bouteille d'eau minérale, du pop-corn et un sac de confiseries en forme de chapiteau de cirque.

Ça y est ! Je suis entrée dans le cercle des privilégiés. Je suis assise à l'orchestre, prête à assister à une grande première ! J'ai la carte de Nenita Dietz et son invitation à l'appeler !

Alors… avec tout ça, je me sens vidée ? Qu'est-ce qui ne tourne pas rond ?

Mon siège en cuir est froid, la clim me donne des frissons. Je saute en l'air quand la musique explose. Je devrais me sentir au top du top, mais bourdonnent dans ma tête la phrase de Suze : « J'espère que tu vas passer la meilleure soirée de ta vie » et ma réponse en forme de défi : « Certainement. »

La vérité est toute différente : coincée dans une salle glaciale peuplée d'inconnus, prête à regarder un film qui ne m'intéresse pas, sans ma famille ou mes amis pour partager ce moment, je suis loin d'être heureuse. Et je ne suis même pas célèbre. Tout le monde m'appelle Betty. Mais je ne suis pas Betty. Mon nom est *Becky* !

Je tripote la carte de Nenita pour me rassurer. Mais j'ai l'impression de manipuler un oursin. Est-ce que j'ai envie de travailler avec cette horrible sorcière ? De lui ressembler ? J'ai l'impression d'avoir atteint une oasis dans le désert. Je ramasse du sable en me disant que c'est de l'eau fraîche et pure… Mais ce n'est qu'un mirage.

J'ai de plus en plus de mal à respirer. Des pensées noires tournoient dans ma tête. Je m'agrippe si fort aux accoudoirs que j'en ai mal aux doigts. Soudain, je n'en peux plus. Impossible de rester un instant de plus. L'envie d'être ici m'a abandonnée. J'ai des choses bien plus importantes dans ma vie que ce tapis rouge et ces célébrités. J'ai ma famille et mes amis, un problème à résoudre, un mari à récupérer, ma meilleure amie à secourir. *Ça*, c'est important. J'aurais quand même pu m'en apercevoir plus tôt !

Je dois partir. Immédiatement !

M'excusant auprès de mes voisins, je me lève et gagne le côté de l'auditorium. La salle est maintenant bourrée, un type en smoking est monté sur l'estrade et se lance dans un discours, les ouvreurs me regardent de travers… Ça m'est bien égal. Il faut que je sorte. Il faut que je parle à Suze le plus vite possible. Elle doit me haïr. Je le mérite. Je me déteste moi-même.

Nenita se tient dans le hall en compagnie d'Aran et de plusieurs personnes. En la regardant d'un œil neuf, je suis révoltée. Ou plutôt scandalisée. Elle a osé me maudire ! Elle a eu le culot d'attaquer Danny ! Au moment où elle s'apprête à entrer dans la salle, je lui tape sur l'épaule.

— Pardon, Nenita, je commence d'une voix un peu tremblante, mais j'aimerais mettre certaines choses au point. Je n'aurais peut-être pas dû trahir Lois, mais vous devriez savoir qu'elle n'est pas la sainte que vous croyez. Ensuite, les gens qui veulent influencer le karma des autres risquent de se retrouver *eux-mêmes* avec un mauvais karma. Enfin, ma robe n'est pas démodée. Danny Kovitz est un créateur de grand talent, et tous les jeunes fans de mode en sont dingues. Alors, si vous ne l'aimez pas, c'est *vous* qui n'êtes plus dans le coup !

L'entourage de Nenita pousse des cris horrifiés. Mais je m'en fiche. Je continue sur ma lancée :

— Sommes-nous semblables ?

J'hésite avant d'admettre :

— Vous avez raison. Quand je saurai ce que je veux dans la vie, je foncerai.

Je vois autour de moi les filles des RP, les caméras, les rangées de sacs de confiseries et leurs anses rayées. À une certaine époque, j'aurais donné ma main droite pour en récupérer un ! Maintenant, ils me donnent des boutons.

— Pour être franche, je conclus, je ne veux pas de tout ça !

— Becky ! s'exclame Aran en riant.

— Je refuse cette existence, j'affirme en le regardant droit dans les yeux. Je ne veux pas être célèbre, je ne veux pas subir cette pression.

— Ma chérie, tu en fais des tonnes !

Il pose sa main sur mon bras.

— Nenita plaisantait au sujet de ta robe.

Il croit donc qu'il n'y a que ma robe qui me préoccupe ? *Ma robe ?*

Après tout… si je me mets à sa place…

Soudain, je me vois comme tout le monde me considère depuis quelques semaines. Ce n'est pas joli-joli. Ma gorge se serre, les larmes me montent aux yeux. Mais pas question de perdre la face devant Nenita Dietz.

— Il n'est pas seulement question de ma robe, je rectifie d'une voix aussi calme que possible.

J'écarte la main d'Aran.

— Salut à toi.

Une bande de filles en noir bavardent près de l'entrée de la salle. Quand je m'approche, l'une d'elles bondit vers moi.

— Vous n'êtes pas restée pour le film ? Vous êtes malade ?

— Non, ça va. Mais je dois partir. Une urgence. Je vais appeler mon chauffeur.

Je fouille dans ma poche, en sors mon portable et lui envoie un SMS.

On peut rentrer maintenant ? Merci. Becky

J'attends un moment à l'intérieur, me demandant où Jeff va se garer, puis j'en ai marre de faire le pied de grue. Je sors pour le guetter.

J'ouvre les portes et me retrouve sur le tapis rouge du grand hall. Il n'y a plus personne. Seuls vestiges de la foule : quelques programmes abandonnés au sol, une canette de Coca-Cola et un chandail. Les perles blanches de Sage sont encore visibles. *Comment* je vais m'en sortir avec Danny ? Elles étaient assemblées à la main une par une. Une couturière a dû y passer des heures. Et en une minute, le désastre !

En les regardant, j'ai le moral dans les talons. *Tout* s'est écroulé ce soir. Mes stupides rêves d'Hollywood, mes plans pour devenir célèbre, mon amitié avec Suze… J'ai mal partout. Je tente de respirer à fond. Il faut que je me reprenne. Je dois trouver Jeff. Je dois…

Minute !

Je déglutis, je regarde, je suis paralysée. Je n'y crois pas.

Remontant le tapis rouge – toujours aussi désert –, voici Luke ! Il avance d'un bon pas régulier, les yeux rivés dans les miens. Il porte un manteau foncé Armani et son smoking.

À mesure qu'il s'approche, je me mets à trembler. Son visage tendu et sévère ne laisse rien présumer. Il a de petits cernes – à cause de moi ? – et il n'a pas l'air d'avoir envie de sourire. Pendant une seconde j'imagine le pire : il est venu m'annoncer qu'il veut divorcer !

— Je te croyais parti pour New York, je balbutie dans un murmure.

— Absolument. Mais j'ai fait demi-tour et je suis revenu. Becky, je me suis comporté d'une façon odieuse. Je suis navré. Vis-à-vis de toi et de ma mère. Ma conduite est impardonnable.

— Mais non, pas du tout ! je m'exclame, soulagée.

— Tu as tous les droits d'être fâchée contre moi.

— Mais non, au contraire, je suis folle de joie de te voir !

Je m'empare de sa main, que je serre très fort. Pour une surprise, c'est une surprise. Il devrait être à des milliers de kilomètres. Sa main est chaude et ferme et c'est comme si j'avais retrouvé mon amarre. Plus question de la lâcher.

— Tu n'es pas à l'intérieur ? s'étonne Luke. La soirée a été un succès ?

Une partie de moi aimerait lui dire : « Oui ! C'était somptueux ! » et me vanter de mes prouesses. Mais une partie plus importante refuse de mentir. Pas à Luke. Pas quand il se tient là. Pas quand il est revenu exprès de New York. Pas à la seule personne de ce gala qui tient à moi.

— Rien ne s'est déroulé comme je le pensais. Rien de ce que j'espérais.

— Hmm !

Il hoche la tête comme s'il lisait en moi.

— Sans doute… Sans doute avais-tu raison. Je suis un peu paumée.

Pendant un instant, Luke se tait. Ses yeux sombres et lumineux s'unissent aux miens, et les mots deviennent inutiles. Il saisit tout.

— Pendant tout le vol pour New York, j'ai broyé du noir. Et puis ç'a été comme un choc. Je suis ton mari. Si tu es perdue, c'est mon rôle de venir te chercher.

Sans crier gare, les larmes me montent aux yeux. Malgré tout ce que j'ai fait pour l'agacer et l'embêter, il est venu me chercher !

— Bon… eh bien, je suis là, j'arrive à murmurer.

Luke m'enveloppe dans ses bras.

— Viens ici, dit-il en pressant ses lèvres contre ma joue couverte de larmes. Il n'est pas juste d'aller seule à une première. Je suis désolé, ma petite chérie.

— C'est *moi* qui suis désolée, j'avoue en reniflant contre son col blanc.

Luke m'offre son mouchoir et j'essaie de rectifier mon maquillage pendant qu'il attend patiemment.

— Tous les journalistes m'ont appelée Betty ! *Betty !* Tu te rends compte !

Il hausse les sourcils.

— Betty ? Non je ne te vois pas en Betty !

Il consulte sa montre.

— Qu'est-ce qu'on fait ? Tu veux retourner à l'intérieur ?

— Sûrement pas ! Je veux retrouver mon père. Je veux me réconcilier avec Suze. Je veux embrasser Minnie. Tout et n'importe quoi, *sauf* retourner là-dedans !

— Tu es sûre ?

Je le regarde dans les yeux… et je vois qu'il a en tête une question bien plus importante. La même question qu'il m'a déjà posée. Il y a longtemps, longtemps.

— Je suis sûre. C'est… terminé.

— Parfait.

Son regard s'est adouci. Il prend ma main et nous commençons à remonter le vaste tapis rouge. Vers la sortie.

# 23

On parle de lunettes roses. Moi, je crois que je portais des lunettes tapis-rouge ! Je dois dire que ce tapis rouge est plutôt miteux sans ses people. Quand j'avance, main dans la main avec Luke, des appareils photo sont toujours en batterie de l'autre côté des barrières, mais le tapis est tout à nous. Ça me rappelle le jour où nous avons arpenté le Walk of Fame. Nous étions des nouveaux venus, et la grande aventure nous attendait à Los Angeles. Incroyable, tout ce qui est arrivé depuis !

— J'ai besoin de créer des liens avec ma mère, déclare Luke.

— Bonne idée. Et tu y arriveras. Ce sera merveilleux. Luke, tu devrais voir ta mère et Minnie ensemble. C'est fou tout ce qu'elles ont en commun !

— Tu as raison.

Il m'adresse un de ses sourires pince-sans-rire et je m'imagine assise avec Luke, Elinor et Minnie, autour d'une tasse de thé. L'image même d'une famille heureuse. Ça arrivera. Bientôt. Tout va changer.

— Achète-lui un puzzle, je suggère. Elle les adore.

— C'est parti ! Je devrais même lui en offrir une

centaine. J'ai tellement de choses à me faire pardonner.

— Et moi aussi !

Je baisse la tête, submergée par ce qui m'attend. Suze… Tarquin… Mon père…

— J'ai eu une terrible engueulade avec Suze, je raconte à Luke en martyrisant sa main. C'était affreux. Elle était vraiment fâchée contre moi…

— Becky, me coupe-t-il. Je dois t'avouer quelque chose. Suze est ici.

— Comment ?

Étonnée, j'inspecte les lieux.

— Comment ça ? Où ?

— J'ai laissé la voiture à quelques rues de l'El Capitan. Suze est là. Elle veut aller dans le désert à la recherche de ton père et elle aimerait que tu l'accompagnes.

— Tu n'es pas sérieux !

— Si, à 100 % ! Quand je lui ai dit que je venais ici, elle m'a supplié de l'emmener. Si j'avais échoué, elle se serait chargée de te faire sortir du gala.

— Mais…

J'ai du mal à imprimer.

— Aller dans le *désert* ?

Il soupire.

— Suze est dans un tel état de nerfs. Nous pensons que ton père et Tarquin sont en route pour Las Vegas. Suze se fait un souci monstre pour son mari et, entre nous, elle n'a pas tort.

J'ai à nouveau le tournis.

— Et les enfants ? Ils sont où ?

— Mitchell joue les baby-sitters. Bien sûr, il nous faut décider de la bonne tactique à adopter. Rentrons à la maison, mettons en commun ce que nous savons, traçons un itinéraire… Becky, il faut que tu actives tes petites cellules grises. Après tout, c'est ton père. Si quelqu'un a une idée…

— J'ai retrouvé la vieille carte routière de papa.

Mon cerveau recommence à fonctionner.

— Elle devrait nous servir à mettre au point un plan d'attaque.

— Becky !

À l'appel de mon nom, je me retourne : Jeff n'est qu'à quelques mètres de moi. Il a sorti sa tête de la voiture et me fait de grands signes.

— Impossible de m'approcher plus !

— Jeff !

Un de mes seuls amis pour le moment. Je cours vers lui. Une minute plus tard, je suis assise à l'arrière du 4×4 avec Luke qui lui dicte le chemin à suivre.

— Le film est déjà terminé ? me demande-t-il, en démarrant.

— J'ai décidé que j'en avais assez.

— Vous avez eu raison.

— J'ai rempli ma mission. Sauf… attendez.

Accablée, je me tourne vers Luke.

— Les autographes ! J'ai oublié d'en demander !

— Becky, ça n'a pas d'importance…

— Mais si ! J'ai promis à papa de lui en rapporter et je n'en ai pas un seul. Luke, je suis vraiment la dernière des *nulles* !

— Chérie, à l'heure actuelle, ce n'est pas le plus important…

— Mais j'ai promis, et une fois de plus j'ai trahi sa confiance !

Je suis envahie de remords.

— Il tenait tellement à l'autographe de Dix Donahue et je ne l'ai même pas ! J'ai complètement oublié de…

— Vous voulez des signatures ? Je vais remplir le carnet de votre père.

Cette incroyable proposition me vient de l'avant de la voiture.

— *Vous*, Jeff ? je demande bêtement.

— Donnez-moi n'importe quel nom de célébrité. J'ai travaillé pour tout le monde. Elles me doivent un service. Je vous obtiendrai tout ce que vous voulez.

— Pas possible ! Qui par exemple ?

— Dites un nom !

— John Travolta.

— Pourquoi pas ?

— Brad Pitt.

— Pourquoi pas ?

Il reste impassible, mais ses yeux pétillent dans le rétroviseur. Je l'adore, mon Jeff !

— Ça serait formidable, merci, Jeff.

Avec mille précautions, je dépose le carnet d'autographes de papa sur le siège avant. Quelques secondes plus tard – ou peut-être une minute ? –, Jeff s'arrête dans une petite rue.

— Nous sommes garés là, dit Luke. Jeff, merci mille fois.

— Merci, je dis en l'embrassant. Vous avez été merveilleux.

— Vous êtes une famille sympa, concède-t-il d'un ton bourru. Je vous apporterai les autographes.

Quand je sors du 4×4, la brise soulève ma robe. En contemplant mon reflet dans une des vitres, je me trouve grosse, trop maquillée, à cran. L'idée de retrouver Suze me fiche la trouille. C'est comme si je revenais d'un autre univers. Mais pas question de m'enfuir. Ou de l'éviter. Une portière s'ouvre, et elle apparaît.

Pendant un temps, nous nous dévisageons sur le trottoir, sans bouger. Ça fait des années que je connais Suze et elle n'a pas changé. Mêmes cheveux blonds. Mêmes jambes interminables, même grand rire insolent, même façon de grignoter son pouce quand elle est stressée. Et sa peau ? Elle doit être dans un sacré état !

— Bex, je sais que tu es superoccupée, commence-t-elle d'une voix rauque. Je sais que c'est ton heure de gloire. Mais j'ai besoin de toi. Je t'en prie. Tu dois m'aider.

Comment ? Pas de sermon ? Je suis tellement surprise que j'en ai les larmes aux yeux.

— Moi aussi j'ai besoin de toi.

Je fonce vers elle et la serre très fort dans mes bras. Depuis combien de temps ça ne m'est pas arrivé ? Des siècles ?

Et dire qu'elle pleure, elle aussi ! Elle sanglote même sur mon épaule. Tous ses soucis l'ont minée et moi, pendant ce temps, j'étais aux abonnés absents. J'ai des nœuds dans l'estomac. Quelle mauvaise amie j'ai été ! Une amie inexistante. Qui a joué les filles de l'air.

Bon, je vais me rattraper !

— Tu m'as manqué, tu sais, insiste Suze.

— Toi aussi. Tu n'as pas idée ! Sans toi, le red carpet, ce n'était pas pareil. Crois-moi, ce n'était pas du tout le meilleur moment de ma vie. C'était atroce !

— Bex, je suis désolée pour toi.

Et je sais qu'elle le pense sincèrement. Elle a tiré un trait sur ma conduite ignoble à son égard et regrette que la soirée ait été un flop. Voilà le genre de fille épatante qu'est Suze.

— Ils sont partis pour Las Vegas, ajoute-t-elle.

— Oui, il paraît.

Elle relève la tête, s'essuie le nez sur sa manche.

— Et si on suivait leur trace ?

— D'accord ! Allons-y ! Quoi que tu décides, je suis avec toi.

C'est un engagement ferme et définitif. À faire quoi ? Je ne sais pas. Et d'ailleurs, aucune importance. Si Suze a besoin de moi, je suis prête.

— J'ai envoyé un SMS à Danny, dit-elle en reniflant. Il vient aussi.

— Danny ! je m'exclame sans en croire mes oreilles.

Elle me montre l'écran de son portable :

Suze, ma chérie, tu n'as même pas à DEMANDER. Je serai là dans une nanoseconde et nous le retrouverons ton mari. Bizzz. Danny

Quelle star, ce Danny ! Mais, entre nous, ça ne sera pas facile de l'avoir à l'œil à Las Vegas.

— Alors, Suze, nous sommes au complet.

Je l'embrasse à nouveau.

— Nous formons une équipe de choc. Nous les retrouverons.

Comment ? Je n'en ai pas la moindre idée. Cette expédition a un côté farfelu qui m'affole. Mais si Suze en a besoin, rien d'autre ne compte.

Et si on rentrait d'abord à la maison ? On pourrait commander un dîner chez un traiteur et mettre nos idées à plat. Mais je n'ai pas le temps d'émettre ma suggestion. La portière côté passager s'ouvre. En voyant une blonde émerger, je crois m'évanouir. Alicia ? Je ne rêve pas ! *Alicia ?*

— Alicia nous accompagne, m'explique Suze. Elle a été tellement géniale. C'est elle qui a découvert qu'ils se rendaient à Las Vegas. Bryce l'a confié à un de ses amis de La Paix d'or. Alicia a fait interroger tout le personnel afin d'obtenir ce renseignement… Bex, franchement, elle a été incroyable.

— Super ! je concède. Vraiment… fabuleux de sa part.

— Vous allez devenir amies ? s'inquiète Suze. Et oublier tout ce qui est derrière vous ?

Je n'ai pas le choix. Suze en a suffisamment gros sur le cœur.

— Bien sûr, je réponds. C'est de l'histoire ancienne. On va très bien s'entendre, n'est-ce pas, Alicia ?

— Becky !

Montée sur ses espèces de tongs de yoga en cuir souple, elle s'approche à pas feutrés, une expression détendue plaquée sur son visage artificiel.

— Bienvenue !

Voilà qui me hérisse le poil. Elle n'a pas à utiliser mes expressions. C'est moi qui dis : « Bienvenue ! »

— Sois la bienvenue, je dis avec un sourire enjôleur. Bienvenue à *toi*.

— C'est une tâche difficile qui nous attend, affirme-t-elle le plus sérieusement du monde. Mais si nous coopérons, nous trouverons Tarquin, ton père et Bryce avant…

Elle s'interrompt.

— Eh bien, le malheur c'est que Bryce est un prédateur. Voilà le problème.

— J'ai pigé ! Alors retournons à la maison et dressons un plan. Suze, ne t'inquiète pas. La cavalerie est là !

— Montez, les filles, dit-elle en pianotant sur son téléphone, j'en ai pour une seconde.

Je grimpe dans la voiture, suivie par Alicia. Assises sur la banquette arrière, nous restons un moment sans prononcer un mot. Puis, au moment où elle ouvre la bouche pour parler, j'explose.

— Tu n'as pas changé d'un iota. Je sais que, sous tes airs doucereux et mielleux, tu poursuis un but tout personnel. Mais je te préviens, si tu touches à un cheveu de Suze, je te grille.

Je crie si fort que mes yeux vont me sortir de la tête.

— Oui, je te grille !

Suze s'assied devant à la place du passager.

— Ça va ?

— Tout à fait, je réponds gaiement.

Un instant plus tard Alicia m'imite.

— Oui, tout à fait.

Mais elle en a pris plein sa figure d'hypocrite. Tant mieux. Ce qu'elle peut me faire à moi, je m'en moque. Je sais à quoi m'en tenir : elle m'en a déjà fait suffisamment baver. Mais je refuse qu'elle touche à mon amie.

Luke se glisse derrière le volant, claque sa portière et me regarde en rigolant.

— Tu es prête, Betty ?

Je lui fais une superbe grimace.

— Très drôle ! Hilarant ! Allez, hop, à la maison !

Tandis que nous nous éloignons, je me dévisse le

cou et regarde par la lunette arrière, un peu éblouie par les lampadaires. Nous quittons les caméras de la télévision, les projecteurs, les célébrités. Je prends mes distances vis-à-vis de tout ce qui me faisait rêver. Je ne foulerai sans doute jamais plus le tapis rouge. J'ai laissé passer ma dernière chance. Est-ce un adieu à Hollywood ?

Ça m'est bien égal. Me voici désormais sur la bonne route. D'ailleurs, je ne me suis jamais sentie aussi bien de ma vie.

# DEPUIS LE BUREAU DE DIX DONAHUE

Pour : Graham Bloomwood

En témoignage du plaisir que j'ai eu à vous connaître, vous et votre merveilleuse fille, Rebecca.

Vous serez toujours le bienvenu à mon émission et je serai heureux si vous me rendiez visite en coulisse.

Avec mes meilleurs vœux,

Votre pote,

Dix Donahue

P.-S. : Remerciez Jeff pour ceci !

P.-P.-S. : J'ai appris que vous aviez disparu. J'espère qu'à l'heure qu'il est vous êtes rentré sain et sauf !

Becky sera bientôt de retour…

# GÉNÉRIQUE DE FIN

**Producteurs associés (Grande-Bretagne) :**
Araminta Whitley, Peta Nightingale,
Jennifer Hunt, Sophie Hughes

**Équipe de Londres :**
Linda Evans, Bill Scott-Kerr, Larry Finlay,
Polly Osborne, Claire Evans, Suzanne Riley,
Sarah Roscoe et son équipe,
Claire Ward, Kate Samano et
Elisabeth Merriman
Jo Williamson, Bradley Rose

**Producteurs associés (USA) :**
Kim Witherspoon, David Forrer

**Unité de production à New York :**
Susan Kamil, Deborah Aroff, Kelsey Tiffey,
Avideh Bashirrad, Karen Fink, Theresa Zoro,
Sally Marvin,
Loren Novek, Benjamin Dreyer, Paolo Pepe,
Scott Shannon,
Matt Schwartz

**Producteurs associés (reste du monde) :**
Nicki Kennedy
Sam Edenborough & toute l'équipe d'ILA

Assistants électro : Freddy, Hugo, Oscar & Rex
Assistante électro : Sybella
Chef machino : Hestia le Labrador
Restauration : Carol et Edith
Garde d'enfants : Greena et Grub-Grub
Les suppléments nutritionnels de Mlle Kinsella
ont été fournis par Rolo & Mint Aero
Directeur de production : #HenrytheManager

Récompense pour l'ensemble
de sa carrière décernée à :
Barb Burg, décédée le 29 avril 2014

Découvrez dès maintenant
le premier chapitre de

***L'accro du shopping à la rescousse***
le nouveau roman de
**SOPHIE KINSELLA**

aux Éditions Belfond

SOPHIE KINSELLA

# L'ACCRO DU SHOPPING À LA RESCOUSSE

*Traduit de l'anglais*
*par Daphné Bernard*

belfond

Titre original :
*SHOPAHOLIC TO THE RESCUE*
publié par Bantam Press,
une marque de Transworld Publishers, Londres

MIXTE
Papier issu de
sources responsables
FSC® C003309

Pocket, une marque d'Univers Poche,
est un éditeur qui s'engage pour la préservation
de son environnement et qui utilise du papier fabriqué
à partir de bois provenant de forêts gérées
de manière responsable.

De : dsmeath@locostinternet.com
À : Brandon, Rebecca
Objet : Une « demande »

---

Chère Madame Brandon,

Cela fait longtemps que je n'ai pas eu la chance de vous avoir. J'espère que tout va bien pour vous et votre famille. En ce qui me concerne, tout en appréciant pleinement mon existence de retraité, je me rappelle souvent avec plaisir certains moments de ma vie professionnelle à la Endwich Bank. J'ai donc décidé de commencer à écrire une autobiographie ou des mémoires dont le titre provisoire est : « Crédits et créances : les hauts et les bas du directeur patient (mais pas toujours) d'une banque de Londres ».

J'ai déjà rédigé deux chapitres qui ont été très bien reçus par les membres du club d'horticulture auquel j'appartiens. Certains ont même déclaré : « On devrait en faire une série télé. » Je n'irais pas jusque-là.

Chère Madame Brandon, vous avez assurément été l'une de mes clientes les plus originales. Je me souviens de votre façon unique de gérer vos finances (je suis certain qu'aujourd'hui votre manière d'aborder ce domaine est

nettement plus raisonnable). Bien que nous ayons été en désaccord à maintes reprises il me semble que, à la veille de mon départ à la retraite, nous étions arrivés à un *statu quo* ou, comme on dit en français, à une sorte d'entente cordiale.
Tout cela pour vous dire que je souhaiterais vous interviewer pour mon livre. Au moment qui vous conviendra.
En espérant une réponse positive de votre part, je vous adresse, chère Madame, mes sincères salutations.

Derek Smeath
Directeur de banque (retraité)

De : dsmeath@locostinternet.com
À : Brandon, Rebecca
Objet : Re : Re : Une « demande »

---

Chère Madame Brandon,

C'est avec regret que je vous réponds. Je vous avais écrit en toute bonne foi, en tant que banquier et même, si j'ose le dire, en tant qu'ami. J'espérais que vous me considériez ainsi. Refuser de figurer dans mes mémoires est votre droit le plus strict. Mais élaborer un tel mensonge pour ne pas y apparaître ? J'avoue ne pas bien comprendre votre attitude. Car, franchement, cette histoire de « poursuite de votre père dans l'Ouest américain » afin de « découvrir un mystère » et de vous assurer que « le pauvre Tarkie n'est pas victime d'un lavage de cerveau » me paraît de la plus haute fantaisie.

Combien de fois, dans le passé, m'avez-vous adressé des lettres où vous juriez que vous vous étiez cassé une jambe, que vous souffriez d'une fièvre glandulaire ou que votre chien (imaginaire) venait de mourir ? Je pensais qu'étant mariée et mère de famille, vous vous étiez assagie. Mais je vois avec tristesse que je me suis trompé.

Je vous prie d'accepter, chère Madame, l'expression de mes hommages déçus.

Derek Smeath

De : dsmeath@locostinternet.com
À : Brandon, Rebecca
Objet : Re : Re : Re : Re : Une « demande »

---

Chère Madame Brandon,

Dire que je suis sidéré par votre dernier mail serait au-dessous de la vérité. La série des photos jointes me permet de mieux saisir les faits et je vous en remercie.

Je me rends compte que vous êtes effectivement dans le désert. Je vois le camping-car que vous indiquez du doigt et le gros plan d'une carte de Californie. Sur un des clichés j'aperçois également votre amie, lady Cleath-Stuart. Sachez cependant que ce n'est pas à moi de juger à « l'expression tragique de son visage » que « son mari a disparu ».

Puis-je vous demander d'être plus explicite ? Votre père s'est volatilisé, ainsi que le mari de votre meilleure amie ? Tous les deux en même temps ?

Je vous prie de recevoir, chère Madame, l'expression de mes hommages perplexes.

Derek Smeath

De : dsmeath@locostinternet.com
À : Brandon, Rebecca
Objet : Re : Re : Re : Re : Re : Re : Une « demande »

---

Chère Madame Brandon,

Mais quelle histoire ! Votre mail étant un peu confus, je me permets de récapituler les faits – en espérant ne pas me tromper.

• Votre père est venu vous rendre visite à Los Angeles après avoir eu des nouvelles d'un ami complètement perdu de vue.

• Il a ensuite disparu pour accomplir une « mission » en laissant un mot où il était question de « rectifier une terrible erreur ».

• Il a enrôlé pour l'épauler lord Cleath-Stuart (Tarkie), qui vient de traverser une période difficile et se trouve actuellement dans un réel « état de fragilité ».

• Il a aussi demandé à un dénommé Bryce (ils ont de curieuses façons d'orthographier les noms en Californie !) de les accompagner.

• Vous êtes à leur poursuite et vous craignez que ce Bryce à l'esprit malfaisant cherche à extorquer de l'argent à lord Cleath-Stuart.

En réponse à votre demande, je dois bien vous avouer que je n'ai pas de suggestion éblouissante à vous faire et qu'aucune situation aussi étrange ne s'est présentée lorsque je travaillais à la banque. Ah si ! Un individu a essayé un jour de déposer sur un compte un plein sac de billets de vingt livres, et je me suis vu contraint de prévenir les autorités. Je ne manquerai pas de raconter cet épisode dans mon livre.

Bien sûr, si je puis vous être d'une aide quelconque, n'hésitez pas à reprendre contact avec moi.

En vous souhaitant de retrouver les trois personnes que vous recherchez, je vous prie d'agréer, chère Madame, l'expression de mes hommages déconcertés.

Derek Smeath

# 1

– Allez, pas de panique ! dit Luke calmement.

Pas de panique ? Luke me demande de ne pas paniquer ? Non. Noooon. Il y a quelque chose qui ne va pas. Mon mari ne dit jamais « Pas de panique ». S'il le dit, c'est qu'à son avis il y a toutes les raisons de paniquer.

Résultat ? Je panique.

Les gyrophares de la voiture de police clignotent, la sirène continue de hurler. Toutes sortes de pensées démentes me traversent l'esprit : *Les menottes, ça fait mal ? Qui je vais appeler de ma cellule ? Les uniformes de prisonnières, ils ne se font qu'en orange ?*

Un policier s'approche de notre camping-car Class C sept mètres (rideaux en vichy bleu, banquettes recouvertes de tissu à fleurs, six lits – bien qu'appeler « lits » ces matelas posés sur des planches me semble largement exagéré). Il a la dégaine typique des flics américains – bronzage uniforme et lunettes miroirs. Je flippe à mort. Mon cœur s'emballe et je regarde partout autour de moi pour voir où je pourrais bien me cacher.

D'accord, je dramatise un peu. Mais depuis que

j'ai cinq ans, la vue des représentants de l'ordre me rend nerveuse. Je m'explique : je venais de piquer six paires de chaussures de poupée dans un magasin quand j'ai vu un policier se diriger vers moi. Lorsqu'il m'a demandé de sa grosse voix : « Eh bien, jeune fille, fais donc voir ce que tu as là », j'ai flippé à mort. En fait, il admirait simplement mon ballon de baudruche.

Je précise que dès que maman et papa ont découvert mon larcin, nous avons renvoyé les chaussures dans une enveloppe avec une lettre d'excuses écrite de ma main et le magasin a répondu très gentiment de ne pas m'en faire. (Ce jour-là, j'ai réalisé pour la première fois qu'une lettre peut permettre de se tirer sans trop de mal d'un mauvais pas.)

— Luke, je marmonne, affolée. Dis-moi vite ! On est censés lui donner de l'argent ? Combien on a en cash ?

— Pas de panique, Becky, répond-il calmement. S'il nous a demandé de nous ranger sur le bord de la route, c'est qu'il y a une raison.

— On doit tous sortir ? demande Suze.

— Non, à mon avis, on ne bouge pas ! s'exclame Janice. Faisons comme si on n'avait rien à cacher.

— Mais nous n'avons rien à cacher, s'énerve Alicia. Allez, relax !

— Il est armé, commente maman après un coup d'œil par la fenêtre. Janice, regarde, il a un revolver.

— Janice, calme-toi, s'il te plaît, dit Luke. Je vais sortir et lui parler.

Quand il quitte le camping-car, nous échangeons des regards anxieux. Nous, c'est-à-dire ma meilleure amie, Suze, ma meilleure ennemie, Alicia, ma fille, Minnie, ma mère et *sa* meilleure amie, Janice. Nous sommes en route pour Las Vegas et l'air conditionné et le choix des sièges ont déjà donné lieu à des disputes. Autre sujet de discussion : faut-il laisser Janice écouter de la musique celtique pour se calmer les nerfs ? (Le « non » l'a emporté à cinq voix contre une.) Ça fait à peine deux heures que nous avons quitté Los Angeles et l'ambiance est déjà tendue. Il ne manquait plus que la police.

Le flic est en train de parler à Luke.

— Oh, le toutou ! s'écrie Minnie. Gros, gros toutou !

Un deuxième policier se dirige vers Luke, tenant en laisse un énorme chien policier. Le chien-loup renifle les pieds de Luke. Puis, il lève le museau vers le camping-car et se met à aboyer.

Janice pousse un cri d'horreur.

— Et voilà ! J'en étais sûre ! C'est les stups. Ils vont me repérer.

— *Quoi ?*

Janice est une femme entre deux âges dont les deux passions consistent à faire des bouquets et à maquiller ses copines en forçant nettement sur le blush.

— Il faut que je vous avoue… J'ai des substances illicites avec moi. Pardon, tout le monde !

Silence sépulcral. Mon esprit se refuse à assembler ces trois mots. Substances ? Illicites ? Janice ?

— De la *drogue*, Janice ? Tu dis n'importe quoi ! réagit maman.

— C'est un médicament contre le décalage horaire, gémit Janice. Mon médecin n'a rien voulu savoir alors je suis allée sur Internet. Annabel, ma copine du club de bridge, m'a donné le nom d'un site. Il y avait un avertissement sur la boîte : « Ce produit est prohibé dans certains pays. » Maintenant, le chien va le sentir et nous allons être interrogés…

Un aboiement infernal lui cloue le bec. Il faut dire que le chien paraît particulièrement attiré par notre camping-car. Il tire sur sa laisse en glapissant. Et son maître a l'air très énervé.

Suze explose.

— Vous avez acheté des substances illicites ? Mais pourquoi ?

— Janice, à cause de toi ce voyage risque d'être un désastre ! s'emporte maman. Faire entrer une drogue de catégorie A aux États-Unis ? Tu as perdu la tête !

Je mets mon grain de sel.

— Je suis sûre que ce médicament n'est pas de catégorie A.

Mais maman et Janice sont dans un tel état d'hystérie qu'elles ne m'écoutent pas.

— Débarrasse-toi de ce truc, ordonne maman. En vitesse.

— Voilà !

Janice sort d'une main tremblante deux boîtes blanches de son sac.

— Si j'avais su, je n'aurais jamais acheté ça, commente-t-elle.

— Bon, alors on en fait quoi ? demande maman.

— Chacun n'a qu'à avaler une plaquette, propose Janice en ouvrant les boîtes.

— Vous êtes dingues, s'insurge Suze. Ne comptez pas sur moi pour avaler des cachets trouvés sur Internet.

Maman prend alors les choses en main.

— Janice, tu vas jeter ces trucs immédiatement. Sors du camping-car et va les éparpiller le long de la route. Je me charge d'occuper le flic. À vrai dire, on s'en charge toutes. Allez, zou ! Tout le monde dehors.

— Mais les flics vont me remarquer, gémit Janice.

— Pas si tu es rapide, réplique maman, très remontée. Tu m'entends, Janice ? Ils ne te verront pas.

Elle ouvre la portière et nous descendons dans la chaleur déjà torride. Nous sommes garés sur le bas-côté de l'autoroute au milieu d'un désert broussailleux qui s'étend à perte de vue.

— Vas-y, Janice ! ordonne maman.

Tandis que son amie s'aventure sur le sol aride, maman s'avance vers le policier, suivie de Minnie et d'Alicia, sous le regard sidéré de Luke.

— Jane, vous n'aviez pas besoin de sortir !

Le regard qu'il me lance est clair. *C'est quoi ce bordel ?*

Je me contente de hausser les épaules d'un air impuissant.

— Bonjour, monsieur l'agent, fait maman au premier policier. Mon gendre a dû vous expliquer la situation. Mon mari a disparu au cours d'une mission secrète. Une question de vie ou de mort.

Je me dois d'éclaircir la situation.

— Pas *forcément* de vie ou de mort, je rectifie.

Chaque fois que maman utilise l'expression « une question de vie ou de mort », je jurerais que sa tension monte de dix points. J'essaie de la calmer mais je ne suis pas certaine qu'elle souhaite être calmée.

— Il se trouve en compagnie de lord Cleath-Stuart, poursuit-elle. D'ailleurs je vous présente sa femme, lady Cleath-Stuart. Ils vivent à Letherby Hall, une des plus belles demeures de toute l'Angleterre, ajoute-t-elle fièrement.

— On s'en fiche ! s'écrie Suze.

Un des flics retire ses lunettes pour l'examiner.

— Comme dans *Downton Abbey* ? Ma femme est folle de cette série.

— Letherby est bien mieux que Downton, corrige maman. Vous devriez aller le visiter.

Du coin de l'œil, j'aperçois Janice au milieu du désert qui, dans son ensemble vert d'eau à fleurs, entreprend nerveusement de se débarrasser de son stock de pilules derrière un cactus géant. Pas vraiment discrète. Heureusement, maman a de quoi distraire les policiers en leur racontant le contenu de la note qu'a laissée papa.

— Elle était sur son oreiller, s'indigne-t-elle. Il appelle ça « un petit voyage ». Quel genre de mari décide tout à coup, comme ça, de partir pour « un petit voyage », je vous le demande.

— Messieurs les agents, intervient Luke, qui tente de placer un mot, merci de m'avoir prévenu que mon feu arrière ne marchait pas. Pouvons-nous continuer ?

Silence. Les flics s'interrogent du regard.

— Pas de panique, déclare Minnie, qui jusqu'à maintenant jouait avec sa poupée préférée.

Après un sourire radieux à l'un des policiers, elle répète :

— Pas de panique !

— Tu as raison, mon chou, répond-il avec un grand sourire. Comment tu t'appelles, ma jolie ?

— La police ne va rien remarquer, poursuit Minnie sur le ton de la conversation.

Soudain, tout se fige. Mon estomac fait des bonds. Je n'ose pas croiser le regard de Suze.

— Excuse-moi, mon chou, tu disais quoi ? demande

le policier avec un sourire figé. Qu'est-ce qu'on ne remarquera pas ?

— Rien du tout, dis-je d'une voix perçante. Un truc qu'on a vu à la télé. Vous savez comment sont les enfants…

— C'est fait ! s'exclame Janice, hors d'haleine, en venant nous rejoindre. Bonjour, messieurs, on peut vous aider ?

Les flics paraissent très étonnés par son irruption.

— Où étiez-vous, madame ? demande l'un des deux.

— Derrière le cactus. Pour satisfaire un besoin naturel, précise Janice, très fière de la réponse qu'elle a préparée.

— Votre camping-car n'a pas de toilettes ? demande le flic blond.

Janice est décontenancée.

— Euh, si, sans doute.

Son assurance a disparu. Elle lance aux flics des regards éperdus.

— Mon Dieu… En fait… je… j'avais envie de faire quelques pas.

Le flic aux cheveux châtains croise les bras.

— Quelques pas ? Derrière un cactus ?

— La police ne va rien remarquer, dit Minnie à Janice d'un ton confiant.

Cette dernière sursaute comme un chat ébouillanté.

— Minnie ! Ma puce jolie ! Remarquer quoi ? Ha, ha, ha !

— Quelqu'un peut faire taire cette enfant ? s'impatiente Alicia.

— C'était une promenade botanique, explique Janice d'une petite voix. J'admirais les cactus. Superbes… euh… ces épines !

Des superbes épines ? C'est tout ce qu'elle a trouvé ? Jamais plus je ne partirai en voyage avec Janice. Elle a l'air agité et coupable. Normal que les flics soient méfiants. (Bon, c'est vrai, l'intervention de Minnie n'a pas vraiment aidé.)

Les policiers échangent des regards entendus. Dans une minute, ils vont nous annoncer qu'ils nous embarquent ou qu'ils appellent le FBI. Je dois intervenir. Mais comment ? Comment ? *Creuse-toi les méninges, Becky*…

Tout à coup j'ai une inspiration.

— Monsieur l'agent ! Je suis bien contente de vous voir. En fait, j'ai un service à vous demander. Un de mes jeunes cousins veut entrer dans les forces de l'ordre et serait ravi de faire un stage. Est-ce qu'il pourrait prendre contact avec vous ? Vous êtes l'agent Kapinski…

Je sors mon portable et commence à noter le nom inscrit sur son badge.

— Pensez-vous qu'il pourrait faire équipe avec vous ?

— Il existe une procédure officielle, répond froidement l'agent Kapinski. Dites-lui de consulter notre site web.

— Oui, mais tout est une question de contacts personnels, c'est connu, fais-je en battant des paupières d'un air innocent. Vous êtes libre demain ? On pourrait se voir après vos heures de service. Oui ! C'est ça ! Je vous attendrai à la sortie du commissariat.

Je me rapproche de lui tandis qu'il recule avec effroi.

— Il est tellement doué et loquace, mon petit cousin. Vous allez l'adorer. Donc, demain, d'accord ? Et j'apporte des croissants, d'accord ?

L'agent Kapinski flippe totalement.

— Vous pouvez y aller, murmure-t-il.

Sur ce, il tourne les talons. Trente secondes plus tard, il a repris la route, avec son collègue et le chien.

— Bravo, Becky ! applaudit Luke.

— Tu as été géniale, ma puce, renchérit maman.

— Il s'en est fallu de peu, chevrote Janice. Vraiment d'un cheveu. Il faut être plus prudents.

— C'est quoi, cette histoire ? s'étonne Luke. Pourquoi vous êtes descendues du camping-car ?

— Janice est recherchée par la brigade des stups, je réponds, me retenant de rire devant son expression médusée. Je t'expliquerai en chemin. Allons-y.

Composition et mise en pages :
Facompo, Lisieux

*Imprimé en France par* CPI
en avril 2016
N° d'impression : 3017289

POCKET - 12, avenue d'Italie - 75627 Paris Cedex 13

Dépôt légal : mai 2016
S26616/01